KB089393

일이어도,

일
이
아
니
어
도

仕事でも、仕事じゃなくても 漫画とよしながふみ

©2022 Fumi Yoshinaga
Originally published in Japan in 2022 by Film Art, Inc.
Korean translation rights arranged through The English Agency (Japan) Ltd.
and Danny Hong Agency

著者:よしながふみ
聞き手:山本文子
編集協力:飯田 孝
デザイン: 櫻井 久、鈴木香代子(櫻井事務所)
編集: 伊東弘剛(フィルムアート社)

요시나가 후미 인터뷰집

일이어도, 일이 아니어도

만화와 요시나가 후미

김솜이 옮김

문학동네

일러두기

1. 소설과 만화 등 단행본 제목은 『』, 단편은 「」, 잡지는 《》, 그 외 영상물, 노래 등의 제목은 〈〉로 표기했습니다.

2. 작품과 등장인물의 명칭은 국내에 정식 발행·상영·소개된 것과 통일했습니다. 그 외 저자, 지역 등의 명칭은 국립 국어원의 외래어 표기법을 따랐습니다.

3. 괄호 속 주석은 번역가와 편집부가 함께 작성했습니다.

4. 본문 내 만화들의 읽는 방향은 오른쪽부터입니다.

차례

아무리 꿈이 많던 사람도 사랑하는 사람을 만나면 결혼을 선택하고,
마치 그것을 정답인 양 보여주는 이야기가 많았죠.
아니 그럼, 대체 다른 꿈이 있는 여자들은 어떻게 하라는 거지?
도저히 납득이 되지 않았어요.
그래서 저는 결혼을 하고 엄마가 되더라도
계속할 수 있는 일을 찾아야겠다는 다짐을 항상 품고 있었습니다.

제 1 장

만화에 마음을 뺏기다

어린 시절
-
초등학교 시절
-
중학교 시절

어린 시절

맞벌이 부모

태어난 곳에 대해 말씀해주세요.

　도쿄에서 태어나 줄곧 그곳에서 자랐습니다. 어머니의 고향 같은 곳인데, 외가 친척이 많이 사는 동네에서 자랐어요.

그럼 친척들과는 비교적 가까운 편이셨나요?

　증조부모님을 비롯해 어머니의 사촌들이나 친척들이 모두 가까이 살았어요. 게다가 저는 첫 손녀였기 때문에 어릴 때는 여러 친척분들이 저를 돌봐주셨습니다. 우리집은 1970년대 당시에 흔하지 않은 맞벌이 가정이었는데 학교에서 돌아온 아이가 혼자 있는 게 안쓰러웠는지, 저를 딱하게 여기고 더 살뜰히 보살펴주셨던 것 같습니다. 사람들이 자주 들어오거나 나가는 신흥 주택지가 아니었던 터라 친척 외에 이웃들도 쭉 한곳에 사는 분들이어서 저를 많이 챙겨주셨고요.

맞벌이 가정이라고 하셨는데, 그렇다면 초등학교에 들어가기 전에는 친척집에 맡겨져 생활하신 건가요?

아니요, 보육원(한국의 어린이집과 같은 곳)에 다녔습니다. 어머니는 음악 선생님이셨는데 당시에는 육아휴직 제도가 갖춰져 있지 않았기 때문에 출산 휴가만 쓸 수 있었던 것 같아요. 일단 교사 일을 관두고 일을 계속하기 위해 다시 임용고시를 보셨다고 합니다. 나중에 제가 어른이 되고 생각해보니 육아휴직이 없는 사회가 존재했다는 게 놀라울 따름이더라고요. 어쨌든 기억하기론 어머니는 다시 일을 시작하셨고 아마 제가 2살 때쯤 보육원에 다니게 된 것 같아요. 저는 말도 늦고 기저귀도 떼지 못한, 여러모로 성장이 더딘 아이였고요. 그래서 보육원 선생님들을 힘들게 하는 아이가 아니었나 싶네요.

이런 얘기는 부모님께 들으신 건가요?

부모님과 대화하다가 알게 됐어요. 어렸을 때부터 가족끼리 모여서 자주 대화를 했기 때문에 그 과정에서 자연스레 듣게 된 듯합니다. 저는 어린 시절을 잘 기억하는 편인데, 부모님과 자주 이야기를 하기도 했고 친척들을 통해 많이 듣기도 했어요. 바보같이 화상을 입었던 이야기를 친척들이 돌아가며 하는 탓에 같은 얘기를 몇 번이나 들었는지 몰라요, 하하.

같은 얘기를 여러 번 들어서 지긋지긋하진 않으셨어요?

그때는 그렇지도 않았어요. 친척 중에는 증조부모님이나

조부모님과 같은 나이대의 분들도 많이 계셨거든요. 도돌이 표 같은 추억팔이에도, 친척 아주머니들의 맥락 없이 이어지는 수다에도 익숙해졌다고 해야 할까요. 친척들은 만났다 하면 무릇 그런 진부한 대화를 반복하는구나. 그렇게 받아들였던 것 같습니다.

친척들이나 부모님의 이야기를 통해 채워진 것 말고 강렬하게 남아 있는 어린 시절의 추억이 있나요?

보육원을 무척 좋아했어요.

부모님과 떨어져서 울거나 하지도 않고요?

네, 엄마와 떨어지자마자 기다렸다는 듯이 놀기 시작했다더라고요? 하하. 원생이 적은 곳이어서 더 세심히 보살폈던 걸 수도 있지만 어쨌든 매일 나오는 급식이 무척 맛있었어요. 김이랑 계란이 들어간 후리카케 조미료를 뿌린 주먹밥과 된장국, 시금치나물 조합을 좋아했습니다. 나중에 초등학교 급식이 보육원 시절의 만찬과 비교하면 상당히 실망스러운 수준이어서 좌절하기도 했습니다. 아직 쌀밥 급식 제도가 시작되기 전이었는데 은색 쟁반에 플라스틱 그릇 하나, 삼지창처럼 생긴 수저 겸 포크 하나가 놓여 있는 것을 보고 이걸 식사라고 해도 돼? 싶었다니까요. 그래도 제가 다니던 초등학교는 급식이 맛있기로 유명한 곳이었는데 말이죠.

어릴 때부터 이미 미식가의 싹이 보였군요.

하하, 그런가봐요. 재밌게 놀았던 기억도 있어요. 밖에서 노는 걸 꺼리는 편이 아니었는데도 피구를 할 때면 공에 맞는 게 무서워서 어떻게든 빨리 맞아 아웃 당하고 싶었습니다. 그림 그리는 건 그 시절부터 좋아했고요. 그러고 보니 어머니가 제가 거실에서 작업하는 모습을 보고는 '쭈그리고 앉아서 그림 그리는 게 보육원 다닐 때 모습이랑 똑같구나'라고 하셨어요, 하하. 쭈그린 자세로 그림만 그리다가 그대로 어른이 됐다던데요? 보육원 시절에는 풍경화 같은 걸 그리진 못했고 인형이나 음식 그림만 그렸어요.

음식 그림이라면요?

파르페 그림을 자주 그렸습니다. 근데 그건 초등학생이 되고 나서였던 것 같기도 하네요. 어렴풋한 기억이고 부모님께 들은 이야기인데, 어린 시절에 눈 그림을 많이 그렸다고 해요. 눈을 그리고 거기서부터 어떤 한 점을 향해 선을 그었다고 하는데, 부모님은 그게 '시선'이 아니었을까 생각하셨다고 합니다.

앞서 친척에 대한 이야기를 하셨는데, 핵가족이 많았던 당시 도쿄의 어린이치고는 독특한 환경에서 어린 시절을 보냈다는 생각이 들어요.

환경이 주는 영향은 확실히 크다고 생각해요. 흠, 다시 음식 이야기로 돌아가자면, 저는 친척집 이곳저곳을 돌아다니며 밥을 얻어먹은지라 우리집의 음식맛이 꼭 표준이 아니라는 것을 비교적 일찍 알고 있었어요. 예를 들면 저희 집에서는 고기를 폰즈소스에 찍어 먹었는데 간장에 찍어 먹는 집이 있는가 하면, 타레소스에 찍어 먹는 집도 있었지요. 보통 어린아이가 다른 집에서 밥 먹을 기회는 많지 않으니까, 지금 생각하면 그것도 귀중한 경험이었습니다. 세상에는 다양한 요리법이 존재한다는 사실도 체감했고요. 요리하는 사람의 뒤에서 음식이 완성되는 모습을 자주 지켜봤는데, 요리를 잘하는 작은할머니께서는 '계란국에 전분물을 살짝 넣으면 예쁘게 완성할 수 있단다'라는 식으로 팁을 알려주시는 분이었어요. 그렇게 만들어주신 계란국은 정말 맛있었습니다. 반대로 요리에 소질이 없었던 할머니는 그렇지 않으셨어요. '이렇게 하는 게 더 맛있다'라며 가르쳐주시는 일도 없어서 저는 그냥 잠자코 완성되기만을 기다렸답니다, 하하.

듣고 보니 어린 시절에 부모 외의 사람이 끼니를 차려주는 모습을 볼 기회가 그렇게 흔치는 않은 것 같네요.

초등학교에 들어간 후에야 제가 조금 독특한 환경에 있었다는 걸 깨달았습니다. 대부분의 아이들은 여름방학이 되면 조부모님 댁에 놀러간다고 했는데 저희 조부모님의 댁은 근처였거든요. 게다가 친구들 대부분이 조부모님 댁에 가면 용돈을 받는다고 하는 걸 듣고 '대박! 부럽다~'라고 생각했죠, 하하. 다른 아이들에게는 조부모님 댁에 가는 것이 작은 여행의 의미였던 것 같아서 부러웠어요. 저는 친가도 도쿄였던 터라 멀리 가는 기분도 들지 않았거든요. 내가 드문 경우구나 싶었네요.

초등학교 시절

베이킹 놀이

초등학교에 들어갈 때 어떤 기대감이나 불안함 같은 건 없었나요?

기억이 잘 안 나네요. 아마 어려서 무슨 일이 일어날지 몰랐을 거예요.

친구들을 잘 사귈 수 있을까 걱정되진 않으셨어요?

그것도 딱히요. 교우 관계는 주변에서 자꾸 어떻냐고 물으니까 도리어 부담을 느끼는 영역이라 생각하는데, 저희 집은 부모님이 모두 바쁘셔서 별로 신경쓰지 않으셨습니다. 부모님이 준비물도 챙기지 않으셨기 때문에 생활통지표에는 항상 '준비물을 자주 깜빡함'이라고 적혀 있었죠. 어른이 되고 나서 '초등학교 1학년 때의 준비물 실수는 엄마의 실수입니다'라는 말을 듣고 그제서야 준비물이란 건 부모님이 도와줘야 하는 거였구나 하고 충격을 받은 적이 있어요, 하하. 손수건이나 휴지 같은 걸 자주 깜빡해서 당시 담임 선생님께서 저를 칠칠맞은 아이라고 생각하셨을 거 같아요. 그런데 제가 물건을 깜빡해도 개의치 않는 아이였냐 하면 그건 또 아니었어요. 소심한 면이 있어서 물건 까먹은 걸 안 순간부터 식은땀이 줄줄 흘렀습니다. 다행히 집이랑 초등학교가 가까웠고, 당시에는 교문을 닫아두거나 경비가 지키고 있지 않아서 쉬는 시간에 학교를 빠져나와 깜빡한 물건을 가지러 집으로 뛰어가곤 했습니다. 빼먹은 물건이 없도록 늘 신경은 썼지만 준비물을 잘 챙기게 된 것은 결국 6학년 때였습니다. 초등학교 내내 덜렁대는 학생이었던 셈이죠.

급식도 절망스러우셨다고요?

하하, 맞아요. 음식에 대한 신념은 그때부터 남달랐죠.

초등학교 가정 수업에서도 요리를 배울 기회가 있는데요. 수업시간 외에도 요리를 하셨나요?

4학년쯤부터 쉬는 날엔 아침 일찍 일어나서 아침밥을 만들기 시작했습니다. 부모님께서는 '넌 꼭 쉬는 날에만 부지런 떨더라' 하는 반응이셨지만요, 하하. 『유리가면』[1]에서 히메가와 아유미가 근사한 아침밥을 먹는 걸 보고 따라 하고 싶었어요. 홍차의 브랜드까지 따지진 않았지만 만들자마자 정신없이 차례로 먹어치우는 한끼가 아니라, 모든 것이 한 상에 차려진 아침밥이 먹고 싶었습니다. 그뒤론 집에 놀러온 친구들과 크레이프를 자주 만들어 먹었습니다. 저희 집은 낮에는 부모님이 안 계셔서 친구들이 모이기 좋은 장소였고 아이들에게 베이킹은 소꿉놀이 같은 거잖아요. 허락 없이 불을 사용해서 매번 혼났지만 잔소리는 한 귀로 듣고 흘리며 이것저것 굽다가 이러다 가게 차리는 거 아니야?! 싶을 정도의 수준에 도달했습니다. 집에 불이 안 난 게 천만다행이었죠.

하필 크레이프였던 이유가 있었을까요?

쿠키도 만드는 건 간단하지만 먹기까지 시간이 걸려서요. 크레이프는 계속 만들어낼 수 있거든요. 누구는 완성된 크레이프에 친구들이 가져온 잼을 바르고, 누구는 다음 반죽을 굽는 식으로 다 같이 효율적으로 만들 수 있잖아요. 어느 정도 경험치가 쌓이니 만들고, 먹고, 뒷정리까지 다 해도 술래잡기를 할 수 있을 만큼 시간적 여유가 생겼습니다. 아, 맞다. 어느 날 참치 캔을 가져온 친구가 있었는데 그 시절에는 크레이프에는 으레 초코 바나나 같은 달콤한 토핑을 올리는 게 불문율이었어요. 그래서 참치 크레이프를 들고 벌벌 떨며 겨우 먹었는데 생각보다 맛있는 거 아니겠어요? 이것도 저에겐 재미있는 추억으로 남아 있죠. 『어제 뭐 먹었어?』[2]가 드라마로 방영된 후 학창 시절 친구들과 종종 만날 기회가 있었는데 다들 드라마를 보고 있더라고요. 초등학교 친구와는 '우리 다 같이 크레이프 만들어 먹었지' 고등학교 친구와는 '그때 라자냐 자주 해먹었는데' 대학 친구와는 '여자 셋이서 물만두 백 개를 먹었잖아' 같은 이야기를 했습니다. 어린 시절 우리가 무슨 이야기를 나눴는지는 기억하지 못해도 무엇을 먹었는지는 모두 즐거운 추억으로 간직하고 있던 거예요.

어떤 만화든 부모의 제재는 없었다

초등학생이 된 후로 파르페 그림을 자주 그렸다고 하셨는데요.

친구들이 부탁해서 그릴 때도 많았습니다. 초등학교 때까지는 만화 같은 그림을 그릴 줄 아는 게 친구들 사이에서 칭찬을 들을 수 있는 장기였고, 그게 놀림거리가 되는 분위기는 아니었습니다. 그래서 보통은 친구들 앞에서 그림을 그렸는데요. 만화체 그림만 그릴 수 있었지, 풍경화나 공예에는 정말이지 아무 소질이 없었어요. 그렇지만 그림 그리는 건 변함없이 좋아했습니다. 저학년 때는 '캔디캔디 드로잉 데스크 Ms. 만화가'라는 장난감 라이트 박스를 부모님께서 사주셨는데 그걸로 만화를 따라 그리며 놀았습니다.

당시에도 만화책을 좋아한다는 걸 스스로 알고 있었나요?

네, 만화책 보는 게 즐거웠어요.

그럼 처음 읽은 만화가 뭐였는지 기억나세요?

가물가물한데 아마 『도라에몽』 아니었을까요? 그리고 오래된 기억이긴 하지만 친척집에 있던 『사자에씨 비밀 이야기』[3]를 몇 번이나 읽었던 기억이 납니다. 그뒤로는 자연스럽게 만화가 좋아져서 계속 읽었던 것 같고요. 당시에는 부모님이 만화책 보는 걸 반대하는 친구들도 있었는데, 그런 친구들은 책을 빌려 갈 수도 없어서 자주 저희 집에 와서 만화를 읽었습니다. 낮 동안에는 부모님이 안 계셨으니까 저희 집이 아지트 비슷한 게 된 거죠. 만화카페 같은 느낌이랄까.

그 시절에 이미 집에 상당한 양의 만화책이 있었나보네요?

친척들에게 받은 게 많았습니다. 친척 언니가 하기오 모토[4] 선생님의 '빨간 책'[5]이라고 불리던 초기 작품집과 『포의 일족』[6]을 갖고 있었고, 친척 오빠는 데즈카 오사무 선생님이 잡지 《나카요시》에 게재했던 『리본의 기사』[7]를 갖고 있었어요. '24년조'[8]로 불리던 선생님들의 작품이나 데즈카 오사무 선생님의 작품은 그 덕에 읽게 되었죠. 아직 어려서 『불새』[9]나 『아야코』[10] 같은 작품은 이해할 수 없었지만 이야기의 스케일에 압도되었습니다. 솔직히 그 당시에 가장 가슴을 울린 것은 『리본의 기사』였습니다.

작가님의 부모님은 만화에 어떤 입장이셨나요?

방관이었습니다. 만화뿐만 아니라 TV 프로그램에 대한 제지도 없으셨고, 심지어 밤을 새우는 것도 뭐라고 하지 않으셨습니다. 저희 부모님은 만화를 읽지 못하는 건 아니지만 읽지 않는 세대였기 때문에 엄밀히 말하자면 무관심했다고 해야겠지요. 뭘 보나 검사하는 일도 없으셨고요. 그래서 생일 선물로 만화책을 사달라고 하면 사주셨고, 야한 만화든 그로테스크한 만화든 자유롭게 읽을 수 있었습니다. 초등학교 2학년 때 부모님이 『베르사유의 장미』[11]를 사주신 적이 있는데, 그걸 보고 어머니의 친구가 '이런 걸 애한테 사줘도 되는 거야?'라며 놀라셨었어요. 반면에 어머니는 '프랑스혁명 이야기인데, 뭘'하며 대수롭지 않은 반응이셨고. 하하.

그렇군요. 친척들에게 받은 만화는 조금 위 세대 사람들이 읽을 법한 작품이 많았던 것 같은데요?

맞아요. 그래서 또래 친구들과 대화할 때는 이야기를 꺼낼 수 없었습니다. 그냥 '나한테는 재밌던데' 같은 느낌이었죠. 친구들에게는 『유리가면』 같은 걸 빌려주었습니다. 그렇지만 『유리가면』도 열렬한 연애 스토리나 잘나가는 학생회장이 나오는 종류의 만화가 아니었기 때문에, 친구들이 1권 표지 속 유리가면을 손에 든 마야를 보고 '이거 무서운 만화야?'라고 물어볼 때가 종종 있었습니다. 그럴 때마다 '가면을 못 벗는 저주에 걸리는 일 같은 거 없으니까 걱정 마'라고 설명하며 아무튼 재밌다고 추천했죠.

친구들과의 대화 소재가 되는 만화라면 당시에는 《나카요시》나

《리본》《차오》 같은 아동용 소녀만화 잡지가 그 역할을 하고 있었다고 생각하는데, 그런 종류의 만화책도 읽으셨나요?

전혀요. 그렇지만 저는 친구들에게 만화를 빌려주고 보급하는 쪽이었기 때문에, 그때까지만 해도 제가 또래 친구들이 좋아하는 만화를 보지 않는다는 사실을 인지하지 못했어요. 다른 친구들에게 만화를 추천받을 때도 있었는데, 대부분 언니가 있는 친구들이었고 역시나 조금 위 세대의 작품을 추천해주었습니다. 『유리가면』도 제가 3학년 때 언니가 있는 친구의 열정적인 영업 덕에 알게 됐어요. 만화책이 15권까지 나왔을 때였는데 그 친구가 앞 권까지의 줄거리를 설명해주겠답시고 장장 2시간에 걸쳐서 혼자 일인극을 펼치더라고요. '아아, 바로 그때. 마야가 못을 밟고 마는데!' 이런 연기를 하면서 말이에요, 하하. 그 모습에 크게 감명받아서 그해 생일 선물로 여태 나온 16권을 전부 사달라고 했어요.

어릴 때는 정보도 돈도 제한적이다보니 나에겐 없지만 친구에겐 있는 만화가 더 귀하게 느껴졌겠네요.

정말 그랬어요. 그리고 그때 할머니가 『캔디캔디』[12] 시리즈 중 제2권만 사주셨어요. 할머니 입장에서는 만화라고 하면 『노라쿠로』[13] 같은 이미지가 강해서 어디서부터 읽어도 상관없을 거라고 생각하신 모양이에요. 다른 권을 사지 못한 채 2권만 갖고 있었는데 친구 집에 가니 전권이 있는 거 있죠. 그 덕에 결말까지 읽을 수 있어서 속이 시원했습니다, 후후.

완결된 스토리에서만 느낄 수 있는 쾌감

『캔디캔디』역시 작가님보다 한 세대 전의 히트작이었죠?

그렇죠. 전 기본적으로 친척 언니에게 받은 만화 말고는 잘 몰랐어요. 그리고 여름마다 놀러가는 친척집에 『맨발의 겐』[14]이 있어서 매해 읽었습니다. '무서운 만화'를 보는 것 같은 재미가 있었어요. 『베르사유의 장미』에서 루이 15세가 천연두로 죽어가는 장면이 나오는데 병 때문에 얼굴이 썩어 문드러진 모습이 조금 그로테스크했습니다. 그런데도 그 장면이 좋더라고요. 친척집에 있던 『블랙 잭』[15] 역시 수술 장면이 공포물을 보는 듯한 느낌을 주었는데, 그게 좋아서 저도 따라 샀습니다. 초등학생 시절에 호러만화 붐이 일어서 우메즈 가즈오[16] 선생님의 만화가 유행했거든요. 역시나 무서웠지만 재미있어서 열심히 읽었습니다, 하하. 그때는 소녀만화에도 꽤 호러물이 많았어요. 다카시나 료코[17] 선생님의 『지옥에서 메스가 빛나다』[18]나 기쿠카와 지카코[19] 선생님의 『붉은 손톱자국』[20] 외에도 많은 작품들이 인기를 끌었습니다. 그때까지만 해도 아직 호러만화 잡지가 없었고 여러 장르가 혼재하던 시절이라 호러를 특별히 좋아하지 않더라도 접할 기회가 많았던 것 같습니다. 6학년 때 야마기시 료코[21] 선생님의 「야차어

전」[22]을 읽었는데 깊은 산속 외딴집에 이사온 소녀 일가에 대한 이야기로, 소녀가 집안에서 '귀신'을 보게 됩니다. 그 작품은 어린 나이에 읽어도 느낄 수 있는 으스스한 공포가 있었어요. 그런 작품들도 어렵지 않게 접할 수 있는 시대였다고 할까요. 그러고 보니 미우치 스즈에[23] 선생님의 『흑백합의 계보』[24]가 얼마나 재미있고 무서운지 친구들에게 일장 연설했던 기억도 납니다. 『유리가면』을 알려준 친구의 영업이 너무 강렬해서 누군가에게 추천하려면 그 정도는 필요하다고 생각했던 거죠, 하하.

그 친구의 영향이 컸군요?

그 친구가 만화 잡지에 대한 개념도 알려주었습니다. 그전까지는 만화를 항상 단행본으로만 읽었기 때문에 만화가 단행본화되기 전에 잡지에 먼저 연재된다는 사실을 몰랐습니다. 4학년 때 그 친구가 저에게 『유리가면』에서 하야미 마스미와 기타지마 마야가 딸기 무늬 우산을 같이 썼다고 하는 거예요. 저는 신간을 꼬박꼬박 사서 봤는데 그런 에피소드는 없었거든요. 그때 처음으로 연재라는 개념이 뭔지 알고 용돈으로 《하나토유메》를 샀습니다. 그러니까 제가 태어나서 처음으로 산 만화 잡지가 《나카요시》《리본》《차오》도 건너뛰고 갑자기 《하나토유메》가 된 거예요.

시바타 마사히로[25] 선생님이나 와다 신지[26] 선생님과 같은 남성 작가의 작품도 실리던 시절의《하나토유메》말이군요.

『붉은 송곳니』[27] 시리즈에서 주인공 란의 치마를 들추는 장면이 나오거나『스케반 형사』[28]에서 사립탐정으로 나오는 무우, 그러니까 미사가 아사미야 사키의 브래지어를 머리에 뒤집어써서 고양이 귀를 만드는 장면이 그대로 실리던 시대였습니다.『유리가면』을 보기 위해《하나토유메》를 사고 나서 깜짝 놀란 게, 저학년 때 재미있게 읽은『파타리로!』[29]가 연재되고 있다는 사실이었습니다. 단행본으로 읽을 때 벌거벗은 장면을 보면서도 말라이히를 당연히 여자라고 생각하고 있었는데, 잡지를 통해 겨우 진실을 알게 되었습니다. 하하.

소년만화도 읽으셨나요?

거의 읽지 않았습니다. 만화를 좋아하는 친척 오빠가 있긴 했는데 그 오빠도 소녀만화를 좋아해서《쁘띠 플라워》[30]를 읽었어요. 그리고 데즈카 오사무 선생님의 작품을 읽었고요. 저는『블랙 잭』을 사서 읽고 있었는데 딱히 그게 소년만화라는 인식은 없었습니다. 5학년 때 친해진 친구 중에 만화를 소장하기 위해 아파트 방 하나를 빌릴 정도로 서브컬처를 사랑하는 부모님을 둔 친구가 있었습니다. 그 친구는《주간 소년 점프》를 좋아했는데 그중에서도 특히『캡틴 츠바사』[31]에 빠져 있었습니다. 생각해보니 그전까지 소년만화를 읽지 않던 여자애들도 『캡틴 츠바사』라면 좋아할 정도로 《점프》의 광풍이 불고 있었죠, 하하. 많은 사람들이 읽는 인기만화는 그전에도 존재했지만 '모두'가 읽을 정도의 인기는 『캡틴 츠바사』를 통해 처음 실감했습니다. 그래서 저도 친구들과의 대화에 끼기 위해 『캡틴 츠바사』를 읽었습니다.

다들 그렇게까지 빠진 이유가 있었나요?

아마 작풍이 소녀만화에 길들여진 여학생들에게도 친숙했기 때문이 아닐까요? 소년만화치고는 그림의 밀도가 낮아서 화면에 여백이 많았고, 캐릭터의 눈이 커서 비교적 모든 인물들의 얼굴이 귀여웠습니다. 수많은 캐릭터가 등장했는데, 보통 남자애들보다 여자애들이 캐릭터의 차이를 잘 파악한다고 생각해요. 세세한 눈썹의 각도나 말투, 행동으로 캐릭터를 구분할 수 있었던 것 같습니다. 제 주변에도 휴가 코지로처럼 존재감이 뚜렷한 캐릭터 말고 자주 등장하지도 않는 마츠야마를 좋아하는 애들이 꽤 있었거든요. 저는 미사키를 좋아했지만요, 후후.

『캡틴 츠바사』를 읽기 시작하면서 소년만화에도 흥미가 생겼나요?

그렇지도 않았습니다. 『캡틴 츠바사』에 빠진 친구의 추천으로 《점프》는 읽고 있었고, 도쿠히로 마사야[32] 선생님의 『셰이프 업 란』[33]이 정말 재미있긴 했지만요. 타고나길 그런 건지, 만화책을 단행본으로 기준 삼는 인간이라 그런지는 몰라도 아직 완결이 나지 않은 작품에 그렇게까지 끌리지 않았던 것 같아요. 그렇기 때문에 『유리가면』도 얼른 완결되길 바라며 읽었습니다, 하하.

하나의 스토리로 아름답게 매듭지어진 걸 좋아하시나보네요.

맞아요. 완결된 스토리를 한번에 읽어낼 때의 쾌감을 좋아하는 걸지도 모르고요. 미완성 작품이 잘못됐다는 게 아니라 마무리되지 않은 작품에 몰입하는 게 쉽지 않더라고요. 이야기가 어떤 결말을 맞이하는가는 매우 중요한 문제라고 생각해서요. 나중에는 인기 많은 작품일수록 마무리를 질질 끄는 느낌이 들기도 해서, 역시나 저는 제대로 마무리된 스토리를 선호한다는 걸 다시 한번 느꼈습니다. 중학생이 될 즈음에는 깔끔하게 한 권으로 묶인 단편에도 흥미를 갖게 되었는데, 그 전까지는 막연한 기분으로 읽던 하기오 모토 선생님이나 오시마 유미코[34] 선생님의 단편의 진가를 한 편 한 편 읽으며 절절히 느꼈습니다.

마음을 사로잡은 작품의 공통점

단편의 매력을 깨닫기 전인 초등학교 시절에 읽은 만화 중, 기억

에 남는 작품을 뽑는다면 어떤 게 있나요?

워낙 많지만… 그중에서 꼽으라면 『베르사유의 장미』 『유리가면』 『해 뜨는 곳의 천자』[35] 등이 있겠네요.

『베르사유의 장미』는 초등학교 2학년 때 선물로 받았고, 『유리가면』은 친구의 열정적인 추천으로 읽게 되셨다 했죠. 『해 뜨는 곳의 천자』는 어쩌다 읽게 된 건가요?

만화가 단행본으로 출간되기 전에 잡지에 연재된다는 사실을 알고 난 후의 일인데요. 당시에 좋아했던 나리타 미나코[36] 선생님의 『에이리언 스트리트』[37]의 뒷이야기를 읽고 싶어서 잡지 《LaLa》를 샀습니다. 그때 야마기시 료코 선생님의 『해 뜨는 곳의 천자』가 연재되고 있었는데, 집에 이미 야마기시 선생님의 『아라베스크』[38]도 있었고 『요정왕』[39]도 읽고 있던 터라 그림체가 눈에 익더라고요. 『아라베스크』의 작가가 일본풍의 만화도 그리는구나 생각하며 연재중인 에피소드를 읽는데, 우마야도노 왕자가 정신을 잃은 뒤 초시마로가 "왕자!"라고 소리치는 장면이 이야기의 한창이라 맥락을 이해할 수가 없었어요. 그런데 중간부터 읽어도 너무 재미있어서 처음부터 읽기 시작했고 순식간에 빠져들었습니다.

말씀하신 세 작품은 장르나 작풍도 제각각인데 어떤 부분이 마음을 사로잡았다고 생각하시나요?

글쎄요.『유리가면』같은 경우는, 우선 오락만화의 속도감에 매료되었습니다. 어떤 일이 일어날지 마음을 졸이게 하는 전개에서, 그때까지 제가 읽은 소녀만화를 통해선 느끼지 못한 충격을 받았습니다. 또 연기나 배우라는 소재로 이렇게 재미있는 이야기를 그릴 수 있구나 싶어 감탄했죠. 주인공 마야의 라이벌인 히메가와 아유미가 멋진 캐릭터라는 점도 한몫했고요.『유리가면』을 읽기 전까지 저에게 소녀만화 속 라이벌은 보통 돈이 많고 못된 캐릭터라는 이미지가 강했고, 아유미도 등장 후 중반까지는 그런 유형을 답습한다고 생각했어요. 아버지는 영화감독에 어머니는 유명 배우인 유복한 집안의 아가씨가 주인공을 못살게 굴면서 사사건건 발목을 잡나 보다 예상했던 거죠. 그런데 예상을 뒤엎으며 마야를 괴롭히기는커녕 대등한 라이벌로 인정하고, 오히려 마야를 괴롭히는 사람들을 제지하는 거예요. 게다가 스캔들로 바닥까지 추락한 마야에게 "기다릴게"라는 한마디를 건네죠. 그리고 그 한마디가 마야를 다시 일으키는 계기가 됩니다. 이런 아유미와 마야의 관계성에서 제가 느끼는 감정은, 이를테면 비엘에서 남성 간의 관계성에서 느끼는 매력과 근본이 다르지 않은 것 같아요. 그리고 라이벌이지만 상대를 인정하고 대등한 입장에서 겨루기를 바라는 여자 캐릭터가 등장한 것이 무척 신선했습니다. 마야나 아유미에게 연애 에피소드가 없는 건 아니지만 전체 줄거리에 영향을 주지 않는 점도 좋았고요.

전체 스토리에서 연애의 비중이 적은 게 좋았다는 건가요?

꼭 그런 건 아니고, 당시 제 개인적인 정서가 반영된 게 아니었나 싶어요. 맞벌이 부모님의 모습을 보고 자란 영향인지, 저 역시 결혼 후에도 계속 일을 하고 싶었습니다. 하지만 주위를 보면 전업주부가 된 미래를 당연하게 상상하는 여자애들이 아직도 많은 시대였어요. 그런 시절에 친구들 무리에서 최대한 튀지 않고 원만하게 지내려면 평생 일하고 싶다는 생각은 입 밖으로 꺼내기 어려웠죠. 동성의 친구들에게 그런 말을 해서는 안 될 것 같았어요. 하지만 '히메가와 아유미가 좋아'라고는 말할 수 있으니까요. 친구들에게는 말할 수 없었던 솔직한 심정을 아유미의 태도나 에피소드에 투영하고 있었던 거 같아요.

『해 뜨는 곳의 천자』도 비슷한 심리가 반영됐다고 볼 수 있나요?

별로 그렇지는 않았어요. 우마야도노 왕자와 소가노 에미시의 관계성이 좋았습니다. 거기에 공감하거나 제 감정을 투영했던 건 아니고 그냥 그 관계성이 좋았다는 말이 가장 적절할 것 같네요. 이야기의 결말도 좋았고요. 동성애라서가 아니라 우마야도노 왕자의 사랑법은 타인과 함께 살아가기 어려운 방식이라고 생각했거든요. 어린 시절 어머니에게 사랑받지 못한 왕자는 에미시에게 모성애와 같은 애정을 갈구합니다. 하지만 상대가 누가 됐든 타인에게 어머니와 같은 사랑을 바랄 순 없죠. 에미시도 그렇게 말합니다. "왕자님이 말씀하시는 사랑이란, 상대의 모든 걸 수용하고 상대방을 자신과 완벽하게 동일한 존재로 만드는 것을 의미합니다"라고. 그건 제가 생각해도 말이 안 되기 때문에 둘이 이어지지 않는 결말이 충분히 납득이 갔고, 결말뿐만 아니라 이야기 자체로도 참 아름다운 작품이었습니다. 그 아름다움을 음미하며 다시 한번 읽으니 그대로 사흘 정도는 여운이 가시질 않더라고요. 둘에게 뭔가 다른 길은 없었을까 곱씹게 됩니다. 몇 번을 읽어도 결말은 바뀌지 않지만 한번 더 읽으면 또다른 감정이 들려나 싶어 또 읽고, 다 읽고 나면 역시 둘에게 다른 길은 없으려나…… 하며 또 깊은 생각을 하고……

이전에 야마기시 료코 선생님과의 대담[40]에서 『아라베스크』에 등장하는 미모의 피아니스트 카린 루비츠와 우마야도노 왕자의 외모에 주목하면서 "야마기시 선생님이 그리는 이런 외모의 등장인물은 결코 행복해질 수 없는 것 같다"라고 말씀하셨는데요. 한참 시간이 지난 뒤에 『무희 테르프시코레』[41] 제2부에 롤라 장이라는, 생김새가 우마야도노 왕자와 비슷한 댄서가 등장합니다. 그리고 롤라 장이 주인공인 시노하라 유키랑 안무가와 댄서로서 함께하게 되었을 때, 연인은 아니지만 파트너로서 인생을 함께하기로 한 둘의 모습을 통해 스토리의 경계를 넘어 우마야도노 왕자가 구원받은 것 같았다고 작가님께서 말씀하셨죠.

네. 저 역시 구원받았어요. 처음 만화를 접한 뒤로 오랫동안 마음속에 응어리져 있던 것이 녹으면서 속으로 '잘됐다, 우마야도노…'라고 생각했죠. 『아라베스크』는 『해 뜨는 곳의 천자』와는 달리 해피엔드였는데, 이것도 몇 번이나 읽었습니다. 주인공인 논나의 스승이자 파트너이기도 한 미로노프 선생이 논나에게 중요한 한마디를 하지 못한 채 이야기가 끝나버리는데 그 여운이 가시질 않아서요. 그럴 리 없지만 한번 더 읽으면 마지막 한마디를 하지 않을까 기대하며 또 읽고. 역시나 같은 결말이 반복되지만 그럼에도 미소를 짓게 됩니다. 이것 또한 이야기의 참맛 아닐까요?

『베르사유의 장미』에 대해서는 어떻게 생각하시나요?

부모님이 왜 사주셨는지는 모르겠지만 조금 그로테스크한 묘사나 오스칼이 앙드레의 벗은 몸을 보고 두근대거나 하는, 어딘가 야한 장면들이 있어서 처음엔 그 재미로 읽었습니다. 나중에는 오스칼과 앙드레의 관계성, 그리고 앙드레를 좋아하게 됐고요. 앙드레라는 인물 자체를 좋아했던 건 아니고 오스칼을 사랑하는 앙드레를 좋아한 거지만요. 앙드레는 무엇 하나 오스칼보다 잘난 게 없습니다. 신분도 낮고, 검술이든 두뇌든 오스칼이 월등하게 앞섰죠. 앙드레는 가진 건 하나도 없지만 아주 당당하게 오스칼을 사랑합니다. 게다가 자신이 귀족이기만 했다면 결혼했을 거라고 믿으면서요. 그 모습에

'무슨 자신감?' 싶긴 했어요, 하하. 귀족이 되는 건 출발선일 뿐이고 오스칼이 귀족이 된 자신을 사랑할지는 모르는 일인데. 이런 근거 없는 자신감이 넘쳐서 앙드레가 좋았어요. 앙드레뿐만 아니라 오스칼도 좋아했습니다. 그와 비슷하게 남장을 한 여자 주인공이 등장하는 『리본의 기사』도 좋아했지만 『리본의 기사』의 사파이어와 오스칼 사이에는 큰 차이점이 있습니다. 오스칼은 남장을 하지만 사실은 여자라는 걸 모두가 알고 있죠. 오스칼 스스로도 여자인 사실을 딱히 감추려고 하지 않습니다. 오스칼에게 남장은 그저 작업복 같은 것인데 바로 그 점이 좋았습니다. 남장여자가 등장하는 작품은 많지만 대부분의 주인공들이 스스로 남장한 사실을 부정하잖아요? 오스칼처럼 자신을 당당하게 인정하고 드러내는 캐릭터가 없었습니다. 오스칼이 더욱 특별한 이유죠.

어떤 작품이든 캐릭터 사이의 관계성에 끌린다는 공통점이 있으시네요.

그리고 또 한 작품, 야마토 와키[42] 선생님의 『하이카라씨가 간다』[43]도 아주 좋아했습니다. 읽을 때마다 오락만화 특유의 쾌감을 느낄 수 있었거든요. 이야기가 우여곡절을 거쳐 멋진 결말로 마무리되는데, 주요 캐릭터에 국한되지 않고 주인공인 베니오를 비롯해 그때까지 등장한 메인 캐릭터들이 모두 행복한 결말을 맞이합니다. 작중에서는 관동 대지진이 이야기의 대단원을 위한 장치로 그려집니다. 등장인물이 겪는 인간관계의 오해나 갈등 같은 걸 리셋하는 힘을 그 장치에 부여함으로써 일말의 희망까지 느끼게 만드는 훌륭한 결말이었다고 생각합니다.

평생 일하기 위한 선택

초등학생 시절에 직접 만화를 그린 적이 있으신가요?

컷을 나눠서 좀 그려본 적은 있는데 2페이지 만에 좌절했습니다, 어휴. 하지만 모작은 했죠. 《하나토유메》에 연재된 가와하라 이즈미[44] 선생님의 만화가 재미있어서 잡지를 옆에 두고 모든 페이지를 연필로 따라 그리곤 했습니다.

마음에 든 페이지만 그린 게 아니라 모든 페이지를 따라 그리신 거예요?

네, 그랬어요. 특별히 만화 공부를 하려고 했던 건 아니고 그저 따라 그리고 싶어서 그랬던 것 같아요. 야마구치 미유키[45] 선생님의 데뷔작[46]도 그림이 귀여워서 똑같이 따라 그린 적이 있습니다.

어린이들이 읽는 만화 창작 입문서 같은 것도 있었을 텐데요. 그런 건 본 적 없으신가요?

쇼가쿠칸에서 출간된 『소녀 만화 입문』[47]을 읽은 적이 있습니다. 쇼가쿠칸에서 나온 책이라고 분명히 기억하는 게, 하기오 선생님이나 다케미야 게이코[48] 선생님, 기시 유코[49] 선생님의 일러스트가 실려 있었거든요, 후후. 장미나 격자무늬 패턴을 그리는 법 등에 대한 설명은 있었는데 콘티 짜는 법에 대한 설명은 거의 없어서, 일러스트 입문서 같은 느낌이었어요. 그래서 그냥 읽을거리로서 재미있게 봤습니다.

실제로 컷을 나눠서 그리는 것까지는 아니더라도 오리지널 스토리를 머릿속으로 상상해본 적은 없으세요?

그런 적은 없는 것 같아요. 그래서 만화가 좋으니까 막연하게 만화가를 장래희망으로 꿈꾼 적은 있어도 정말 현실이 될 거라고는 생각하지 못했습니다.

초등학생 시절에는 무엇이 되고 싶으셨는데요?

만화가가 되긴 힘들 것 같고, 그렇다면 변호사가 좋겠다고 생각했습니다. 왜냐하면 아버지 친구 중에 변호사가 있었는데 그분에게 하루 일과를 여쭈어보니 오전에 법원에 잠깐 갔다가 오후에는 내내 골프를 치고, 사우나에 들른 후 집에 간다고 알려주셨거든요. 나중에 생각해보니 농담이었다는 걸 깨달았지만 어린 마음에 이 얼마나 좋은 직업이냐 싶었던 거죠, 하하. 골프 치러 다닐 시간에 나는 만화를 그릴 수 있겠다고 생각했어요. 만화 그리는 걸 직업으로 삼기는 어려워도 취미 정도로는 괜찮을 것 같았고, 평생 일은 하고 싶지만 그건 돈을 벌기 위해서지 그저 성실하게 일만 하고 싶었던 건 아니었거든요. 그래서 재미있고 편한 일이 있다면 그야말로 평생할 수 있겠다 싶었나봅니다. 어렸기에 할 수 있는 얕은 생각이었습니다.

회사에 다니는 것도 선택지에 있었나요?

아니요, 일단 염두에 둔 것은 자격증을 따는 것이었습니다. 부모님과 미래에 대한 이야기를 나눴는데 직장인 여성이 결혼을 하면 꼭 회사를 그만둬야 하는 건 아니지만, 출산 후 퇴사하는 수순을 전제로 여성을 고용하는 회사가 있다고 들었습니다. 그 당시의 이야기지만요. 그래서 결혼한 후에도 계속 직장에 남아 일을 하면 굉장히 마음이 불편할 것이라고요. 평생 일하고자 한다면 회사원은 적절하지 않다고 생각했습니다. 그 대신 자격증을 요하는 일이라면 일을 그만둘 확률이 꽤 낮아질 것 같더라고요? 그런 생각을 하고 있을 때 아까 말한 변호사 이야기를 듣고 무릎을 탁 친 거죠. 변호사야말로 자격증이 필요한 일인데다가 누군가에게 고용되는 형태가 아니더라도 일할 수 있기 때문에 출산 후에는 자율적으로 휴직을 선택할 수 있을 거라 생각했습니다. 적어도 결혼이나 출산을 이유로 잘리는 일은 없을 것 같았어요. 그래서 변호사란 직업, 참 좋겠다. 그런 생각을 하게 되었습니다.

초등학생 때 벌써 거기까지 생각하고 계셨군요.

제 주위나 TV 드라마를 보면서 여자가 평생 일하는 게 그리 쉬운 일이 아니라는 사실을 조금씩 느꼈던 영향이 커요. 초등학교 때 반에서 부모가 온종일 맞벌이하는 케이스는 저밖에 없었고, 드라마 속 여자들은 항상 하고 싶은 일이 있어도 결혼 때문에 그만뒀습니다. 아무리 꿈이 많던 사람도 사랑하는 사람을 만나면 결혼을 선택하고, 마치 그것을 정답인 양 보여주는 이야기가 많았죠. 그 당시에 〈대초원의 작은 집〉[50] 이라는 로라 잉걸스 와일더의 소설을 원작으로 한 해외드라마가 있었는데, 주인공 로라는 결혼과 함께 교사직을 그만두게 됩니다. 그의 어머니가 로라에게 "결혼해서 엄마가 된다는 것은 교사뿐만 아니라 간호사이자 요리사도 될 수 있는 걸 의미한단다"라고 설득하는데, 그 말을 듣고 로라는 자신의 꿈을 포기합니다. 아니 그럼, 대체 간호사나 요리사 말고 다른 꿈이 있는 여자들은 어떻게 하라는 거지? 도저히 납득이 되지 않았어요. 그래서 저는 결혼을 하고 엄마가 되더라도 계속할 수 있는 일을 찾아야겠다는 다짐을 항상 품고 있었습니다.

어쨌든 평생 일하는 것이 대전제였군요.

맞습니다. 당시는 전업주부가 주류였고 평생 일하고 싶어

하는 여성은 결혼과 맞지 않다, 일을 해도 되지만 그전에 집
안일부터 제대로 하라는 듯한 암묵적인 사회적 분위기를 느
끼고 있었어요. 그래서 저 같은 생각을 가진 사람은 결혼할
수 없을 것 같았고, 계속 일할 수 있는 직업은 제게 선택이 아
닌 필수였습니다.

**결혼을 하더라도 경제적으로 자립할 수 있는지를 중시했던 거네
요.**

아주 중요한 문제라고 생각했습니다. 저희 부모님도 싸울
때가 있었는데, 두 분 다 일을 해서 돈을 벌고 있었기 때문에
여차하면 갈라서는 것까지 선택지로 고려할 수 있었어요. 돈
이 없다면 쉽게 내릴 수 없는 결단이잖아요? 제가 어릴 때만
해도 아버지 자리에만 반찬 한 가지를 더 놓고, 씻는 순서도
아버지가 먼저인데다가, 아버지가 집에 돌아오시면 떠들던
것을 멈추고 조용히 해야 하는…… 그런 집들이 많지는 않았
지만 또 아주 없지도 않았어요. 그건 아버지가 일을 하고 돈
을 벌기 때문이었겠죠. 아버지가 없다면 생계를 유지할 수 없
으니까 그분의 존재를 더 중요시한 겁니다. 주위의 어른들을
보더라도 묘하게 남편의 눈치를 보는 여성들이 심심치 않게
눈에 띄었고요. 그게 나쁘다는 게 아니라 현실이 그랬어요.
다만 저희 부모님은 그렇지 않았기 때문에 저도 결혼을 하게
된다면 그런 부부가 되고 싶었죠. 부모님의 관계를 이상적으

로 생각했다는 건 아니고, 언제든지 관계에서 벗어날 수 있는 자유를 서로가 갖고 있는 게 좋다. 그런 의미로요.

논쟁은 결론이 날 때까지

그런 문제에 대해 혼자 고민할 때 부모님과도 상담을 했나요?

자주 이야기했습니다. 저희 집은 기본적으로 어떤 결론이 나기 전까지 논쟁을 끝내는 법이 없었어요. 말로 잘 설명이 안 되거나 도중에 기분이 상해서 방으로 들어가고 싶어도 허락되지 않았죠, 어휴. 방에서 끌고 나와 끝까지 말을 하게 만드는 집안이었기 때문에 정리가 되지 않아도 일단 제 나름대로 이런저런 의견을 말하거나 부모님의 생각을 들어야 했습니다. 논쟁이라고 해봤자 빨래를 개냐 안 개냐 정도의 문제인데, 그걸로 2시간 정도 부모님이 다툰 적이 있었습니다. 집안일에 서툴던 저희 아버지는, 그렇다고 집안일에 협조적이지도 않았어요. 그런데도 어머니는 젊은 시절부터 포기하지 않고 꾸준히 같은 문제로 싸웠습니다. 솔직히 싸우는 것도 귀찮아서 그냥 내가 개고 만다 하고 포기할 법도 한데 어머니는 '거기서 지면 안 된다'고 하시더라고요. 포기는 빨래를 개지 않는 아버지가 해야 하는 거지, 본인은 절대로 양보하지 않겠다고요. 결국 아버지도 스스로 빨래를 개기 시작했죠.

그런 논쟁이 오랜 불화로 이어질 수도 있고 그게 무서워서 말하지 못하는 사람도 있을 것 같은데, 어머니께서는 그런 분이 아니셨군요?

어머니는 자주 '나는 너희 아빠를 사랑하니까 싸우는 거야'라고 말씀하셨어요. 둘이서 잘해볼 의지가 있으니까 말하는 거라고요. 일본에서는 가족끼리 '사랑'이란 말을 거의 안 쓰잖아요? 그래서 저랑 아버지가 "'사랑'이랜다… 엄마는 분명 전생에 독일인이나 이탈리아인이었을 거야. 아무튼 일본인은 아니야"라며 놀린 적도 있었죠, 하하. 아버지도 어머니를 무척 좋아하신다는 건 알고 있었고, 기본적으로 부부 사이는 매우 좋았습니다. 어쨌든 대화를 자주 하는 가족이었기 때문에 상대방이 어떤 생각을 하고 있고, 어떤 불만을 갖고 있는지 등을 모를 일은 잘 없었답니다. 모르는 사람 눈에는 맨날 싸움만 하는 살벌한 가족으로 보였을지도 모르지만요.

가족 간의 논쟁에 참여하려면 나름대로 의견을 정리하거나 반박이 필요할 때도 있을 텐데 귀중한 경험을 쌓으셨다는 생각이 듭니다.

맞아요. '상대방이 이렇게 말하면 난 이렇게 반박해야지' 같은 것을 생각하며 준비했습니다. 예전에 했던 말과 모순된 주장을 하면 반드시 꼬투리가 잡히니까요, 후후. 준비하는 과정에서 생각이 정리될 때도 있었어요. 꼭 논쟁이 아니더라도 수업에서 재미있는 내용을 배우면 잊지 않으려고 부모님께 자주 이야기하곤 했습니다. 아무래도 제가 외동이라 그날 있었던 인상 깊은 일을 누군가에게 말하고 싶을 때 상대가 부모님뿐이었단 점도 영향이 컸겠죠.

확실히 그러셨겠네요.

친구에게 하기 힘든 이야기를 부모님께 할 수 있었던 건 다행이라고 생각합니다. 어머니는 '분위기 나빠지는 건 신경 쓰지 말고 얘기해'라고 말씀하는 분이셨는데, 어머니처럼 저와 성향이 다른 사람이라고 해야 할까요? 그러니까 제 기분에 무조건 동조해주려고 하지 않는 사람이 옆에 있었던 것은 지금 생각하면 감사한 일이었습니다. 중학생 때 친한 친구가 선배들에게 괴롭힘을 당하고 있었는데 제가 당사자는 아니지만 그 상황이 너무 힘들었던 적이 있거든요. 그 이야기를 어머니께 했더니 자신도 옛날에 왕따를 당한 적이 있었다면서, 상대방이 무시해도 인사를 받아줄 때까지 끈질기게 인사하면 된다고 말씀하시더라고요. 자기들끼리 쑥덕쑥덕 이야기하는 것 같으면 그냥 끼어들라고 하셨지만 그건 제게도 무리였어요. 그럴 땐 우리가 너무 다른 사람이란 걸 통감했죠, 뭐. 같이 우울에 빠져서 괴로운 감정만 나누는 관계가 되지 않은 건 다행이었어요. 반면에 아버지는 어머니보다는 저와 비슷한 성향이셨기 때문에 제 기분을 잘 아는 만큼 당시에는 노심초사하셨다고 해요. 나중에 들어보니 제가 힘들어하다가 결국 극단적인 선택을 하는 게 아닐까 무서워서 아무 말도 할 수 없으셨다고 하더라고요.

잘못한 사람 하나 없는데 슬픈 이야기

초등학생 시절 그림을 그리고 만화를 읽는 것 외에 특별히 좋아했던 건 없었나요?

TV 드라마 보는 것을 좋아했습니다. 그 당시만 해도 텔레비전은 보통 거실에 한 대밖에 없던 시절이라 부모님이 보시는 것을 같이 보는 식이었습니다. 부모님이 안 계실 때는 예능 프로그램이나 부모님은 보지 않을 법한 방송도 보곤 했는데, 그걸로 잔소리를 들은 적은 없습니다. 뭐든 봤어요. 2시간짜리 서스펜스 드라마 같은 건 무서운 만화나 살짝 그로테스크한 장면을 볼 때의 쾌감과 비슷한 기분을 느끼며 봤던 것 같습니다. 텔레비전으로 방영된 이치카와 곤 감독의 영화 〈긴다이치 코스케 시리즈〉[51]는 너무 재미있어서 지금까지 수십 번은 돌려봤고, 드라마 〈에도가와 란포의 미녀 시리즈〉[52]도 볼 때마다 항상 가슴이 두근두근했습니다. 조금 광적인 것에 이끌리는 건 어린 마음에도 그럴 수 있는 일이라고 생각하는데, 어릴 때 그런 걸 좋아하던 사람은 어른이 돼서도 좋아하잖아요? 연쇄살인 이야기나 요코미조 세이시의 『팔묘촌』의 모티프가 되기도 한 '쓰야마 30명 살인 사건', 또 엽기적인 미제 사건 기록 같은 건 지금도 좋아합니다. 예전에 저와 비슷하게 엽기적인 사건물을 좋아하는 사람을 만났는데, 우리 같은 사람들은 결국 인간의 진폭 같은 것에 흥미를 느끼는 게 아닐까 하는 이야기를 나눴습니다. 사람의 진자가 마이너스 쪽으로 심하게 기울었을 때 엽기적인 사건을 일으키는 거라 한다면, 그만큼의 반동으로 플러스 쪽으로 기울 가능성도 있지 않을까? 그런 이야기였습니다. 플러스든 마이너스든 인간이 과연 어디까지 자신의 감정과 사고방식의 진자를 흔들 수 있을지에 대한 궁금증이 엽기적인 사건에 대한 흥미의 근저에 있는 게 아닐지… 하하, 포장이 심했나요?

사극도 좋아하셨나요?

좋아했습니다. 초등학생 때도 부모님과 같이 여러 사극을 보곤 했습니다. 〈필살사업인〉[53]이나 〈모모타로 사무라이〉[54] 같은 드라마는 이야기의 구성상 주인공의 활약이 나오기 전까지 항상 누군가가 부조리한 일을 당하는데, 그게 어린 저에게는 좀 견디기 힘들었습니다. 그에 비해 〈미토 고몬〉[55]은 '약간' 곤란한 상황에 처한 사람들이 나왔고, 고난에 빠진 사람에게 작은 약병만 내밀면 만사가 해결되는 식이라 보기가 편했죠. 〈미토 고몬〉 시리즈에 대해 깊이 아는 건 아니지만 개인적으로는 도노 에이지로가 연기한 〈미토 고몬〉을 좋아했습니다. 도노가 연기한 고몬은 역대 시리즈 중에서도 성격이 가장 더러웠거든요, 후후. 틈만 나면 스케랑 카쿠와 싸우고, 제멋대로 고집부리다가 둘을 화나게 해서 결국 혼자 따로 행동하게 된다거나 하는 부분이 재미있었습니다. 비슷하게는 나쓰메 마사코가 삼장법사를 연기한 〈서유기〉[56]도 좋아했습니다. 삼장법사와 손오공도 자주 싸우잖아요. 삼장법사가 너무 착한 탓이지만요. 누가 봐도 나쁜 사람을 불쌍히 여기다가 오공에게 "지금 완전 속고 있는 거야"라는 핀잔을 듣지만 삼장법사는 도리어 "사람을 의심하면 안 된다"라고 타이르죠. 항상 이것 때문에 싸웁니다. 아니나 다를까 삼장법사는 결국 자신이 감싸던 사람에 의해 요괴에게 붙잡히고, 오공은 툴툴대며 삼장법사를 구하러 옵니다. 삼장법사는 자신의 잘못에 대해 미안하다고 말하지 않습니다. 대신 "고마워, 오공"이라고만 말하죠. 그 부분이 정말 마음에 들었어요.

당시에 특히 좋아했던 사극 작품이 있었나요?

히라이와 유미에 선생님의 소설이 원작인 〈온야도 가와세미〉[57]라는 드라마를 좋아했습니다. 주인공 루이라는 여성이 아버지가 돌아가신 후 홀로 여인숙을 시작하는데, 그 '가와세미'라는 여인숙을 무대로 한 휴먼드라마입니다. 몇 번이나 드라마로 만들어졌지만 초등학생 시절에 좋아했던 건 NHK에서 방송한 마야 교코 주연의 버전입니다. 루이에게는 아버지가 살아 계실 적부터 서로 사랑하던 도고라는 연인이 있었습니다. 무사인 도고는 루이를 위해 자신도 서민 신분이 되어 가와세미를 돕고 싶어하지만, 도고의 형에게 적자가 생기지 않자 차남인 자신이 후대를 이어야 할지도 모른다는 압박감에 무사 신분을 포기하지 못하고 갈등합니다. 결국 루이와 도고는 서로를 사랑하나 연이 이어지지는 못합니다…… 도고의 형도 동생과 루이가 짝이 되길 바라지만 집안 사정을 떠올리며 괴로워하고, 형의 부인은 아이를 낳지 못하는 자신을 책망하고요. 안타깝지만 이건 어느 누구의 탓이라곤 할 수 없는 상황이죠. 여인숙에도 다양한 사연을 가진 사람들이 찾아오는데, 거기엔 언제나 누구도 탓할 수 없는 슬픈 배경이 있습니다. 잘못한 사람은 하나도 없는데 슬픈 상황. 그것에 마음이 끌렸습니다. 아마 이게 저의 취향이겠죠. 인간관계의 이면에 뭔가 부조리한 것이 깔려 있는 듯한 작품은 지금도 좋아합니다.

중학교 시절

『PALM』 그리고 동인지와의 만남

동네에 있는 중학교로 진학하셨나요?

네. 당시에 중학교 내의 학교 폭력이 이슈였고 '왕따'라는 말이 쓰이기 시작했던 것으로 기억합니다. 왕따로 인한 자살 사건 보도도 늘었고요. 중학교는 무서운 곳이라는 두려움 속에 중학생이 된 터라 괜히 튀어서 밉보이지 말자는 생각뿐이었습니다. 만화를 좋아하거나 그림 그리는 것은 최대한 티를 내지 않는 게 신상에 이로운 분위기였습니다. 남학생보다 여학생들의 괴롭힘이 무서웠기 때문에 큰 소리로 만화 얘기를 해서 시선 끄는 일은 없어야겠다고 마음먹었죠. 그래서 운동부에 들어갈 정도로 잘나가는 여자애들도 좋아하는 『핫 로드』[58] 이야기만 해야겠다고 다짐했어요, 하하. 실제로도 아주 친한 사이가 아니면 『핫 로드』 외에는 잡지 《별책 마가렛》 정도의 이야기밖에 할 수 없었습니다.

예상했던 대로 중학교는 힘든 곳이었나요?

그랬네요. 제가 뭔가 엄청나게 괴로운 일을 겪었다거나 그런 건 아닌데 지금 생각해보면 중학교 시절은 여러모로 마음이 힘든 시기였습니다. 그래서인지 중학교 때는 음식과 관련된 추억이 별로 없어요. 친구들과 모여서 과자를 만든 적도 없고요. 그 빈자리를 메우듯 만화나 드라마에 대한 기억만 남아 있습니다.

만화를 좋아한다고 친구들에게 말은 하지 않았지만 만화는 계속 읽으셨던 거고요?

이미 만화 없이는 살 수 없는 지경이었거든요. 앞으로도 오랫동안 함께할 취미로 자리잡았기 때문에 만화 읽는 것을 포기할 생각은 안 했어요.

비슷하게 만화를 좋아하는 친구도 있었죠?

있었습니다. 만화를 좋아해서 친해진 아이들 중 부모님께도 소개한 적이 있었다고 한 친구들인데, 괴롭힘을 당하던 애들이 있었어요. 같이 집으로 돌아가는 길에 저를 향한 말은 아니었지만 '죽어!'와 같은 고함이 들릴 때가 있었습니다. 친구들은 의연했는데 오히려 제가 그 자리에 같이 있는 것만으로도 기 빨리는 기분이었어요. 학교가 그런 분위기였기 때문에 만화를 좋아하는 아이들과는 조용히 놀았어요. 문학을 좋아하는 친구에게 요시노 사쿠미[59] 선생님의 만화책을 빌린 것을 계기로 《부~케》[60]를 읽기 시작한 정도였습니다. 만화는 어차피 공개적인 대화의 소재가 될 수 없었기 때문에 좀더 마이너한 분야에서 저의 취향에 맞는 것을 찾기 시작했습니다. 제가 좋아하는 것을 끝까지 파고드는 심정으로 감각을 곤두세워 찾아낸 것이 잡지 《윙즈》였습니다. 정확히는 게모노기 야세이[61] 선생님이 당시에 신 다마키라는 필명으로 그린 『PALM』[62]이었습니다. 친구가 빌려준 『PALM』의 1권이 재미있어서 그뒤로 《윙즈》를 알게 됐거든요.

SF의 색이 짙은 시절의 《윙즈》 말씀이시군요.

네. 만화가도 독자층도 남성이 많던 시절이었습니다. 어떤 날은 히지리 유키[63] 선생님의 작품[64]도 실렸고 《하나토유메》로 익숙했던 시바타 마사히로 선생님이나 청년지에서 활약하신 다가미 요시히사[65] 선생님 작품도 있었습니다. 《윙즈》는 『PALM』을 계기로 알게 된 후에 헌책방에서 세뱃돈을 다 털어서 1호부터 신간까지 전부 사버렸습니다. 《윙즈》를 통해 구스노키 게이[66] 선생님 작품을 읽고, 구스노키 선생님을 파다가 《팬로드》[67]까지 가고, 나아가 더 코어한 곳까지 도달했죠. 당시에 『바오:내방자』[68]를 그린 아라키 히로히코[69] 선생님 작품의 패러디 만화가 《팬로드》 안에서 화제였기 때문에 이건 무조건 원작부터 파야겠다고 혼자 결심하기도 했죠, 후후.

당시 《팬로드》에는 동인지 정보 같은 것도 많이 실렸죠. 동인지에

대해서도 이미 알고 계셨나요?

『캡틴 츠바사』를 좋아하는 친구들이 알려줬습니다. '도에이 만화축제'라고 어린이 영화 여러 편을 동시 상영하는 영화 축제가 있었는데, 중학생 때 상영작 중 하나가 『캡틴 츠바사』였습니다. 그 친구들이 『캡틴 츠바사』를 보려고 줄을 서 있었는데 같이 줄 서 있던 어떤 언니들이 말을 걸어서 이야기를 나누다가 동인지의 존재와 이런저런 것들에 대해 듣게 됐다고 해요. 도쿄에 사는 메리트 중 하나는, 중학생도 지하철 탈 돈만 있으면 즐길 수 있는 행사가 충분하다는 점이었습니다. 그 덕에 행사에 참가한 친구가 인기 서클을 중심으로 동인지를 사 오면 그것을 읽을 수 있었죠. 친구들도 잘 모르니까 어쨌든 줄이 긴 곳 위주로 사 온 것 같았는데 머리를 아주 잘 썼더라고요, 후후. 그때 다양한 동인지를 접할 수 있었고 그 가운데 쇼[70]라는 작가가 그린 『CARNIVAL』[71]이라는 작품이 있었습니다. 켄×코지, 즉 와카시마즈 켄과 휴가 코지로를 주인공으로 한 이야기로, 코지로의 아빠가 횡령죄로 누명을 쓰고 죽는다는 2차 창작자 나름의 오리지널한 설정이 강한 작품이었는데 정말 굉장했습니다. 게다가 재킷이 딸린 양장본으로 제작되는 걸 보고 동인지라는 거 정말 멋진 거구나! 하고 감탄했죠.

그럼 『팬로드』의 동인지 정보도 크게 새롭진 않았겠네요.

동인지에 대해 잘 아는 것도 아니었지만 그렇다고 아예 모르는 것도 아니었습니다.

『팬로드』도 마니악하진 않지만 《윙즈》를 계기로 알게 된 『PALM』도 코어한 만화 독자층에게 사랑받는 작품이었죠.

『PALM』은 정말로 애정하는 만화입니다. 3화 「있을 리 없는 바다」를 읽었을 때의 감동은 정말… 『PALM』은 제임스, 카터, 앤디라는 세 명의 캐릭터가 주인공인 10부 구성의 대장편 시리즈(0부도 포함하면 11부)인데 에피소드에 따라서 여러 권의 단행본이 나와 있고 10부는 아직 완결 전입니다. 다만 지금까지의 에피소드는 이야기의 시간 순서대로 발표된 게 아닙니다. 0부는 비교적 현재 시점의 이야기인데 거기서 제임스, 앤디의 유년 시절로 이야기가 전환되고, 「있을 리 없는 바다」에서는 세 명이 만나 관계가 깊어지는 장면을 그리고 있습니다. 「있을 리 없는 바다」를 끝까지 읽었을 때 이야기의 훌륭한 연결성뿐만 아니라 기가 막힌 걸 읽었구나… 싶은 작품성에 감탄할 수밖에 없었습니다. 생각해보면 『PALM』 때문에 저의 아저씨 취향이라고나 할까요. 30대 이상의 캐릭터에만 빠지는 취향이 생긴 것 같습니다. 그려진 순서대로 보면 후반부에서 카터가 32세가 됩니다. 그전까지 제가 읽었던 만화에서는 주로 20대가 멋있는 어른 역할로 그려졌습니다. 20대도 분명 어엿한 성인이기는 하지만 『PALM』을 읽으니 '진짜 살아 있는 인간은 역시 서른을 넘어야 진정한 어른이 되는 것 아닐까'라고 중학생 나름대로 생각했었어요. 그후로 저는 최소 30살 이상의 길만 걷습니다, 후후. 그러다보니 도저히 완결이 날 것 같지 않아서 멀리해왔던 소년만화와는 점점 더 멀어지게 되었어요. 메인 캐릭터로 항상 소년만 나오니까요.

사춘기를 구해준 『은하영웅전설』

소년이 주인공인 만화를 읽지 않은 건 아니었죠?

기본적으로 만화를 좋아하긴 하니까요. 남자가 주인공으로 나오는 만화 중에도 좋아하는 작품들이 있습니다. 대학생이 된 후에 읽은 거긴 하지만 아다치 데쓰[72] 선생님의 『벚꽃의 노래』[73]가 그중 하나예요. 친구가 빌려줬었는데 처음 읽었을 때는 그 친구에게 '재능이 있다고 아무거나 그려도 되는 건 아니잖아!'라고 큰소리로 화를 냈습니다, 하하. 읽으면 짜증날 정도로 괴롭고 마음이 아픈데, 그 고통 덕에 위로받는 부분이 분명히 있어서 대단한 만화라고 생각합니다. 사춘기는 자의식 과잉 때문에 힘든 시기라는 걸 알려줘서 마음이 편해진다고 할까요. 또 중학교를 졸업하고 나서 읽은 작품 중에 후루야 미노루[74] 선생님의 『이나중 탁구부』[75]도 있는데, 그것도 유머러스하지만 어딘가 아프고 슬픈 구석이 있죠. 그래서 좋아했습니다. 사춘기는 특히나 만화를 통해 위로받은 시절 같아요. 그런 의미에서는 오타쿠도 아니고 평소에 만화에 관심 없는 여자애들까지 전부 읽었던 『핫 로드』에도 비슷한 구석이 있었습니다. 누구나 각자의 위치에서 인간관계를 형성하다보면 힘든 점이나 고민거리가 생기기 마련인데 『핫 로드』가 그런 부분을 잘 위로해주지 않았나 싶습니다. 야마기시 료코 선생님의 공포만화에도 부모와의 갈등이 자주 등장하는데, 저는 부모님과 큰 문제는 없었지만 분명 읽으면서 위로받았던 사람이 있을 거라고 생각해요. 꼭 부모와의 문제가 아니더라도 가족 사이에 갈등을 겪는 사람이라면 하기오 모토 선생님의 『반신』[76]을 읽고 힘을 얻을 수 있었을 거고요. 특히 어린아이는 아직 자립을 할 수 없기에 갈등 상황에서 도망칠 수도 없죠. 그럴 때 만화가 분명히 구원의 손을 내밀어준다고 생각합니다. 이건 꼭 만화에 한정된 얘기는 아닙니다. 저 같은 경우 다나카 요시키[77] 선생님의 『은하영웅전설』[78]에 푹 빠져서 탐독하는 것만으로도 구원받는 기분을 느꼈습니다. 제 개인사와 직접적으로 관련된 소설은 아니지만, 양 웬리의 지략에 '우와, 어떻게 되는 거람…… 아, 그렇게 된다고?!' 하며 감탄하다보면 잠시 고민을 잊을 수 있거든요. 하하.

『은하영웅전설』은 어떻게 처음 접하게 되셨나요?

저에게 『캡틴 츠바사』나 『세인트 세이야』[79]를 알려준 친구가 소년만화를 많이 소개해줬는데, 재미있다고 생각은 했지만 썩 몰입하진 못했어요. 그러다가 중학교 3학년 때 제가 『베르사유의 장미』를 좋아한다는 사실을 알게 된 그 친구가 '『베르사유의 장미』랑 엄청 비슷한 SF소설이 있는데 읽어볼래?'라며 『은하영웅전설』의 존재를 알려주었습니다. 근데 책은 없으니까 저보고 알아서 사서 읽어보라는 거 있죠? 지금 다시 생각해도 그 친구가 너무했네요, 어휴. 『베르사유의 장미』와 비슷하다고 하니까 궁금해서 서점에 갔더니 마침 『외전』 한 권이 진열되어 있었습니다. 금발의 미남이 그려진 표지에 띠지가 둘러져 있는데, 띠지에는 "키르히아이스, 너는 다정해. 하지만 말해두지. 너는 누님과 나에게만 다정하면 되는 거야"라고 적혀 있었어요. 분명 금발 청년이 키르히아이스라는 인물에게 하는 대사 같았습니다. 그걸 보자마자 이건 사야 된다 싶어서 본편이 아닌 외전부터 덜컥 사버렸습니다. 그런데 오히려 행운이었던 게, 본편 초반에 「은하계사개략」이라고 해서 소설의 세계관에 대한 설명이 수십 페이지나 이어지는데 주인공은 코빼기도 나오지 않거든요. 저는 소설을 잘읽는 편이 아니기 때문에 아무리 『베르사유의 장미』와 비슷하다고 해도 본편부터 읽었더라면 초반부에 포기했을지도 모릅니다. 반면에 외전은 처음부터 냅다 주인공 금발 청년 라인하르트가 등장하기 때문에 외전부터 산 건 저에게 탁월한 선택이었습니다. 예상대로 주인공의 친한 친구 역할인 키르히아이스라는 청년도 등장했는데 이 친구는 앙드레보다 훨씬 능력자더라고요, 후후. 읽자마자 바로 재미를 느꼈죠. 어른스럽게 돌려 말하는 화법이나 군인 말투 같은, 왠지 설레는 말씨가 킬링 포인트였습니다. 무엇보다 30살 넘은 사람이 많이 나옵니다, 하하하.

그뒤로 본편도 읽으셨나요?

네. 당시에는 본편이 7권 정도 나와 있던 것으로 기억하는데 단숨에 읽어버렸죠. 그때 처음으로 아마추어 만화 행사인 코믹마켓에 가고 싶다는 생각을 했습니다. 아직 애니메이션화도 되기 전이었지만 코믹마켓에 가면 『은하영웅전설』의 동인지가 있을지도 모르니까요. 그리고 정말 있었습니다. 당시에는 채 10권도 되지 않았지만 새삼 코믹마켓의 위대함을 느끼는 순간이었습니다. 연재가 끝난 지 10년 이상 지난 『베르사유의 장미』의 동인지까지, 팬들이 만든 매거진 형태로나마 한두 권 정도를 만나볼 수 있었으니 이 얼마나 풍요로운 세상인지. 무엇보다 운명이라고 느낀 것은, 그때 우연히 『은하영웅전설』의 동인지가 아닌 다른 동인지를 샀는데 그 동인지의 마지막 부분에 '19금 책'을 낸다는 공지가 있었던 거였어요. 깜짝 놀랐죠. 나중에 친구에게 빌려 읽었는데 그거 참 아주 야하고 극히 훌륭한 동인지였습니다, 후후.

소설을 잘 못 읽는다고 하셨는데 요새 라이트노벨이라고 부르는

소설 같은 것도 읽지 않으셨나요?

네, 전혀. 『베르사유의 장미』를 좋아하다보니 어쩌다 마리 앙투아네트의 전기를 읽게 되었는데 마리 앙투아네트가 평생 단 한 권의 책도 끝까지 읽지 못했다는 묘사가 있는 걸 보고, 책 안 읽는 게 그렇게 대수야?! 싶어 놀란 적이 있어요. 진짜 거의 만화만 읽었어요. 독서 감상문은 초등학교 1학년 때 한 번 읽은 게 다인 찰스 디킨스의 『크리스마스 캐럴』과 『죽음의 강과 싸우다』라는 논픽션으로 전부 해결했어요. 담임 선생님이 2년마다 바뀌기 때문에 이 책들만 있으면 문제없었죠.

그런데 갑자기 『은하영웅전설』이라니, 처음 읽을 때 부담스럽지는 않으셨어요?

띠지의 위력이죠, 하하. 주변 친구들이 판타지소설에 빠져 있을 때 저도 조금 시도해본 적이 있었는데 마법이 전면에 등장하면 뭔가 이질감이 들어서 작품에 몰입할 수가 없었습니다. 어디까지나 취향 차이겠죠. 『은하영웅전설』 같은 SF는 어쨌든 내가 살고 있는 세상과 맞닿아 있는 느낌이 들고 논리가 존재합니다. 역사물 같은 느낌도 있어서인지 끝까지 읽을 수 있었습니다. 비슷하게 다나카 요시키 선생님의 『아르슬란 전기』[80]도 판타지소설로 분류되지만 저한테는 가상의 전기 같은 것으로 느껴져서 재미있게 읽었습니다.

작풍이 중후한 『은하영웅전설』을 끝까지 읽어낸 경험이 소설 읽기에 대한 자신감을 만들어주지는 않았나요?

본편 연재가 제가 고등학교 1학년 때 완결됐는데, 1페이지에 단이 두 개로 나뉘어진데다 글자까지 빽빽한 신서를 10권 다 읽은 건 확실히 성공 경험으로 제 안에 자리잡았던 것 같아요. 사극의 연장선 같은 느낌으로 조금씩 읽고 있던 시바 료타로의 작품도 읽을 마음이 전보다 커졌고 그 밖에 미시마 유키오나 아리요시 사와코의 작품도 궁금해졌죠. 한번 흐름을 타면 읽는 속도도 빨라져서 더이상 읽는 게 힘들지 않게 되는, 러너스 하이 같은 상태를 『은하영웅전설』을 통해 맛본 덕분에 독서의 재미에 눈뜬 기분이었습니다. 『은하영웅전설』을 계기로 다양한 소설을 읽을 수 있게 되어서 다나카 선생님께 감사하다고 전하고 싶어요.

야마다 다이치와 무코다 구니코

드라마는 계속 보고 있었고요?

전보다 더 열심히 봤죠. 『오니헤이한카초』[81]에 빠진 것도 이즈음이었을 거예요. 『온야도 가와세미』에서 느낀 매력과도 일맥상통하는 부분이 있는데, 드라마에 등장하는 도적들이 전부 나쁜 놈들은 아니었어요. 흉악한 도적이 "우리 같은 구더기가 들끓는 시궁창을 만든 건 너희 아니냐"라고 말하는 장면이 있거든요. 누군가를 콕 집어 분명하게 나쁘다는 식으로 그리지 않는 점이 좋았습니다. 사극 말고도 이것저것 다양하게 보았는데 저의 '30살 이상이 좋아' 취향이 거기서도 드러납니다, 후후. 제가 처음 좋아하게 된 배우도 오즈 야스지로 감독의 작품과 〈남자는 괴로워〉 시리즈 등에 출연한 류 지슈였는데 정갈한 멋이 있는 할아버지였습니다. 그리고 당시 30대였던 히라타 미쓰루와 고바야시 가오루를 좋아했습니다. 고바야시 가오루 배우를 처음 본 건 제가 중학생 때 방영한 야마다 다이치[82] 각본의 〈일본의 옛 모습〉[83]이라는 드라마에서였는데, 고바야시가 주인공의 친한 친구 역으로 나왔습니다. 같이 드라마를 보던 아버지와 참 상큼한 청년이라며 야단법석을 떨었죠, 하하. 그 이후로 고바야시 가오루를 계속 좋아했습니다. 이 〈일본의 옛 모습〉이라는 드라마 자체도 정말 좋은 작품이었어요. 나중에 고이즈미 야쿠모로 개명한 라프가디오 헌이 주인공으로 나오는데 그의 눈을 통해 본 메이지 시대 일본의 문화와 사회, 사람들의 생활상을 그린 드라마로, 각본의 밸런스가 아주 좋았습니다. 당시 일본의 좋은 점뿐만 아니라 그렇지 않은 점까지도 잘 그려냈거든요. 예를 들면 헌이 근대화로 인해 일본의 옛것이 점점 사라져가는 모습을 안타까워하는데, 그와 동시에 지방에 부임한 관료는 집이 가난해서 다른 집으로 팔려가는 농가의 딸을 보고 하루빨리 일본의 근대화가 이루어지기를 바랍니다. 그런 부분에서 정말 중립적인 드라마라고 생각했습니다. 드라마가 방영된 당시 일본은 버블 붕괴 직전의 경제 호황기로 세계적으로 부유한 나라였고, 우리 경제는 앞으로도 탄탄대로일 거라고 모두가 믿고 있던 그런 시대였습니다. 그래서인지 일본인은 돈만 좇다가 정작 중요한 것을 놓치고 말았다는 메시지를 주는 드라마가 주류였습니다. 그런 상황에서 〈일본의 옛 모습〉은 경제 활동은 가치 있는 일이고 가난은 모든 불행의 근원이라는 메시지를 선명하게 전하는데, 그런 관점이 마음에 들었습니다. 돈으로 해결할 수 없는 문제도 있지만 돈이란 것을 소홀히 여겨서도 안 된다는 점을 정확하게 짚어주는 드라마였어요. 로맨틱한 장면도 있고 휴먼드라마로서도 충실해서 볼 가치가 있는 작품이었습니다.

이 드라마는 많은 상을 받기도 했죠.

워낙 평이 좋았기 때문에 몇 번이나 재방송되었는데 그때마다 봤었어요. 그래서 자연스럽게 각본가 야마다 다이치의 존재를 인식하게 된 것 같습니다. 이미 〈물가의 앨범〉[84]과 〈고르지 않은 사과들〉[85]과 같은 드라마로 유명한 분이셨지만 그전까지는 별로 의식하지 못했거든요. 야마다 다이치는 당시에 드물게 각본가로서 예고편에도 이름이 등장하는 분이셨기 때문에 〈일본의 옛 모습〉 이후로는 야마다 다이치라는 이름을 보면 그 드라마는 웬만하면 꼭 봐야겠다고 생각하게 되었죠. 그 당시 무코다 구니코[86]도 예고편에 이름이 오르는 각본가였습니다.

무코다 구니코의 작품 중엔 인상 깊은 게 있나요?

정월이 되면 방송해주던 〈무코다 구니코 신춘 시리즈〉[87]라는 단편 스페셜 드라마를 재미있게 봤습니다. 실은 〈아수라처럼〉[88] 같은 유명 작품을 보게 된 것은 훨씬 뒤의 일이었고, 〈데라우치 간타로 일가〉[89]같은 건 아예 본 적이 없기 때문에 저는 무코다의 작품이라고 하면 이 〈신춘 시리즈〉가 떠오릅니다. 어떤 작품이든, 예를 들면 명절 음식을 만드는 장면이나 정성스럽게 새해맞이 준비를 하는 장면처럼, 그 일을 직접 해본 사람만이 할 수 있는 묘사가 등장하는데 그런 묘사가 무척 좋고 항상 멋지다고 생각했습니다. 요란한 살인 사건도 없이 2시간 남짓하는 분량을 오로지 가족드라마로 채운다는 점도 흥미로웠습니다. 좋으면 만나고 싫으면 헤어지는, 남이면 쉽게 할 수 있는 그런 일이 가족 안에서는 간단하지 않다. 가족이란 그런 단순한 관계가 아니라고 말하는 듯한 이야기가 좋았습니다.

자신을 이입해서 더 와닿았던 걸까요?

친척들과 아주 친밀한 사이는 아니었지만 어린 마음에도 어렴풋하게 느껴지는 것은 있었습니다. '며느리'라는 사람은 참 힘들겠구나. 나는 증조할머니를 좋아하지만, 증조할머니의 '며느리'는 꼭 그렇지 않을 수도 있겠구나. 그런 것을 은연히 느꼈던 것 같아요. 어느 한쪽이 나빠서 그런 게 아니라 이런저런 사정으로 고충이 있을 수 있겠다, 라고요. 이면에 얽힌 감정들을 드라마를 통해 엿보는 기분이었습니다. 까치발들고 살짝 들여다본 것 같달까요.

미래는 회색

중학교 시절에는 창작만화를 그리셨나요?

거의 그리지 않았어요. 노트에 낙서하듯 조금씩 그리는 정도였죠. 학교생활에 에너지를 소진해서 정작 창작에 쏟을 힘이 남아 있지 않았습니다. 그저 숲속의 한 그루 나무가 되는 것에 온 신경을 집중하고 있었죠.

일상생활만으로도 벅찼다는 거군요.

완전히요. 친구가 없는 것도 아니었고 집에 돌아오면 부모님과 떠들 수 있으니까 세상에 나만 혼자가 된 것 같은 기분은 아니었는데요. 굳이 말하자면 외톨이가 아니기에 느끼는, 사람과 사람 사이의 알력 같은 것에 조금씩 소모되는 느낌이었습니다. 제 주변 친구들은 독립심이 강하다고 해야 할까요, 저희 어머니와 비슷한 성격의 아이들이 많았습니다. 누군가

뒤에서 수군거려도 아무렇지 않게 끼어들 수 있을 만큼 멘탈이 센 타입 말이에요. 그런 친구들은 주변과 충돌하는 일도 많았는데, 그럴 때마다 저는 속으로 제발 싸우지 말고 친하게 지내자고 빌었죠. 저는 친구들과 부딪치는 타입도 아니었고, 감정이 쌓인 것도 아니어서 다양한 그룹에 섞여 만화 이야기를 했습니다. 잡지 《부~케》 이야기는 이 친구와, 『은하영웅전설』 이야기는 저 친구와 하는 식으로요. 평소에 만화를 안 읽을 것 같은 친구들도 『핫 로드』는 알고 있었기 때문에 그런 친구들과는 『핫 로드』 이야기를 했죠. 그런 대화가 되는 친구들은 역시 대부분 『유리가면』도 읽고 있어서 그 이야기를 하기도 했습니다.

소모전 같은 일상 속에서 좋아하는 것을 공유할 수 있는 상대가 있다는 건 정말 큰 행운이죠.

맞아요. 성격이 제법 센 친구 중 한 명은 '여교사'나 '여변호사'처럼 여성이 특정 직업을 가졌을 때 '여'가 붙는 현상에 대해서 이상하다고 말할 줄 아는 아이였는데 그런 생각을 가진 친구와 이야기할 수 있었던 것도 행운이었습니다. 또 자신이 속할 수 있는 무리를 많이 만들어두는 게 좋다는 말을 자주 듣는데 정말 그 말이 맞다고 생각합니다. 저는 학원을 다녀서 학교와 겹치지 않는 그룹에도 친구들이 있었고 그것 역시 다행이었습니다. 그 아이들도 만화를 좋아했기 때문에 대화가 통했거든요. 그렇다고 해서 그곳에서 뭔가 대단한 이야기를 한 건 아니지만요. 하지만 비슷하게 학교와 아무 관계없는 친척들과 시시한 이야기를 할 때도 약간의 위로를 얻었던 것 같습니다.

중학생이 되어서도 변호사를 목표로 하는 마음에 변화는 없으셨나요?

여가 활동으로 만화를 그릴 수 있을 만큼 여유로운 직업을 아직 찾지 못해서 계속 목표로 해보자 싶었죠, 하하. 법률 공부는 대부분이 대학교에 들어가서 시작한다는 점도 마음에 들었습니다.

변호사라는 직업에 대한 감정이 변하진 않으셨고요?

어머니와 이런저런 이야기를 하면서 스스로 하고 싶은 말을 하고, 하고 싶은 행동을 할 수 있는 사람은 참 좋겠다는 생각이 들었습니다. 하지만 보통 사람들은 어머니 같지 않으니까 대리인이라는 제도가 있는 거죠. 모두가 자신의 일을 스스로 해결할 수 있으면 좋으련만 그렇게 간단하지 않다보니 대리인을 세워요. 그런 사람들은 누군가가 자신의 문제를 대신 해결해준다면 비용을 내도 괜찮다고 생각할 만큼 타인의 도움을 필요로 하는 것입니다. 저는 스스로를 위해 싸우라고 하면 거리끼지만 그게 저의 업무라면 할 수 있을 거 같았어요.

일이라는 것은 보통 비용이 들더라도 다른 사람이 대신해주었으면 하는 일들로 이루어지잖아요. 그런 일 중에서 제가 할 수 있는 것을 하면 되겠다 싶었어요. 가능하면 하기 싫은 일이 아닌 것 위주로. 그래서 처음부터 제가 하고 싶은 일을 직업으로 삼으려는 생각은 없었습니다. 제가 하고 싶은 일은 만화를 그리는 것이고, 그것은 취미였으니까요. 솔직히 말하면 어차피 재미없는 일을 할 수밖에 없겠지 싶었어요. 그렇다면 적어도 취미시간을 조금이라도 확보할 수 있는 직업을 갖고 싶었던 거고요. 드라마 같은 걸 보면 좋아하는 일을 하고 싶어서 열심히 노력하는 여자 주인공이 많이 나오는데, 꼭 그렇게 죽기 살기로 노력하는 여자들만 일을 할 수 있는 건가 싶어 절망스러워져요. 우에키 히토시가 노래한 샐러리맨 같은 여자는 정녕 없는 건가⋯ 원래부터 능력 있는 사람이 노력해서 눈부시게 활약하는 게 아니라 뭐랄까⋯ '나 말이야,『도라에몽』의 진구 같은 여자도 할 수 있을 만한 무언가를 찾고 있는데⋯'라고 해야 되나. 그런 여자를 드라마나 어떤 이야기에서도 보여주지 않기 때문에 저의 미래는 회색이었습니다.

개인적으로 모두가 행복한 이야기를 별로 좋아하지 않습니다.

또 '잘못한 사람이 없어도 슬픈 일은 일어난다'

'어쩔 수 없이 일어나는 일이 있다'

이런 이야기에 대한 저의 일관된 취향이 반영돼 있습니다.

제2장

꿈에 그리던 만화가가 되다

고등학교 시절
-
대학 시절
-
프로 데뷔
-
『달과 샌들』

고등학교 시절

누군가가 나의 작품을 읽어줄 때의 기쁨

고등학생 시절은 어땠나요?

공부를 열심히 했습니다. 변호사가 되기 위해 법학부에 들어가는 것은 이미 확고하게 정해진 상태였기 때문에 그 부분에선 전혀 흔들림 없이요.

살던 동네의 고등학교로 진학하셨나요?

그렇습니다. 교복이 있긴 했지만 학교 행사 때도 꼭 착용하지 않을 만큼 비교적 자유로운 분위기의 공립학교였습니다. 그래서 사복을 입고 학교에 다녔는데 옷 고르는 것이 귀찮아서 중학교 때 입던 교복 스커트를 맨날 입었습니다. 상의까지 입으면 코스프레 같아서 스웨터나 트레이닝 저지와 함께 입곤 했는데 어찌됐든 심각한 옷차림이었던 건 기억나네요. 시대적으로는 버블에 진입한 시기여서 경기가 매우 호황이었고 유명 디자이너가 만드는 DC 브랜드 같은 고급 패션이 유행하는 시기여서 주변 아이들도 브랜드의 옷을 입고 다녔습니다. 머리를 염색하거나 파마를 해도 괜찮았기 때문에 모두가 꾸미고 다녔어요. 저는 그런 쪽으론 아예 관심이 없어서 꾀죄죄했죠. 하하하. 학교 분위기가 자유로웠고, 주변에 체육에 소질 없는 친구들이 많아서 마음이 편했습니다.

중학교 시절과는 달랐네요.

중학교와 비교하면 매일이 평온했습니다. 따돌림의 공포 같은 것에서 조금 해방된 기분이었어요. 저는 가입하지 않았었지만 옆에서 지켜보고 있으니 운동 계열 동아리가 확실히 분위기가 좋더라고요. 선배들이 모두 친절했거든요. 물론 대놓고 보이는 곳에서의 학교 폭력은 없었지만 교내의 서열 같은 것은 분명히 존재했습니다. 서열 혹은 그룹이 나뉘어져 있었는데, 저는 눈에 띄는 그룹에 속하고 싶은 마음도 없었기 때문에 소위 '잘나가는 아이들'과는 그룹이 달랐던 게 다네요. 지금 생각해보면 당시에 『유리가면』 필통을 사용하고 있었는데, 무리에서 튀는 걸 싫어하면서도 대체 왜 만화 굿즈를 사용했지? 정작 그런 부분을 주의했어야 했던 거 아닌가? 하고 과거의 저를 혼내고 싶어져요. 취향을 감추려고 하는 사람치고는 너무 노골적이었죠, 하하. 중학생 때는 교칙 때문에 그런 물건을 사용할 수 없었는데 고등학교는 허용되는 분위기라 별생각 없이 사용했던 것 같아요. 하지만 그 필통 덕에 『유리가면』인 걸 알아본 친구와 친해질 수 있었고, 만화를 좋아하는 아이들도 반응해줘서 결과적으로는 좋았습니다. 친구들도 우호적인 것 같았고 만화 좋아하는 취향을 굳이 숨기지 않아도 되는 분위기구나 싶어서 만화연구부에 들어갔어요.

누가 가입을 권유한 게 아니고 스스로 들어가신 건가요?

네. 그때는 서열이 높은 아이들도 특정 작품만이 아니라 다양한 만화를 읽고 있었어요. 소녀 감성의 소설을 좋아한다고 하면 당연히 만화도 보겠거니 하는 분위기였고, 만화 보는 걸 딱히 이상하게 여기지 않았어요. 쉬는 시간에 『PALM』을 읽고 있으면 알아보고 말을 거는 친구도 있었습니다.

만화를 읽기만 하는 만화연구부도 있는데, 동아리 활동으로는 어떤 것을 하셨나요?

1년에 두 번 반드시 문집을 발행하고, 문화제 때 배포하는 동아리였습니다. 그래서 부원 모두가 그때를 위해 뭐라도 그려야 했어요. 일러스트도 괜찮으니까 1차 창작물을 그려야 했고, 2차 창작은 안 됐어요. 동인지는 다른 데 가서 그려! 그런 분위기였습니다. 실제로 2차 창작 동인지를 그리던 애들이 많았습니다. 고등학교 1학년 때 고가 윤[1] 선생님이 《윙즈》에서 연재를 시작하셨는데 그때 고가 선생님의 존재를 알고 동인지에 빠지게 된 사람들도 있었고요. 동인지에 열광하는 사람들이 꽤 많았습니다. 그에 비하면 저는 오타쿠치고는 라이트한 편이었다니까요? 특별히 파던 것도 없었고, 선배들이 어떤 만화 좋아하냐고 물어보면 『베르사유의 장미』라고 대답해서 '꽤 올드하네'라는 말을 들었죠, 하하.

그럼 작가님도 그 동아리에서 오리지널 작품을 그리셨겠네요.

매번 서너 페이지 정도의 짧은 만화를 그렸습니다. 어쨌든 스토리가 있는 만화긴 했는데 시대극을 흉내낸 것이었죠. 캐릭터는 항상 같고, 헤어진 부부가 만담처럼 계속 대화를 주고받는 식의 만화였어요. 마지막 문화제 때는 30페이지 정도의 대작을 그렸답니다, 후후. 남들보다 빨리 수험생활이 끝나서 시간적 여유가 있었기 때문에 좀 열심히 그려볼까 싶었거든요. 후기 프랑스혁명 시대에 자코뱅파에게 쫓겨 도망중인 혁명투사 출신의 남자와 그를 몰래 숨겨준 귀족 여성 간의 러브스토리였습니다. 해피엔드로 마무리까지 잘 지었는데, 다 그리고 나서 선배에게 혼났어요.

왜죠?

우선 페이지 수가 너무 많았어요. 동아리 문집이라고는 해도 스테이플러로 찍어서 만드는 정도였기 때문에 한 사람이 그렇게 많이 그리니 스테이플러로 묶을 수 있는 정도를 넘어버리게 되었죠. 게다가 인쇄소에 맡기는 것도 아니고 학교에 있는 인쇄기로 뽑았는데, 제 원고에 먹으로 칠한 부분이 많아서 원고가 인쇄기에 붙어버리는 바람에 엄청 고생했다더라고요. 계속 사과했더니 제 것만 따로 책자로 만들어주었습니다, 하하. 문화제 때 연극을 보는데 뒷좌석에 앉은 아이가 제 만화를 읽고 있는 걸 알고 '헐, 창피해…'라고 생각하면서도 내심 엄청 기뻤어요.

만화 그리는 법을 만화연구부 친구들에게 배우기도 하셨나요?

특별히 배우지는 않았습니다. 도구 사용법이랑 톤 칠하는 법은 누구한테 배웠더라? 만화연구부 소속은 아니지만 동인지를 그리는 친구들도 많았기 때문에 그중 누군가에게 배웠던 것 같습니다. 동아리 문집은 인쇄기로 뽑으니 지나친 톤질은 자제하는 분위기여서 톤에 대한 지식은 거의 없었어요. 그래서 톤 같은 경우는 동인지 경험자의 덕을 많이 봤습니다. 제 주변에 만화연구부가 아니어도 만화를 그리는 친구들이 있었듯이 만화연구부 친구들에게도 다른 학교에 만화를 그리는 친구들이 있어서, 그 연으로 다른 학교 친구들과 교류할 수도 있었던 것이 좋았습니다. 그중에는 아직까지 친하게 지내는 사람도 있어요. 사실 지금의 어시스턴트 중 한 명은 고등학교 만화연구부 후배입니다. 데뷔하고 몇 년 후에 어시스턴트를 모집하는 공고에 그애가 지원해줬거든요. 고등학교 시절에는 저도, 그 친구도 문집에 그림을 내긴 하지만 유령 부원 같은 존재였던 터라 그리 친하지 않았고 서로의 얼굴조차 기억하지 못했는데요. 서로의 그림체는 기억하고 있었습니다. '이 그림체, 익숙한데…'라고 알아봤는데 그 친구도 '선배 그림이다' 하고 알아봤대요, 하하. 고등학교 시절의 인연이 지금까지 이어지고 있다는 게 왠지 신기하기도 합니다.

사람마다 다른, 저마다의 '만화 처방전'

만화연구부에서 유령 부원이셨다고요?

자주 얼굴을 비치는 편은 아니었습니다. 만화연구부 안에서 제 역할은 만화대여점이었어요, 하하. 다들 동인지 쪽으로 빠지는 분위기였고 《점프》만 읽는 아이들도 많았기 때문에 『유리가면』이나 『해 뜨는 곳의 천자』, 요시다 아키미[2] 선생님의 『바나나피시』[3], 가와하라 이즈미 선생님의 작품 등 소녀만화를 빌려주는 역할을 맡았습니다.

반응은 어땠나요?

하하, 당연한 말이지만 역시나 사람마다 달랐어요. 2차 창작을 좋아해서 《점프》를 자주 읽는 아이들에게 오시마 유미코 선생님의 작품을 빌려줬더니 미지근한 반응을 보였던 경우도 많았고, 반대로 오타쿠가 아닌데 『PALM』에 반응하는 아이들과 《부~케》를 읽는 친구들에게는 통하는 경우도 있었죠. 대략적인 경향이란 건 있었지만 '만화 처방전'은 사람마다 다르다는 것을 다시 한번 실감했습니다. 고등학생쯤 되면 그때까지 살아온 과정에 따라 마음을 울리는 대상이 저마다 완전히 달라진다는 것을 온몸으로 느꼈습니다. 애초에 모든 아이들이 마음의 울림을 찾기 위해 만화를 읽는 게 아니라는 것도 알게 되었고요. 당시에는 아직 '모에'라는 말이 없었지만 마치 아이돌을 대하듯 캐릭터를 좋아하는 아이들을 보며 저런 방식으로 만화를 즐길 수도 있음을 깨달았죠.

호불호 없이 모두가 좋아하던 작품도 있었나요?

대화 소재로 만능이었던 것은 사사키 노리코[4] 선생님의 『동물의사 Dr.스쿠르』[5]였습니다. 누구에게 빌려줘도 재밌다는 반응이었습니다. 『바나나피시』도 비교적 그런 편이었고요. 그리고 『베르사유의 장미』는 남자들에게 반응이 좋았습니다. 남자들 입장에선 오히려 그런 장대한 서사가 있는 만화가 읽기 쉬운가봐요. 그렇게 혼자 만화대여점 노릇을 하면서 24년조라고 불리는 작가들의 작품은 제가 아무리 애정해도 누군가와의 대화 소재로는 쓰지 말자고 생각하게 됐어요. 이건 그냥 나를 위해 읽는 만화라고 여기기로 했죠. 물론 상대가 그런 만화도 읽는다는 것을 알면 같이 얘기는 하고 싶겠지만 영업은 자제해야겠다고.

그럼 고등학교 시절에 파고 있던 만화는 무엇이었나요?

너무 많은데요. 그중에서도 『PALM』이라고 해야 할 것 같습니다. 이에 못지 않게 《윙즈》에 실린 고사카 도모코[6] 선생님의 『T.E.로렌스』[7]도 좋아했습니다. 역사물인데 비엘 요소도 있고, 불후의 명작이라고 생각하기 때문에 지금도 추천하고 싶습니다. 『바나나피시』도 좋아했고, 친구가 빌려준 다무라 유미[8] 선생님의 『여전사가 간다!』[9]도 재미있었습니다. 사카타 야스코[10] 선생님의 작품은 『바질 씨의 우아한 생활』[11]부터 시작해서 평이 좋은 만화는 거의 다 읽었습니다. 다카노 후미코[12] 선생님의 『절대안전 면도칼』[13]도 읽었고요. 그리고 우치다 슌기쿠[14] 선생님의 작품과 처음 만난 것도 고등학생 때였네요. 어떤 작품에서였더라? 여학생이 폭력적인 남자친구에게 "내 남편이라도 되는 양 굴지 마"라고 말하는 장면이 있는데, 그후 여자애가 "남자가 무슨 벼슬도 아닌데, 결혼하면 평생 저런 말을 듣고 살아야 하는 걸까? 그렇다면 결혼 따위 하기 싫어"라는 생각을 해요. 그걸 읽었을 때 이런 만화가 있다는 사실에 무척이나 위로받은 기억이 납니다. 오카자키 교코[15] 선생님의 『Pink』[16]를 읽은 것도 이쯤이었을 겁니다. 처음에는 작품 자체의 인상이 너무 강렬해서 인지하지 못하다가 오카자키 선생님의 작품이라는 걸 뒤늦게 깨달았습니다. 그리고 고등학교 졸업 전에 그때까지 읽은 오시마 유미코 선생님의 전 작품을 거의 백퍼센트 소장하게 되었던 것 같아요. 오시마 선생님도, 야마기시 료코 선생님도, 집에 만화책이 몇 권이나 있었지만 애장판이나 문고판 등 갖고 있지 않은 것이 있다면 똑같은 작품이라도 또 샀습니다. 그전까지 읽어본 적 없지만 명작이라고 소문난 작품은 꼭 읽어봤고, 쓰게 요시하루[17] 선생님의 작품을 읽기 시작한 것도 이 시기였던 것 같아요. 해서는 안 될 일이지만 『데빌맨』[18] 전권을 서점에서 서서 보다가 그 재미에 가히 충격을… 왠지 죄송스러워서 나중에 사러 갔습니다. 그리고 야마토 와키 선생님의 『겐지 이야기』[19]! 만화 자체로도 재미있을 뿐만 아니라 고등학생이었던 제게는 소설 『겐지모노가타리』를 배울 때 도움이 돼서 정말 감사한 작품입니다. 만화가는 누구나 세월이 지나면 그림체가 변하는데 야마토 와키 선생님은 제가 초등학생 때 보고 멋있다고 생각했던 균형 있는 남성상이 히카루 겐지라는 인물에 그대로 남아 있는데다가, 심지어 기술이 더 정밀해진 걸 보고 감동받았습니다. 소녀만화의 진화 과정을 본 것 같았어요.

비슷하게 감명받은 작가가 또 있을까요?

다양한 작가가 다양한 형태의 진보를 이뤘다고 생각해요. 특히 고등학교 시절의 저에겐 작가가 나이를 먹을수록 만화가 복잡, 난해해지고 대상 독자의 연령도 점점 높아진다는 고정 관념이 있었습니다. 그렇지 않은 진화 방법도 있다는 걸 알려준 건 요시다 아키미 선생님이었습니다. 요시다 선생님은 『강보다도 길고 완만하게』[20]와 『캘리포니아 이야기』[21] 처럼 서정적이고 어딘가 문학적인 작품을 그리셨는데요. 이후

에 오락적 요소를 크게 가미한 『바나나피시』를 그리셨을 때
는, 내용도 그림체도 젊은 독자를 대상으로 했다는 인상을 받
아서 가벼움과 진중함 사이를 자유자재로 오갈 수 있는 능력
에 감탄했습니다. 나중에 이쓰키 나쓰미[22] 선생님에게도 비슷
한 충격을 받았고요. 이쓰키 선생님의 『마르첼로 이야기』[23]를
보고 엄청 어른스러운 만화를 그리신다고 생각했는데 대학
생 시절에 연재된 『팔운성』[24]은 『바나나피시』와 마찬가지로
그림체도 내용도, 오락적 요소가 듬뿍 더해졌더라고요. 어떤
작품이든 마음만 먹으면 젊게 그릴 수 있다는 것이 느껴져 깜
짝 놀랐습니다.

『맛의 달인』의 충격

정말 다양한 만화를 읽으셨네요.

고등학생 때 이것저것 깊이 팠다고 해야 할지, 독자로서 다
양한 작품을 재밌게 읽긴 했어요. 청년 잡지의 작품을 읽기
시작한 것도 고등학생 무렵부터였습니다. 제가 좋아하는 소
녀만화와 의외로 취향적으로 가깝지 않을까 싶었어요. 그중
에서도 좋아했던 것은 우라사와 나오키[25] 선생님의 『마스터
키튼』[26]이었습니다. 스토리 자체도 물론 재미있지만 『마스터
키튼』은 음식 이야기가 많이 나오는데다가, 음식 묘사도 먹
음직스러웠어요. 우라사와 나오키 선생님과 이야기를 나눌

기회가 있었는데요. 곶감이 들어간 월병 이야기가 좋았다고 말씀드리자 '그 이야기 무지 힘들게 작업했어!'라고 말씀하셔 서 저도 모르게 '죄송합니다!'라고 사과해버렸어요, 하하.

음식에 관한 애착도 여전하셨군요.

더 커졌을지도 몰라요. 만화에서 먹는 장면이 맛있게 나오 면 그것 때문에 만화가 재밌어질 정도니까요. 먹는 장면이 맛 있어 보인다는 이유로 마쓰모토 레이지²⁷ 선생님의 『은하철 도 999』²⁸ 전권을 샀고, 『도라에몽』도 음식이 많이 나와서 재 미있게 읽었습니다. 그런 제가 가리야 데쓰²⁹ 선생님이 그린 『맛의 달인』³⁰을 처음 접했을 때의 충격은 어마어마했습니다. 제가 당연히 이야기한 줄 알고 깜빡할 뻔했네요. 다행이다. 『맛의 달인』을 처음 알게 된 건 중학생 때였는데… 그러고 보 니 중학생 무렵 좋아하던 만화 이야기를 할 때 까먹고 있었 네요, 어휴. 어쨌든 중학생 때 라이트한 만화를 좋아하는 친 구가 3권까지 한번에 빌려준 적이 있습니다. 그전까지 요리 만화라고 하면 빅 조³¹ 선생님의 『요리사 아지헤이』³² 정도밖 에 없었는데 요리사가 주인공이 아닌, 먹는 사람 중심의 요리 만화라고 하면 『맛의 달인』이 최초였잖아요? 스토리와 관계 없이 음식 장면이 등장하기만 해도 흥분하던 저에게 그 충격 은 마치 아버지의 그라비아 잡지밖에 모르던 소년이 어느 날 갑자기 포르노 책을 보게 되었을 때만큼 자극적이었습니다.

5권 정도 나와 있던 단행본을 전부 사서 무아지경으로 읽었습니다. 흥분을 주체할 수 없었죠. 토란 덩굴에서 나는 '주아'라 불리는 다육이 있는데, 거기에 성게를 발라 굽는 '주아 성게구이'라는 요리가 작품에 나오거든요. 그게 너무 먹고 싶은 나머지 꿈속에서 먹을 정도였습니다. 이미 수도 없이 상상해본 맛이라 꿈이지만 맛까지 제대로 느낄 수 있었어요, 하하.

하하, 흥분이 전해집니다.

읽으면 읽을수록 스토리와 그림에서 음식에 대한 집념이 느껴지는 것도 매력이었습니다. 인물의 얼굴 묘사는 엄청 단순한데 음식 묘사는 세밀했거든요. 사진에서 따와 그림을 그린다고 해도 그리는 사람이 먹는 것에 애정이 없으면 맛있게 그리기가 쉽지 않아요. 그런데 『맛의 달인』에 나오는 요리는 모두 정말 맛있어 보였고, 시각적 호소력이 없는 문장에 비해 이건 만화이기에 가능한 표현이라고 생각했어요. 만화의 새로운 장르가 탄생한 것 같았고 무엇보다 머릿속이 음식 생각으로 가득찬 사람이 나만 있던 게 아니었구나! 하는 기쁨도 있었습니다, 하하. 『맛의 달인』이 인기를 얻은 덕분에 '요리' '음식'이라는 대박 장르가 있다는 사실이 알려지면서 청년지를 중심으로 다양한 음식만화가 생겨났다고 생각해요. 제가 『어제 뭐 먹었어?』를 그릴 수 있었던 것도 음식만화라는 장르가 이미 충분히 자리잡은 상태였기에 가능했습니다. 그런 이야기를 자연스럽게 선보일 수 있던 것은 앞서 『맛의 달인』이라는 존재가 있었던 덕분이죠.

『맛의 달인』이 작가님께도 획기적인 작품이었군요.

네. 예를 들면 여자로서 평생 일하고 싶다든가, 다른 친구들이 좋아하는 만화에 큰 흥미를 느끼지 못한다든가, 그런 일련의 경험을 통해 저는 스스로 어떤 상황에서든 결국 소수파로 살 수밖에 없겠다고 느끼고 있었어요. 그런데 먹는 것에서만큼은 저도 메이저가 될 수 있을 것 같았어요. 싫어하는 사람도 물론 있지만, 먹는 걸 좋아하는 사람이 싫어하는 사람보다 분명 많다고 생각했거든요. 그런 의미에서 나도 다수에 속한다는 생각이 나중에 만화가가 되었을 때 저의 큰 버팀목이 되어주었습니다.

그렇군요. 숲속의 한 그루 나무가 되고 싶었다고 하셨는데 그것과도 일맥상통하는 부분일까요?

그렇죠. 눈에 띄고 싶거나 사람들의 중심에 서고 싶다 생각해본 적 없고, 가능한 한 주변에 묻혀 풍경이 되고 싶은 사람에게는 메이저에 속하는 것이 그렇게 될 수 있는 좋은 방법이지요. 마이너는 소수라서 눈에 띄니까요. 마이너인 것 자체가 싫다기보다 마이너여서 괜히 눈에 띄는 것이 싫습니다. 〈신세기 에반게리온〉처럼 사람들과 의식을 공유해 하나로 융합

되고 싶은 건 아니지만 많은 사람들 속에 속해 있으면 눈에 띄지 않을 수 있겠구나 싶었거든요. 먹는 건 아무리 좋아한다고 말해도 특이하게 보이지 않는 점이 기뻤습니다. 먹는 걸 주제로 누군가와 대화할 수 있다는 것도 알았고요. 뭐가 맛있더라, 내일 뭘 만들어 먹을까, 이런 걸 먹어보고 싶다 등등. 이런 화제로도 대화가 이어질 수 있다는 걸 알게 됐습니다.

학창 시절의 작가님께는 특히나 중요한 작품이었겠네요.

까먹을 뻔했는데 이렇게 열 올려 얘기할 수 있어서 정말 다행이에요, 후후.

마지막 2차 창작?

고등학교 시절에는 주변에 동인지 그리는 친구들이 많았다고 했는데 작가님께서도 동인 활동을 하신 적이 있나요?

고등학교 1학년 때 『은하영웅전설』 연재가 종료된 후, 중학교 때부터 친했던 친구들이 동시에 동인지를 내기 시작했습니다. 거기에 짧은 만화를 싣거나 했어요. 『아르슬란 전기』의 동인지도 그렸던 것 같고요. 아직 분량이 많은 만화를 그리는 데 익숙하지 않아서 길어봤자 두세 페이지 정도의 분량이었지만요. 동아리에서 저만의 오리지널 만화를 그리기 전이었던지라, 2차 창작 활동을 통해 익힌 감각을 오리지널 창작에 활용했던 것 같습니다.

직접 동인지를 만들어봐야겠다는 생각은 안 하셨나요?

그때는 그런 생각이 없었습니다. 우선 많은 양을 그릴 수 없었고, 무엇보다 2차 창작을 하려면 좋아하는 원작이 있어야 하니까요. 저는 당시에 2차 창작 동인지에서 주류였던 작품들과는 전혀 인연이 없었기 때문에 오히려 동인지 그리는 친구가 부러웠습니다. 취향이 맞는 사람들이 많이 있는 것도 그렇고 2차 창작을 하면 해당 원작을 좋아하는 사람들이 읽어주니까요. 그런 게 부럽고 재미있어 보였습니다. 저는 그때도 여전히 『베르사유의 장미』를 가장 좋아했고, 전단지 뒷장에 콘티 같은 것을 조금씩 끄적이긴 했습니다만 그것을 동인지로 낼 생각은 없었습니다. 결국 내긴 하지만요.

처음 동인지를 낸 건 언제였나요?

고등학교 3학년 때였습니다. 만화 그리기를 그만두는 기념으로 낼 생각이었습니다. 이런저런 모순이 좀 있는데, 만화라면 사족을 못 쓰는 주제에 그때 당시에는 제가 서른 넘어서까지 만화를 읽고 있을 거라고 생각을 못 했어요. 주변에 사회인이 된 후에도 만화를 계속 읽는 사람들이 없어서 분명 저도 그렇게 되겠거니 싶었고, 동인지 활동 같은 경우에는 더더욱 할 리 없을 것 같았어요. 일하면서 그림은 취미로 할 생각까지 해놓고선 조금 모순된 생각이지만요. 어쨌든 예전에 전단지 뒤에 그렸던 『베르사유의 장미』 2차 창작 만화를 원고용지에 제대로 옮겨 그리고, 그것으로 기념 동인지를 낸 뒤에 만화를 그만 그릴 생각이었어요. 졸업 문집을 내는 느낌이었네요. 다른 친구들이야 앞으로도 새롭게 좋아지는 작품이 생기면 그걸로 2차 창작을 할 수 있겠지만, 저에게는 앞으로도 『베르사유의 장미』밖에 없을 것 같아서 제가 지금까지 생각했던 이야기를 한 권에 모두 쏟아내면 '나의 2차 창작'은 그것으로 끝일 거라 생각했습니다. 마지막 동아리 문집에 30페이지 분량의 만화를 그린 것과 같은 이유로 시간은 충분했기 때문에 같은 시기에 『베르사유의 장미』 2차 창작물을 그린 것입니다.

전단지 뒤에 그리던 만화는 내용이 이어지는 시리즈물이었나요?

아니요. 단편이나 중편 등을 합쳐서 총 열 작품 정도가 있었습니다. 가장 긴 게 어느 정도였더라. 마리 앙투아네트가 죽은 후 그녀의 연인인 페르젠이 아저씨가 된 모습을 계속 그렸습니다. 그냥 아저씨가 계속 고생하는 이야기였는데, 이 부분에서도 제 안의 무엇이 발동했는지 아시겠죠? 후후. 나중에는 만화 본편만 총 90페이지를 넘겼습니다.

첫 동인지치고는 대작이었네요. 그동안 쌓아둔 콘티가 있다고 해

도 막상 제작하기는 어렵지 않았나요?

친구의 도움을 받았습니다. 제가 아무 생각 없이 톤을 겹쳐 붙이는 것을 보고 친구가 '그러다 모아레 생겨!'라고 혼낸 적이 있습니다. 그런데 저의 반응은 '모아레…가 뭔데?'였죠. 3년이나 만화연구부에 있었지만 제 지식 수준은 그 정도였어요, 하하. 딱 한 번 원고를 인쇄하기 전날에 밤을 새웠습니다. 잠도 못 자고 학원에 갔더니 처음으로 수업시간에 졸아서 학원 선생님이 엄청 걱정하셨어요. 인생에서 가장 체력이 좋을 나이인 18살에 단 하루 밤새운 것 가지고 이렇게 능률이 떨어지다니. 나라는 인간은 밤샘에 맞지 않는 인간이구나 하고 마음 깊이 새겼습니다. 어떤 일이 있어도 절대 밤은 새우지 않겠다고 결심했고, 만화가가 된 지금도 그건 지키고 있어요. 누군가와 밤을 새우도록 이야기를 하게 될 때면 그 다음날은 반드시 쉽니다. 지금까지도 잠을 자지 않은 상태로 무언가를 하지 않으려고 주의하고 있습니다.

그 동인지는 오프셋 인쇄로 제작되었나요?

그렇습니다. 태어나서 처음으로 스스로 인쇄소까지 원고를 갖고 가서 넘겼습니다. 밤새운 다음날의 일이었는데, 잊을 수가 없어요. 그날은 토요일이었어요. 졸려서 해롱해롱한 상태로 집으로 돌아가는 지하철 안에서, 모두 호외를 읽고 있는 것을 보고 쇼와 천황이 죽은 것을 알게 됐어요. 수면 부족의 멍한 정신 상태로 '그럼 오늘 〈가정부는 보았다!〉[33]는 결방이겠네…'라고 생각한 걸 기억합니다.

행사에 참가하신 적도 있나요?

초반에는 친구의 부스에 끼어서 참여했는데 두꺼운 책이 공간을 차지하는 바람에 민폐를 끼쳤어요, 하하. 그래서 그후로는 저도 정식으로 참가하게 되었던 것 같기도 하고요. 당시 기억이 모호하네요. 기억나는 건 어느 날 행사장에서 책을 산 분께서 저에게 '직접 그리신 거예요?'라고 말을 걸었던 것입니다. 제가 1살 때 연재된 옛날 만화다보니, 그 2차 창작을 이 어린 친구가 지금에 와 했다는 것에 놀라셨던 것 같아요. '잘 그리셨네요…'라고 칭찬해주시더라고요, 후후. 엄청 기뻤습니다. 그뒤로 긴 편지를 써준 분도 계셨는데 '이런 장면이 좋았다. 앞으로도 힘내라'라는 메시지에 너무 기뻐서 어쩔 줄을 모르겠더라고요. 제가 그린 것에 일면식 없는 사람이 편지라는 형태로 반응을 해준다니, 엔도르핀이 미친듯이 솟았습니다. 강렬한 쾌감이었습니다. 너무 강렬해서 만화 그리는 것을 멈출 수 없게 됐어요.

대학 시절

실시간으로 맛보는 즐거움

어릴 때부터 초지일관 꿈꾸던 법학부에 진학하셨는데 대학생활은 어땠나요?

힘들었죠…… 오타쿠를 부정적으로 보는 계기가 되기도 한 연속 여아 납치 살인 사건의 직후이기도 했고, 만화 좋아한다는 얘기를 다른 사람에게 안 들리도록 조심해야 하는 분위기였습니다. 오타쿠라도 오타쿠로 보이지 않는 옷을 입거나 행동을 하려고 엄청나게 주의하는 사람들이 많았습니다. 고등학교 시절에 동인지 활동을 하던 친구들도 뒤에서 손가락질을 당한다며 대학에서는 만화연구부에 들어가지 않을 정도였습니다. 오타쿠로 낙인 찍히는 것에 대한 공포가 지금과 비교할 수 없을 정도로 컸답니다. 다만 친구들에게는 동인지라는 머무를 거처가 있었지만 저는 팬이 많은 작품을 파고 있지도 않았고, 누군가와 만화 이야기를 하고 싶으면 만화연구부에 들어가는 수밖에 없다고 생각했습니다. 실제로 대학에서도 만화연구부에 들어갔는데, 학생회관에서 동아리실 위치를 물어봤다가 생전 처음 보는 선배한테 '그 부엔 들어가지 않는 게 좋을 거야'라는 말을 듣기도 했어요. 결국 가입하긴 했지만요. 그 정도로 비난이 거셌습니다. 그래서 만화연구부에 들어간 후에도 과 친구들에게는 제가 어떤 동아리에 들었는지 말하지 않으려고 했습니다. 그런데도 만화를 좋아하는 사실이 티가 났나봐요. 만화가가 된 후 만난 대학 친구에게 '너는 노트에 자주 만화를 그렸었지'라는 말을 들어서 역시 난 숨기는 데는 재능이 없구나 싶었어요. 에휴, 항상 그래요. 걱정 많고 소심한 주제에 하는 일마다 어설프고 허술하다니까요.

만화연구부에선 어떤 활동을 하셨나요?

고등학생 때는 거의 유령 부원처럼 얼굴은 비치지도 않으면서 작품만 그려 내는, 어떤 의미론 민폐 부원이었어요. 대학 때는 그와 정반대로 그림은 거의 그리지 않고 동아리실을 밥 먹는 장소로 썼었어요. 가끔 만화 이야기도 하고. 그리고 만화연구부 사람들에게 만화를 엄청 빌려 봤습니다. 덕분에 우라사와 나오키 선생님의 『파인애플 ARMY』[34]를 비롯한 청년만화를 많이 읽을 수 있었어요. 《빅 코믹 스피릿》을 매주 사게 된 것도 그 무렵이었습니다.

《빅 코믹 스피릿》에는 좋아하시는 『맛의 달인』도 실렸죠.

후후, 맞아요. 『맛의 달인』을 처음 알게 되었을 때는 단행본으로 한번에 음미하며 읽고 싶어서 매주 잡지를 구매해 보고 싶지는 않았는데, 통학길에 《빅 코믹 스피릿》을 사게 된 거죠. 당시에는 사와이 겐[35] 선생님의 『이오나』[36]도 좋아했습니다. 다양한 청년만화를 읽으면서 『맛의 달인』이든 『파인애플 ARMY』든 청년만화라는 것은 '휴먼드라마 플러스 알파'이자, 어른이 읽어도 어떠한 지식을 얻을 수 있는 장르라는 걸 알게 되었습니다. 소년·소녀만화와의 차이를 확연히 느낄 수 있었던 점도 즐거웠습니다. 스포츠물이어도 청년만화에는 프로 선수의 이야기가 많고, 자연스레 돈을 버는 이야기나 가족 이야기가 많아서 그 부분이 재미있다고 느꼈습니다. 후에 비엘이 탄생했을 때 직장 이야기를 그린 작품도 많았기 때문에 비엘은 소녀만화와 비교하면 청년만화의 위치에 가깝다고 생각했죠.

만화연구부 회원에게 또 어떤 작품을 빌리셨나요?

소녀만화를 좋아하는 사람들이 있어서 그것도 빌려 봤습니다. 남자 선배들 중에 여성 작가의 작품을 읽는 사람들도 많았거든요. 고가 윤 선생님이나 CLAMP[37] 선생님들의 작품을 읽고 그 천재성에 대해 토론할 때도 있었죠. 선배들 가운데 니시 게이코[38] 선생님의 팬이 있었는데 만화를 많이 빌려주셨습니다. 그리고 니시무라 시노부[39] 선생님을 좋아하는 선배에게는 『서드 걸』[40]을 빌리거나 했죠. 그 선배와는 애니메이션 〈디어 브라더〉[41] 이야기로도 잘 통해서 자주 수다를 떨었습니다.

갑자기 애니메이션화된 〈디어 브라더〉 말씀이시죠?

방송국 NHK-BS가 개국하고 거의 바로 방영이 시작되었는데 애니메이션화된다는 정보를 듣고 '왜 지금?'이라는 생각이 들었습니다, 하하. 하지만 이케다 리요코[42] 선생님의 작품이기도 했고, 애니메이션을 별로 보지 않는 저도 즐겨 봤던 『베르사유의 장미』나 『에이스를 노려라!』[43] 『내일의 죠』[44]의 애니메이션 감독을 맡은 데자키 오사무가 메가폰을 잡았다고 해서 이건 꼭 봐야겠다 싶었죠. 그때 첫 화를 보고 높은 퀄리티에 깜짝 놀랐습니다. 데자키 감독만의 연출 감각이 십분 발휘된, 환골탈태 수준의 역작이었습니다. 스토리는 같지만 전혀 다른 작품이 되어 있었는데, 1화에서 생쥐스트(아사카 레이)가 장미꽃을 문 채 피아노로 쇼팽을 연주하는 장면을 보고 이건 볼 수밖에 없다는 생각이 들더라고요. 게다가 생쥐스트의 목소리는 성우 시마모토 스미가 연기했는데 〈루팡 3세: 칼리오스트로의 성〉의 클라리스 역을 연기할 때부터 좋아했기 때문에 더더욱 다음이 기대되었습니다. 그 첫 화의 감상을 니시무라 시노부 작품을 빌려준 선배와 우연히 나누게 됐고, 이후로 매주 방송이 끝나자마자 전화를 걸어 〈디어 브라더〉 이야기를 두세 시간 동안 했습니다. 매주 그 시간이 너무너무 즐거웠어요. 나중에 신이 나서 사람들에게 〈디어 브라더〉를 보여주기도 했지만, 방영중에 실시간으로 달리던 사람은 그 선배가 유일했기 때문에 함께 이야기 나누는 시간이 더욱 소중했습니다.

좋아하는 것을 실시간으로 보면서 다른 사람과 취향을 공유하는 경험은 처음이었군요.

그렇습니다. 항상 『베르사유의 장미』처럼 이미 연재가 끝난 작품을 파던 경우가 많았으니까요. 누군가와 좋아하는 것에 대해 이야기하는 게 이렇게 즐거운 거구나 하고 절실히 느낄 때쯤 만난 것이 이노우에 다케히코[45] 선생님의 『슬램덩크』[46]였습니다.

『슬램덩크』라는 헬리 혜성

『슬램덩크』를 처음 알게 된 계기는 무엇이었나요?

동인지 활동을 열심히 하는 중학교 친구가 있었는데 자신이 내는 동인지의 원작을 제가 이해할 수 있도록 《점프》 연재작을 정기적으로 빌려주었습니다. 그 친구가 '아마 이거 좋아할 거 같아'라며 추천해준 것이 『슬램덩크』였습니다. 그래서 등굣길에 한 권 사서 학교 가는 동안 읽었고, 수업 마치고 집으로 돌아가는 길에 서점에서 전권을 구입했습니다. 하하!

7권인가 8권까지 나왔을 때였나? 추천해준 친구도 설마 그렇게까지 빠질 줄은 몰랐다면서 놀라더라고요.

재미는 당연하고, 그 외에 빠진 이유가 있었나요?

캐릭터의 신체 비율이 좋았다는 점이 컸다고 생각합니다. 키가 작고 귀여운 그림체도 물론 재밌게 읽을 순 있지만요. 또 '평범한' 스포츠물이라는 점이 좋았습니다. 무지막지하고 비현실적인 플레이가 나오는 류의 스포츠물도 좋지만 저는 현실과 가까운 작품에 잘 몰입하는 편이고, 그런 만화를 좋아해서요. 읽자마자 저자가 농구 경험자라는 사실을 바로 알 수 있었어요. 그래서인지 엄청 술술 읽혔습니다. 게다가 『슬램덩크』에는 질투하는 사람이 등장하지 않습니다. 예를 들면 권준호(코구레 키미노부)는 나중에 강백호(사쿠라기 하나미치)와 송태섭(미야기 료타)처럼 자신보다 잘하는 후배가 들어오면서 주전 자리를 뺏기는데, 일반적인 소년만화였다면 그런 권준호의 분한 감정에 포커스를 맞춘 이야기가 나올 법도 하거든요. 그런데 『슬램덩크』는 아니었어요. 권준호는 항상 기뻐 보였죠. 힘내라고, 진심을 담아 응원하고요. 권준호의 그런 점이 좋았습니다. 이 점은 다른 캐릭터들에게도 할 수 있는 이야기입니다. 양호열(미토 요헤이) 무리도 지금까지 함께 놀던 백호를 농구부에 빼앗겼다고 생각하지만 싫은 소리 한 번 없이, 농구에 대해 잘 몰라도 응원을 와주죠. 정대만(미츠이 히사시)의 불량한 친구도 단호하게 비행을 관두고 농구 선수가 된 그를 응원해주고, 박철(테츠오)조차도 마지막에는 대만에게 응원을 보냅니다. 모두 아름답고 착한 녀석들이죠. 그런 점에서 '판타지'일지는 모르겠지만 인간을 밝고 아름다운 존재로 그리는 방식이 좋았습니다. 그리고 조금 소녀만화스러운 개그가 중간중간 느껴지는 부분도 좋았고요. 권준호는 가슴팍에 일러스트가 새겨진 티셔츠를 자주 입는데요. 농구부에 아직 복귀하기 전인 정대만과의 싸움 장면에서 분위기가 얼어붙은 와중에, 토끼 그림에 '토끼'라고 적힌 티셔츠를 입고 있거든요. 그런 부분까지 좋아했습니다. 정대만과의 농구부 최후의 날 장면은 단행본 세 권 정도에 걸친 긴 에피소드였는데 준호가 내내 토끼 티셔츠를 입고 있어서 엄청 인상 깊었습니다, 하하.

말씀을 듣고 있자니 권준호에 대한 애정이 크시다는 게 느껴지네요.

1권부터 저는 준호가 귀엽더라고요.

그 느낌이 그대로 2차 창작에 대한 충동으로 연결된 건가요?

그게, 처음에는 '권준호만 좋아해서 좀 그런데…'라는 망설임이 살짝 있었습니다. 그러다 정대만이 등장, 준호의 '옛 남자'가 등장한 듯한 충격에 '이야!' 하고 짜릿했죠, 후후. 지금의 저라면 준호의 상대로는 누가 봐도 좋은 사람인 채치수(아카기 타케노리)를 붙여줄 거라 생각하지만 당시에는 그런 생각의 전환을 못 했는지, 준호의 상대는 그냥 정대만이라고 맘속으로 정하고 있었어요. 그래서 동인지를 내게 된 거죠. 동인지를 내기 위한 과정은 이미 경험했기 때문에 결심한 뒤로는 빠르게 진행됐습니다.

그땐 동인지 활동을 열심히 하던 때는 아니셨죠.

예전에 낸 동인지를 조금씩 판매하는 정도였고 활동은 거의 하지 않았습니다. 다만 가끔씩 피드백을 받을 때면 그게 재미있어서 활동을 멈추지 못하는 사람의 기분을 이해할 순 있을 것 같았어요. 시간은 엄청 걸렸지만 결국 처음으로 동인지를 완결 지을 수 있었고, 어떻게든 적자는 면했습니다. 그러자 어릴 때부터 막연하게 생각한, 취미로 만화를 그리는 것이 이런 모습이라면 좋겠다는 생각을 하게 됐어요.

개인이 아닌 지인과 함께 동인 활동을 하는 분도 적지 않은데 누군가와 함께 동인 활동을 할 생각은 없으셨나요?

처음으로 제 동인지를 내기로 한 고등학교 시절엔 톤 붙이는 법부터 인쇄소에 넘기는 방법, 행사 신청을 위한 절차 등 동인지의 하나부터 열까지를 배울 수 있을 만큼 동인지를 그리던 친구들이 주변에 많았습니다. 그런데 그 친구들끼리 함께 동인지를 만들 때는 꽤 자주 다퉜어요. 표지를 누가 그릴

지부터 시작해서 돈 관련 문제까지 말이지요. 그걸 봤기 때문에 동인 활동을 하게 된다면 꼭 개인적으로 해야겠다고 이미 마음먹고 있었어요.

그래서 전부 혼자 하신 거군요.

행사 참가 신청도 후다닥 해버리고 동인지도 후딱후딱 내버렸습니다. 그냥 저처럼 권준호를 좋아하는 사람들과 이야기하고 싶었거든요, 하하. 친구 찾기에 가까웠죠. 『베르사유의 장미』조차도 규모가 큰 행사에 가면 부스가 몇 개 있을 정도인데《점프》에 연재될 정도의 작품이라면 동인지를 읽는 사람의 규모가 다를 테니까요. 게다가 아직 『슬램덩크』 단행본이 10권도 나오지 않았을 시기였던 터라 앞으로 더욱 반향을 일으킬 것 같다는 예감도 들었고요. 우선 빨리 동인지를 내서 친구를 만들고 싶었습니다.

동인지를 계속 그리고 싶었다

『슬램덩크』는 인기 장르로 성장하지만 작가님께서 밀던 커플은 메이저가 아니었죠.

그건 사실 처음부터 알고 있었습니다. 메이저는 원작에서도 인기 있는 강백호와 서태웅(루카와 카에데) 쪽이겠구나 싶었고, 권준호가 조연인 것도 알고 있었으니까요. 하지만 앞서 말한 것처럼 독자 규모가 크기 때문에 나처럼 권준호를 좋아하는 사람들이 반드시 있을 것이다, 준호가 메인으로 등장하는 동인지도 꼭 있을 것이라 확신했습니다. 그게 가장 중요했고 실제로 있었습니다. 그것도 많이. 연재 초기이기도 했고, 모든 캐릭터가 등장하는 올캐러 북도 많았는데요. 모든 캐릭터가 나오기 때문에 권준호도 있었습니다. 처음으로 『슬램덩크』 동인지를 사러 동인 행사에 갔을 때는 집으로 택배를 보내야 할 정도로 살 게 많아서 기뻤습니다. 행사에 가서 교통비보다 책 사는 데 돈을 더 쓴 적은 처음이었어요, 하하.

그전까지 파던 것은 『베르사유의 장미』였겠죠?

맞아요. 한두 권만 사도 엄청 기뻤는데 두 배는 우스울 정도로 많은 책을 살 수 있게 되어서 한동안은 행사에 갈 때마다 그물로 물고기를 쓸어 담듯이 사들였습니다. 그중에서 재미있고 멋진 작품을 그리는 분의 동인지를 지속적으로 사게되었고요.

『슬램덩크』의 2차 창작 팬덤은 다채로운 재능들의 집결지 같은 인상이 있습니다.

다양한 사람들이 그려서 재미있었죠. 그것도 아마 원작 캐릭터의 키가 크고 비율이 좋은 점이 영향을 줬다고 생각하는데요. 원래도 동인 쪽으로 인기가 좋았던 《점프》 작품 계보에서 유입된 사람들이 있는가 하면, 저처럼 완전히 엉뚱한 곳에서 흘러들어온 사람들도 있었거든요. 누가 이전에 활동했던 장르에 대해 물어봐서 대답하면 '『베르사유의 장미』요?!'라며 다들 엄청 놀라곤 했죠, 하하! 저처럼 마이너한 장르에서 옮겨온 사람들도 꽤 있었습니다. 그런 점도 『슬램덩크』 2차 창작의 다채로움에 한몫했던 게 아닐까 싶네요.

연재중인 작품을 파게 된 기쁨은 만끽하셨나요?

그건 뭐 더할 나위 없었죠. 매주 새로운 연재분을 읽을 수 있는 데다가 같은 취향을 가진 사람들과 매주 몇 시간이나 전화로 떠들 수도 있고, 즐겁기 그지없었죠. 집에서 장시간 통화를 하면 부모님께 혼나기 일쑤였는데 당시에는 휴대전화도 없었기 때문에 공중전화 카드를 들고 나가서 전화를 하거나 했습니다. 뭐가 그렇게 할말이 많았는지는 몰라도 두 시간은 기본이었어요. 게다가 『슬램덩크』가 인기 장르였다보니 커플마다 단독행사인 온리전이 열릴 때도 있었습니다. 메이저 커플에 비하면 규모는 작았지만 대만준호 온리전도 열린 적이 있었는데, 그곳에 모인 사람들은 모두 정대만과 권준호의 조합을 좋아하는 거잖아요? '뭐지, 이 극락정토는?' 싶었죠, 하하.

그전까지 몰랐던 부류와도 교류가 있었나요?

그렇죠. 『슬램덩크』 동인 활동을 시작한 후로 친구가 된 사람들 중에는 만화가뿐만 아니라 소설가도 많았습니다.

2차 창작의 매력에 빠진 뒤에 창작자로서 새롭게 알게 된 것이 있었다면요?

어느 정도 활동을 하다보니 장르가 성숙해져간다는 것을 크게 느꼈습니다. 2차 창작물인데도 점점 오리지널 창작물에 가까워지는 사람도 있잖아요? 가치관이나 주장하는 바가 그 작품을 통해 강하게 드러나기도 하고요. 저는 아무리 2차 창작이라도 북산고등학교라는 설정 안에서만 그렸는데, 역사물 같은 평행세계 이야기나 굉장히 무게감 있는 전개의 중후한 이야기 등, 오리지널 요소가 강하면서도 색다른 재미가 있는 작품과 만날 수 있는 점도 2차 창작의 매력 중 하나라고 생각해요. 실제로 그런 작품들도 정말 재미있게 읽었습니다. 극단적인 오리지널 설정은 아니지만 저도 캐릭터가 사회인이 되는 것까지는 그린 적이 있습니다. 큰 의미에서 보면 평행세계지만 어쨌든 원작의 설정이 그대로 이어지는 작품을 그렸는데, 결국 10년이나 계속됐네요. 최종적으로 각각 약 200페이지, 총 7권이 나와서 그게 저의 작가 인생에서 가장 긴 장편일 거라고 생각했어요, 하하.

2차 창작을 시작했을 때 자신만의 창작만화를 그리고 싶어지진

않았고요?

전혀요. 고등학생 때처럼 오리지널 이야기를 그려야만 하는 상황도 없었고 뭐니 뭐니 해도 『슬램덩크』 2차 창작이 즐거웠거든요. 하지만 그것이 영원히 계속되지 않을 거란 건 알고 있었기 때문에 즐기는 동시에 큰일났다고 생각했어요. 그런 막연한 불안감은 있었지만 『슬램덩크』 2차 창작 외에는 손에 잡히는 게 없었습니다. 고등학교 때까지는 열심히 했던 공부도 대학에선 거의 하지 않았고요. 학교에 가는 척하며 그림 도구를 갖고 친구 집에 가서 원고를 그린 결과, 한 해 동안 5권 정도 동인지를 냈죠.

대학 졸업 후의 비전은 어땠나요?

애초에 취직할 생각은 없었고 부모님께는 변호사 자격증 시험에 붙지 못하면 대학원에 들어가서 시험을 다시 치겠다고 말씀드렸는데, 대학원에 간다는 것도 시간 벌기에 지나지 않았습니다. 어쨌든 대학원에 가기 위해 필요한 최소한의 공부는 했지만 그 외의 자격 시험을 위한 공부는 아무것도 하지 않아서 이래서야 붙겠냐? 싶었죠. 하하. 결국 대학원에 가긴 갔는데 대학원 졸업도 어려워 보이고 취직도 못 할 것 같고. 그렇지만 동인지 활동은 계속하고 싶고. 참 난감했어요. 그런데 마침 그 시기에 비엘 잡지가 흥하기 시작했습니다.

프로 데뷔

다가오는 비엘 붐과 함께

80년대 말부터 90년대 초에 걸쳐 태동하기 시작한 비엘 잡지가 본격적으로 나오기 시작한 것이 93년 이후였죠.

그 시기에 호분샤에서 《하나오토》[47]라는 비엘 잡지가 창간되었는데, 거기에 『슬램덩크』 동인지로 알게 된 친구가 경력 편집자로 일하고 있어서 저에게 뭔가 그려보지 않겠냐고 제안을 해왔습니다. 같은 시기에 동인 행사에서 《MAGAZINE BE × BOY》[48]의 편집자가 명함을 주면서 비슷한 제안을 해주셨고요. 편집자가 행사에서 직접 동인 작가에게 말을 걸어 스카우트하는 것이 성행하기 시작한 시절이었습니다.

둘 다 흔쾌히 수락하셨나요?

그랬죠. 어쨌든 동인 활동을 1분 1초라도 오래하고 싶었는데 그러려면 만화가가 되는 것이 가장 빠른 길일 것 같았거든요. 애초에 만화가가 되고 싶기도 했고, 출판사 관계자의 제안을 받고 나니 왠지 나도 데뷔할 수 있겠다는 생각이 들어서 완전히 신이 났습니다. 그전까지 오리지널 작품은 하나밖에 그려본 적이 없었지만 그대로 승낙하고 말았습니다. 부모님께는 나중에 보고했고요. 앞으로 만화가가 될 생각이라 하면 불안해하실 테니 이미 만화가가 되어 일도 받고 있다고 했어요. 원고료는 다달이 들어오는 월급 같은 거고, 1년에 2권 정도 나오는 단행본이 보너스 같은 것이며, 이걸로 먹고살 수 있을 거라고도요. 그 설명이 먹혔는지 특별히 반대하지 않으셨어요. 당시는 지금만큼 출판 시장이 불황이 아니어서 신인이라도 작품 수가 쌓이면 그만큼 단행본을 출판사에서 내줬기 때문에 돈에 대한 계산은 쉽게 섰습니다.

그런 제안을 받기 전에 어디든 만화 잡지에 투고해볼 생각은 안 하셨나요?

그런 생각은 없었습니다. 다만 동인 활동이 계기가 되어 만화가가 되는 사람들이 있던 시절이기도 했고, 실제로 제안을 받기 약 반 년 전부터 비엘 작가로서 이 생활을 계속할 수는 없을까, 하고 막연히 꿈꾸기도 했습니다. 그리고 그것보다 훨씬 전의 일인데, 『캡틴 츠바사』의 동인 활동을 거쳐 만화가가 된 분과 식사를 했을 때 프로가 되면 좋을 것 같다는 말을 들은 적이 있었어요. 그 말을 한 당사자는 아마 기억을 못 하겠지만 상업 작가에게 그런 말을 들은 게 정말 기뻤습니다. 그 덕에 나도 할 수 있을 것 같다는 긍정적인 기분이 들었는지도 모르죠. 하지만 막상 일을 받고 오리지널 창작 작품을 그리려고 하니 하나의 에피소드에 몇 페이지가 필요한지조차 파악이 안 돼서 힘든 점이 한두 가지가 아니었습니다. 정해진 매수 안에서 캐릭터가 커플이 되든 헤어지든 전개가 돼야 하는데, 그런 러브 스토리의 기본 같은 것이 제 안에 없어서 난처한 심정이었습니다. 그런데 정말 다행히도 담당 편집자를 잘 만났던 거죠. 저에게 제안을 했던 친구가 저를 담당하진 않았고, 호분샤에서 오랫동안 만화 편집자를 해오신 베테랑 남성 편집자가 《하나오토》의 편집장이 되어 절 담당하게 되었습니다. 비엘에 대해서는 전혀 모르셨지만 만화엔 노하우가 있는 분이었기 때문에 적절하게 지도해주셨어요. 미팅도 대면으로 이루어졌고 콘티를 보여드릴 때마다 '이런 전개는 좋네요' '여기는 좀 설레는데요' 등 칭찬을 아끼지 않으셔서 큰 힘이 됐습니다.

그 시절에 대면으로 미팅을 진행하는 비엘 작가는 그렇게 많지 않았을 것 같은데요.

제가 아는 선에서 얘기하자면 말씀하신 바가 맞습니다. 동인지 경험자는 어느 정도 만화를 그릴 수 있을 거라고 생각해서 그런지 페이지 수와 내용은 전화로 확인하고 그 이후는 팩스로 연락하는 게 일반적이었잖아요. 저 같은 경우도 《하나오토》 외에는 원고도 택배로 보내는 경우가 많았기 때문에 편집자와 마주할 일이 거의 없었습니다. 그런 의미에서 《하나오토》의 담당자와 대면 미팅을 통해 여러 지도를 받을 수 있었던 게 엄청난 행운이었죠.

동인지를 통해 만화를 그려서 발표한 경험이 있었다고는 하지만 상업 잡지 활동에 대해서는 모르는 것도 많으셨죠?

그 부분에 대해서는 마음이 든든했던 게, 『슬램덩크』로 알게 된 사람들이 만화나 소설 분야에서 먼저 프로로 활동하고 있어서 원고료나 마감을 교섭하는 방법 등에 대해 다양한 지혜와 정보를 얻을 수 있었습니다. 정말 감사한 일이었죠. 특히 '마감만 잘 지키면 자잘한 일이라도 일감은 반드시 계속 들어오니까 이 일을 계속하고 싶으면 마감만큼은 꼭 지켜'라고 조언해준 친구의 말을 가슴 깊이 새기고 마감은 항상 엄수했습니다. 오랫동안 만화가로 활동하고 싶었기 때문에 지금껏 한 번도 그 원칙을 깬 적이 없습니다. 그러고 보니 저는 처음부터 전업 작가여서 그랬는지 여러 선배들이 응원뿐만 아니라 앞으로의 길에 대해 이런저런 걱정을 해줄 때도 많았어요. '너 앞으로도 정말 괜찮겠냐'라고.

아직 비엘 시장이 지금처럼 자리잡지 않았었고, 또 앞으로도 자리잡을 수 있을지 알 수 없는 상황이었으니요.

그렇습니다. 그 당시는 비엘의 인기가 언제까지 이어질지도 알 수 없었어요. 특히 처음에는 여성을 대상으로 한 성인 오락물이라는 인식이 있었고, 단행본을 여러 권 출간할 정도의 시리즈를 그릴 수 있는 장르가 아니라는 생각이 지배적이었을 겁니다. 그런 이유 때문은 아니었지만 상업지에서 연재를 시작했을 때 이미 제 안에서 『아이의 체온』 1화가 어느 정도 틀을 갖추고 있었는데, 이건 비엘 잡지가 아닌 다른 곳에서 연재하고 싶었습니다. 이런 내용을 비엘 잡지에 그린다고 해도 실어주지 않을 거 같았거든요. 그래도 업계에 친구가 있었고, 불안에 떨 정도의 큰일은 없었습니다.

『달과 샌들』

짧은 페이지 안에 시간의 경과를 그리다

상업지 데뷔작 「달과 샌들」은 남자 고등학생 고바야시와 교사인 이다의 이야기입니다. 편집부에서 사전에 먼저 의뢰한 내용이 있었나요?

특별히 없었습니다. 담당자님도 비엘의 초심자셨고, 우선 콘티를 보내달라는 요청 정도는 있었어요. 내용 자체는 금방 떠올랐지만 좋아하는 사람과 연결되지 않는 실연 이야기라서 요즘의 비엘이라면 콘티 단계에서 OK를 받지는 못했을 것 같아요, 하하. 당시는 로맨스만 있으면 해피엔드든 새드엔드든 괜찮게 봐주는 분위기였기 때문에 주인공들이 서로 사랑하며 행복하게 잘 살았다는 결말에서 벗어난 스토리를 몇 개 그렸습니다.

처음에는 1화로 끝나는 단편을 예정하신 건가요?

그때는 그랬습니다. 하지만 첫 이야기의 콘티를 건넸을 때 담당자님이 '고바야시와 잘되는 인물을 만들어보자'라고 말씀하셔서 뒷이야기도 그리게 되었습니다. 그때만 해도 뒤의 내용을 생각하지 않고 있었는데 상대는 같은 학교에 다니는 사람이 좋겠다, 선생님은 선생님대로 이야기를 만들어주는 게 좋겠다 등등의 이야기를 하는 과정에서 점점 후속편이 완성되어가는 느낌이었습니다. 담당자님도 아직 비엘을 잘 몰랐기 때문에 만화 작품을 만든다는 관점에서만 판단해주셨죠. 비엘 장르에서 이렇게 그리는 건 별로라거나, 독자들이 원하는 비엘의 서비스 장면을 넣으라거나 하는 피드백은 없었고, 캐릭터의 말과 행동이 일관되는지, 이야기에 모순은 없는지 등을 봐주셨기 때문에 그리고 싶은 이야기를 온전히 그릴 수 있었습니다.

첫 화이기도 한 「달과 샌들」에 이어 2화에선 고바야시의 그후 이야기가 나오나 싶었습니다만, 이다와 그의 파트너이자 요리사인 하시즈메의 이야기가 이어지죠. '선생님은 선생님대로의 이야기'를 만들면 좋겠다는 요청이 반영된 건가요?

그렇습니다. 뒷이야기를 계속 그려보라고 하셨을 때 고바야시와 고바야시가 그다음으로 좋아하게 되는 '퉁퉁이', 나루미 토요와의 조합보다도 이다와 하시즈메의 조합을 더 좋아했기 때문에 우선 그쪽을 그리고 싶었습니다. 제 취향은 나이든 사람이니까요, 후후.

이다와 하시즈메에게는 사회인 나름의 드라마가 있지요. 학창 시

용지는 조금
낡아 있었고

그때 알았다.
하시즈메가
이 일을 생각한 것이
어제오늘이
아니었다는
사실을.

아무 도움
안 되겠지만…

받아주지
않을래?

『달과 샌들』

절부터 알고 지낸 사이라는 것이 작중에서 자세하게 그려지지는
않지만, 둘 사이에 오랜 시간이 흘렀다는 사실이 낡은 혼인 신고
서를 통해 확연히 드러났다고 생각합니다.

그러고 보니 그렇네요. 아마 제가 시간의 경과를 그리는 것
과 그것이 담긴 작품도 좋아하기 때문인 것 같습니다. 제가
단편에서 시간의 흐름을 나타내는 요소를 넣고자 할 때, 분량
을 단축하고자 낡은 혼인 신고서 같은 장치를 통해 시간의 경
과를 보여주는데요. 어떤 상징적 요소를 통해 경과를 보여줄
지는 캐릭터의 설정 단계까지 거슬러 올라가서 고민합니다.

그 말씀은 하시즈메이기 때문에 혼인 신고서였다는 거군요.

그렇습니다. 프러포즈하고 결혼을 하면 혼인 신고서가 필
요할 테고 하시즈메는 성실한 캐릭터니까 옛날부터 생각하

고 있지 않았을까 싶었던 거죠. 한번 캐릭터를 만들면 그다음 부터는 캐릭터가 이야기를 이끌어준다고 생각합니다. 이런 사람이라면 이렇게 행동하겠지 하는 식으로요. 다음에 올 이 야기를 떠올리기 쉬워집니다.

그런 부분은 캐릭터에 살을 붙이거나 이야기의 행간을 매우기도 하는 2차 창작 활동에서 영향을 받으신 걸까요?

2차 창작 같은 경우는 '그 캐릭터가 어떤 사람이다' 하는 해석을 창작자 본인의 안에서 확립하는 것이 중요하다고 생 각합니다. 그 부분만 흔들리지 않으면 이야기는 알아서 만들 어지는 것 같거든요. 오리지널 작품은 글쎄요. 다만 2차 창작 을 통해 자신이 어떤 성격의 캐릭터를 좋아하는지는 알 수 있 을지도요. 본인의 오리지널 창작물만 그리다보면 스토리가 우선시되는 경우가 많아서 자신이 어떤 캐릭터를 좋아하는 지 명확하게 깨닫기 어렵거든요. 반대로 2차 창작의 경우는 자신이 좋아하는 캐릭터나 관계성이 먼저니까, 그것을 출발 점으로 삼을 수 있는 부분이 크죠. 특히 비엘은 저자 자신이 좋아하는 것을 그리는 게 매우 중요하고, 그것이 재미로 직결 되는 면도 있습니다. 작가의 기세가 모든 걸 이긴다고 해야 하나. 그렇기 때문에 자신이 좋아하는 캐릭터와 관계성을 잘 파악하고 있는 사람이 재미있는 비엘도 그릴 수 있다고 생각 합니다. 작가로서 자신의 강점이 무엇인지 생각해보라는 둥

취준생이 하는 자기 분석 같은 것을 하라고 하면 난감하겠지만, 자신이 좋아하는 캐릭터나 관계성에 대한 고찰이라면 얼마든지 할 수 있잖아요? 하하.

이다와 하시즈메 커플에게도 작가님이 좋아하는 캐릭터나 관계성이 반영되었나요?

의도적으로 상상해서 만든 것도 그린 것도 아닙니다만, 지금 생각해보면 하시즈메에는 채치수가 반영된 것 같습니다. 이다는 권준호고. 고릴라 채치수는 성실한 성격이니까 틀림없이 미래에 대해 엄청나게 생각할 겁니다. 채치수였다면 계속 혼인 신고서를 간직하고 있을 것 같아요. 아마 이다는 그런 생각까진 하지 않을 것 같고, 하하. 이러한 캐릭터의 성향이나 언동, 사고방식 등은 참고했을 거예요.

캐릭터는 이야기의 '주(主)'가 아니다

그렇군요. 토요의 여동생이자 고바야시의 같은 반 친구이기도 한 나루짱, 즉 나루미 리쿠코가 조연으로 가끔 등장하는데 나루짱이란 캐릭터에 대해서는 어떻게 생각하시나요? 여성 캐릭터가 거의 등장하지 않는 비엘도 많기 때문에 그녀의 존재가 눈에 띄었던 것 같습니다.

남녀 공학을 무대로 한 학원물을 그리는 이상, 여학생이 아예 등장하지 않으면 오히려 이상하다고 생각했어요. '내가 등장시켜주지' 이런 적극적인 의도는 없었습니다, 하하. 다만 다른 잡지였다면 고치라는 주문이 들어왔을지도 모르죠. 어떤 잡지든 여성 캐릭터의 출연을 금한 적은 없지만 '독자들이 여성 캐릭터의 존재를 불편히 여긴다' 혹은 '메인 캐릭터를 지지하는 역할이면 괜찮다' 같은 말을 들어본 적은 있습니다. 《하나오토》의 담당자님은 그런 부분에 대해서 신경을 쓰지 않는 분이셔서 어떤 요구 사항도 없었지만요.

비엘에서 여성 캐릭터의 역할은 주인공을 응원하든지 사랑의 라이벌로서 방해를 하든지, 어쨌든 주로 단역인 경우가 많은데 나루짱은 여자 조연으로서 특별하게 느껴집니다.

비엘이 아닌 이성 간의 연애물에서도 방해만 일삼는 캐릭터는 잘 못 그리는 편이고, 저에게 나루짱은 그저 나루짱이었어요. 하하. 나루짱뿐만 아니라 저는 작가로서 캐릭터에 애정이 간다는 느낌은 안 듭니다. 다른 등장인물과의 관계 속에서 존재하는 캐릭터일 뿐 나루짱을 특별히 좋아해서 등장시킨 것도, 좋아하지 않아서 조연 역할을 준 것도 아닙니다. 좋지도 싫지도 않아요. 제가 등장인물과 친밀한 입장에서 이야기를 만드는 타입이 아니라 작품에서 다소 떨어진 관점에서 이야길 만드는 타입이라 그런 거 같아요. 독자들의 재미를 위해서는 캐릭터가 매력적이어야 하지만 캐릭터가 이야기의 '주'

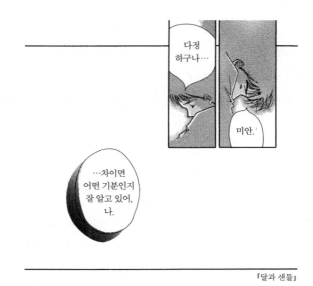

『달과 샌들』

는 아니잖아요. 그때부터 그렇게 생각하고 있습니다.

나루짱은 토요의 여동생이자 고바야시와 사이좋은 학급 친구죠.

고바야시를 좋아하지만 결국 실연당하는 여자 캐릭터지요. 말하자면 나루짱의 실연은 이야기의 어두운 부분에 해당하는데, 개인적으로 모두가 행복한 이야기를 별로 좋아하지 않습니다. 또 '잘못한 사람이 없어도 슬픈 일은 일어난다' '어쩔 수 없이 일어나는 일이 있다' 이런 이야기를 향한 저의 일관된 취향이 반영돼 있습니다. 나루짱에게 뭔가 문제가 있는 것도, 고바야시가 잘못한 것도 아니지만 사랑은 이루어지지 않습니다. 그런데도 그런 일이 일어날 수 있다는 걸 보여주고 싶었어요. 그건 나루짱에게는 슬픈 일이지만 어떻게 할 수 없는 일이기도 하죠. 저에게 있어 이야기의 쾌감 중 하나가 그런 지점에 있기 때문에 스스로 납득할 수 있는 이야기로 그렸습니다.

자신의 신념을 배신하지 않는다

첫 화는 금방 머릿속에서 그려졌다고 하셨는데, 이야기가 "세계사 과목의 이다 선생님이 좋다"라는 고바야시의 독백으로 시작합니다. 당돌해서 더욱 인상적인 장면입니다.

　페이지 수가 한정적이기도 하고, 둘의 첫 만남부터 그렸다간 절대 정해진 분량 안에 완성할 수 없다고 생각했습니다. 그래서 애초에 서로 아는 사이로 설정해서 본격적인 둘의 이야기가 시작되기 전부터 이미 어느 정도 관계가 형성됐다는 걸 보여주고 싶었어요. 무대를 학교로 선택한 것도 그런 이유에서였습니다. 상대가 동급생이어도 좋았을 거 같긴 하지만 저는 제가 학생이었을 때 연애의 의미를 떠나서 그냥 선생님이 좋았었거든요. 그래서 상대는 선생님이면 좋겠다 싶었어요. 학교라면 교복을 입고 다니니까 옷을 어떻게 그릴지 고민하지 않아도 돼서 작화도 편할 것 같았고요. 오리지널 작품 그리는 법을 모르는 상태에서 고민하다 찾아낸 해답이 아니

생각보다도 더 힘들어서 깜짝 놀랐다고.

후우

형제라든가 좀더 가까운 가족이라면…

『달과 샌들』

었을까 싶습니다.

고바야시는 좋아하게 된 상대가 동성인 것조차 신경쓰지 않는 반면, 이다는 본인이 게이라는 것을 알고 갈등합니다. 또한 남성 둘이 함께 살기 위해 방을 구하는 것이 쉽지 않은 현실도 그려지죠.

비엘에서는 스스로 게이라는 자각이 없는 상태에서 동성과 사랑에 빠졌을 때 그것을 의외로 순순히 받아들이는 캐릭터들이 종종 있죠. 그렇게 그리는 편이 독자 입장에서 읽기 편할 거라고 생각은 했지만 작중의 모든 사람을 그렇게 그리고 싶지는 않았습니다. 그래서 고바야시는 고바야시의 성격에 따라 신경쓰지 않는 모습으로, 그 외 인물들은 신경쓰는 모습으로 그렸습니다. 이다의 갈등이나 고충은, 제가 비엘을 그릴 때면 꼭 나오는 부분 같네요. 비엘을 그릴 때 그런 쪽에 포커스를 맞추지 않는 편이 좋다는 걸 알면서도 그리고 싶은 제 자신과의 타협점이 그렇게 표출됐다고 해야 할까요? 지금은 세태가 달라졌지만 당시는 동성을 좋아하는 것에 대해 당사자가 크게 신경쓰지 않는다고 해도 세상의 비난 어린 눈초리가 분명 존재하는 시절이었거든요. 그런데도 이다와 하시즈메가 함께 사는 이야기를 그리고 싶다는 생각은 확고했습니다. 그전까지 2차 창작이나 상업지 중에서도 동성애를 소재로 한 작품은 새드엔드로 끝나는 경우가 적지 않았습니다. 동반 자살 또는 한쪽이 죽음을 맞이하는 패턴도 많았고요. 분명 동성애를 허용하지 않는 사회적 분위기의 영향이 있었다곤 생각하지만 그렇게까지 전부 새드엔드일 필요는 없지 않나 싶었어요. 반면 비엘은 해피엔드도 허용되는, 엄밀히 말하면 새드엔드보다는 해피엔드가 선호되는 분위기여서 그 점에 신선함을 느끼기도 했습니다. 장르에서 희망을 봤다고 해야 할까요. 그래서 다소 내적 갈등을 겪거나 사는 게 힘들어도 둘이 헤어지지 않고 함께 사는 결말을 그리고 싶었습니다.

등장인물들은 각자의 상황에 따라서 저마다 커밍아웃을 하는데 그 모습이 각양각색이었죠. 그 자체가 이렇다 할 하나의 에피소드로 그려지지 않은 것도 인상적이었습니다.

　성소수자 여부를 떠나서, 커밍아웃을 할지 말지 고민하는 문제는 누구에게나 있다고 생각합니다. 저는 대학 시절에 스스로 오타쿠라는 사실을 알고 있었고, 딱히 그게 부끄럽지는 않지만 사회적 분위기라는 것을 외면할 순 없었어요. 너 나 할 것 없이 자신이 오타쿠인 것을 드러내려 하지 않았고 굳이 드러낼 필요도 없었죠. '만화 좋아하는 사람 살짝 소름끼쳐'라는 말을 들었을 때 그렇지 않다고 반박할 수 있느냐 하면, 전 못 합니다. 내가 잘못한 게 아닌데 그런 사람과 꼭 싸워야 한다고 하면 그건 그것대로 괴로운 일 아니겠어요? 자신의 감정이나 주변 사람들과 타협하며 살아가는 것은 비난받을 일이 아니고, 커밍아웃을 망설이고 있는 사실을 어디선가 공개해야 하는 상황에 부딪힌다면 최대한 무탈히 착륙하길 바라는 것도 당연한 마음이라 생각해요. 그건 성소수자라서 하는 고민은 아닐 겁니다.

그건 어린 시절부터 갖고 있었던 페미니즘적인 생각을 친구들에게 굳이 밝히지 않았던 것과도 연결되네요.

그렇죠. 예를 들면 '여자는 결혼하면 일 그만둬야 하잖아'라는 말을 들었을 때 전부 반박하며 다닐 수도 없는 노릇이고, 동성인 친구조차도 그런 말을 할 때면 그런 인식이 만연한 게 내심 창피스러울 때도 있습니다. 하지만 그럴 때마다 제가 내릴 수 있는 결론은, 제가 평생 일해서 스스로를 부양하며 살아간다면 그로 인해 세상에 일하며 살아가는 여성이 한 명 더 늘어나는 것이고, 그거면 충분하다는 것이었어요. 불평등을 개선하고자 하는 움직임이 사회적으로 확산되는 것은 물론 바람직해요. 하지만 우선 중요한 첫걸음은 제 스스로가 자신의 신념을 배신하지 않고 살아가는 거라고 생각했거든요. 그러기 위해 최선을 다할 겁니다. 그런 의미에서 지금 제가 놓여 있는 사회 안에서 현실과 신념의 간극을 조율하며 최대한 나답게 살아갈 수 있는 보다 나은 길을 찾다보니 그것이 만화의 이야기로 연결되는 것 같기도 합니다.

내가 가진 모든 것을 총동원하다

초기 작품, 그중에서도 『달과 샌들』의 첫 화에서는 사선 컷뿐만 아니라 컷 수 자체가 많은 게 특징입니다. 그 부분은 의도하신 건가요?

지금 생각하면 그런 것 같네요. 컷 수가 많은 건 그렇게 하지 않으면 에피소드를 전부 담을 수 없었기 때문입니다. 말풍선 안에 많은 대사를 넣을 때도 있었는데 그것도 같은 이유였고요. 그렇게 하지 않으면 다 그릴 수 없거든요. 그리고 싶은 드라마는 명확하게 있는데 그것을 어떻게 한정된 페이지 안에 담으면 좋을지 요령을 잘 몰랐습니다. 그래서 필사적으로 욱여넣었던 것 같아요. 사선 컷이 많은 이유는 그냥 그렇게 해보고 싶었던 거예요. 하하. 결국 정해진 분량 안에 스토리를 잘 담는 요령은 지금까지도 터득하지 못한 채랍니다. 오랫동안 담당자님과 미팅을 해오면서 항상 에피소드를 기준으로 페이지 수를 정했습니다. 예를 들어 이번 에피소드는 이 대목까지 그리고 싶으니까 8페이지, 이 에피소드는 10페이지, 이 에피소드는 4페이지… 그렇게 하면 대략 총 24페이지가 되겠구나. 이런 식으로 계산을 하는데, 보통 잡지의 페이지 분량이 배분되기 전에 완성하는 편이라 페이지 수에는 다소 융통이 생깁니다. 페이지 수가 미세하게 늘고 줄어드는 경우도 있는 터라, 아직까지 사전에 정해진 페이지 안에서 잘 마무리하는 비결은 배우지 못했네요.

『달과 샌들』 초반의 스크린톤 사용법도 지금과 꽤 다릅니다.

열심히 했죠, 하하. 화면을 채워야 한다는 생각이 강했던 것 같아요. 그리고 독백으로만 칸을 채운 건 제가 읽은 소녀만화의 영향이 컸다고 생각해요. 옛날 소녀만화에는 독백만 있는 컷이 꽤 있었거든요. 오리지널 만화를 그리는 것이 아직 서툴기도 했고, 『달과 샌들』을 비롯해 데뷔 당시의 작품들은 이때까지 제가 보거나 느낀 것, 읽은 작품에서 영향을 받아 축적된 모든 경험치를 총동원해서 그렸던 것 같습니다. 제가 연애물에 대한 강한 열망이 없어서 뭘 어떻게 그려야 비엘이 되는지도 모른 채 계속 비엘을 그렸는데, 그래도 그 와중에 완성한 첫 작품이 『달과 샌들』이어서 다행이라고 생각합니다. 처음에 엄청나게 고생한 경험이 있었기에 그뒤로도 계속 그릴 수 있었던 거 같거든요.

고생이라고 하면, 예를 들어 어떤?

짧은 분량 안에 상대방을 좋아하게 되는 과정을 그리는 게 어려웠습니다. 그 사람이 좋은 사람인 걸 그릴 수는 있지만, 그 사람에게 마음이 이끌려가는 모습을 짧고 굵게 그리는 건 다른 문제였어요. 제가 첫눈에 반하는 걸 잘 믿지 않는 편이라서요, 하하. 이치에 맞게, 앞뒤가 맞게 이야길 쌓아가는 형태가 아니면 그 과정을 그리기가 힘들었어요. 그런데 그렇게 하려면 첫 만남의 순간부터 그려야 하고, 그러려면 페이지 수가 뭘 어떻게 해도 늘어날 수밖에 없었어요. 비엘은 한 편 한 편이 그렇게 길지 않기 때문에 이미 서로를 좋아하는 시점부터 그리는 경우가 대부분입니다. 하지만 '심쿵'의 감정은 상대가 좋아지는 바로 그 순간에 발동하는 거잖아요. 그런 의미에서 제 비엘에는 그런 심쿵 모먼트가 거의 없죠.

『달과 샌들』에서는 이다에게 실연당한 고바야시가 토요를 만나서 사랑에 빠지는데요.

정말 힘들었다고요. 너무 힘들어서 기억도 안 날 정도로 고생했습니다. 어떻게 그리지?! 라는 생각밖에 안 났어요.

그때 웃는 얼굴은
이다 선생님과 조금도
닮지 않았는데

…큰일
났다.

『달과 샌들』

뒤를 돌아보는 토요의 얼굴을 보고 고바야시가 "웃는 얼굴은 이다 선생님과 조금도 닮지 않았는데"라고 독백하며 자신의 감정을 깨닫는 장면은 정말 심쿵이었어요.

아, 다행이다! 그 장면이야말로 제가 가진 모든 경험과 능력치를 총동원한 것 같거든요. 담당자님도 능숙하게 이끌어주셨고요. 그리고 운도 좋았습니다. 지금에 비하면 비엘 작품 수가 적은 시대였기 때문에 비엘이라는 이유만으로 웬만한 건 눈감아주는 독자들이 많았습니다. 비엘 안에서 장르나 키워드 같은 게 아직 확연하게 세분화되기 전이기도 해서 제 비엘 역시 많은 독자분들이 따듯한 시선으로 봐주셨다고 생각합니다.

그렇게 고생하던 시절에 그린 만화도 최근 작품과 통하는 요소가 있다고 생각하는데 '요리'나 '식사'가 그렇죠. 하시즈메도 요리사고, 고바야시나 나루짱도 요리를 잘하고, 무언가를 먹는 장면이 자주 등장하고. 고바야시와 토요도 처음 관계가 가까워진 계기가 도시락이었습니다.

그리다보면 제가 즐거워서요. 캐릭터의 심리 묘사 같은 것과 연관 지으려고 한 의도도 없었고, 저는 순전히 먹는 게 나오기만 해도 기분이 좋아요. 이케나미 쇼타로 선생님의 소설에서도 이야기의 맥락과 관계없는 대목에서 음식이 등장하는데, 그런 연출법이 좋았거든요. 먹는 장면을 그리는 저도 흥분 상태인데, 이걸 읽는 독자들도 저처럼 흥이 오르지 않을까 생각했습니다, 하하. 동인지를 그릴 때도 비슷했어요. 제가 잘하는 걸 작품에 넣으려 했던 건지도 몰라요. 그때 내가 할 수 있는 범위 안에 있는 것을 그리자는 마음으로 넣지 않았나…

첫 화 초반에 이다가 세계사 수업을 하는 장면이 나옵니다. 판서로 추측하기로는 바스티유 감옥 습격을 가르치고 있던 것 같았습니다.

정말이지 틈만 나면 『베르사유의 장미』의 요소를 넣고 있었네요, 하하.

『베르사유의 장미』를 얼마나 좋아하셨는지 알고 읽으면 저도 모르게 혼자 웃게 됩니다. 이다가 세계사 선생인 것도…

그렇습니다. 『베르사유의 장미』의 영향이지요.

그릴 당시에는 수업시간의 분위기뿐만 아니라 고등학교 시절 전반에 대한 기억이 아직 선명할 때였을 것 같아요. 상업지에 싣는 첫 작품을 학원물로 선택한 것도 그 영향이었나요?

아직 고등학교 시절과 멀리 떨어지지 않은 기분이었기 때문에 무의식적으로 그 당시의 제가 그릴 수 있는 이야기를 선택한 것 같습니다. 그리고 최대한 빨리 뽑아내지 않으면 학생 때 느꼈던 그 생생한 감정을 잊어버릴 것 같은 기분이 들었습니다. 아직 선명하게 기억하고 있는 동안에 그려야겠다 싶었죠.

예를 들면 토요가 오랜 친구에게 퍼부은 말을 후회하거나, 사과하고 싶은데 사과하지 못하고 오랫동안 마음속에 담아놓는 행동은 『서양골동양과자점』에서 타치바나가 고등학교 졸업식에서 같은 반 친구였던 오노에게 했던 말을 잊지 못하는 것과 겹치는 부분이 있습니다.

사과하고 싶지만 하지 못하거나, 하지 않는 감정의 모순이 학생답다고 느껴져서 좋았습니다. 너무나 학원물다운 일화잖아요.

『플라워 오브 라이프』에서도 친구끼리 서로 고집을 부리며 싸우는 장면이 있죠. 『달과 샌들』로부터 10년 정도 지난 후에 그리신 작품이었는데, 충분히 '고등학생' 특유의 감정이 묻어난 것 같았습니다.

그때가 감정을 기억으로 붙들고 있을 수 있는 마지막이었다고 생각합니다. 이젠 못 그려요, 하하. 학원물은 마지막이라는 심정으로 그렸습니다.

『달과 샌들』은 아직 생생한 감정이 기억으로 남아 있던 시기였기

에 자연스럽게 그릴 수 있었다는 말씀이시군요.

그렇습니다. 당시에는 아직 제가 뭘 할 수 있고, 할 수 없는지도 모르는 상태여서 어쨌든 제 안에 있는 걸 그렸어요. 그래서 거짓말을 할 수도 없었고 다양한 것이 무의식 중에 표출되었다고 생각합니다. 그런 의미에서도 첫 작품이라고 할 수 있겠네요.

뭐라고 이름 붙이기 어려운 관계를 좋아합니다.
어떻게 부르는 게 마땅한지 알 수 없는 관계가 좋아요.
관계에 대한 명명은 어렵지만 '뭐, 어때'라고 생각할 수 있는
관계라고 할까.
그런 '뭐, 어때'의 감정을 그리고 싶었습니다.
관계에 이름을 붙이기 어려워도, 그런 건 별로 상관없는 거죠.

제
3
장

비
엘
잡
지
여
도
순
정
잡
지
여
도

『정말 다정해』
-
『솔페주』
-
『1교시는 활기찬 민법』
-
『아이의 체온』

『정말 다정해』

부모와 자식의 이야기를 그리고 싶었다

『달과 샌들』 단행본 1권이 나온 다음해, 1997년에 비브로스(현 리브레)의 비엘 잡지에 발표한 작품들을 묶은 『정말 다정해』가 발매되었습니다. 수록된 작품은 『달과 샌들』 수록작들과 병행해서 그리신 건가요?

시기적으로는 그렇습니다. 격월 페이스로 하나씩 작업하고 있었기 때문에 스케줄이 겹쳐 힘든 일은 없었습니다.

시리즈 연재에 가까웠던 『달과 샌들』과 달리 이건 당초부터 단권을 예정하셨나요?

그렇습니다. 당시에는 출판사에서 단행본으로 내줄지도 알 수 없는 상태였죠.

동인 행사장에서 출판사 관계자가 건넨 제안이 집필의 계기가 되었다고 말씀하셨죠.

명함을 주셨던 편집자님이 그대로 저를 담당하게 되셨는데 입사한 지 1년밖에 안 된 분이셨어요. 그래서 저나 그분이나 비엘의 문법에 대해 잘 몰랐기 때문에 정말 놀라울 만큼 자유를 허락해주셨어요. 제가 이런 걸 그리고 싶다고 제안하면 항상 그대로 통과. 잡지 자체도 아직은 다양성이 통하는 시대였습니다. 지금이었으면 편집회의에서 잘렸을 이야기들 뿐이었어요, 하하.

그러고 보면 다양성이 존재했던 당시 비엘 장르의 작품 상황에 비춰봐도 『정말 다정해』에는 전례 없는 작품들이 모여 있었습니다.

업계 자체에서 '비엘이란 이런 것이다'라는 정의가 정해지지 않은 시절이었어요. 또 단행본으로 출간되었을 때의 전체적인 느낌이나 마무리 같은 건 생각하지 않고, 뭔가가 떠오르면 그때그때 그릴 수 있었기 때문이 아닐까 싶습니다. 남성 간의 동성애를 그리기만 한다면 뭘 그려도 OK라는 인식이 있었거든요. 그래서 동성애 요소 외엔 거의 제 입맛대로 그릴 수 있었습니다.

그런 수록작에 대해 하나씩 이야기를 들어볼 수 있을까요? 우선 표제작이기도 한 「정말 다정해」는 서스펜스의 느낌이 강한 작품인데, 2시간짜리 서스펜스 드라마를 즐기시는 취향이 가감 없이 발휘되었다고 생각합니다.

그렇습니다. 범죄물을 좀 그려보고 싶었어요. 2시간 분량의 서스펜스 드라마보다도 불쾌한 느낌으로 완성됐지만요, 하하.

불쾌한 미스터리소설의 냄새도 좀 나는 것 같고요. 이건 처음부터 충격적인 결말을 먼저 떠올리고 그리기 시작하신 건가요?

아니요, 시작부터 결말까지 한번에 떠올랐습니다. 이런 사람과 이런 사람이 있고, 이런 이야기가 펼쳐진다. 이와 같은 스토리의 원형은 어느 순간에 이미 완성되어 제 안에서 잠자고 있었던 것 같아요. 어떤 계기로 그것이 팍 떠오르면 그리는 거죠.

이야기가 떠오르는 트리거 같은 게 있는 건가요?

그게 수수께끼예요. 저도 잘 모르겠습니다.

가혹한 환경에서 자란 난폭한 청년 사토루와 정신적으로 미숙한 청년 유우의 이야기임과 동시에, 이후 요시나가 선생님 작품을 관통하는 테마 중 하나인 부모 자식 관계에 대한 이야기이기도 하죠.

부모 자식 이야기를 좋아해서 계속 그려보고 싶기는 했어요. 이건 연재용 이야기도 아니고 단편이니까 좋아하는 것을 그릴 수 있을 때 그려두자는 생각도 있었던 것 같아요.『달과 샌들』도 연재하는 중이었던 터라 이건 조금 다크한 쪽으로 그려서 밸런스를 맞췄던 것 같기도 하고요. 무엇보다 제가 젊었기 때문에 그릴 수 있는 이야기였을 거예요.

『서양골동양과자점』의 치카게나 그 딸인 데코짱, 그리고 이 작품의 유우처럼 생각과 말과 행동이 단순하면서도 섬세한 등장인물이 가끔 등장하는데 이건 작가님께서 좋아하는 타입의 캐릭터인가요?

글쎄요. 치카게 같은 캐릭터는 좋아합니다.

사토루와 유우는 한밤중에 공원에서 만남을 가진 뒤로 같이 생활하게 돼요. 이 작품에서도 집밥이 등장하는데 그것보다 인상적이었던 건 유우가 사토루에게 나눠준 곰돌이 비스킷이었습니다.

어느 날 어시스턴트가 평범한 곰돌이 용기에 담긴 비스킷을 작업실에 가져왔습니다. '옳지, 써먹자' 싶었죠. 집밥과 대비한다든지 그런 심오한 의도는 없었습니다. 단 과자는 조금 무서운 면을 내포하고 있다고 생각하는데, 『데스노트』[1]의 L 같은 캐릭터도 과자만 먹는 사람이라는 게 뭔가 과하다는 느낌이 들잖아요? 음식은 생존을 위해 필요한 에너지를 섭취하는 것이기도 한데 과자는 순전히 기호식품이니까 무의식 중에 둘을 대비시키고 있었는지도 모르겠네요.

비스킷은 나중에 추가한 설정이었나요?

처음부터 이야기에 포함된 건 아니었습니다.

이야기는 한번에 떠올랐다고 하셨는데 『달과 샌들』과 달리 이 작

「정말 다정해」

품은 정해진 분량을 소화하는 게 어렵거나 하진 않으셨나요?

안 그래도 고민이 많았습니다. 분량 문제가 이 작품을 그리며 가장 힘든 점이었던 것 같기도 하고요. 그 외에 특별히 막힌 적은 없습니다.

정해진 페이지 안에 어떻게 담아낼지가 난제군요.

그건 이 작품뿐만 아니라 어떤 작품에서든 늘 하는 고민이랍니다.

해외 더빙드라마처럼

「조금은 심술궂은 고백」은 과거에 같은 로스쿨에 다니던 변호사와 작가의 이야기인데 표제작과는 분위기가 전혀 달라요. 해외드라마 같은 한 편이었습니다.

해외 더빙드라마에서 보던 대사를 염두에 두고 그렸습니다.

상대를 타박하거나 뭔가 논쟁을 할 때 풀네임을 부르는 장면이 분위기를 제대로 살리는 것 같습니다.

하하, 지금이라면 해외물을 그리지 않을 거 같은데 그때 뭔가 좋아하는 해외드라마가 있었나? 단편이니까 해외물을 그려도 괜찮지 않을까 생각했던 건 있었네요.

90년대 비엘은 지금보다도 해외물이 많았던 것 같아요.

현실성이 좀 떨어져도 분위기가 그럴싸하면 괜찮았다고 할까요. 그 당시는 그렇게까지 현실성을 요구하던 시절이 아니었어요. 지금은 넷플릭스 같은 플랫폼이 있어서 원하면 언제든 해외드라마를 볼 수 있기 때문에 분명 비교가 되겠죠. 요즘 해외물을 그리는 건 난도가 너무 높습니다.

그땐 해외물 그리는 게 재밌었나요?

유럽을 배경으로 한 의상극 만화를 그릴 때도 그랬는데, 다른 문화권에 사는 사람을 그리는 게 즐거워요. 말하는 법도 하나하나 다르고. 일본을 배경으로 한 만화를 그리는 것과는 또다른 즐거움이 있죠.

이 에피소드도 그리고 싶은 내용을 먼저 담당자에게 제출하셨던 건가요?

그렇습니다. 해외를 무대로 한 변호사와 작가의 이야기라고 말씀드렸어요. 한쪽이 변호사인 이유는 제가 늘 변호사를 그리고 싶었거든요. 『어제 뭐 먹었어?』에 이르기까지 매번 '앞으로 그릴 기회가 없을지도 몰라' 하는 생각으로 변호사를 등장시켜서 결과적으론 여러 작품에 변호사가 등장하게 되었지만요, 하하.

작가인 숀은 순박하고 검은 머리에 안경을 쓴 아시아계 남성입니다. 어딘지 모르게 권준호와 비슷한 분위기라고 느꼈는데 혹시 의식하신 건가요?

아, 그렇네요. 제가 안경 쓴 캐릭터를 좋아해요. 또 단편을 그릴 땐 캐릭터에 대해 깊이 고찰하기도 전에 이야기가 끝나버리니, 제가 만화를 그리면서 조금이라도 더 큰 쾌감을 얻기 위해 겉모습만이라도 좋아하는 캐릭터와 닮게 그리는 구석이 있어요.

투고작을 그리는 기분으로

「어제보다 항상 다른 날」은 비브로스에서 처음 발표하신 작품으로, 매호 특집 테마가 정해진 『b-boy』²라는 앤솔러지에 게재되었는데요. 참고로 당시 특집 테마는 '해피엔드'였죠.

담당자의 제안을 받고 비브로스와 처음으로 일하게 된 작품이었기에 투고작을 그리는 기분이었어요. 페이지 수도 16페이지로 적은 편이었는데 거기에 비엘이라는 점과 테마까지 있다보니 시작부터 냅다 머리가 복잡해졌었지요.

테마에 맞추어 그리는 것은 어땠나요?

어휴, '결박' 같은 테마에 비하면 제게 잘 맞는 테마였죠. 테마가 있다는 점에 대해서는 그렇게 고민하지 않았습니다. 같은 테마여도 어차피 제 작품은 담백할 것 같고, 다른 사람의 작품과 겹치지 않을 거라고 생각했거든요.

코미디성이 짙은, 좌충우돌하는 하루를 보내게 된 남자 고등학생의 이야기죠.

코미디가 아니면 독자들이 읽어주지 않을 거 같다는 불안감이 있었던 거 같아요. 독자들을 설레게 만들 자신도 없고, 진지하고 무겁게 그리는 건 좀 주저되었던 것 같습니다.

데뷔작 「달과 샌들」이 23페이지, 두번째 에피소드 「선생님과 하시즈메」가 24페이지였죠. 두 작품이 잡지에 게재된 1994년 이후에 「어제보다 항상 다른 날」이 공개되었습니다. 23, 24페이지 안에 오리지널 스토리를 담기 위해 온갖 고생을 한 뒤라 16페이지는 제법 짧게 느껴지셨을 거 같아요.

그때그때 어떤 이야기를 그리고 싶은지에 따라 달라질 수 있을 거 같아요. 이 이야기는 처음부터 서로를 알고 있고 호감이 있는 상태에서 남은 건 고백뿐인 설정이었던 터라, 그 정도면 16페이지 안에 담을 수 있을 거라고 생각했습니다. 만약 첫 만남부터 그린다면 이야기가 전혀 달라지겠죠. 제가 그리는 비엘은 대개 처음부터 알고 지내던 두 사람이 등장합니다. 첫 만남부터 연애에 이르기까지의 과정을 그리려면 아무래도 그만큼 분량이 필요하니까요. 만남부터 연애까지의 과정을 온전하게 그릴 수 있게 된 것은 『제라르와 쟈크』에 이르러서였습니다. 그건 처음부터 연재물로 기획했었고, 그만큼 페이지를 여유롭게 쓸 수 있다는 걸 알아서 그렇게 그릴 수 있었죠.

첫 사극

「판도라」는 공동 주택에 사는 사무라이와 비녀 세공사가 등장하는, 비엘에서도 보기 드문 에도 시대 사극이었습니다. 이것 또한

소재에 대해 편집자는 전부 OK했던 건가요?

거의 아무 말씀도 하지 않으셨는데 사카야키(일본 남성의 전통 머리 모양. 이마에서부터 정수리까지 반달 모양으로 삭발을 한 형태)를 그려도 괜찮냐고 물으니 '공은 그래도 괜찮은데 수는 좀…'이라며 말리시더라고요, 하하.

아하. 그래서 공은 사카야키로, 수는 곱슬머리 때문에 상투를 틀지 못하는 캐릭터가 된 거군요. 에도 시대물은 언제부터 그리려고 생각하신 건가요?

사극을 좋아해서 한 편 정도는 그려보고 싶었습니다. 비엘이 아니어도 상관은 없었는데 이미 생각해둔 이야기가 있었고 단편으로 그리고 싶었기 때문에 기회를 놓치지 않았죠.

사쿠라 사와³ 선생님의 『모모와 만지』⁴를 계기로 지금에 와서야 에도 비엘도 주목을 받고 있지만 당시에는 사극 중에서도 에도 시대물은 별로 없었습니다.

사카야키가 장벽이지 않았을까요? 머리칼의 형태로 캐릭터의 내면 상태를 표현하지 못하는 건 꽤 장벽이 있으니까요. 애초에 사극은 자료가 필요하기도 해서 귀찮습니다. 저도 이 작품을 위해 어쩔 수 없이 료고쿠에 있는 에도도쿄박물관에 다녀왔어요.

곱슬머리는 묶는 것이 어렵다고.

어쩔 수 없잖아. 이 머리로는 상투를 높이 틀 수 없으니까.

무거워, 타츠. 저리 비켜! 오늘은 안 돼.

하자쿠라 시즈카라니. 공주님 같은 이름에다 그런 꼬불꼬불한 귀여운 머리를 해갖고는. 전―혀 무사답지 않다고.

「판도라」

시대 설정과 이야기가 동시에 떠오르셨나요?

그렇습니다. 화재 때문에 수감중이던 죄인들이 자유롭게 풀려나다니, 이건 에도 시대가 아니고서는 있을 수 없는 일이죠. 그런 지식은 『오니헤이한카초』 등에서 쌓았습니다, 후후.

그 시대의 말투 등 설정해둔 배경에 근거해서 그리는 건 사극을 좋아하는 사람으로서 꽤 즐거운 작업이셨겠어요?

즐거웠습니다. 좋아하는 분위기인데다가 뻔한 설정도 그릴 수 있었거든요, 후후. 그런 공동 주택에는 꼭 한량 같은 무사가 있는 법이잖아요? 무사가 수 캐릭터라는 것도 제 취향이었고요. 하극상 같은 관계를 좋아해요.

작가님의 비엘에서는 신분이 낮거나 상황적으로 열세인 사람이 공이 되는 설정이 자주 등장하는데요. 또 한 가지, 이건 비엘에서

만 그런 건 아니지만, 소수자 캐릭터도 자주 등장한다고 생각합니다. 이 이야기에서는 수감중에 일시적으로 자유의 몸이 된 죄인이자 외국인의 피가 섞인 '아빠 없는 아이'가 둘을 찾아오죠.

소수자 같은 존재를 등장시킨다는 이야길 들으니 그런 것 같네요. 이 이야기의 경우 소수자에 중점을 둔 건 아니고 작품 속 도구였던 오르골에 설득력을 부여하기 위한 장면이었습니다. 소품을 이야기에 잘 녹여내기 위한 장치였죠.

공동 주택이라는 무대와 사정이 있는 두 사람, 그건 곧 둘의 사정을 담은 장편으로도 활용할 수 있는 설정이라고 생각하는데 그럴 예정은 없으셨나요?

네. 시리즈로 만들게 되면 사건이 일어날 때마다 두 사람이 연루되어 문을 열어야 하기 때문에 자물쇠 따는 일로부터 손을 뗀 사람에게는 조금 위험하다는 생각이 들어서요. 그래서 단편으로 그린 이야기입니다. 비엘은 일회성 단편이었다가 단기 집중 연재라는 형태로 시리즈화하는 경우도 많은 장르인데, 이 작품은 단편으로 끝나서 다행이라고 생각했습니다. 이 이야기 전에 그린 「집사의 분수」는 생각보다 길게 그리게 되었고요, 하하.

말씀하신 「집사의 분수」라는 작품과, 관련된 「시누아즈리」에 대해 다시 한번 많은 이야기를 들어보고 싶습니다.

『솔페주』

합창과 재능에 관한 이야기

『솔페주』는 의욕 없는 초등학교 음악 교사 쿠가야마와 과거 그의
제자였던 소년 타나카의 이야기인데 '교사와 학생'이라는 구도가
이야기의 바탕에 우선적으로 있었던 건가요?

딱히 그렇지는 않았는데요. 『달과 샌들』 이후 호분샤에서
또 제안을 받았을 때, 제가 좋아하는 것을 좀더 넣어서 그리
고 싶은 마음이 있었어요. 편집부에서 특별히 요구한 건 아니
지만 은근히 학원물을 바라는 분위기가 있었는데, 학원물을
그린다고 해도 등장인물의 나이대는 높이고 싶었습니다. 당
시에는 저도 아직 학생의 마음에서 완전하게 벗어나지 않은
시절이었기 때문에 학교라면 역시 선생님과 제자가 주인공
이라고 생각했습니다.

등장인물의 나이대를 높이고 싶은 마음은 어린 시절부터 갖고 계
시던 '30살 이상 취향'과 관련이 있나요?

아마도요. 성별을 불문하고 역시 30살은 넘어야 한다는 생
각은 계속 갖고 있었거든요. 아이돌에 빠진 적도 없고, '배우

고바야시 가오루보다 나이가 많은지'가 하나의 기준이 되었던 것 같아요. 그걸 더욱 확고하게 만들어준 것은 아까 잠깐 언급한 『PALM』의 카터입니다. 카터가 32살이라는 게 컸어요. 『파타리로!』의 방코랭과 『에이스를 노려라!』의 무나카타 코치가 27살인데, 아무리 성인 남자라고 해도 '성인 남자라면 서른둘부터지'라고 생각했죠. 그런 취향이라 학원물에서 학생을 그리는 게 힘들었습니다. 『달과 샌들』은 이다와 하시즈메의 이야기를 기분 전환의 돌파구 삼아 그렸고요.

『솔페주』의 이야기 골자는 계속 마음에 품고 있었던 거였나요?

그렇지는 않습니다. 비엘의 경우, 반드시 그리고 싶은 이야기 같은 것이 제 안에 없었거든요. 그냥 닥치면 하는 타입에 가까워서 그리기로 한 후에 생각하는 식이었습니다. 그렇기 때문에 『솔페주』도 미팅 때 대략 어떤 느낌의 이야기일지는 보였지만 그전까진 전혀 없었어요.

막상 이야기를 생각하는 단계가 되자 성인을 등장시키는 게 좋겠다고 생각하신 거군요.

그것도 그렇고 두 사람의 관계가 잘 풀리지 않는 이야기를 그리고 싶었습니다. 마지막 부분은 어른이 된 후에 잘될 수도 있을 거 같은 느낌을 풍기지만, 중요한 건 학생 시절에는 잘되지 않는다는 것이었어요. 또 호분샤에서 자유롭게 그리게 해주셨고 꼭 러브러브 해피엔드로 끝내라는 가이드라인 역시 없었기 때문에 '그럼 이런 건 어떤가요'하는 심정으로 제안했습니다. 합창 소재를 그리고 싶기도 했고요.

합창이라는 소재를 쓰셨는데 노래를 만화로 그린다는 게 어렵진 않으셨어요?

하하, 전혀 신경쓰지 않았습니다. 본격적인 음악만화를 그리는 것도 아니니 괜찮지 않을까 하고 가볍게 여겼던 걸지도 모르지만요. 합창에 대해서는 학창 시절의 경험이 아직 선명히 기억 속에 남아 있을 때였고, 작중에 나오는 〈자립의 노래〉나 〈대지찬송〉은 누구나 아는 곡이라고 생각했습니다. 제가 학생이었을 때는 졸업식 하면 〈자립의 노래〉였고 합창곡 하면 〈대지찬송〉이 공식이어서 모르는 사람이 없을 정도로 대중적인 곡이었거든요. 그렇기 때문에 독자들이 읽으면서 선율을 상상할 수 있을 거라고 확신했어요. 다만 합창곡에도 엄연히 유행이란 게 있을 테고 요즘은 교과서에 팝송도 실리는 시대니까 지금 그려야 한다면 고민이 될 것 같긴 해요. 당시에는 큰 고민 없이 합창 소재를 사용했습니다.

애초에 타나카가 지망하는 오페라가 아니라 합창을 소재로 삼은 이유는 뭔가요?

저희 어머니가 음악 교사셨기 때문에 그러지 않았나 싶어요. 평소에 어머니가 합창 가르치는 이야기를 해주신 게 영향이 컸던 것 같습니다. 실제로 타나카처럼 엄청 재능 있고 어머니와 둘이 사는 아이가 저희 어머니의 제자 중에 있었습니다. 주변 사람들 모두가 그 아이를 응원했고, 저희 어머니로선 굉장히 드문 일인데 그 아이의 진학을 위해 금전적인 부분까지 지원해주셨습니다. 하지만 그 아이의 어머니가 돈을 갖고 도망가버렸어요. 결국 그 아이는 음악 학교에 진학하지 못했고 그후 어떻게 됐는지는 모르는데, 그 아이를 떠올리면 마음이 아프다고 어머니가 자주 말씀하셨어요. 저는 그런 일이 있었다는 걸 이야기로만 들었을 뿐이라 어머니 같은 일개 음악 교사가 타인의 인생에 그렇게까지 깊이 관여할 수 있다는 것에 놀랐습니다. 정말 재능 있는 사람을 만나면 가르치는 입장에서는 어떻게든 그 아이가 재능을 펼칠 수 있도록 돕고 싶어지는구나 싶었어요. 눈부신 재능이 눈앞에 있을 때 그걸 방치할 수 없는 게 사람의 마음이라면, 쿠가야마 같은 무책임한 선생도 의외로 노력할 수 있을 것 같아서 이야기 만드는 건 수월했습니다.

도중에 쿠가야마와 타나카의 관계가 어그러지는 것을 전제로 해서 말이죠?

그렇습니다. 개인적으로 쿠가야마가 타나카를 거둔 고토라는 전문적인 음악가이자 친구에게 얻어맞는 장면이 하이라이트라고 생각합니다, 후후. 고토가 하는 말이 전적으로 맞는 말이고 잘못한 건 무조건 쿠가야마 쪽이죠. 범죄니까요. 하지만 그런 이야기를 그리고 싶었습니다.

연애뿐만 아니라, 일과 가족도

쿠가야마의 친구이자 타나카의 또다른 은사이기도 한 고토는 처자식도 있는 평범한 사람인데, 어떤 의미에서 보면 사회적 시선을 상징하는 존재였다고 생각합니다. 그런 고토가 둘의 관계에 분노함으로 인해 쿠가야마와 타나카의 관계가 사회적으로 부도덕하다는 사실이 다시 한번 부각되죠. 그리고 둘의 연애가 그들만 사는 세상에서 일어난 일이 아니라는 사실을 통렬히 느끼게 합니다.

연애물을 그릴 때 마치 둘만 사는 세상에서 일어나는 사건처럼 연애를 그리는 방식도 있을 수 있지만, 저는 연애 요소가 있든 없든 등장인물이 사회와 연결되는 지점을 그릴 때 재미와 쾌감을 느끼는 것 같습니다. 그렇기 때문에 작중에 연애 요소가 있을 때도 '하루종일 연애만 생각하며 사는 사람은 없잖아'라는 마음으로 그리고 있습니다. 일도 있고 가족도 있으니까, 연애만이 인생의 전부가 아니라는 관점에서 그리자는 생각은 이때 이미 명확하게 자리잡고 있었습니다.

둘의 관계를 연애의 관점뿐만 아니라 다각적으로 그리고 싶었다

는 것이죠?

그렇게 거창한 것도 아니었고, 제가 연애만 중점적으로 끝까지 그려낼 힘이 없기도 해요. 선생과 학생이 등장하는 연애물에도 좋은 작품은 있겠지만 저는 못 그리겠어요, 하하. 이 작품의 경우 쿠가야마가 먼저 장난스러운 마음으로 관계를 시작하잖아요. 어떤 변명도 통하지 않는 나쁜 어른이지만, 그 편이 그리기는 쉽습니다. 쿠가야마는 비열한 어른이라 타나카를 좋아하긴 해도 계속 제자로만 봤을 거라고 생각해요. 그런데도 손을 대는 나쁜 어른이죠. 그래서 그 둘을 한번은 파국을 맞이할 수밖에 없는 관계로 그리고 싶었습니다.

혹시 독자의 입장에서 시중에 나오는 연애물에 불편함을 느끼셨나요?

아니요, 읽을 땐 재미있게 읽어요. 다만 어릴 때부터 읽은 『베르사유의 장미』도 그렇고 『캔디캔디』도 그렇고, 프랑스혁명이나 제1차세계대전과 같이 역사적 배경을 가진 작품이 꽤 있잖아요. 분량의 차이는 있어도 연애가 전부가 아닌 작품이 오히려 익숙했기 때문에, 제가 그리는 것도 연애라는 주제에서 아예 벗어난 생뚱맞은 만화는 아니라고 생각해요.

『솔페주』는 평소에 비엘을 별로 읽지 않는 사람들도 좋아했던 것으로 기억합니다. 이 작품을 계기로 비엘은 안 읽어도 요시나가

내가 이렇게
안아주기만을
바랐구나.

『솔페주』

작품은 읽는다는 사람이 늘지 않았나요?

글쎄요… 저는 잘 모르겠는데 평소에 비엘을 읽지 않는 친구 만화가가 좋았다고 말해준 적은 있습니다. 다만 판매 부수나 비엘을 좋아하는 독자들의 반응은 역시나 『달과 샌들』쪽이 좋았어요. 그나마 캐릭터들이 팬심을 자극하는 편이라 그런 것 같은데, 이해는 합니다. 다 그리고 나면 비엘로서 사람들이 좋아해줄지 아닐지 저도 느껴지거든요, 하하. 『솔페주』를 좋아하는 사람들은 쿠가야마나 타나카를 좋아하는 게 아니라 스토리 자체에 재미를 느낀 분들이라고 생각합니다. 비엘은 캐릭터의 모에, 특정한 매력도 작품에 매우 중요한 요소인데 『솔페주』는 그것을 갖춘 작품은 아니었어요. 그런 가운데 평소에 비엘을 읽지 않는, 캐릭터의 팬이 되는 것에 익숙지 않은 사람들이 재미있게 읽어주신 거라고 여깁니다. 그리고 『솔페주』는 제 나름대로 잘 마무리한 만화라는 확신이 있어서 반응의 좋고 나쁨을 그렇게 신경쓰지 않았어요.

당초부터 단행본 한 권에 담는 것을 염두에 두고 계셨나요?

『솔페주』는 그렇습니다. 처음부터 담당자가 이건 단권으로 만들자고 제안을 주셨기 때문에 에피소드를 무리하게 채워넣을 필요도 없었고, 이야기를 전체적으로 조감한 후에 페이지 배분을 생각할 수 있는 점도 즐거웠습니다. 또 처음부터 결말까지의 전체적인 흐름을 담당자에게 설명해두었기에 쿠가야마가 사귀고 있던 대학생에게 습격당하는 대목에 대해서도 크게 반대가 없었습니다.

쿠가야마가 칼에 찔리는 장면은 찔리기 직전에 누군가의 도움을 받아 화를 면하거나 찰과상 정도로 끝날 수도 있었는데 그렇지 않아서 꽤나 충격적인 전개였습니다.

그건 그렇죠. 하지만 쿠가야마처럼 제멋대로 살아온 인간에게라면 그런 일은 충분히 일어날 수 있을 거라 생각해서요. 이야기의 균형상 제자를 범한 인간이 태연히 행복을 누리는 건 좀 아니지 않나 싶어서요. 다시 읽으니 지금 같은 시대였으면 이런 이야기는 처음부터 아웃이라 그릴 수 없었을 거 같네요.

칼을 휘두른 청년 모로즈미는 대학 합격과 동시에 자신이 게이라는 사실을 부모에게 들켜서 도망치듯 상경한 청년입니다. 정말로 여성과 교제하진 않는지 떠보는 어머니의 모습에 크게 분노하거나, 쿠가야마와 다툰 후 "내가 엄마처럼 쿠가야마를 몰아세우지만 않으면 원래대로 돌아갈 수 있어"라고 생각하는 장면을 통해 게이라는 사실을 들킨 이후에도 계속 부모에게 시달렸다는 걸 짐작할 수 있었습니다.

모로즈미가 게이인 것과 관계없이 흔한 부모의 모습을 그리고 싶었습니다. 예를 들어 자녀가 배우가 되고 싶다고 해요. 대부분의 부모가 무조건 안 된다고만 하지는 않겠지만 자식이 생각을 바꿔서 좀더 안정적인 직업을 꿈꾸길 바라는 게 일반적이지 않겠어요?

교사가 전하는 것과 받는 것

전체적인 흐름이 이미 정해져 있었다고 말씀하셨는데, 쿠가야마의 제자 중 한 명인 츠모리라는 소녀가 나중에 음악 교사가 되는 것도 정해져 있었나요?

네. 이때부터 시간의 흐름에 따른 변화를 그리는 게 좋아졌거든요, 하하. 쿠가야마 입장에선 츠모리를 특히 열심히 가르친 것도 아닌데 츠모리는 쿠가야마의 가르침을 계기로 음악 선생님이 되겠다고 마음먹죠. 교육이라는 게 그런 면도 있는

『솔페주』

게 아닐까 생각했네요. 교사가 신경을 쓴다고 해서 아이가 그걸 그대로 받아줄 거란 법도 없고, 교사 본인 역시 저도 모르는 새에 어떤 가르침을 주고 있는 경우도 있죠. 오랫동안 교직생활을 하다가 우연히 그 사실을 깨닫고 보람을 느끼는 일도 있을 것 같았어요.

실제로 학창 시절에 만난 선생님들의 이미지도 영향이 있었나요?

있었어요. 그리고 애초에 교사라는 직업에 과한 기대를 갖고 있지 않았기 때문에 생각보다 좋은 인상을 쭉 갖고 있던 걸 수도 있고요. 고등학교 때 감정을 노골적으로 드러내는 선생님이 있었는데 학생들 앞에서 '선생님도 인간이니까 편애는 해'라고 말씀하신 적이 있어요. 다들 선생님이 편애한다고 생각하는 아이가 분명히 있는 상황이었는데 말이죠. 저 사람은 어른이면서 왜 그 아이가 눈치봐야 하는 상황을 만드는 거지? 그 점에 모두가 분노한 적이 있어요, 하하. 좋아하는 선생님이 있는가 하면 멀리하고 싶은 선생님도 있었고, 잘 지내고 싶은 선생과는 친하게 지내곤 했습니다.

『달과 샌들』의 이다나 『솔페주』의 쿠가야마 등을 보면서, 작가님은 학창 시절 교사와의 관계가 열악했다거나 나쁜 기억만 있는 건 아니라는 게 느껴졌습니다.

맞아요. 대부분의 선생님이 따뜻했고 그런 분들은 좋아했는데 그게 반영되었을지도 모르죠.

『1교시는 활기찬 민법』

서툰 것만 눈에 들어오다

『1교시는 활기찬 민법』은 부속 고등학교에서 에스컬레이터식으로 진학하는 내부 진학 학생이 많은 한 대학의 법학부가 배경입니다. 그곳에서 만난 심지 곧고 성실한 학생 타미야와 국회의원의 아들 토도가 만나며 이야기가 시작되죠. 무대가 법학부인 것은 작가님의 출신 학부이기 때문인가요?

그렇습니다. 학점 제도나 세미나에 대한 기억이 아직 남아 있을 때 그려야겠다 싶어서요, 하하. 그게 마지막 찬스였죠. 지금은 여러 가지로 시스템도 다를 거고 학생생활도 그때와는 딴판일 테니까요. 공부 안 하고 노는 학생도 있겠지만 제가 학생이었을 때 놀던 것과는 전혀 다를 거 같아요. 세상은 불경기였지만 아직 모두 태평할 때였습니다.

다양한 인터뷰에서 이 작품은 힘든 기억밖에 없다는 이야기를 하셨는데요.

정말…… 괴롭기만 했습니다. 자꾸 서툰 부분만 눈에 들어와서 그리는 동안도 즐겁지 않았고, 다 그린 지금까지도 애정이 가지 않네요.

그리고 싶은 이야기가 확실하게 정해지지 않은 상태로 연재를 시작하신 건가요?

이 작품은 처음부터 캠퍼스물로 그려달라는 요청이 있었습니다. '대학생은 교복을 안 입어서 조금 귀찮은데'라고 생각하며 그렸죠, 하하. 그래도 아직 대학 시절의 기억이 남아 있을 때라 그리기로 한 건 괜찮았는데… 캐릭터에도 집중할 수 없었고 만화를 그리는 과정에서 어떠한 쾌감도 얻을 수 없었습니다. 음식 먹는 장면이라도 넣지 않으면 끝까지 해낼 수 없을 거 같단 생각이 들어서 어쩔 수 없이 토도에게 요리를 시키거나 했죠.

만화 그리는 게 잘 안 풀린다고 느낀 건 어떤 부분이었나요?

기껏 법학부를 무대로 해놓고 그걸 잘 활용하지 못한 게 아쉬웠고, 특히 내부 진학자이자 껄렁껄렁한 세미나 학생들을 마지막 부분에 엄청 나쁜 사람처럼 그렸다는 점이 그랬습니다. 조금 더 객관적이고 냉정하게 그릴 수 없었을까 하는 아쉬움이…

대학 시절의 기억이 남아 있는 만큼 객관적인 시선을 유지하기 힘들었다는 말씀이신가요?

누가
그런 놈이랑
같을 줄 알고!

『1교시는 활기찬 민법』

　그렇습니다. 냉정하게 바라보는 관점이 제 안에 아직 없었던 것 같습니다. 좀 다른 방식으로 그릴 수 없었을까 하는 아쉬움이 커요. 결과적으로 권선징악 스토리처럼 마무리되었는데 제가 독자로서 전혀 좋아하지 않는 유형의 이야기라서 너무 괴로웠어요. 그것뿐만 아니라 주인공 타미야는 타미야대로 특유의 성실함이 부각되는 바람에 그것도 마음이 아팠습니다. 제가 그려놓고는 타미야의 성실함이 어찌나 괴롭던지. 토도와 타미야는 제 안에서는 약간 『슬램덩크』의 윤대협(센도 아키라)×안영수(코시노 히로아키) 같은 느낌이었는데요. 타미야에게는 안영수의 사랑스러움이 보이지 않아서 '안영수는 좀더 귀여웠는데!' 하며 아쉬웠죠, 하하.

타미야는 작가님의 작품에서는 보기 드물게 스스로가 게이인 것을 강하게 부정하죠.

그런 부분에 대해서도 깊은 고민이 없었던 것 같아요. 타미야의 성격이라면 이렇게 할 것이라는 개연성도 제대로 그려내지 못했습니다. 그전까지 남자를 좋아한 적이 없는데 갑자기 좋아하게 된 유형의 캐릭터 묘사에 제가 서툴단 사실을 다시 한번 자각했습니다. 저는 게이 캐릭터가 아니면 비엘을 잘못 그리는 거 같아요. 뭔가 계속 안 풀리는 기분을 떨치지 못한 채로 연재를 끝내버렸습니다.

독자의 구원

제2권은 동인지에 발표했던 작품들로 구성되어 있는데요. 그렇게 마음을 괴롭게 했던 작품을 연재가 끝난 후 동인지로 계속 그린 이유는 무엇이었나요?

저에게는 아픈 손가락이었지만 이 작품이 가장 좋았다고 하시는 독자분들이 꽤 계셨습니다. 그때 독자와 나의 감성이 다르다는 것이 이렇게까지 스스로를 구원해줄 수 있다는 걸 절실히 느꼈고 정말 감사했습니다. 좋아하지만 독자에게 인기가 없는 작품은 제가 좋으니까 특별히 신경쓰지 않았습니다. 하지만 끝까지 좋아지지 않는 작품은 고통일 뿐이라 여기고 있었는데 이 작품을 좋아한다는 편지를 받으니 이 얼마나

『1교시는 활기찬 민법』

굉장하고 감사한 일인가 싶었죠. 그래서 수요가 있다면 그에 부응하자는 마음으로 그후의 둘에 대한 동인지를 냈습니다. 이번에는 제가 좋아하는 것을 그리겠다고 다짐하면서요, 하하. 그렇기 때문에 내부 진학생과의 대립 구도도 삭제하고 타미야는 대학교수가 되었습니다.

두번째 커플로 토도의 남동생과 그가 소속된 세미나의 교수의 이야기도 등장하지요.

'나이 있는 남자만 좋아하는 취향'을 만화로 그리고 싶었습니다. 담당자의 시선이 닿지 않는 곳에서 하고 싶은 대로 다한 셈이죠. 이건 동인지가 아니었다면 그리지 못했을 거 같습니다. 단행본으로 묶게 되었을 때는 '그는 아름다운 사람이었다'라는 이야기를 추가했는데 그건 토도의 남동생과 같은 내부 진학생인 선배의 이야기였어요. 덕분에 전에는 냉정하게 그리지 못한 내부 진학생들에게도 다양한 사연이 있다는 것을 그릴 수 있었습니다. 그 덕에 겨우 『1교시는 활기찬 민법』이라는 작품을 끝냈다는 생각을 할 수 있었어요. 뭐랄까… 잘못된 걸 바로 세운 기분으로 마무리지을 수 있었습니다.

그런 괴로운 심정을 편집자에게 말하거나 하지는 않았나요?

애초에 어떻게 말하면 좋을지 몰랐습니다. 진행에 대한 이야기는 전화로 하고 콘티도 보통 무난하게 통과되는 편이었어요. 원고도 마감을 지키니까 담당자가 가지러 오는 일도 없었고요. 편집부에 보내는 방식으로도 충분히 마감을 맞추었으니 담당 편집자와 직접 만나서 이야기할 일이 없었습니다. 그뒤로 이런저런 작업을 하면서 담당자와 여러 차례 미팅하는 게 자연스러워진 지금에서야 돌이켜보면, 당시에는 그리고 싶은 대로 그려도 괜찮다고 하니 저 혼자 머릿속으로 고민하며 작업을 해야 하는 것 자체가 힘들었던 것 같아요. 생각을 언어화하는 과정에서 담당자의 반응을 살펴보기도 하고, 이런저런 잡담 섞인 대화를 하는 과정에서 그리고 싶은 내용이 정돈되기도 한다는 사실을 알고 나니, 그걸 하지 못하던 때는 정말 힘들었을 만하다 싶어요. 하지만 당시는 그 힘든 심정을 뭐라 말로 표현하지도 못할 때라 그냥 다 '힘들다'라고 느꼈던 것 같아요.

비엘이라는 틀이 보조바퀴로

이 작품에도 테라다라는 여성 캐릭터가 등장합니다. 『달과 샌들』의 나루짱처럼 학교가 남녀 공학이기 때문에 여성 캐릭터가 등장하는 게 당연하다고 생각하셨을 거 같은데요. 연인이 마음대로 잡지에 유포한 전라 사진이 주위에 알려지면서 학내 소문의 표적이 되는 에피소드도 처음 등장시킬 때부터 정해져 있었나요?

네. 그건 실제로 제 대학 시절에 있었던 이야기입니다. 만화에서는 테라다의 연인이 대학교수였는데 실제로는 같은 학생이었고, 사진을 찍은 남학생은 세미나에 남았지만 여학생은 세미나를 그만두었어요. 그런 상황이었기 때문에 여학생은 결국 학교를 계속 다닐 수 없었습니다. 물론 그것에 대해 분노하는 사람은 있었지만 상황을 바로잡을 방법이 있는 것도 아니었죠. 저도 그 사건을 완전히 소화시키지 못한 채 그 당시 들었던 기분 나쁜 이야기를 생생하게 그린 셈이었는데, 그것 역시 절 괴롭게 하는 요인이 아니었을까 싶습니다.

작중에서는 타미야가 주변 분위기를 신경쓰지 않고 불쾌함을 드러내며 테라다에게도 아무 잘못이 없다고 말합니다.

모처럼 눈치 없는 캐릭터를 그렸으니까 이때다 싶어서 타미야는 하고픈 말을 다 할 수 있도록 만들었습니다.

테라다의 사건과 직접 관련된 것은 아니지만, 그후 타미야는 자신에게 고백하는 여성에게 아마 자신은 여자와 섹스할 수 없을 거라고 말합니다. 그때의 해맑은 표정이 인상적이었습니다.

어느 정도는 스스로 그렇게 정리가 된 거겠죠. 본인만 정리가 되면 타인이 어떻게 생각한다 해도 상관없으니까 결국엔 신경조차 쓰지 않게 됩니다. 그런 의미에서도 대학교수란 직업은 타미야에게 안성맞춤이죠. 제 편견이긴 하지만 대학교수는 사회성이 좀 부족해도 할 수 있는 일 중 하나라고 생각해서요, 하하. 청소년 인권에 대해 열변을 토하던 교수가 학생에게는 아무렇지 않게 재떨이를 던지거나 하니까요. 그런 모습까지 포함해 인간은 재미있는 존재라고 항상 생각했습니다. 제가 직접 본 것에 대한 이야기다보니 대학에 남고 싶다는 생각은 전혀 없었어요.

테라다 사건 전에 타미야가 대타 강사에게 실연에 가까운 감정을 느끼고 토도와 섹스 직전까지 가는 장면과, 대학 졸업 전에 관계를 갖는 장면을 보면 컷 구성이나 대사의 유무 등이 완전히 달라집니다. 의식적으로 나눠 그리신 건가요?

아니요, 전혀 생각지 못했습니다. 대사가 없는 건 적절한

"그래서 비리 혐의를 받는 국회의원 토도를 잡을 거야."

그럼 그때까지는 나 여기 오는 거 좀 참을게.

타미야, 사법 시험 말인데 어… 택일 시험이 10일이었나?

아하, 이 녀석 별로 집에 돌아가고 싶어하지 않는 부류의 인간이구먼.

응.

타악

아니야. 별로 신경쓰지 말라니까. 이제 와서 벼락치기한다고 결과가 달라질 리도 없고.

토도가 취업 준비를 하지 않는 것은 역시 부모의 뒤를 잇겠다는 의미겠지.

우득 우득

『1교시는 활기찬 민법』

말이 떠오르지 않았거나 대사가 반드시 필요한 흐름을 만들지 못했다거나, 뭔가 그런 소극적인 이유였을 거예요. 사랑을 나누는 장면을 꼭 넣어야 한다는 의무감이 아예 없던 건 아니었던 터라요…

넣지 않아도 된다면 넣지 않았을 것이다?

글쎄요…… 아예 안 넣지는 않았겠지만 그렇게 말하니 둘이 애초에 계속 친구 사이로 남았다면 러브신에 대한 의무감을 느낄 일 자체가 없었겠네요, 하하. 그런 의미에서 비엘이라는 틀이 있는 건 감사하다면 감사한 일이었죠. 이야기를 생각할 때 보조바퀴 같은 역할을 해주니까요. 비엘이라는 대전제가 없었다면 이 주제를 골라서 이런 이야기로 그리지 않았을 것 같아요.

비엘이라는 틀과 대학생이라는 제시어가 있었기에 탄생한 작품이라는 거군요.

맞습니다. 이 작품을 보고 『어제 뭐 먹었어?』의 원형이 아니냐고 말씀하시는 분도 계신데요. 저는 그런 생각을 한 적이 없어서 그런 애길 들었을 때는 조금 놀랐습니다. 읽는 사람이 만화를 그린 저와 다른 관점으로 봐주실 때 새롭게 발견하는 부분도 있어서 진심으로 감사하고 있습니다.

『아이의 체온』

아이가 생각하는 만큼 부모는 '부모'가 아니다

『아이의 체온』의 표제작은 처음으로 비엘 잡지가 아닌 곳에 게재된 작품이었습니다. 어떻게 《윙즈》에서 그리게 된 건가요?

『달과 샌들』을 그릴 때부터 『아이의 체온』 같은 이야기를 그리고 싶었습니다. 하지만 어디서 그릴 수 있을지 모르겠더라고요… 그때 『슬램덩크』 동인지 시절부터 신세를 진 소설가 스가노 아키라 씨가 제가 비엘 이외의 것도 그리고 싶어하는 걸 알고, 단행본이 한 권 나오면 지인인 신쇼칸의 담당자를 소개해주겠다고 했습니다. 그래서 『달과 샌들』 단행본이 나온 후에 '이런 만화를 그리는 사람인데 앞으로 이러저러한 만화를 그리고 싶습니다'라는 편지와 함께 책을 보냈습니다. 지금 생각하면 그것이 제가 한 유일한 구직 활동이었네요, 하하. 그뒤로 신쇼칸 편집자를 직접 만나서 만화를 그리게 되었고 나중에 그분이 제 담당 편집자가 되셨습니다.

그 자리에서는 어떤 이야기를 하셨나요?

그때는 『아이의 체온』의 이야기가 제 안에서 어느 정도 정리되어 있었기 때문에 이런 부모 자식 관계를 다룬 단편이며 그 주변 인물을 그린 이야기로 한 권 정도를 그리고 싶다고 말했습니다.

어쨌든 부모와 자식을 그리고 싶었던 건가요?

굳이 말하자면 부모 쪽이요. 아이의 심정을 그리고 싶었던 게 아니라 부모의 독백이 등장하는 만화를 그리고 싶었습니다. 그래서 주인공은 부모입니다. '어른이라고 불리는 나이가 되어도, 모두가 생각하는 것만큼 어른이 아니다.' 그런 식의 이야기를 매우 좋아해서 그와 비슷하게 부모라는 존재도 아이들이 생각하는 것만큼 '부모'가 아니라는 이야기를 그리고 싶었습니다.

어른이어도 어른이 아니라는 이야기가 좋다는 생각이, 자녀가 생각하는 것만큼 부모는 '부모'가 아니라는 이야기를 그리고 싶다는 생각으로 이어진 거군요. 그 근간에 있는 것은 뭐라고 생각하시나요?

저도 자식 입장에서 돌이켜보면 지금까지 인생에서 부모님이 얼마나 제 미숙함을 수습하고 뒤치다꺼리를 하셨을지 생각하게 되는 지점이 있어요, 어휴. 부모라는 이유만으로 당신들의 시간을 할애해서 많은 걸 해주셨구나 실감하죠. 저의 어릴 적 사진을 보면 그 당시 유행하는 스타일의 옷을 입은 젊은 부부가 어린아이의 손을 잡고 있는 모습이 찍혀 있습니다. 그 사진을 본 것이 만화 일을 시작했을 때였는데 부모님이 꽤 힘들었을 거라는 생각을 했습니다. 부모란 참 가엾은 존재구나 싶었죠. 부모가 됐다는 이유만으로 갑자기 모든 걸 다 잘할 수 있게 되는 건 아니잖아요? 그런 감정이 근간에 있지 않았나 싶습니다.

그래서 아이의 시선이 아니라 자연스럽게 부모의 관점에 가까운 입장에서 그리신 거군요. 그런 점에서 작품에 공통된 '요시나가스러움'을 느낍니다.

예를 들면 아이들이 '어른들은 몰라' 혹은 '누구도 믿을 수 없어'라는 마음을 품는 건 사랑받고 싶은 심정의 반증이라고 생각하거든요. 그럼에도 아이가 아닌 부모 쪽에 공감한다는 건, 부모님이나 친척 같은 주위 어른들이 절 미워했던 건 아니지만 저와 항상 적절한 거리를 두고 있다는 걸 느꼈기 때문이 아닐까요?

반항기는 없으셨나요?

하하, 반항할 거리가 없었어요. 애초에 부모님도 저한테 냅다 달려들어서 그럴듯한 말로 잔소리하는 분들도 아니셨고요. 진로에 대해서도 특별히 어떤 강요도 없어서 앙금 같은 게 없었다고 할까요. 근데 그건 저와 부모님의 관계고, 어머니와 할머니, 친구와 그 부모, 그 외 제가 보거나 들은 부모 자식 관계를 통해 이런저런 생각을 할 기회는 있었습니다. 예를 들면 아이를 하나의 인격체가 아닌 자신의 소유물처럼 여기는 부모는 아이의 인격을 부정하는 말을 아무렇지 않게 내뱉고는 합니다. 게다가 어떤 점이 잘못됐다고 구체적으로 말하는 게 아니라 '너는 고집이 세니까'처럼 추상적인 말을 별 악의 없이 하는 경우도 있죠. 하지만 아이는 그런 추상적인 말을 들었을 때 뭐라 대꾸할 수가 없거든요. 육아에 명시적인 규범이 있는 것도 아니고, 제가 어릴 때는 지금만큼 육아서나 정보가 없었으니까 더더욱 아이와의 관계나 육아에 대해 뭐라 표현해야 할지 모르는 부모들이 많았다고 생각합니다. 반면에 저희 어머니는 부모님이 시켜서 하기 싫었던 일이 왜 싫었는지 등, 자식과 부모의 관계에 대해 말로 표현할 수 있는 분이셨어요. 그래서 본인이 하기 싫었던 일은 저에게도 시키지 않으셨습니다. 제가 부모라는 존재에 주목할 수 있었던 건 저희 어머니가 부모에 대해 어떻게 생각하는지 언어로 표현해준 덕이고, 그 영향이 컸던 것 같습니다.

그럼 부모라는 존재에 초점을 맞춰 만화를 그린 건, 어떤 의미로는 자연스러운 충동이었던 것이었군요?

그렇죠. 읽고 싶은데 없으니까 직접 그리는 수밖에 없다고 생각했거든요. TV 드라마의 경우 야마다 다이치나 무코다 구니코의 드라마라든지, 부모 자식 관계를 주제로 한 게 아니어도 제가 좋아하는 느낌으로 부모 자식이 그려진 작품이 나름 있긴 했습니다. 비슷하게 만화에서도 야마기시 료코 선생님이나 하기오 모토 선생님, 오시마 유미코 선생님 등의 작품이 있었는데 그 정도의 거장이 아니고서는 잡지에 그릴 수 없나 보다 생각했죠. 그중에서도 저는 오시마 선생님의『솜의 별나라』[5]에 등장하는 토키오의 부모가 마치 등신대의 인간처럼 그려진 점이 매우 좋았습니다. 하지만 그건 아기 고양이의 이야기죠, 하하. 직접 그릴까 싶었지만 그런 이야기를 어느 잡지에서 실어줄지 짐작이 안 갔기 때문에 그리고 싶은 이야기만 제 안에서 점점 확고해져갈 뿐이었어요.

《윙즈》의 편집자와 이야기를 나눌 수 있었던 건 어찌 보면 운이 따라준 거네요.

당시 《윙즈》의 작풍에 어울리지 않아서 걱정했는데 담당자가 수락해주셔서 다행이었지요. 다른 잡지에서 연재할 수 있는 가능성이 아예 없었다고 단정할 순 없지만, 그런 작품으로 갑자기 잡지에 데뷔하는 것이 이례적이라는 건 저 역시 만화를 좋아하는 인간으로서 알고 있었어요. 운과 타이밍이 매우 좋았어요. 그후로도 '이건 어디서 연재할 수 있으려나…'라고 고민되는 만화를 계속 그리긴 하지만요, 하하.

이름을 붙이기 어려운 관계성

표제작은 아버지 사카이가 주인공입니다. 잘 키웠다고 자부하는 중학생 아들로부터, 같은 반 여자친구를 임신시켰을지도 모른다는 충격적 고백을 들은 인물입니다. 사카이는 작가로 추정되는 자유로운 직업을 갖고 있어서인지 독백 장면이 종종 나옵니다.

그렇습니다. 직업을 의식한 건 아니지만 확실히 그렇게 생각하면 독백이 자연스럽게 느껴질 수도 있겠네요. 지금은 독백을 별로 사용하지 않는 편인데「아이의 체온」을 그릴 때는 24년조로 불리는 만화가 선생님들의 영향을 받아서 넣었던 것 같습니다. 옛날 소녀만화는 독백이 많아도 그렇게 이상하지 않았으니까요.

이 작품은 사태에 동요하면서도 이성적으로 대응해가는 사카이의 모습도 인상적인데요. 사카이가 아들의 여자친구를 병원에 데려갔을 때, 검사 결과를 기다리는 여자애가 울면서 "우리집 보험증이 어디 있는지도 몰랐는데…"라고 고백하는 장면이 압권이었습니다.

그 장면을 그리고 싶어서 시작한 이야기였습니다. 어른스럽게 보여도 사실 자신의 일상이 어떻게 이루어지고 있는지조차 모르는 어린아이잖아요.

우리집 보험증이
어디 있는지도
몰랐는데…

『아이의 체온』

우수하고 사고방식도 똑부러지는 여자아이인데 그런 아이를 바라보는 사카이의 "뭐야" "우리 어릴 때랑 똑같잖아"라고 하는 독백이 괜히 와닿았습니다.

아이란 그런 존재라고 생각합니다. 똑부러지는 것 같아 보여도 사실 모르는 것투성이죠. 아이도 인간이니까요.

이때 이미 요시나가 작품의 단골 '니세탄'(일본 이세탄백화점에서 따온 가상의 백화점)이 등장하지요.

아, 그렇네요. 하하, 이 이후로 백화점만 나왔다 하면 니세탄이죠.

이어지는 「홈파티」는 아내가 세상을 떠난 후 찾아온 첫 봄에 사카이가 아들을 데리고 아내의 부모님 댁을 방문한 하룻밤의 이야기입니다. 『어제 뭐 먹었어?』와 같이 요리하는 장면과 함께 이야기가 전개되는 작품입니다.

슬슬 조짐이 보이기 시작하죠? 후후.

요리 과정을 작중에 넣는 것은 이게 처음이었죠.

맞습니다. 장인어른과 요리를 만드는 이야기였는데 순조롭게 완성할 수 있었습니다.

수프를 만들고 고기 밑간을 하고, 케이크를 만들고… 각각의 레시피를 사카이가 장인어른께 다정하게 가르쳐주는데, 케이크가 완성됐을 때 알게 되죠. 사실 모두 아내가 생전에 자주 만들었던 음식이고, 장인어른에게도 익숙한 요리였다는 것을요.

처음부터 이야기의 종착점을 두 사람이 죽은 사람의 이야기를 할 수 있게 되는 지점으로 생각하고 있었습니다. 그전까지는 아직 추억할 수 있는 단계가 아니었던 거죠.

이 역시 피로 이어지지는 않았지만 일종의 아버지와 아들의 이야기입니다.

시아버지나 장인어른이라는 존재를 꽤 좋아합니다. 결혼하자마자 남편이 죽어서 남겨진 사람들, 즉 며느리와 시아버

마도카.

카오루코쨩?

『아이의 체온』

지가 가족으로서 살아가는 상황이 시대극에는 자주 등장합니다. 연이 있어서 함께 생활하고는 있지만 둘을 연결하던 존재가 더이상 없다는 점이 좋네요. 죽은 사람에 대한 이야기를 할 수 있는 것은 남은 사람들뿐이니까요. 사카이는 앞으로도 아들의 외할아버지, 외할머니인 장인 장모님과 왕래를 계속해야겠다고 생각하는데, 떠난 자에 대한 이야기를 함께 나눌수 있다는 점이 크지 않았나 싶습니다.

관계를 연결하던 존재가 사라지는 설정은 「내가 본 풍경」에도 나오죠. 이건 고등학교 시절에 사이좋게 지내던 세 친구 중 한 명이 죽은 뒤 남겨진 두 남자의 이야기입니다.

이건 지금 와서 생각해보니 꽤 과격한 이야기구나 싶습니다.

맞은편 차량이 돌진해서 일어난 자동차 사고로 운전자인 아야노코지는 부상, 동승자 타카기는 사망, 또 한 명인 쿠로다는 하반신 불수라는 큰 부상을 입습니다. 쿠로다는 자신의 인생을 엉망으로 만든 아야노코지를 용서하지 않겠다고 공언하고, 아야노코지는 노예를 자처하면서까지 쿠로다에게 헌신하죠.

단순히 가해자와 피해자로 딱 잘라 나눌 수 없는 부분이 있고 그것이 결말로 연결되기 때문에 조금 미스터리한 이야기가 되었습니다. '사실은 이랬답니다'라는 결말로 끌고 가기 위한 이야기라고 해야 할까. 드라마틱한 만화를 그려보고 싶었나? 신쇼칸 출판사가 무척 힘써주신 덕분에 휠체어나 배리어 프리에 대해 취재할 수 있었고, 이야기 자체는 금방 완성할 수 있었습니다.

특히나 이런 작품은 처음부터 구성이 정해져 있지 않으면 깊은 여운을 주기 어려웠을 거라고 생각합니다. 사카이는 아야노코지와 쿠로다의 고등학교 선배이면서 과거에 둘 사이가 좋았다는 사실을 알고 있죠. 그런 사카이의 눈으로 보아도 이야기의 후반부에 이르기 전까지 아야노코지를 대하는 쿠로다의 언동이 방약무인 그 자체였는데, 그것이 일종의 장치였단 말씀이신 거죠?

그렇습니다. 쿠로다의 부상이 일종의 함정인데, 사고로 장애를 얻게 되는 것과 그 이후의 언동은 쿠로다와 아야노코지 사이에 있는 응어리의 정체를 마지막까지 오해하게 만들기 위한 설정이었습니다. 그래서 나중에 '그런 거였구나!'라는 생각이 들 수 있도록, 쿠로다는 쿠로다대로 즐겁게 지내야만 하는 이유도 있었습니다.

행복하게 데이트를 즐겼죠.

그것도 오해를 위한 장치였습니다. 결국 친한 친구를 잃었다는 사실이 둘 사이의 응어리였기 때문이죠.

변화가 찾아온 후 둘의 관계를 어떻게 부르면 좋을지 고민스럽습니다.

뭐라고 이름 붙이기 어려운 관계를 좋아합니다. 아까 이야기했던 죽은 배우자의 부모와 함께 살아가는 관계도 그렇습니다만, 어떻게 부르는 게 마땅한지 알 수 없는 관계가 좋아요. 쿠로다와 아야노코지 역시 딱히 사귀는 관계도 아니고, 가해자와 피해자 관계도 아니잖아요? 관계에 대한 명명은 어렵지만 '뭐, 어때'라고 생각할 수 있는 관계라고 할까. 바로 그 '뭐, 어때'의 감정을 그리고 싶었습니다. 관계에 이름을 붙이기 어려워도, 그런 건 별로 상관없는 거죠.

상실을 안고 사는 사람들의 이야기

「홈파티」도 그렇고, 「내가 본 풍경」에서도 이야기의 클라이맥스

에서 페이지의 펼침면을 이용하여 세로로 잘린 컷을 연결하는 연출이 등장합니다.

세로로 가늘고 길게 잘린 형태의 컷은 최근엔 별로 사용하지 않지만 그때는 그렇게 그려보고 싶었습니다. 독백과 마찬가지로 이것도 24년조의 영향을 받은 거 같아요. 앞서 시도하신 분들이 계셨기 때문에 저도 시도하는 데 크게 주저할 건 없었어요. 저는 일단 살짝 해보고 제 나름대로 이해가 가야 계속하는 스타일이라 그후에는 그 연출을 썩 쓰지 않았던 것 같네요.

그러고 보니 사카이의 아들 코이치의 같은 반 친구이자 '발레 왕자'라고 불리는 천재 발레소년 사이온지 와다치를 그린 「춤추는 왕자님」에서는 펼침면을 이용한 연속 세로 컷이 보이지 않네요. 이 이야기는 갑작스럽게 발레소년이 등장해서 놀랐습니다.

이 이야긴 마지막에 등장하는 발레 콩쿠르의 해설자를 그리고 싶었습니다. 실제로 로잔 국제 발레 콩쿠르에 독설 비평으로 유명한 여성 해설가가 있는데 「춤추는 왕자님」에 나올 법한 대사를 가차없이 말하곤 합니다.

'발 생김새가 영 아니니 발레는 그만두는 게 좋다'거나, '춤이 난잡하다'거나 그런 말요?

그렇습니다. 로잔 콩쿠르는 프로가 되기 위한 등용문으로

『아이의 체온』

알려져 있는데 실제로 발 생김새가 나쁜 사람은 프로가 될 수 없기 때문에 그 해설가의 말이 맞긴 합니다. 아닌 건 아니라고 냉정하게 말하죠. 그 대신 정말 훌륭한 인재가 나오면 칭찬을 아끼지 않습니다.

「춤추는 왕자님」의 결말을 떠올리게 하네요.

　정말 딱 그 느낌입니다. 그 여성을 재현하고 싶어서 그린 작품이에요, 후후.

옛날 소녀만화 같은 발레물을 그려보고 싶었던 건 아니군요.

　그 여성 해설가를 그리고 싶었던 게 어쨌든 첫번째 이유고, 냉엄한 재능의 세계를 그리고 싶은 마음도 있었어요. 재능은 반드시 필요하지만, 재능이 있어도 성공이 보장되지 않는 불합리하고 엄격한 세계의 편린을 그리고 싶었습니다. 그다음은 표현과 수줍음이려나요. 아직은 어린 와다치가 수줍음이 많다고 지적받아서 고민하는 이야기니까요.

와다치의 수줍은 태도는 발레리나였던 이혼한 어머니와의 장면을 통해 드러나는데요. 독일에 가는 어머니와 이별할 때 부끄러워서 손을 잡지 못한 것이 와다치의 마음속 응어리로 남아 있죠. 이 작품은 부끄러움에 대한 이야기임과 동시에 「홈파티」와 「내가 본 풍경」에서도 보였던 상실 이후의 이야기라고 생각합니다. 남겨진 사람들의 일상 이야기요.

그런 이야기를 좋아하는 편이죠. 『서양골동양과자점』도 그렇다고 생각하는데, 회복될 수 없는 상실을 안고 살아가는 사람들의 이야기를 좋아합니다. 아무런 잘못을 하지 않아도 슬픈 일이 일어나는 이야기를 좋아하는 것과 비슷해요. 아무리 어렵고 힘든 일이라 해도 스스로 컨트롤할 수 있는 일이라면 하면 되잖아요? 근데 전 그런 이야기엔 흥미가 영. 재능도 그렇지만 세상에는 컨트롤 가능한 범위 밖에서 결정되는 일이 너무 많아요. 아무리 바르게 사는 사람도, 친절한 사람이 되려고 마음먹은 착한 사람조차도 돌연 재해의 피해자가 되거나 사건에 휘말릴 때가 있거든요. 그건 그 사람이 나빠서가 아니고 자신을 둘러싸고 일어나는 일들을 컨트롤할 수 없기 때문일 뿐이에요. 제가 가족 이야기를 좋아하는 이유도 비슷한 맥락입니다. 가족은 자신의 기호대로 고를 수 없고, 교제 상대는 선택할 수 있어도 그 상대의 가족은 마찬가지로 고를 수 없잖아요. 자신의 가족 혹은 상대방의 가족과 무언가 문제가 생겼을 때 어떻게 해결하면 좋을까. 그 지점에서 탄생하는 이야기가 좋습니다.

스스로 선택할 수 없는 것에 대해 느끼는 불합리함, 일종의 갑갑함 같은 것에서 이야기를 느낀다는 건가요?

맞습니다. 사실 『어제 뭐 먹었어?』에도 그런 부분이 있는데, 예를 들면 시로의 가족 이야기도 좋고 나쁨의 범주로 판단할 수 없다고 생각해요. 가령 시로가 게이가 아니어도 시로의 어머니는 시로의 결혼 상대와 잘 지내지 못했을 것 같거든요. 아이가 생기지 않으면 옳거니 하고 얼른 불임치료 책자를 보낼 사람이니까요. 시로는 어느 순간부터 마음을 내려놓았을 것 같아요. 자신이 게이가 아니어도, 그냥 어쨌든 간에 어머니가 바라는 대로는 살 수 없을 거라고 체념한 거죠. 그래서 시로는 우선 부모와 물리적인 거리를 둔 겁니다.

그런 결단을 하지 못한 채 갑갑한 소용돌이 속에 남겨진 이야기도 있겠죠?

『오오쿠』가 그런 이야기죠. 자유로운 선택지가 없는 곳에서도 있는 힘껏 열심히 사는 사람은 있는 법입니다. 자유가 허용되지 않는 삶이지만 적어도 자신이 할 수 있는 일이 무엇일지 열심히 고민하고 노력합니다. 그러다보면 좋든 나쁘든 결과는 오고 인생은 어떻게든 흘러가죠. 혹은 자신이 열심히 해온 것과는 정반대 방향에서 생각지 못한 행운이 굴러들어오기도 하고요. 잘 풀리나 풀리지 않으나 그 모든 일들을 아우르는 것이 인생이고, 그래서 인생이라는 이야기가 재미있는 것이다. 그런 메시지를 주는 이야기가 좋습니다.

부모와 자식, 그리고 상실에 대한 일련의 이야기를 묶은 「흔히 있는 그런 날」은 어린이들이 주인공입니다.

'이거나 그거나' 싶은 이야기인데 그것도 나름 괜찮지 않을까 싶어서, 하하.

보험증이 어디 있는지 몰랐던 연인과 헤어진 코이치가 나쁜 타이밍에 전 여자친구와 재회합니다. 그전까지의 이야기와는 전혀 다르게 10대만의 자의식 과잉이나 허세 같은, 웃기면서도 뭔지 알 것 같은 요소들 덕에 보는 사람까지 부끄러워지는 딱 '어린아이'의 이야기라고 생각했습니다.

만화를 그리는 저도 어렸기 때문에 그 나이에 공감할 수 있는 걸 그렸습니다. 만화든 다른 형태의 이야기든, 그 속에서 자신이 경험한 것과 유사한 감정을 발견하고 다른 사람도 비슷한 감정을 느낀다는 걸 알게 되면, 부끄러웠던 일이나 아픈 기억도 조금은 위로가 되는 것 같아요. 나만 그런 게 아니었구나 하고요. 그래서 그런 것들은 앞으로도 계속 그리고 싶습니다.

오랫동안 읽히는 소녀만화

단행본 『아이의 체온』은 수록된 단편 하나하나 공통되는 부분도 있지만, 다채롭고 농도 짙은 드라마들로 꽉 채워져 있습니다. 이런 특징도 좋아한다고 하신 24년조의 단편을 연상시키는데 작가님도 의식하신 건가요?

옛날 소녀만화에서 보여주는, 단편 안에 꽉꽉 채워서 한꺼번에 쏟아내는 그 느낌을 정말 좋아하긴 했습니다. 그만큼 한 페이지 안에 컷과 대사가 많아지는데, 『아이의 체온』 수록작을 그릴 때는 시대에 어울리는 표현을 고려하니 컷을 작게 쪼개서 컷 수를 늘리는 건 좋지 않을 것 같았어요. 그래서 뭔가 다른 방법으로 이야기의 밀도를 높여야 했죠. 예를 들면 장면 전환을 할 땐 가능한 한 컷을 생략하고, 남아 있는 컷들을 충실히 그려서 밀도를 높이는 식으로. 그렇기 때문에 기본적으로 장면 전환에서는 웬만하면 배경은 넣지 않고 인물의 표정으로만 표현했습니다. 그건 지금도 마찬가지입니다. 필요 없는 컷을 얼마만큼 줄일 수 있을지는 이 시기부터 고민했던 것 같습니다.

화면에 정보를 적게 노출하는 것도 의도하신 건가요?

　그거야말로 예전 소녀만화에서 자주 보여준 방식이에요. 장면 전환에 필요한 정보를 그려넣고, 사람이 어디에 있는지 알 수만 있다면 나머지는 별로 그리지 않는 겁니다. 그것만으로 충분히 설명이 되니 저도 그걸 따라 했죠. 그리고 만화 그리는 일을 오랫동안 하고 싶었기 때문에 데뷔 초부터 너무 무리해서 이것저것 그리다가 나중에 지쳐서 일을 지속하지 못하는 것은 피하고 싶었습니다. 처음부터 많이 그리지 않아도 괜찮아, 그런 생각으로요. 독자가 '이 작가는 그림을 많이 안 그리는 스타일이구나'라고 생각해주는 것이 제 입장에서도 편하고, 훗날에 작업에 여유가 생겨서 그림의 밀도가 좀 많아진다고 해도 그걸로 불평하는 사람이 없을 거라고 생각했습니다. 잘 봐줬으면 하는 마음에 처음에 의욕적으로 많이 그려봤자 그걸 이어가지 못한다면 의미가 없을 것 같아서 단호히 무리하지 않는 방식을 선택했습니다, 하하.

단편이라는 형식은 읽는 것도 그리는 것도 좋아하시나요?

　좋아합니다. 장편의 경우 같은 주인공으로 이야기를 끝까지 밀고 나가는 점에 놀라움이 앞서곤 해요.

『오오쿠』를 열아홉 권이나 그리신 분이 그런 말씀을 하시다니 의아한데요.

그건 계속 같은 주인공이 나오는 게 아니었으니까 그럭저럭 해낸 거죠, 하하. 제가 소녀만화를 좋아해서 소녀만화에 한해 말씀드리자면, 단편이 보여주는 이야기의 농도는 역시 대단하다고 생각합니다. 1화 혹은 단권을 읽으면 이야기는 끝나는데 거기에 인생의 이야기가 통째로 담겨 있잖아요. 엄청난 정보량입니다. 엔터테인먼트물로서 독자에게 재미를 선사하거나 쉽게 흥행과 닿지 않는 소녀만화가 독자들에게 대체 어떤 서비스를 제공할 수 있을까요? 그것은 정보량이 아닐까 싶습니다. 그런 작품은 발매 직후의 위력은 약할지 모르지만 오랫동안 읽힐 가능성이 크다고 생각하거든요. 몇십 권이나 되는 작품은 완독하는 것도 힘들지만 단권은 독자 입장에서 손쉽게 읽을 수 있기도 하고요. 기본적으로 소녀만화는 짧은 시간에 많은 사람들의 손을 거치는 게 아니라 오랫동안 읽히는 만화라는 이미지가 있습니다.

가능하다면 많은 단편을 그리고 싶으신가요?

그런 생각은 항상 있었어요. 지금은 그게 정말 힘들다는 것도 알고 있지만요. 제가 『아이의 체온』을 그리던 시절은 만화업계의 상황이 지금과 달라서 기회가 아직 많은 편이었다고 새삼 느낍니다.

잃어버린 것이 완벽하게 똑같은 모습으로
다시 돌아오는 일은 거의 없고
잃어버린 사실을 없던 일로 할 수도 없지만,
그것이 곧 '불행'을 의미하는 건 아닙니다.
그럼에도 행복해질 수 있다는 걸 보여주는 이야기를
만들고 싶었습니다.

제4장

해결되지 않는 일 속으로

『집사의 분수』

영혼에 새겨진 주종 관계의 매력

작가님의 취향이 폭발했다고도 할 수 있는 『집사의 분수』 시리즈에 대해 말씀해주세요.

　말씀하신 대로 취향이란 것이 폭발했습니다, 하하. 『베르사유의 장미』를 좋아하는 인간으로서 한번은 그리고 싶었던 시대 배경 설정이었습니다.

시리즈의 메인 캐릭터는 귀족 도련님인 앙트완과 집사인 클로드입니다. 처음에 발표된 것은 앙트완 아버지의 친구이기도 한 드 퐁탕주 백작의 젊은 날을 그린, 프리퀄이라고도 할 수 있는 단편 「시누아즈리」였습니다. 동인지 작품 이외에 중세 유럽을 무대로 그린 것은 「시누아즈리」가 처음이었죠?

　그렇습니다. 프랑스혁명이 일어나기 약 30년 정도 앞선 이야기인데 해피엔드는 아니지만 이때도 편집자로부터 별말은 없었습니다.

백작도, 그가 만나는 어느 귀족의 종자인 평민 세르비니앙도, 결

혼을 한 적이 있고 아내와 사별한 설정이었습니다.

아, 수 캐릭터에게도 아내가 있었네? 하하, 그 부분도 딱히 반대는 없었습니다. 시대적인 복식이 아니더라도 외국을 배경으로 한 작품은 캐릭터의 이름이 가타카나라서 독자들이 어려워한다는 이미지가 있었고, 학교에서도 세계사보다 일본사를 선택하는 사람이 많았기 때문인지 만화 소재로서 별로 권장하는 분위기가 아니었는데 그럴 수 있게 해주셔서 다행이었습니다.

미모의 여인과의 밀회가 갑작스럽게 늦춰진 백작에게 이를 대신해 다른 사람이 보내집니다. 그녀의 종자인 세르비니앙이요. 그 시대 특유의 미사여구를 태연하게 내뱉는 백작과 순박한 세르비니앙이 대조적입니다.

좋아하는 상대의 모습을 머리부터 발끝까지 칭찬하는 게 당연한 시대와 나라였으니까요. 그런 대사를 고민하는 것도 즐거웠습니다. 중국인 피가 섞인 아시아계 남성인 세르비니앙은 어려 보이지만 그렇지도 않아요…라고 해도 25살. 그런 부분까지도 그리면서 즐거웠던 작품입니다.

그러고 보니 「시누아즈리」와 도련님과 클로드의 후일담을 다룬 「영원히」만 독백이 아닌 내레이션이 나오죠.

특히 「시누아즈리」는 곳곳에 설명을 넣지 않으면 의미가 전달되지 않는 부분이 있을 것 같았습니다. 초반에 갑자기 내레이션이 나오는데, 그 시대의 귀족들에게 바람피우는 건 당연한 일이고 일반적인 가치관이었다는 것을 만화에서 일일이 설명하기에는 방대한 양의 페이지가 필요했기 때문입니다. 오메가버스 세계관(알파와 오메가라는 성적인 계급 및 권력 차가 존재하는 동인지 세계관)의 작품에 사전 설명을 넣는 것과 마찬가지인데, 처음에 독자들이 이해하지 못하면 그 이후의 이야기 전달이 힘들 것 같았어요.

백작과 세르비니앙의 관계는 신분의 벽에 가로막힌 세르비니앙이 뒤로 물러남으로써 비극으로 막을 내리는데, 이것도 그 시대이기 때문에 일어나는 일이겠죠.

　「시누아즈리」는 처음부터 1화로 끝낼 생각이었고 새드엔드지만 제가 개인적으로 좋아하는 이야기였는데요. 비엘의 '모에' 면에서는 이도 저도 아닌 작품이 되었습니다. 그래서 다음에 비엘로 귀족물을 그릴 때는 계속 꽁냥꽁냥대는 만화를 그리고 싶었습니다. 해피엔드로 끝난 이야기가 그후로도 오랫동안 이어질 것만 같은 거요. 행복한 번외편도 그릴 수 있으면 좋겠다고 꿈꾸면서요, 하하.

하쿠센샤 문고 『집사의 분수』에는 이야기의 시간 순서대로 작품이 수록되어 있는데요. 발표된 년도로 보면 「시누아즈리」 다음에

그린 귀족물이 표제작이기도 한 「집사의 분수」였죠. 도련님과 클로드가 처음 등장하는 작품입니다.

『1교시는 활기찬 민법』이 끝나고 다음에 무엇을 그릴까 생각하다가 귀족물을 떠올렸습니다. 왜냐하면 아무리 생각해도 제게는 학원물보다 귀족물이 편했거든요, 하하. 실제로 재밌었고 「집사의 분수」를 다 그렸을 때 처음으로 비엘에서 꽤나 정통의 노선을 걷는 커플을 그렸다는 기분이 들었습니다. 집사의 하극상이니까요. 제가 그렸지만 좋은 커플이라고 생각했는데, 그렇다고 해서 또 비슷한 작품을 그릴 수는 없고… 이야기를 창작하는 인간으로서 비슷한 걸 계속 반복하는 건 피하고 싶었어요. 예를 들면 평행세계 느낌으로 그들을 사장과 비서로 바꿔서 그릴 수도 있겠다 싶었지만 마음 한구석이 영 찜찜했던 거죠. 그래서 다음에 그린 『제라르와 쟈크』 역시 귀족물에다가 주종 관계지만 전혀 다른 작품이 되었습니다.

『집사의 분수』를 그릴 때 귀족이 등장하는 주종물이라는 설정은 처음부터 정해져 있었나요?

네. 『베르사유의 장미』를 읽을 때부터 주종 관계가 취향이었기 때문에 좋은 기회라 여겼거든요. 당연히 집사가 공이고, 도련님이 수인 걸로 생각하고 있었습니다. 그건 양보할 수 없었습니다. 그래서 캐릭터도 순식간에 정해졌습니다. 담당자에게 캐릭터에 대해 설명할 때는 『은하영웅전설』 캐릭터에

누구보다
깊이,

진심으로.

사랑
했습니다.

『집사의 분수』

빗대서 도련님은 유치원생 시절의 라인하르트 같은 캐릭터고, 집사인 클로드는 오베르슈타인과 로이엔탈을 합쳐서 둘로 나눈 듯한 캐릭터라고 설명했습니다, 하하. 단번에 분위기를 이해하셔서 『은하영웅전설』은 위대하다고 느꼈죠. 그뒤로는 아무런 고민 없이 편하고 즐겁게 그릴 수 있었습니다.

『은하영웅전설』 캐릭터를 알면 확실히 도련님과 클로드를 이해하는 데 도움이 되는 것 같네요. 클로드의 매력이기도 한, 집사라고 생각할 수 없는 은근한 무례함과 뻔뻔함, 냉정함과 침착함, 명석하고 수완이 좋은 점 등… 확실히 그 둘을 더해서 둘로 나눈 느낌이네요.

머리가 좋고 터프하지 않으면 혁명이 일어난 후에 도련님을 데리고 망명할 생각조차 하지 못했을 테니까요. 게다가 오베르슈타인과 닮았기 때문에 도련님의 집안이 몰락 직전까지 몰렸을 때도, 혁명 후의 혼란한 상황 속에서도 흔들리는 법이 없었습니다. 그에게는 오베르슈타인이 들어 있으니까요, 후후. 키르히아이스 같은 인물을 집사로 만들지 않은 것에 나름 의미가 있었는데, 키르히아이스였다면 범죄 비슷한 행동은 하지 않을 거고 아마 도련님과 함께 무너지지 않았을까 싶습니다. 하지만 오베르슈타인이 들어간 클로드라면 사기 행각도 아무렇지 않게 벌일 수 있으며, 도련님은 도련님대로 자신이 사기 같은 범죄 덕에 부양받고 있다는 사실을 알아도 딱히 죄책감을 느끼는 성격이 아니어서 좋은 조합이지요. 기존의 캐릭터를 합침으로써 제가 그리고 싶은 캐릭터의 사고방식이나 언동의 지침으로 삼을 수 있었습니다.

조금 전에 살짝 이야기가 나왔는데 주종 관계 취향의 출발점은 『베르사유의 장미』였죠.

그래서 영혼에 새겨진 취향인 것 같아요. 생각해보면 그때 이미 능글맞은 종자 캐릭터를 좋아하고 있었습니다. 앙드레가 오스칼에게 반말을 하는데 거기서 주인인 오스칼의 넓은 도량이 빛나죠. 『베르사유의 장미』는 그런 종자 위치의 캐릭터가 조금 거만하게 구는 점도 좋았습니다. 그 둘은 소꿉친구이기도 한데, 생각해보면 그것도 저의 취향에 새겨져 있습니다. 거의 그리진 않지만 소꿉친구의 관계성도 좋아해요.

소꿉친구 관계와 조금 다를지 모르겠지만, 도련님과 클로드도 어린 시절부터 함께해온 사이죠.

나이 차가 있긴 하지만 도련님이 태어날 때부터 클로드는 옆에 있었으니까요. 그런 관계성은 역시 신분이 확실하게 나뉘어져 있던 옛 시대가 아니고서는 설명하기 힘든 부분이 있습니다. 현대물에서는 아무리 가까이 살아도 주종 관계가 될 수 없으니 현대물로 주종을 그리려면 '대대로 이어지는 재벌가'…… 뭐 그런 설정을 이중 삼중으로 만들어야 합니다. 『서양골동양과자점』의 타치바나와 치카게도 꼭 그렇죠. 그것도 설정을 쌓고 쌓아서 겨우 그 관계성에 도달한 겁니다, 어휴. 그 고생을 생각했을 때 주종을 그린다면 역시 시대물에서만 그려야겠다 싶어요. '이렇게 뛰어난 사람이 타인에게 왜 헌신할까'에 대한 대답도 간단하거든요. 가문에 헌신하는 것도 있고, 달리 갈 곳이 없기 때문이기도 합니다. 클로드는 그런 설정에 따르고요. 게다가 그는 아시아인의 피가 섞였기 때문에 더더욱 고용해줄 곳이 없을 것이라는 사정도 있습니다. 그래서 클로드는 아무리 헌신하는 다정한 공 캐릭터로 그려놓아도 괜찮았습니다.

그에겐 주어진 핸디캡이 훨씬 더 많은 편이군요.

그렇죠.

모든 것을 리셋하는 장치

프랑스혁명기 이외의 시대나 나라를 무대로 선택할 여지는 없었나요?

없었습니다. 프랑스혁명 정도의 사건이 일어나지 않으면 클로드는 도련님을 데리고 도망가려 하지 않았겠죠. 그들이 집을 버리고 도망가야 하는 이유가 필요했습니다. 만약 혁명이 일어나지 않았다면 결국 클로드는 어떤 수단을 사용해서라도, 아무리 도련님이 싫다고 해도 도련님을 부잣집에 장가 보내지 않았을까요? 그런 생각이나 그전까지의 관계성 등을 한번에 모두 리셋하는 힘이 '프랑스혁명'에 있었기 때문에 다른 시대를 그릴 생각은 없었습니다.

좋아하는 만화로 『하이카라씨가 간다』를 꼽으셨을 때도 재해 같은 큰 사건이 갖는 리셋 작용에 대해 말씀하셨죠.

인간관계를 급격하게 변화시키는 힘이 있다고 생각합니다.

이 시대의 이야기를 그리실 때 자료를 새롭게 찾아보거나 하셨나요?

전혀 하지 않았습니다. 『베르사유의 장미』에 빠진 이후로 〈아마데우스〉 같은 시대극 영화를 닥치는 대로 보기도 했고, 시대는 조금 다르지만 알렉상드르 뒤마라든지 부르봉 왕조가 등장하는 소설도 읽었습니다. 어쨌든 프랑스의 그 시기에 관해서는 누구보다 열정적으로 섭렵하고 있었어요. 대학 시절에는 일반 교양과목으로 프랑스혁명에 관한 수업도 들었고요. 제2외국어는 프랑스어를 할지 고민하다가 『은하영웅전설』의 유혹에 져서 독일어를 전공했지만요, 하하.

그럼 의상이나 소품 같은 것도 고민이 없으셨겠네요.

그렇죠. 그때까지 익힌 내용을 바탕으로 그렸습니다. 로코코 시대의 남자 의상은 정말 흥미롭습니다. 헤이안 시대와 로

코코 시대는 공통점이 많은데, 둘 다 남자들이 치장에 열중하는 게 바람직하게 여겨지던 시대여서 남자들이 각양각색의 옷을 즐겨 입었습니다. 특히 로코코 시대의 여성들은 드레스 아래에 발을 감추고 있었지만, 남성들은 각선미를 뽐내듯 다리를 드러내죠. 이만큼 재미있는 시대가 어딨을지. 혁명 이후에는 남자들이 겉치장에 매달리는 것이 귀족적이고 괘씸하다고 금지되어 옷도 검은색이 주가 되었지만요.

다른 감정이 뒤섞인 사랑

「집사의 분수」에서 혁명을 피해 도망간 도련님과 클로드의 그후 이야기를 동인지 형태로 몇 작품 발표하셨습니다. 그러고 나서 소년 시절의 클로드를 그린 「시종의 분수」가 잡지에 게재되었죠.

그건 작가로서의 에고였다고나 할까요. 안 그려도 되는 이야기였을지 몰라도 그리고 싶었습니다.

클로드의 과거를 그리고 싶었다는 건가요?

그보다 클로드가 어쩌다 도련님에게 끌리게 되었는가를 그리고 싶었습니다. 「집사의 분수」 이후 둘의 이야기를 그리면서 과연 클로드는 정말 도련님을 좋아한 걸까 하는 의문이 들었거든요. 그래서 어떤 계기로 도련님에게 마음이 끌리게 되었는가를 고민하다가 '사랑하는 사람의 아이라 그런 것일까'라는 생각에 도달하게 된 거죠. 저는 연애 감정에 연애 외적인 감정을 조금 섞고 싶어하는 편이라서요. 클로드에게 주인어른은 인생의 은인 같은 존재인데, 주인어른은 이성애자이기 때문에 클로드를 연애적인 감정으로 좋아한 건 절대 아니었던 반면 클로드는 좋아했던 거죠. 그래서 처음에는 클로드에게 있어 도련님은 그저 사랑하는 사람의 자제였을 뿐일 거라고 생각합니다. 음, 또 『은하영웅전설』에 빗대서 죄송한데요. 안네로제와 키르히아이스처럼 클로드 역시 사랑하는 사람으로부터 "아들을 부탁한다"라는 명을 들었기 때문에 목숨을 바칠 각오로 끝까지 도련님을 지키려고 마음먹은 것 같아요. 사람의 감정은 어느 순간에 갑자기 변화하는 것이 아니라 그러데이션 같이 변한다고 생각하는데, 클로드 역시 도련님을 비호하고 지켜야 한다는 마음을 계속 갖고 있던 와중에 자신도 모르는 새 연애 감정이 섞이게 되었을 겁니다.

그 그러데이션의 시작을 알 수 있는 게 「시종의 분수」라는 거군요.

클로드에게도 정말 사랑하는 사람이 있었다는 걸 보여주는 거죠, 하하. 그 사실을 알게 된 도련님은 도련님대로 완전히 납득할 수는 없지만 살아 있는 인간 중에 가장 좋아해주는 사람이라면 됐나 뭐, 하며 넘어가기로 하죠. 「아아 주여, 이 기쁨을」은 그런 둘의 이야기입니다.

어린애
취급하네.

자자.

울지 않아야
착한 아이지.

『집사의 분수』

「시종의 분수」에서는 손에 대한 묘사가 반복해서 등장합니다. 아내와의 생활에 지친 주인어른이 손을 잡았을 때 클로드는 맞잡는 식의 반응을 보이지 않고, 저택을 그만두는 동료가 손을 잡았을 때도 조용히 손을 뺍니다. 주인어른이 임종 직전에 손을 잡았을 때, 클로드는 주인어른이 숨을 거두자 처음으로 강하게 손을 맞잡고 눈물을 흘리며 손을 볼에 가까이 대려고 합니다. 이런 장면들을 비롯해 곳곳에 손이 등장하는데요. 손 묘사는 특별히 의식하고 그리신 건가요?

말씀을 듣고 보니 확실히 그렇구나 싶은데 의식한 건 아니에요, 하하. 다만 손은 자주 그리는 편입니다.

맞잡거나 잡지 않는 행동 묘사만으로 심정이 확실하게 전해지는

말풍선: 클로드 앙트완이 태어나도 너는 아들처럼 생각했다.

말풍선: 그리고…

말풍선: 네.

말풍선: 제 목숨과 맞바꾼다 하더라도.

『집사의 분수』

것 같습니다.

그렇습니다. 「시종의 분수」는 그 결말 장면을 그리고 싶어서 시작한 거였는데요. 마지막의 마지막까지 읽고 나서야 '그랬구나' 하고 이해할 수 있는 종류의 이야기를 좋아합니다.

「시종의 분수」에는 어머니에 대한 이야기도 등장합니다. 「집사의 분수」에서 도련님이 "자식에게 아버지를 저주하는 말을 계속 속삭인다"라고 묘사했던 그 어머니죠. 그런 부모의 불화를 보고 자란 것치고는 도련님에게 천진난만한 구석이 남아 있는데 그건 클로드의 존재 덕분일까요?

그렇죠. 그리고 반대로 도련님의 조금 비뚤어진 부분은 부모의 영향이라고 생각합니다. 저는 사이가 안 좋은 부부의 관계성을 좋아해서 이 시리즈에도 그 요소를 넣었습니다. 주인어른이 외도를 일삼는 건, 외도가 그 당시 귀족들에게 의례적인 거였어요. 아내이자 도련님의 어머니를 싫어해서가 아니었습니다. 하지만 그런 부분이 아내에게는 전달되지 않죠. 현대물에서는 이런 부부관계를 그리기가 어렵기 때문에, 그러한 시대 배경을 가진 작품이라 그릴 수 있었던 것 같습니다.

「집사의 분수」「시종의 분수」와 마찬가지로 상업지에 게재된 「사랑이란 밤에 깨닫는 것」은 '실은 이런 사연도 있었답니다' 느낌의 이야기로, 앞선 두 작품과는 조금 분위기가 다릅니다.

가면 무도회가 등장하죠, 후후. 잡지에서 뭔가 시대적인 소재를 넣어달라고 주문했었나? 그에 부응하기 위해 그렸을 가능성이 크고, 그래서 흐름상 좀 뜬금없는 이야기가 된 것 같습니다. 둘의 이야기 중에 끼어 있는 인터벌 휴식 같은 느낌이에요. 이 작품 역시 시대물이라 허용된 이야기였다고 생각합니다.

『그는 화원에서 꿈을 꾼다』

고통스러운 선택의 기로에 선 사람들

단행본 발행 순서로 따지면 『사랑이란 밤에 깨닫는 것』(비브로스 출간. 후에 리브레에서 신장판이 나왔다. 「집사의 분수」의 속편을 묶은 한 권의 책으로, 수록작은 하쿠센샤 문고 『집사의 분수』에 재수록) **후에 『그는 화원에서 꿈을 꾼다』가 발매되었습니다. 약혼자와 아내를 잃은 남작, 그가 전쟁중에 원정을 간 곳에서 거둔 소녀, 사막에서 자식과 헤어진 악사, 그 악사가 거둔 부모 잃은 아이 등 다양한 상황에 놓인 인물들이 등장합니다. 가상의 국가를 무대로 했는데, 이 작품도 시대극이었습니다. 처음부터 같은 세계관을 공유하는 에피소드로 한 권을 채우자고 예정중이셨나요?**

　네, 미팅 단계에서 이미 옴니버스 형식의 단권을 만들기로 마음먹고 있었습니다. 예전부터 중국 잔류고아(제2차세계대전 직후 중국에 남겨진 12세 이하의 일본인 고아)에 대한 뉴스를 볼 때마다 이런 이야기를 그리고 싶었습니다.

고통스러운 선택의 기로에 선 인물들의 이야기인 거네요.

　그렇습니다. 전쟁의 혼란 속에서 살아 도망가기 위해 자식을 타국에 남겨둘 수밖에 없었던 부모의 이야기, 시간이 지난 후 일본에 돌아올 수는 있게 되었지만 언어 문제 등으로 크게 고생을 하고 그대로 일본에 남을지, 아니면 자신이 성장한 나라로 돌아갈지 선택해야 했던 잔류고아들의 이야기를 알게 되며 그리고 싶은 이야기가 점점 확고해진 것 같습니다. 저의 아버지가 딱 그 세대였거든요. 할머니가 만주에서 돌아오실 때 아버지는 아직 할머니 배 속에 있었고, 만약 그전에 태어났다면 잔류고아가 되었을지도 모릅니다. 그런 이야기를 들은 것도 큰 영향을 미쳤을 거예요. 그런 일은 전쟁이 발발한다면 언제 어디서든 일어날 수 있는 일이라고 생각해서 어떤 나라와 시대를 특정하지는 않았지만 어쨌든 역사물이라는 생각으로 그렸습니다.

이미지적으로는 중세 유럽 같은 배경인데요.

남자들이 소매나 기장이 긴 옷을 입는 시대가 어울릴 것 같은 이미지는 있었습니다.

떠돌이 악사의 등장엔 시대물 분위기를 내기 위한 역할도 있었나요?

등장인물 중 한 명으로 왜 악사를 선택했는지 잘 기억은 안 나지만 리라 같은 현악기를 들고 다니는 분위기가 멋있다고 생각했던 것 같네요, 하하. 그리고 시대적인 요소에 대해 말하자면 연인을 잃은 남작이 범인으로 추정되는 남자를 잔혹한 방식으로 처형하는데, 그런 부분도 중세와 유사한 세계 관이라서 가능한 표현이었습니다. 후에 남작은 죽은 연인의 언니를 아내로 맞이하지만 사적인 감정에 사로잡힌 처벌이 허용되는 것도, 연인을 잃은 뒤에 새로 결혼해야 하는 것도 그가 영주라는 이유가 크기 때문에 시대물로서 설득력을 확보할 수 있다고 생각합니다.

처음부터 단권을 예정하고 계셨다고 했죠. 마지막 화인 「꿈을 꾸고 난 후」의 결말 부분까지 처음부터 머릿속에 줄거리가 정해져 있던 건가요?

담당자에게 그리고 싶은 이야기를 설명할 때부터 이미 높은 곳에서 몸을 던지지만 전처가 심어놓은 장미 덕분에 목숨을 구한다는 결말이 정해져 있었습니다. 해피엔드지만 어딘가 좀 찝찝한 결말이라고 설명했죠. 『오오쿠』에서 타키야마가 죽지 못한 에피소드를 그릴 때에도 과거에 그렸던 걸 또 반복하는 느낌이 들었습니다. 악사가 거둔 아이인 파르하트가 후에 뚱뚱한 아저씨가 되는 것도 『오오쿠』의 나카노와 비슷하고. 그냥 그런 게 제 취향이라고밖에 할 수 없는 것 같아요. 귀여웠던 소년이 축 처진 아저씨가 되는 걸 좋아합니다. 그럼에도 행복하다는 걸 보여줄 수 있으니까요, 후후.

어느 에피소드든 큰 맥락에서는 '가족'에 관한 이야기라고 생각하는데, 전쟁이라는 설정 때문에 더더욱 등장인물들에게 덮쳐오는 모든 사건들이 가혹하게 느껴집니다.

영화 〈소피의 선택〉에도 두 자녀 중 한 명만 선택해야 하는 상황에 몰린 부모가 나옵니다. 전쟁은 꼭 그렇게 잔혹하게 인간성을 시험하죠. 그게 너무 싫고 그런 상황에 놓이고 싶지 않다고 생각하면서도 결국 그리게 됩니다. 좋은 부모일 수도 있는 사람들이 잔인한 짓을 해야 하는 상황에 몰리거나, 무언가 나쁜 짓을 하지 않아도 잔혹한 일에 휘말리는 종류의 이야기가 항상 제 마음에 꽂힙니다. 전쟁뿐만 아니라 범죄나 재해도 마찬가지인데, 제가 나쁜 짓을 하지 않아도 인생의 어떤 국면에서 잔인할 정도로 슬픈 일과 맞닥뜨려서 중요한 존재를 잃을 수도 있다는 걸 항상 의식하고 있기 때문인 것 같아요. 소중한 존재를 잃게 되면 어떻게 해야 할까, 그런 걸 생각하다가 이야기로 그리게 됩니다.

그런 의미에서 약혼자와 아내를 떠나보낸 빅토르 남작은 계속 잃기만 하는 인물이네요.

그렇네요. 빅토르의 이야기뿐만 아니라 보편적인 상실의 이야기를 그릴 생각이었습니다. 무언가를 잃는 건 한순간이

『그는 화원에서 꿈을 꾼다』

지만 회복에는 긴 시간이 필요하죠. 게다가 회복한다고 해도 잃어버린 것이 온전하게 되돌아오는 것도 아니잖아요. 시간이 지나서, 혹은 다른 무언가 덕에 상처가 아문 것처럼 보일 뿐이지 원래대로 돌아갈 수 없고 한번 상처받았다는 사실이 달라지지도 않습니다. 상실의 원인이 된 문제가 해결되지 않는 경우도 있고요. 그런 지점에서도 이야기가 되는 단초를 느낀답니다.

이 작품에 등장하는 상실의 아픔을 안고 살아가는 사람들 중, 파르하트는 상실의 과정에서도 새로운 희망을 보는 존재였다고 생각합니다.

그래서 파르하트를 주인공으로 했다면 독자 입장에서는 좀더 읽기 편했을 거라고 생각해요. 마음씨 좋은 어른이 거두어준 아이의 성장 스토리같이 말이죠. 하지만 그렇게 하지 않은 건 어디까지나 저의 취향 문제예요. 나이 먹은 사람의 편을 들고 싶은 마음이 항상 있거든요, 하하. 그래서 부모의 입장인 빅토르에 포커스를 맞추었던 것 같습니다.

이야기의 내용도 내용이지만 이 작품은 등장인물의 눈물도 인상적입니다. 이 작품만 그런 게 아니라 작가님의 작품에는 우는 어른들이 자주 나오죠.

이 작품은 확실히 자주 우네요. 다른 작품은 글쎄⋯⋯ 의식하고 등장인물들을 울리는 건 아닌데 성인 남자가 우는 것에 아무런 거부감이 없어서 그럴지 모릅니다. 남성을 마초로 그리려고 하면 감정을 표현할 때 웃지도 울지도 않고 화만 내는 캐릭터를 그리기 십상인데, 그런 것엔 별 뜻이 없기도 하고요. 남성뿐만 아니라 사람이 운다는 것에 크게 부정적인 인상도 없습니다. 상황과 때에 따라서 눈물이 나는 거야 뭐 당연한 일 아닌가 하는.

작가님은 눈물이 많은 편인가요?

제 일로 우는 일은 거의 없습니다. 어린 시절에 혼나서 우는 일도 거의 없었고요. 다만 영화나 드라마를 볼 땐 잘 웁니다.

처음에 발표하신 「남작의 딸」을 제외하고 다른 이야기에서는 결말 장면마다 항상 빅토르가 앉아 있는 모습이 그려져 있습니다. 의도적인 건가요?

아니요, 우연입니다. 이 작품은 처음부터 끝까지 정해놓은 상태에서 그린 거긴 하지만 그 부분까지 노린 건 아니라서요, 하하.

표제작이기도 한 2화의 후반부를 보면 빅토르의 아내가 자살하는 장면에 한 면을 할애하여 떨어진 아내의 유해를 그리셨습니다. 그렇게 페이지를 사용하는 것도 처음부터 계획된 거였나요?

전부 정해져 있었던 것 같습니다. 그렇게 그릴 거라고 담당자에게 말하지 않았을까요?

이야기가 머릿속에서 확립되었을 때는 구체적으로 어떻게 컷을 연출할지도 보인다는 뜻인가요?

그런 편입니다. 이야기를 줄거리로 생각하는 게 아니라 구체적인 만화의 형태로 머릿속에 구축하기 때문에 '이렇게 보여주겠다' '이렇게 그리겠다'는 것까지 포함해서 생각합니다.

『그는 화원에서 꿈을 꾼다』

그런데 이 작품에는 먹는 장면이 없네요.

그것도 '그러고 보니' 그렇네요. 지금의 관점에서 보면 음식이 맛있을 것 같지 않은 시대라서 그릴 마음이 생기지 않았던 것 같아요, 하하. 아마 전반적으로 슬픈 분위기의 이야기라 먹는 장면이 어울리지 않는다고 생각했던 거겠죠. 음식이 별로 등장하지 않는다는 점에서 제가 그린 다른 작품들과 결이 다르다고 할 수도 있겠지만, 시간의 경과를 그린다는 점에서 그리고 싶은 게 그때와 크게 달라지지 않았다고 생각합니다. 정말 제가 그리고 싶은 걸 그렸죠. 심지어 전부 다 그려낸 거 같고요. 비엘은 후속을 그리려 하면 못 그릴 것도 없지만 이 작품은 여기서 마무리지었습니다.

『제라르와 쟈크』

첫 만남부터 연애까지

귀족 여성과 결혼한 평민이자 포르노 작가인 제라르와 부모의 빚 때문에 팔려온 귀족소년 쟈크의 관계를 그린 『제라르와 쟈크』. 이 작품에서는 지금까지 배경으로만 그려졌던 프랑스혁명이 이야기에 깊숙이 개입하는 형식으로 등장합니다.

　프랑스혁명을 정면으로 등장시켰죠. 『베르사유의 장미』에서도 그려지지 않은 후기 혁명 시대를 무대로 하여 자코뱅파가 등장하고 혁명이 좌절하기까지를 그리는 게 개인적인 야망이었어요. 줄거리와 자코뱅파의 실각으로 목숨을 구하는 부분은 처음부터 정해져 있었습니다. 단행본 2권 분량으로 연재가 가능할 것 같았기 때문에 첫 만남부터 10년 정도까지는 그려도 문제없겠다 싶었죠. 그렇다면 첫 만남부터 그릴 수 있겠다 생각했습니다.

그전까지는 페이지가 부족할까봐 포기했던 첫 만남 장면을 드디어 그릴 수 있게 되었군요.

　후후, 그렇습니다. 처음에는 독자들이 몰입하기 쉽도록 한

그래서
이분이 너의
첫 손님이다,
쟈크.

『제라르와 쟈크』

명은 소년으로 설정하고 점차 나이를 먹게끔 하려고 했습니다. 시간의 경과도 그릴 수 있고 이야기의 후반부에는 25살쯤이 되니까 그 정도면 편하게 그리겠다는 계산이 섰거든요. 딱처음 만나는 장면부터 제대로 그린 작품은 이게 처음이었습니다.

필연적으로 제라르도 어느 정도 나이가 있는 남성으로 그릴 수 있었겠네요.

맞습니다. 제라르의 얼굴에 난 상처는 사실 예정에 없었는데, 사전 예고 때 별로 깊이 생각하지 않고 그려넣은 거였습니다. 그때 소설가 마쓰오카 나쓰키 선생님과 '얼굴에 상처 있는 거 좋은데?'라며 신나 있었는데, 막상 상처를 그린 뒤에 이 상처의 사정을 어떻게 설명할지가 고민스러웠죠. 그래서 과거에 무언가 사연이 있어야 했고, 제라르와 처의 관계가 어긋나는 이야기를 그리고 싶었기 때문에 그 둘을 합쳤습니다. 당대의 사고방식 중에 이상한 것이, 외도는 괜찮지만 혼외 자식은 허용하지 않았다는 것이었어요. 그럴 거면 처음부터 외도를 안 하면 되는데, 참 나. 외도는 하면서 아이가 생기면 버렸던 거죠. 헤이안 시대와 크게 다른 점이 그것인데 헤이안 시대의 귀족들은 아무렇지 않게 거짓말을 하며 애를 낳습니다. 그거야 뭐, 외국은 머리카락 색이나 눈동자 색으로 금방 들키기 쉬우니까 그런지 몰라도 역시나 이상한 사고방식이에요. 어쨌든 배경도 중세와 근세의 경계에 있는 시대고, 제라르는 선진적인 사고방식을 가진 평민으로 현대적인 가치관에 가까운 사상을 갖고 있는 인물이라서 매우 그리기 쉬웠습니다.

그에 비해 제라르와 처음 만났을 때의 쟈크는 현대적 관점에서 보면 가치관이나 사상이 조금 편향적이었습니다.

그때의 쟈크는 아직 16살 혹은 17살의 어린 소년이었기 때문에 사고방식이 편향적이어도 그후에 얼마든지 바뀔 가능성이 있다고 생각했습니다. 아직 유연하고 변화의 여지가 클때니까요. 그래서 쟈크도 그리기는 쉬웠는데, 어떻게 연애 관계로 발전시키면 좋을지가 고민스러웠습니다.

연애 감정으로 바뀌는 순간을 그리기 어렵다고 말씀하셨죠.

좌우지간 감정의 변화는 그러데이션으로 일어나니까요. 『제라르와 쟈크』도 결국은 두 사람이 서로를 언제부터 어떻게 좋아하게 되었는지를 그리지 못한 채 끝났습니다. 상대를 자식이나 부모처럼 사랑하는 건지 그렇지 않은지도 분명하지 않은 채로요. 두 사람의 관계의 향방은 쟈크의 성장에 달려 있다고 생각합니다. 쟈크가 좀더 어른이 되면 부자지간 같은 사이에서는 벗어날 것 같거든요. 그렇게 되면 최종적으로 제라르가 수가 될지도 모르죠. 이런 변화의 가능성 같은 걸 상상해보면 재미있습니다, 후후.

쟈크는 외적으로나 내적으로나 성장할 테니까, 그런 변화도 있을 수 있겠네요.

후반부에서 이미 훌륭하게 성장은 하지만요. 착하고 똑똑한 아이로 자라준 덕분에 이야기에 그럴듯한 개연성을 부여할 수 있어서 도움이 됐습니다. 쟈크를 좋아하게 되면서 제라르가 아내를 용서할 수 있게 된 부분 같은 것들이 깔끔하게 정리됐다고 할까요. 애초에 그 방향으로 생각은 하고 있었지만 그런 식으로 정리할 수 있었던 건 쟈크 덕분입니다. 결국 서로를 좋아하게 되는 과정은 그리지 못했기 때문에 서로를 좋아하게 된 후에 어떤 좋은 변화가 일어났는지를 그리고자 했습니다. 심경 변화의 결과가 드러나면 독자들이 거기서부터 변화의 과정도 추측할 수 있을 거라고 생각했거든요.

미래를 향해 성장해가는 쟈크에 비해 제라르는 오랫동안 자신의 과거에 묶여 있습니다. 제라르와 아내 사이에 있었던 일은 그의 얼굴에 상처를 남겼을 뿐만 아니라 그후의 인생에도 아주 큰 영향을 미치게 됩니다. 애초에 제라르가 포르노소설을 쓰기 시작한 계기도 아내 때문이었죠.

제라르가 돈을 벌길 바랐습니다. 그리고 그 시대에 많이 팔릴 책이라고 하면 대중적인 관능소설일 것 같았죠. 제라르의 소설을 자코뱅파가 눈여겨보는데요. 작중에도 그랬습니다만 그건 괜히 트집을 잡는 거였어요. 실제로 자코뱅파가 그런 식의 사상 통제 같은 것을 했기 때문에 비슷한 분위기를 표현하고 싶은 마음도 있었습니다. 내용의 좋고 나쁨을 떠나서 잘 팔리니까 딴지를 거는 거죠.

포르노소설로 성공하기 전과 후로, 제라르의 표정이 꽤 달라집니다. 염세적이라고 할지 체념한 듯한 모습도 조금 느껴지고요.

아내와 사이가 나빠졌기 때문이에요. 지치고 초췌해져서 특별히 아무것도 기대하지 않게 된 겁니다. 이것도 시간의 경과를 나타내는 부분인데, 시간이 지나고 난 뒤의 장면에서 아내의 말과 행동이 차가워지면 부부 관계가 나빠진 것을 추측할 수 있잖아요? 굳이 다 그리지 않아도 '그거 알지' 싶은 느낌을 좋아합니다.

비엘스럽게, 전부 그렸다.

아내와의 사건 중에는 아내의 오랜 연인이기도 한 아말릭 자작과 셋이 성관계를 하는 장면도 있었습니다. 비엘에서 여성을 포함한 쓰리썸은 그때나 지금이나 매우 드물다고 생각하는데 편집부에서 아무 말도 없었나요?

하하, 있었습니다. 섹스 장면이 적은 것에 대해서는 처음에 이야기를 결말까지 설명하면서 둘 사이에 반드시 러브신이 있다고 말했기 때문에 섹스 횟수를 늘리라는 요청은 없었지만, 쓰리썸에 대해서는 '이 에피소드가 꼭 필요한가요?'라는 말을 들었습니다. '필요한데요'라고 대답했는데, 여성과의 섹스신은 안 그렸으면 좋겠다고 하셨죠.

독자 반응이 신경쓰였겠죠.

그 부분을 걱정하셨습니다. 저에게는 당시 귀족을 현실감 있게 표현하기 위해 꼭 필요한 에피소드였습니다. 그건 루소의 연애 관계이기도 했거든요. 루소는 실제로 자신의 비호자이기도 한 남작 부인의 애인이었는데, 부인의 하인도 엮인 삼각관계를 맺고 있었습니다. 무대가 되는 시대를 생각해서도 꼭 그런 삼각관계를 만들고 싶었습니다. 아내와의 관계가 양호했던 시절이기도 했고, 그들이 현대와 다른 사회의 상식 속에서 살던 것도 드러낼 수 있고, 유럽의 시대극에서만 그릴 수 있는 설정이니까요. 다만 제라르 본인은 적극적으로 참여하진 않았습니다. 사실은 싫었지만 아내를 위해 참고 있었던 거죠. 그 부분도 그리고 싶었습니다.

제라르와 아내의 부부 관계, 쟈크와 부모의 관계. 이번 작품에도 '가족' 이야기가 들어가네요.

저의 기질이기도 하지만, 초반에 쟈크가 남창으로 팔려오게 되는 연유를 그리기 위해 어떻게든 가족 관계를 등장시켜야 했습니다. 부모에게 어떤 짓을 당해도 부모를 변함없는 마음으로 사랑하는 아이가 있다는 것도 그리고 싶었고요.

쟈크는 자신이 입양된 아이고, 아마 그로 인해 아버지의 빚 대신 남창으로 팔려가게 된 것을 알고 나서도 아버지를 사랑합니다. 제라르가 그런 쟈크를 안아주는 장면이 있습니다만, 여기서 의외로 쟈크는 순순히 안긴 채 제라르의 몸에 가만히 손을 얹을 뿐이었습니다. 하지만 후반부에 함께 죽는 것도 마다하지 않겠다고 결의한 후 제라르와 포옹할 땐 등뒤로 확실하게 손을 두르고 있었습니다.

헉, 정말이네. 의식적으로 그린 것도 있을지 모르겠지만 특별히 뭔가를 생각하고 묘사한 건 아닙니다. 자연스럽게 그렇게 그렸던 것 같아요.

이 작품에서도 동일하거나 비슷한 컷을 연속시키는 연출이 등장하는데 의도한 것인가요?

네, 계속 써먹는 거죠. 대사로 설명하기 힘드니까 이 장면의 상황과 감정을 계속 연결해서 이해해줬으면 하는 의도가 아니었나 싶어요. 그리고 그 장면에서 좀 뜸을 들이고 싶은 것도 있었어요. 영상으로 치면 슬로 모션 같은 거죠. 중요한 장면이니까 초를 많이 늘리잖아요. 최근에는 연속된 컷보다 한 컷을 크게 그려서 비슷한 효과를 내려고 합니다. 표정을 통해 알아줬으면 하는 마음도 있는 것 같아요.

2화인 「이것은 나만의 과자」를 보면 쟈크가 연속된 컷 안에서 "이건 너의 마드레느다"라는 말을 세 번 반복하는 장면이 나오는데 쟈크의 심정이 점점 고조되는 게 느껴졌습니다.

두 번 정도 말을 반복하는 것은 지금도 가끔 사용하는데, 세 번 반복한다는 건 그만큼 기쁘다는 표현이죠. 기쁜 일이 있으면 반복 재생하고 싶어진다고 생각해서요, 하하. 쟈크에게 과자란 자신이 하인으로서 역할을 잘 수행하고 있다고 인정받는 증거이기도 했기 때문에, 입으로 내뱉을 때마다 기쁨

『제라르와 쟈크』

이 점점 커지는 걸 표현하고 싶었던 것 같습니다. 그걸 말과 표정으로 그린 장면입니다.

말이라고 하니 젊은 시절의 제라르가 아내에게 했던 직설적인 말과, 그에 담긴 감정이 나중에 쟈크가 제라르에게 한 말과 겹칩니다.

확실히 과거의 자신과 비슷한 말을 하는 쟈크를 보고 제라르는 그가 진심으로 자신을 좋아하는 것을 느꼈을 겁니다. 새삼스럽지만 저는 '사랑해' '나도' 이런 정형화된 러브신을 정말로 그리질 않는군요, 하하.

그래도 『제라르와 쟈크』는 다른 작품에 비하면 사랑 표현을 직접적으로 말하는 편이라고 생각합니다.

그야 등장인물이 서양인이니까요. 추적자들을 피해 쟈크를 도망치게 만들려고 제라르가 개별 행동을 제안하는 장면에서 제 작품치곤 드물게 장황한 고백을 하는데, 그런 것도 유럽의 시대극이라서 가능했던 겁니다. 곧 죽을지 모르는 상황이니까 그런 말을 할 수 있었던 거죠. 그래도 어쨌든 사랑 고백이었고, 그런 의미에서 이 작품은 둘의 만남부터 사랑에 빠지는 과정, 고백, 해피엔드까지, 처음으로 비엘다운 요소를 전부 그린 작품이었습니다. 정말 모든 걸 그려냈다는 생각이 마음 깊이 들었고 비엘이 무엇인가를 조금 알게 된 기분이었는데요. 그후 비엘 청탁이 뚝 끊겼습니다, 하하하. 마침 『서양골동양과자점』 드라마화가 결정된 시기였고 홍보를 겸해 연재에 전념하고 싶은 생각이 있어서 잠시 비엘 작업이 휴식기에 들어가게 되었는데, 그대로 페이드아웃되었다고 할까요.

일반 잡지 연재가 결정돼서 그런가 했습니다.

엄밀히 말하면 그전까지 해온 비엘 작업 스케줄이 비어 있었기 때문에 하쿠센샤의 의뢰를 수락한 것입니다. 제가 비엘의 메인스트림에 있던 것도 아니고, 장르에 대한 기여도 크지 않다고 생각했기 때문에 '아쉽지만 어쩔 수 없지'라는 심정이었습니다. 타이밍과 인연의 문제도 있으니까요.

모든 걸 다 그렸다는 생각

『제라르와 쟈크』는 모든 걸 그려낸 느낌이 있었다고 말씀하셨는데 그건 프랑스혁명이라는 소재에 대해서도 마찬가지인가요?

그렇습니다. 러브 스토리와는 관계없지만 혁명의 결과에 절규하는 젊은 위병들을 보고 제라르가 "언젠가 아침은 온다"라고 말하는 장면이 있습니다. 혁명을 소재로 한 이상 꼭 그리고 싶은 장면이었습니다. 당시에 엄청난 절망감이 있었을 겁니다. 시민혁명을 성공시켰지만 그 성공이 민주주의를 두려워한 유럽 각국을 적으로 돌린 결과가 됐기 때문입니다. 모두 자기 나라에서 혁명이 일어나면 큰일이라고 두려워했겠죠. 유럽 전체가 적이 되어 싸우고 좌절하고, 그 결과 혁명은 흐지부지됩니다. 로베스 피에르가 한 행동에 실망한 사람들이 많았을 거고, 그가 실각한 건 어쩔 수 없는 일이라고 쳐도 그후 나폴레옹이 등장하여 제정이 복고되는 등, 프랑스는 그뒤로 상황이 다시 어려워지지만 아무리 절망적이고 실패로 끝난 혁명이라고 해도 시민들이 사상을 갖고 왕조를 쓰러트린 사실이 중요하다고 생각합니다. 혁명의 정신은 그후 미국에 계승되어 그 나라 민주주의를 지탱하게 되니 아예 쓸모없는 일이 아니었던 거죠. 밝지 않는 밤은 없다는 말이 딱 맞는 것 같습니다. 어두운 밤 한가운데에 있는 사람들이 아침을 볼 수 있을지 단언할 수 없지만, 그래도 아침은 온다. 그런 확

언제일지는 모른다. 죽기 전에 올지도 모른다. 혹은 영원히 안 올지도 모른다. 그래도

언젠가 아침은 온다.

…아침은 온다.

『제라르와 쟈크』

신이 없으면 할 수 없는 일이니까요.

아침이 올 것이라고 믿고 바통을 넘겨주는 것이 중요하다는 말씀이시군요.

프로젝트 같은 것도 비슷하다고 생각합니다. 성공할 때까지 지켜볼 수 있을지 알 수 없지만 언젠가 반드시 성과가 나올 것이라고 믿고 계속하는 수밖에 없어요. 『오오쿠』의 백신 개발도 딱 그런 기분으로 그렸습니다. 그걸 하고 있는 동안에 돌아오는 게 없다고 해서 쓸모없는 일이 아닙니다. 생전에 명성을 얻지 못한 예술가들도 살아선 보상받지 못했지만 후세의 예술에 지대한 영향을 미쳤으니까요. 그럼에도 어찌됐든 본인은 고통 속에서 살았다는 점에서 '인생이란 대체 뭘까…' 싶고, 그런 생각을 하다가 이야기를 느끼는 것 같습니다.

앞으로 프랑스혁명 말고 다른 시대를 무대로 한 유럽의 시대극을 그릴 계획은 있으신가요?

글쎄요. 혁명 이야기도 그렇고 그리고 싶은 건 충분히 다 그린 것 같아서 아마 없지 않을까 싶습니다. 어떤 소재로 만화를 그렸을 때 '다 그렸다' 싶은 순간이 있는 작품은 다시 그리지 않을 것 같아요. 그리고 싶은 이야기가 제 안에 더이상 없으니까요. 『슬램덩크』 2차 창작도 제 나름 '다 그렸다'의 느낌이 있었기 때문에 더이상 그리지 않을 것 같고, 비슷한 이유로 『오오쿠』도 번외편을 그리지 않을 계획입니다. '다' 그렸으니까요. 에도 시대를 무대로 한 작품은 그릴 가능성이 없진 않은데 『오오쿠』의 세계관으로는 그리지 않을 거예요. 그리고 싶고, 그려야 할 이야기라면 이미 본편에 들어 있다고 생각해서요. 그런 의미로 저는 캐릭터에 대한 애착이 이야기에 대한 애착에 비하면 약한 편인 것 같아요. 그렇기 때문에 『제라르와 쟈크』 역시 속편이나 번외편은 없답니다.

『서양골동양과자점』

문제가 해결되지 않아도 행복해질 수 있다

『서양골동양과자점』은 당초부터 어느 정도 긴 연재가 될 것이라는 것을 전제로 하고 계셨나요?

이야기의 윤곽이 잡혔을 때 1권으로 끝날 것 같지는 않아도 2권 정도면 되지 않을까 싶었어요. 담당자로부터 '이 정도 분량으로 맞춰주세요' 같은 주문은 없었고 길어지면 길어지는 대로 유연하게 대응해주시기로 했기 때문에 얼마나 길어질지는 별로 신경쓰지 않았습니다.

이미 작가님 안에서 완성 상태로, 계속 품고 있던 이야기인가요?

아니요. 연재를 시작해보자고 한 시점부터 곰곰이 고민했습니다. 좋아하지 않으면 할 수 없는 일을, 그 일을 전혀 좋아하지 않는 남자가 하고 있다. 그 남자는 왜 그런 직업을 가지게 되었는가 하면 어린 시절에 휘말린 유괴 사건의 기억 때문이다. 이 정도가 골자로 굳어졌습니다.

유괴 사건의 진상을 파헤치거나 해결하는 모습을 그릴 예정은 애

초부터 없었다는 건가요?

네, 없었어요. 어떤 사건 때문에 트라우마를 갖게 된 등장인물이 사건의 해결과 함께 트라우마를 완전히 극복하는 이야기가 대중적인 재미를 갖는 작품에선 자주 등장하는데, 이야기의 전개만 보면 납득이 되지만 트라우마라는 게 어떤 계기로 그렇게 말끔하게 해결될 수 있는 문제인지 의문스러웠습니다. 그리고 트라우마를 겪는 등장인물과 실제로 비슷한 경험을 하고 있는 시청자나 독자 입장에서는 작품에서 사건이나 문제가 해결되어 트라우마가 해소되는 것을 목도했을 때 괴로울 것 같았어요. 현실은 그렇게 쉽지 않잖아요? 문제가 해결되지 않는 이상 트라우마는 사라지지 않고 행복해질 수도 없는데, 그런 이야기만 보게 되면 정말 괴롭겠죠. 그래서 사건이 해결되거나 트라우마가 치유되지 않아도 주인공이 행복하게 살아가는 이야기를 그리고 싶었습니다. 『그는 화원에서 꿈꾼다』에 대해 이야기했을 때 살짝 언급했습니다만, 상실과 재생의 이야기와도 연결됩니다. 잃어버린 것이 완벽하게 똑같은 모습으로 다시 돌아오는 일은 거의 없고 잃어버린 사실을 없던 일로 할 수도 없지만, 그것이 곧 '불행'을 의미하는 건 아닙니다. 그럼에도 행복해질 수 있다는 걸 보여주는 이야기를 만들고 싶었습니다. 그래서 범인이 끝까지 잡히지 않는 것도, 결국 등장인물의 트라우마가 사라지지 않는 것도 처음부터 정해져 있었습니다.

배경 설정도 자연스럽게 결정됐나요?

어떤 직업으로 할까 고민하던 중에 처음에는 철도원을 떠올렸어요. 그런데 저도 어시스턴트도 철도의 '철'자도 모르는데다 계속 승강장을 배경으로 그리는 것도 힘들겠더라고요, 하하. 그래서 제가 좋아하고, 생각하면 즐거운 게 뭐가 있을까 고민해보니 역시 음식이었습니다. 레스토랑을 소재로 한 만화는 꽤 있었기 때문에 자연스럽게 양과자점에 이르렀다고 할까요. 처음 머릿속에 바로 떠오른 장면은, 엄청 귀

뭔가 좋은 일이 있는 날에는 케이크를 드세요! 양과자는 행복한 순간에 곁들이는 꽃 같은 멋진 조연이랍니다.

『서양골동양과자점』

여운 여자아이들이 케이크를 만들고 아저씨가 서빙을 하는 이미지였습니다. '왜 내가 파는 거야? 너희가 파는 게 낫잖아'라고 말하는 삐딱한 아저씨와 '우리는 만들어야 하니까요'라고 여자애들이 대꾸하는 느낌. 다만 남자가 서빙을 하고 여자는 요리하고, 그런 두 사람이 옥신각신하는 구도가 당시에 아직 기억에 생생했던 TV 드라마 〈임금님의 레스토랑〉¹과 비슷해서 고민하고 있었어요. 그런데 《윙즈》 담당자가 '남자 캐릭터만 등장해도 괜찮아요!'라고 밀어주었습니다, 하하. 그래서

전원 남자 캐릭터가 되었습니다.

《윙즈》는 게재 작품의 등장인물 나이에 별로 엄격하지 않은 잡지라고 생각하는데, 그런 걸 감안해도 『서양골동양과자점』의 등장인물의 평균 연령은 높은 편이죠.

그 부분에 대해서 말씀드리면 제 취향도 있고, 제가 그리고 싶은 것을 그리자는 주의라… 처음에는 유괴 사건의 트라우마가 있는 타치바나를 40세로, 동급생이자 파티셰인 오노도 40세로 생각하고 있었습니다. 그러자 엄청난 기세로 태클이 들어왔죠, 하하하. 저는 그래도 가게를 운영하는 사람이 그렇게 젊을 리 없다고 생각했는데, 레스토랑과 달리 과자점은 작은 가게로 운영하는 경우가 많으니 젊어서도 차리기 쉬울 거라고 담당자가 요목조목 이유를 들어가며 설득을 해오더라고요? 30살 정도에 가게를 차리는 것도 그렇게 드문 일이 아니라나? 그래도 아직 어리다고는 생각했지만 뭐, 그냥 타협했죠. 무엇보다 타치바나의 유괴 사건의 공소 시효라든가 관련된 인물의 연령 문제 등을 생각하면 사건으로부터 시간이 많이 지나지 않은 편이 좋을 것 같아서 결국 32살로 결정하게 되었습니다.

과자 맛에 홀딱 반해서 오노의 제자로 들어가게 된 에이지는 12살이나 어리죠.

담당자가 한 명은 꼭 20살 정도로 해달라고 간곡히 부탁했거든요. 20살이라는 말만 들어도 의욕이 떨어지는 것 같았지만 부탁의 의도도 이해는 하고, 그 아이가 과자를 배워가는 과정에서 독자들에게도 정보를 줄 수 있는 메리트도 있고, 그러다보니 어쩔 수 없이 받아들인 셈이죠, 하하. 그때는 이 가게와 관련된 사람들 모두가 스스로 하고 싶어서 하는 일이 아니라는 설정으로 생각했습니다. 그러면서 에이지는 왜 이런 가게에서 일하게 되었는가를 고민하던 중에 제가 만화『내일의 죠』를 좋아하기도 하고, 한 명 정도는 좀 뻔한 캐릭터로 가보자고 결정해서 복서를 그만둔 아이가 되었죠.

하고 싶은 일을 하는 게 아니라는 설정은 단것을 좋아하지 않지만 사연이 있어서 양과자점을 시작한 타치바나에서 파생된 것이기도 하군요.

그렇습니다. 이것도 상실과 재생의 이야기라고 한다면, 어떤 큰 사건에 휘말리지 않아도 누구나 소소한 상실을 반복하며 살아간다고 생각해서요. 오노는 오노대로 베이킹을 좋아한 건 아니었지만 파티셰를 하고 있고, 결국에는 에이지를 어엿한 파티셰로 성장시키면서 자신이 그때까지 해온 일의 의미나 삶의 보람을 발견할 수 있게 됩니다. 마지막에 등장인물들이 '이렇게 살아도 되는구나'라고 생각이 드는 지점에 도달할 수 있는 길이 보였기 때문에 이야기가 더욱 제 안에서 확고해져갔습니다.

캐릭터가 이야기를 끌고 간다

에이지는 잡지 담당자의 요청으로 등장한 캐릭터긴 했지만 오노뿐만 아니라 에이지와 관련된 인물들이 멘토 같은 역할을 하는 동시에 에이지에게 좋은 영향을 받기도 하는 모습을 보면서 에이지가 중요한 역할을 맡고 있다는 인상을 받았습니다.

그렇답니다. 에이지를 등장시키기로 결심했을 땐 사실 에이지 같은 성격을 좀 어려워하기도 하고, 이야기가 번잡스러워질 것 같기도 하고, 그렇지만 다른 캐릭터와 차이점은 만들어야 되고… 라며 뭔가 내키지는 않았거든요. 하지만 막상 그려보니 이게 의외로 그리기 쉽더라고요? 하하. 에이지는 좋으면 좋은 거고, 분위기를 신경쓰지 않는 성격이죠. 오히려 눈치가 없어서 이런저런 이야기를 할 수 있는 성격입니다. 오노였다면 배려한답시고 타치바나에게 하지 못할 이야기도 에이지는 아무렇지 않게 던집니다. 이야기의 전개상 성격이 다른 존재가 한 명 있는 것이 얼마나 중요한가를 배울 수 있었습니다. 전대물 같은 것에서 캐릭터 간의 성격 차이가 확실한 집단을 그리는 이유를 새삼 알 것 같은 기분이었습니다. 게다가 에이지가 어린 것도 중요한 요소였는데요. 눈치 없이 굴어도 젊어서 용서되는, 그냥 눈감아줄 수 있는 구석이 에이지에겐 있습니다. 타치바나의 할머니와 숙모에게 넉살 좋게 다가가서 예쁨받는 장면을 그렸을 때는 에이지가 어떤 애인지 알 것 같은 기분이었어요. 그냥 눈치 없이 제멋대로 굴기만 하면 밉상일 텐데 보통은 민망해서 잘 못하는 칭찬을 마구 해준다거나, 다른 이들은 기피하는 사람과도 당당하게 맞서거나 하는 모습에서 '이 아이는 사람들에게 사랑받으며 자랐겠구나'하는 생각을 했죠. 그리고 에이지가 오노는 스승으로서 존경하지만 타치바나는 전혀 존경하지 않는 부분도 타치바나와의 관계성에서 딱 좋았습니다. 처음엔 어려운 캐릭터였는데 그리면 그릴수록 오노가 에이지를 귀엽게 여기는 감정에도 공감할 수 있게 되었답니다, 후후.

그리면서 캐릭터에 애착 같은 것을 느끼는 건 처음 겪는 경험이었나요?

그럴지도요. 그전까지는 단편이나 그리 길지 않은 시리즈물을 주로 그렸기 때문에 캐릭터가 성장하기 전에 이야기가 끝나는 경우가 많았습니다. 『서양골동양과자점』은 단행본으로 4권 정도의 분량이었는데 그 안에서 캐릭터가 성장하고, 캐릭터에 의해 이야기가 끌려가는 것도 경험할 수 있었습니다. 이야기의 골자와는 별개로 파티셰로서 에이지의 성장까지 그릴 수 있었던 건 에이지라는 캐릭터의 존재감이 점점 커진 덕분이에요. 그건 처음 이야기 구상에는 전혀 없는 부분이

좋은 할머니에 좋은 숙모잖아. 그런 식으로 이상하게 착한 척하면 그 사람들이 정말 좋아할까? 오히려 저분들께 실례라고 생각하지 않아?!

당신의 그런 점이 난 마음에 안 든다고!

마음에 안 들어.

『서양골동양과자점』

었습니다.

어느 정도의 긴 분량이 보장되지 않았다면 탄생할 수 없는 캐릭터였겠네요.

그렇게 보면 치카게도 연재가 길지 않았다면 등장하지 않았을 캐릭터입니다. 연재를 조금 더 길게 할 수 있게 되었을 때도, 여전히 전 타치바나가 별로 마음에 안 들었거든요. 부잣집 도련님이라는 설정도 제대로 살리지 못한 것 같아서 어떻게 할까 고민하던 때였는데, 그럼 타치바나도 뻔하게 가야 겠다고 생각했습니다. 그래서 담당자와 회의를 하던 중에 뻔한 부잣집 도련님이라면 오른팔 같은 사람이 있을 것이고, 타치바나는 무엇이든 잘하는 캐릭터니까 반대로 뭐든 어설픈 오른팔 수행원이라면 귀여울 거라고 떠올렸습니다. 치카게가 낫또를 엎질러서 타치바나가 "아아아아! 아악!!"이라고 소리치며 행주로 닦아주는 장면을 그릴 때 '좋아, 이거다!' 싶었죠, 하하.

주인이 오히려 부하를 보살피는 관계성이 보였다는 말씀이시죠.

　맞습니다. 둘 다 상대가 자신에게 의지하고 있다고 생각함으로써 유지되는 공의존 관계이기 때문에 썩 바람직한 관계라고는 할 수 없지만 그런 설정으로 진행시키자 싶었죠.

이야기의 골자는 처음부터 정해져 있었으나 캐릭터에 살을 붙이는 작업은 정해진 바가 많지 않았군요.

　이야기를 그리기 전까지도 캐릭터를 전부 파악하지 못한 상태였습니다. 그래서 처음 시작할 때는 가게에 오는 손님들의 이야기에 초점을 맞춰서 가슴 따뜻한 휴먼 스토리 같은 걸 한 화씩 에피소드 형식으로 보여줄까 생각했는데, 치카게가 등장하면서 자연스럽게 가게에서 일하는 네 사람의 이야기가 중심이 되었습니다. 그후로 저도 점점 캐릭터를 파악하게

『서양골동양과자점』

되었던 것 같고요.

그럼 에이지와 치카게의 등장으로 타치바나의 캐릭터도 점점 이해할 수 있게 된 건가요?

'그럴 수도 있겠네' 하고 이해할 수 있는 부분이 많아졌습니다. 원래도 눈치 빠르고 영특했던 아이가 어린 시절 사건에 휘말린 이후로 가족과 주위에 걱정을 끼치지 않기 위해 더욱 철이 일찍 들게 되는데, 그것이 오히려 슬프게도 역효과를 내게 됐구나. 그런 식으로 다시 한번 이해하면 타치바나가 사랑스럽게 느껴집니다, 하하. 영특함이 오히려 독이 되는 상황과 치유되지 않은 상처 등이 맞물려서 여성에게 계속 차이는 설정도 괜찮은데 싶었고요. 잘생기고 머리가 좋아도 이성에게 계속 차인다면 그것만으로도 뭔가 동성 친구 없을 것 같잖아요. 어딘가 모르게 짠한 점이 주위로부터 사랑받는 이유가 된다고 생각했고, 타치바나가 있음으로써 네 명의 밸런스가 잘 갖춰진 것 같습니다.

오노에 대해서는 어떠세요?

오노는 말입니다… 스스로 '마성의 게이'라고 주장했기 때문에 제가 그리면서도 '이거 괜찮을까'하고 불안했습니다. 그런데 지인의 지인 중에 평소엔 사람 대하는 태도가 좋다가도 파티 같은 곳에서 기업의 중역이나 높은 직급의 아저씨들을 만나면 차갑고 무뚝뚝하게 구는 남자가 있는데, 그 사람이 높으신 분들께 엄청 인기가 좋다는 이야기를 들었습니다. 그 이야기를 들으니 그에게 껌뻑 죽는 사람들의 기분도 가늠할 수 있게 되었다고 할까요. 그래서 오노 같은 캐릭터도 괜찮겠다고 안심했습니다.

오노는 재능 있는 파티셰지만 양과자를 좋아하진 않죠.

오노는 본인이 게이로서 매력적이라는 건 잘 알고 있지만 일반 회사에서는 무능한 인간이라고 여기며 지금까지 살아왔습니다. 파티셰로서의 고평가가 그런 걸 다 커버해주지도

『서양골동양과자점』

못하고요. 일을 잘한다는 건 스스로 알고 있지만 그것이 자신
감으로까지는 이어지지 못한 거죠.

**오노 하면 비를 맞으며 치카게와 빙빙 도는 장면이 인상에 남아
있는 독자가 많을 것 같습니다.**

아직까지 그 장면을 왜 그렸는지 기억이 안 나요, 하하하.
그래도 키스를 한 건 아니지만 그렇다고 해서 또 아무것도 아
닌 건 아니었던 이야기를, 치카게의 순수함 같은 것과 함께
그릴 수 있던 건 다행입니다. 선을 넘어 연인이 되지 않았다
고 해서 아무 사이도 아니게 되어버린다면, 상대를 좋아한 당
사자만 불쌍해지는 경우가 현실에도 있잖아요. 치카게 때문

에 울기 전까진 아무 사이도 아니라고 생각했던 오노도 타치바나에게 차인 이후 여러 가지 일을 겪으며 어느 정도 영향을 받게 됩니다.

캐릭터 하나하나뿐만 아니라 캐릭터 간의 관계성을 더욱 심화시키기도 하셨나요?

의식적으로 했던 건 아니지만 앞으로 가게에서 일하는 네 명의 이야기가 중심이 될 것이라는 대략적인 방향성이 보였을 때 생각한 게 있습니다. 타치바나의 배경을 다층적으로 만들어두지 않으면 앞 부분에서 오노를 잔인하게 차버리는 그의 행동과, 치카게의 등장으로 인해 드러나는 귀엽성 있는 타치바나의 성격에 괴리가 생길 거라고요. 유괴될 때 생긴 트라우마 탓에 타치바나가 오노를 잔인하게 차는 것은 이미 정해둔 부분이었는데, 트라우마가 있는 것과 험한 말을 뱉는 것 사이의 연관성까진 생각하지 못했습니다. 그래서 여자에게 계속 차이는 타치바나의 과거를 자세하게 그리는 에피소드를 만들어서 여자에게 차인 직후였기 때문에 오노의 고백에 유난하게 반응한 것이라고 오해하게 했습니다. 사실 알고 보니 유괴 사건으로 인한 트라우마가 관련되어 있었다는 식의 전개를 만들고자 했습니다. 그것이 3권의 레시피13 부분입니다.

오노를 매몰차게 차면서 타치바나 자신도 대미지를 입는 것 역시

난 기억하고 있었어. 졸업식 날부터 줄곧.

그런가.

『서양골동양과자점』

정해진 것이었고요?

그렇습니다. 이야기와 직접적으로 관련된 부분은 아니지만 그것도 타치바나에게는 어떠한 상실의 기억입니다. 타인에게 심한 말을 한 적 없는 사람이 딱 한 번, 사람 마음을 후벼파는 듯한 심한 말을 던진 거죠. 그만큼 충격이 컸기 때문에 더더욱 타치바나는 그후로도 계속 그 일을 기억할 것입니다. 도저히 되돌릴 수 없는 일이라고 생각하고 있었는데 예상치 못하게 오노와 재회하고, 회복까지는 이르지 못하지만 오노 본인에게 사죄하고 말을 건넸습니다. 작은 기적이라고 할 수 있죠. 대부분은 후회한 채 다시는 만나려고도 하지 않으니까요. 다만 타치바나로서는 오노의 방탕한 모습이 마음에 걸려서 난봉꾼 같은 생활은 그만두고 성실하게 살기를 바랍니다. 아무리 오노가 과거 일은 신경쓰지 않으니 괜찮다고 해도 오노와 지내다보면 분명히 자신과의 사건을 계기로 변했다는 게 느껴져서 신경을 안 쓸 수가 없는 거죠. 후에 오노는 그 어느 때보다 성실한 파티셰로서 살아가고자 하는데, 그건 타치바나의 부탁이 통한 거라기보다는 귀여운 제자 에이지를 위해서였기 때문에 그 부분은 핀트가 좀 어긋났긴 해요.

서로를 구원하는 관계성은 아니라는 말씀이시죠?

실제로는 구원의 작대기가 일치하지 않는 게 현실이고, 전바로 그 지점이 재미있다고 생각합니다. 인생을 살다보면 다른 사람에게 아무리 험한 일을 당했다고 해서 반드시 배상을 받으리란 보장도 없고, 생각지도 못한 전혀 다른 곳에서 보상이 찾아오는 경우도 있죠. 그것이 인생이란 걸 보여주고 싶었습니다.

완결되지 않은 작품에 대한 불안

이야기의 구체적인 종착점이 보인 것은 언제부터였나요?

앞서 말씀드린, 3권의 레시피13에 수록된 타치바나의 과거 에피소드를 생각할 때부터였습니다. 그때 최종 화까지의 흐름이 구체적으로 보였습니다.

맨 처음에는 2권 분량 정도를 예상했다고 하셨는데 그 당시 생각했던 것과 종착점이 달라졌나요?

그렇지는 않아요. 동일하지만 보다 구체적으로 정해진 느낌이에요. 결말까지 보이기 시작했을 때, 결말까지 캐릭터가 이야기를 이끌어갈 수도 있다는 걸 실감하게 되어서 평소보다도 후회 없는 결말을 그리고 싶었습니다. 그래서 담당자와 회의를 하며 4권이 마지막 권이 될 수 있도록 최종 화부터 역산해 각 에피소드에 필요한 페이지 수를 배분했습니다. 어쩌다 페이지를 넘겨버려서 5권에 번외편이나 본편과 관계없는 단편이 실리는 것은 반드시 피하고 싶었고, 본편 이야기만으로 단행본을 마무리짓고 싶었습니다. 몇 권 더 그릴 수 있지 않았냐는 질문을 받을 때가 있는데, 에피소드마다 결말까지 꼼꼼하게 정해져 있었기 때문에 그럴 순 없었습니다.

첫 화에서 아직 누가 누군지도 모르는 네 인물의 회상에서 시작, 그 회상부터 14년 뒤인 현재로 이어지는 구성입니다. 2권 분량 정도로 끝낼 수 있을 거라고 생각하셨다는 게 의외였습니다. 좀 더 긴 장편을 염두에 두었기 때문에 회상 장면을 연속으로 세 번 넣으신 건가 싶었거든요.

그 부분은 제가 아직 구성이 서툴렀기 때문인 것 같아요. 지금 다시 생각하면 그렇게 회상 장면을 중복하지 않아도 좋았겠다 싶기도 하고요. 제가 그런 걸 좋아하다보니 저도 모르게 시간 순서를 뒤트는 면이 있는데, 어떤 소녀만화 잡지 편집장님께서 '우리 잡지였다면 그런 도입부는 절대 안 돼'라고 말씀하시는 걸 듣고 십분 이해했습니다. 스스로도 『서양골동양과자점』 1권은 불친절했다고 반성하는 부분도 있고요.

불친절이라면요?

1권의 에피소드 몇 개만 읽어서는 어떤 이야기인지 알 수가 없잖아요? 비엘도 아니고, 남녀 로맨스도 아니고, 양과자점을 무대로 한 직업물도 아니고. 그 부분을 좀더 알기 쉽고 몰입하기 쉽게 그려야 했어요. 독자들이 재미있게 읽어줄지에 대한 걱정은 그리기 시작할 때부터 있었습니다. 특히 1권 발매가 결정되었을 때, 저야 어차피 결말을 알고 있으니까 괜찮은데 유괴 사건도 겉으로 드러나지 않았고, 아직 스스로 캐릭터를 파악하지 못한 상태였어요. 결과적으로 시시한 이야기만 그리다가 끝난 것 같아서 좀 의기소침했습니다. 마지막까지 그릴 수 있다면 어떻게든 되겠지만 사람들이 과연 2권을 읽어줄까 싶어서 엄청나게 불안했어요. 적어도 1권의 종반부에 치카게가 등장했다면 이야기가 또 달라졌겠지만요. 그래도 제 예상을 뛰어넘고 많이 팔려서, 중쇄가 결정됐다고 들었을 때는 내심 안도했습니다.

그런 불안을 느낀 게 처음이었나요?

네. 저에게는 첫 시리즈물이었으니까요. 엄밀히 말하면 『제
라르와 쟈크』도 시리즈물이었지만 그건 비엘이니까 주인공
들이 커플로 이어질 때까지는 독자들이 읽어줄 거라는 믿음
이 있었어요. 『서양골동양과자점』은 '타치바나와 오노가 잘
되니까 끝까지 지켜봐봐'라는 듯한 미끼도 셀링 포인트도 없
고, 오직 이야기의 힘만으로 끌고 나가는 수밖에 없는데다가
1권은 개인적으로 아쉬운 부분도 많아서 더 불안했습니다.
지금 돌이켜봐도 스스로 미숙했던 게 뭐냐면, 마지막 권까지
전부 완결되었을 때의 전체적인 감상만 생각하고 있었다는
거예요. 제가 경험한 만화는 『베르사유의 장미』처럼 이미 연
재가 끝나 완결 권까지 다 나온 작품들뿐이었으니까요. 개인 취
향적으로도 이미 끝이 난 재밌는 만화를 좋아했죠. 그래서인
지 독자들이 전권을 한번에 읽었을 때 이 작품을 어떻게 느낄
지는 분명하게 상상할 수 있는데, 한 권 한 권씩 책이 나올 때
마다 따라서 읽는 기분은 상상이 안 됐어요. 게다가 잡지를
통해 연재되는 작품을 한 화씩 읽어나갈 때의 느낌에 대해서
는 전혀 생각이 미치지 못했고요. 그런 부분은 당시에도 알고
있었기 때문에 엄청 불안했습니다.

그런 것에 대해서 편집자로부터 어떤 제안이 있진 않았나요?

없었습니다. 결말까지 이미 말씀드린 뒤였기 때문에 '자유
롭게 그리시죠'라고 하셨습니다. 작품을 존중하는 분이셔서

연재 도중에 작품이 드라마화되었지만 마지막 권은 그후에 출간됐습니다. 연재를 좀더 연장하라는 의견도 있었을 테고, 많이 파는 게 중요하다면 연장이 답이었겠지만 '4권 예정이었으니까 4권에서 끝냅시다'라고 말해주는 담당자였습니다. 덕분에 정말 그리고 싶은 대로 그릴 수 있었습니다.

몇 번이고 다시 읽을 법한 만화로

타치바나의 이야기는 "사건이 해결되지도 않고, 트라우마가 사라지는 것도 아니지만 행복하게 살아가는 이야기를 그리고 싶었다"라는 말씀 그대로 결말을 맞이했습니다. 아침이 오고 평소와 같이 일하기 위해 앞으로 내딛는 타치바나의 발이 그려진 장면으로 작품이 끝나는 게 상징적이라고 생각했고, "역시 생각은 안 나고, 잊을 수도 없고, 무섭다고!"라고 말하는 타치바나의 대사도 밝은 표정과 함께 매우 긍정적으로 느껴졌습니다.

그리고 싶은 장면이었습니다. 특별히 좋은 일이 없어도 출근은 해야 하잖아요, 하하. 타치바나는 트라우마를 극복하는 걸 어떤 의미에서는 포기한 건데, 포기했다는 것에는 받아들인다는 의미도 있어서 꼭 절망스러운 상태는 아니라고 생각합니다.

독자의 반응은 어땠나요?

제가 독자들의 목소리를 들을 일이 드물어서 우선 일적으로 관계된 사람들이나 학창 시절 친구들의 감상을 먼저 들었는데 '이런 결말 싫어하는 독자도 있을 거 같다'거나 '이해가 잘 안 됐다'는 말을 많이 들었습니다. 평소에 만화를 많이 읽는 사람들의 반응도 마찬가지라서 제가 의도한 대로 그리지 못했나 하고 큰 충격을 받았습니다. 받아들이는 방식은 독자의 자유라고 생각하지만, 저는 다른 결말은 도저히 떠오르지 않을 정도로 확고했고 이런 해피엔드는 또 없다고 생각하며 그렸거든요. 그렇게 불안해하고 있을 때 한 번도 같이 일한 적 없는 출판사 관계자분께서 연락을 주셔서 만났는데 『서양골동양과자점』 결말 부분이 훌륭했다'라고 말씀해주셨습니다. 제 만화를 좋아한다면서요. 그것만으로 위로받는 기분이 들었습니다. 그뒤로 좋았다고 말씀해주시는 독자분들이 계셔서 다행이라고 생각했습니다. 이 작품은 지금도 팬이 많은데, 아무리 시간이 지나도 좋았다는 말을 듣는 건 기뻐요. 하지만 '일어난 사건은 해결이 되면 좋겠다'거나 '게이가 등장한다면 러브 스토리여야 좋다' 등 어떤 기대를 품는지도 독자의 자유이기 때문에, 그 부분은 그때나 지금이나 제가 뭐라 말씀드릴 만한 건 없는 듯합니다.

이미 던져진 공의 행방은 더이상 신경쓰지 않는다는 건가요?

아니요, 신경은 씁니다. 다만 독자들이 '결말이 마음에 든

다' 혹은 '왜 이렇게 끝냈는지 이해가 안 간다' 등 결말을 어떻게 받아들이시든 간에 읽어주신 것만으로 감사하고 있습니다. 제가 할 수 있는 일은 스스로 만족할 수 있는 만화를 그리는 것뿐입니다. 저도 행복한 상상이나 다른 결말을 생각해보며 만화를 다시 읽는 쾌감을 알고 있는 사람이라서요. 제 만화가 그렇게 몇 번이고 반복해서 읽을 만한 만화인가 아닌가는 차치하고, 그런 만화가 되면 좋겠다고 바라며 온 힘을 다해 그리는 수밖에 없으니까요. 『서양골동양과자점』 때도, 그전과 그후에도 그 생각엔 변함이 없습니다. 제가 '다 그렸다'고 생각하는 작품에 대해서는 어떤 평가를 받아도 상관없어요.

연재 종료 후, 오노와 치카게의 후일담을 그린 동인지를 내셨는데 둘에 대해서는 다 그리지 못했다 싶은 생각이 있으셨나요?

아뇨 아뇨. 완전히 사족이었네요, 하하. 유괴된 아이가 어떻게 과거와 마주해가는가에 관한 이야기는 『서양골동양과자점』에서 다 그렸지만, 오노에 대해서도 '종지부를 찍지 않으면 낫지 않는 병'이 나타난 거죠. 그래서 사족 같은 이야기의 동인지를 몇 년에 걸쳐 냈는데, 그후 12년의 공백이 생겼습니다. 그래도 역시 마침표를 찍고 싶어서 지금까지 그린 것을 하이라이트본으로 묶고, 거기에 마지막 화를 그리기로 했습니다. 그치만 연재가 끝난 지 20년 가까이 지난 작품이라 누가 읽어줄까 하는 불안도 있었습니다. 가끔 동인지 속편에 대해 물어보는 분들이 계셨어서 그래도 누군가는 사줄 거라고 생각은 했지만 얼마나 계실지는 상상이 안 돼서요. 결과적으로 생각보다 많은 분들이 구매해주셨는데, 코스프레를 하고 사러 오시는 분도 계셨어요. 정말 고맙고 기뻤습니다.

미디어화의 기쁨

『서양골동양과자점』은 2001년 TV 드라마화된 후 다음해에 드라마 CD로도 나왔습니다, 완결로부터 약 6년이 지난 2008년에는 애니메이션이 방송되었고, 같은 해 한국에서 영화가 개봉했습니다. 2020년에는 태국에서 TV 드라마화가 발표되었고요.

드라마화 후에 드라마 CD를 내는 것은 순서상 드물다고 생각하는데, 여기저기서 신기한 연이 닿아 다양한 형태로 미디어화될 수 있었습니다.

첫 실사 미디어화였던 드라마에는 어떤 형태로 참여하셨나요?

모든 것이 촉박한 스케줄로 진행되어서 저는 특별히 참여하지 않고 현장 견학만 했습니다. 처음부터 모든 걸 위임하고 원작을 맡기는 식이었거든요. 그런데 원작과 달라져도 전혀 상관없다고 했던 제목도 거의 원작 그대로였고, 아마 안 나오지 않을까 싶었던 치카게도 등장했어요. 보고를 받을 때마다 놀랐던 기억이 납니다. 애초에 담당 편집자가 엄청 힘을 써주셨습니다. 단행본을 여기저기 보내던 중에 드라마 감독인 모토히로 가쓰유키[2]님에게도 가게 됐고, 그렇게 드라마화로 이어졌다고 하니 전부 감사할 따름입니다. 하늘의 별만큼 많은 만화와 엔터테인먼트 작품 중에서 제가 그린 것을 선택해주셨다니, 기쁘기 그지없는 일이죠. 드라마뿐만 아니라 어떤 형태든 미디어화될 때마다 무척 감사하다고 생각했습니다.

미디어화는 독자가 작품과 만나는 계기가 되는 경우도 많은데, 새로운 독자가 늘었다는 걸 실감하셨나요?

짐작은 했지만 확실하게 실감하진 못했는데요. 새로운 독자분들께는 뭔가 미안한 기분이 계속 들어요.

왜요?

저야 그리고 싶은 작품을 그린 거지만 비엘을 읽어본 적 없는 분께는 흠칫할 만한 비엘스러운 이야기일 테고, 비엘을 기대한 분께는 아무 일도 일어나지 않는 이야기일 테니 이도 저도 아니라서 좀. 비엘을 읽을 수 있지만 비엘이 아닌 것도 괜찮은 타깃층을 틈새 공략한 것과 같은 작품이어서 여러모로 기대를 배신한 것 같아요. 가끔 '처음 읽은 비엘이 『서양골동양과자점』입니다'라는 말을 들으면 비엘의 정의라 할 만한 것들이 여럿 머리를 스치면서 '그러시군요, 그렇게 받아들이게 되셨군요'하는 생각에 거듭 송구해지죠. 읽는 사람이 어떻게 해석하는지도 자유니까 이것도 제가 뭐라 말할 수 있는 부분은 아니지만요.

『서양골동양과자점』부터 작품들의 장르 경계가 모호해진 것 같습니다.

하하, 어느 잡지에서든 겉도는 기분은 있어요. 『오오쿠』 같은 것도 어떤 장르에 딱 끼워 맞추기 어려운 구석이 있어서 송구스러웠고요. 다만 어떤 작품이든 다 그린 후에는 감사한 마음만이 남습니다. 읽어주신 분들께도, 자유롭게 그리게 허락해주신 편집자분들께도. 지금 와 다시 생각하니 『서양골동양과자점』은 즐거운 일만 가득한 작품이었고, 다른 출판사에서 제게 관심을 갖고 말을 걸어주신 계기가 된 작품이었습니다.

작품을 그릴 때 판단하지 않는 걸 좋아해요.
픽션이지만 다큐멘터리 같은 느낌이요.
저는 다큐멘터리처럼 상황을 뚝 떼서 제시할 뿐입니다.
'부모 자식 관계란 참 좋죠'라거나
'이런 말 하는 부모 참 나쁘죠'라는 말을 하고 싶은 게 아니라
그저 그곳에 있는, 있는 그대로의 현장을 그리고 싶었습니다.

제
5
장

다
큐
멘
터
리
처
럼

『사랑해야 하는 딸들』
-
『더 이상 말하지 마』
-
『플라워 오브 라이프』
-
『사랑이 없어도 먹고 살 수 있습니다』

『사랑해야 하는 딸들』

부모의 입장이 되어보고 싶다

『사랑해야 하는 딸들』은 하쿠센샤의 잡지 《멜로디》에서 연재됐습니다. 어린 시절 자주 읽던 작품들이 발행되던 곳이란 점에서 뭔가 감회가 남다르지는 않으셨나요?

그야 당연히 기뻤죠. 『유리가면』『해 뜨는 곳의 천자』『솜의 별나라』 외에도 제가 좋아한 만화들을 낸 출판사에서 의뢰를 받고 저도 모르게 아무런 계획 없이 수락하고 말았습니다, 하하. 처음 시작할 때만 해도 5회 연재분을 한 권으로 묶는다는 것과 일정 외에는 정해진 것이 아무것도 없었습니다. 그전까지는 '이런 소재가 있는데요, 제가 미는 건 이겁니다'라며 저의 패를 보여주고, 지시를 기다렸다가 결국에는 제가 그리고 싶은 대로 그려왔는데요. 처음으로 패를 공개하지 않고 작업을 시작하게 되어서 난감한 기분이었습니다. 첫 화 때 어머니, 딸, 그 어머니보다 나이 어린 젊은 재혼 상대가 등장하는 이야기라는 것 정도는 정해져 있었나…? 원래는 막장 코미디를 그릴 생각이었습니다.

일련의 이야기로서 전체 구성이 정해진 상태는 아니었던 거군요?

어떤 모녀를 중심으로 한 옴니버스 구성 정도로 생각했고 그 외는 정해진 게 없었습니다. 그래서 『검객상매』¹처럼 남녀가 역전하는 관계성을 가진 등장인물로 첫 화의 콘티를 짜봤는데 생각만큼 코믹하지 않고 시시한 결말로 완성되어서 당혹스러웠죠.

부모 자식 관계는 작가님께 있어 영겁의 테마 같은 거라고 생각하는데, 모녀를 그리고자 한 것은 『아이의 체온』에서 부자 관계를 그렸기 때문이려나요?

그런 것도 있습니다. 결과적으로 대칭적인 이야기가 되었네요. 부모라는 존재를 그리고 싶은 열망은 저에게 참기 힘든 유혹이라서요, 하하. 미숙한 인간조차도 부모로서 역할해야 하는 상황을 볼 때 심장이 쿵 뜁니다.

다시 한번 여쭤볼게요. 그런 유혹은 어릴 때부터 있었던 건가요.

의식하진 않았지만 아마 있었을 거예요. 저희 부모님뿐만 아니라 부모라는 존재에 대해 막연히 '이런 힘든 상황을 잘도 견디네'라고 생각할 때가 자주 있었어요. 완전한 타인을 위해서는 할 수 없는, 뼈를 깎는 듯한 고통스러운 일도 아이를 위해서는 하잖아요. 그것이 신기했는데 초등학생인가 중학생 때 국어 교과서에 실린 이노우에 야스시의 『애정』이라는 시를 읽고 많은 것이 제 안에서 이해가 됐어요. 그 시는 더듬더듬 말을 뗀 5살 아이를 보고 돌연 애정이 샘솟았다는 내용이었는데, 아이를 향한 애정 때문에 어찌할 바 모르는 격한 감정이 묘사되어 있었습니다. 그걸 보고 저는 아이도 없는데 '나 이 맘 알겠어!'라며 공감했습니다. 이렇다 할 일도 없는 순간에 명확한 이유도 없이 치솟는 감정이 원천이지 않나 하고요. 그래서 집으로 돌아와서 부모님께 이 시가 좋았다고 했더니 '그렇게 좋니?' 하시더라고요, 하하. 감동받았단 것과는 조금 다르고 '이런 심정인 건가?'라며 답을 맞춰보는 기분이었네요.

자식 입장에서 뭔가 짐작할 만한 일이 있었나요?

아이들은 절대적으로 부모를 사랑하지만 세상의 모든 부모들이 아이를 좋아한다고 생각하지는 않습니다. 다만 저의 부모님은 어릴 때 별다른 일이 없어도 자주 제 머리를 쓰다듬어주셨습니다. 예를 들면 거실에서 다른 방으로 이동할 때, 드라마를 보다가 광고가 나올 때, 그냥 틈나면 쓰다듬는다는 느낌? 뭔가를 노력한 것에 대한 보상으로 부모님께 칭찬받은 기억은 없지만 평소에 늘 예뻐해주신 게 느껴져서 애정이란 그런 거구나 싶었습니다. 그래서 그때도 저는 아직 아이였지만 언젠가 부모라는 존재가 되어보고 싶었어요. 아이를 갖고 싶은 것과는 조금 다른데, 부모라는 존재의 입장과 부모됨의 감각을 느껴보고 싶었습니다. 어떤 느낌일까 궁금해서요.

『사랑해야 하는 딸들』

자식으로서 부모가 궁금하다기보다 부모라는 존재 그 자체에 대한 관심이 있었다는 말씀이시군요.

그렇습니다. 기본적으로는 방관자의 태도로 엿본다는 느낌처럼요. 제 부모님을 볼 때도 옆에서 관찰하는 느낌이었는데 자식인 당사자로서 뭐가 떠오르고 그런 건 없었어요. 만화 캐릭터랑 연애하고 싶은 여성들이랑 같은 관점은 아니었다는 거죠.

천장이나 기둥이 되기를 바라는 2차 창작 팬의 마음 같은 느낌이군요.

딱 그거예요. 지하철 안에서 아이의 옷을 고쳐주는 어머니의 모습을 보는 게 너무 좋아요. 정말 대박. 진짜 감정이 확 끓어요, 하하. 그런 걸 보게 되면 엄청 기분이 좋아집니다. 제가 부모가 되면 저런 걸 해주고 싶다는 기분과는 달라요. 왜냐하면 저는 그냥 천장이나 기둥이니까요. 그냥 그런 모습을 보는 게 좋을 뿐이란 겁니다.

어느 잡지도 내 자리가 아닌 것 같은 불안함

첫 화는 생각만큼 코믹하지 않았다고 하셨는데 그후로는 순조로웠나요?

아니요, 여전히 전체적인 이야기를 다 조망하지 못하는 상태였습니다. 다만 이야기의 축은 정해져서 그 부분은 흔들림이 없었고, 그때그때 생각나는 것을 매회 그렸던 것 같습니다.『어제 뭐 먹었어?』도 그렇지만 저는 현대물을 그리면 내용이 신변잡기에 가까워져요. 여태껏 인생을 살며 여러 사람들과 이야기한 내용, 생각한 것들이 그대로 표출되는 느낌입니다. 그렇지만 이 작품에선 결과적으로 그렇게 된 것일 뿐이고 의도한 것은 아니었어요. 이야기는 이리저리 굴려가며 시도해보고, 다져가는 거라고 생각했는데 전혀 그러질 못해서요.

이야기를 창작하는 일 자체에서 막힌 건 아닌 거네요.

어떤 이야기든 콘티 자체는 금방 완성하는 편이라 그 단계에서 힘들었던 기억은 없는데, 과연 이대로 괜찮을까 하고 항상 석연치 않은 기분이었어요. 처음 작업하는 잡지고 판타지 색이 강한 잡지여서 제 자리가 아닌 것 같아 영 마음이 불편했죠. 다만 그렇게 느낄 때마다 '그럼 어떤 잡지였으면 좋았을까' 하고 스스로 물어보는데, 결국 어떤 매체든 간에 분명 겉돌았을 거예요. 그전에도 비슷한 기억이 있었지만 어느 잡지에서 그려도 항상 불안했기 때문에 그냥 계속 그릴 수밖에 없었죠.

2화는 대학교의 시간 강사와 그에게 육체적 매력을 어필하는 여학생의 이야기였습니다. 강사가 첫 화에 등장하는 어머니 마리와 재혼하는 상대의 친구인데, 마리와 딸인 유키코도 등장은 하지만 모녀의 이야기라기보단 자존심과 자기 평가 같은 것들을 생각하게 만드는 내용이었습니다.

코미디인데 야한 요소가 좀 센 것 같아 걱정은 했지만, 콘티가 통과됐으니 괜찮겠지 싶었어요.

아무튼 상대에게 모든 걸 바치는, 그 여학생 같은 아이가 실제로 있긴 하지. 그런 식으로 공감하며 읽었습니다.

꼭 있죠. 그리고 그런 애쓰는 유형의 여자애들은 같은 여자에게도 좋은 사람인 경우가 많고요. 친구와 지내는 모습을 봐도 좋은 아이구나 싶죠. 하지만 그애의 남자친구 이야기를 들어보면 조금 놀랄 때가 있었어요. 그렇다고 제가 그런 만남이 나쁘다고 말할 수 있는 입장도 아니며, 애초에 본인이 그런 상대를 좋아하니까 어쩔 수 없다고 생각해요. 그렇기 때문에 조금이라도 나은 사람을 만나길 바라는 것이 옆에서 지켜보는 사람으로서 가질 수 있는 최소한의 소망이고, 그것이 2화의 결말입니다. 본인이 이대로도 괜찮다고 하면 타인 입장에선 할말 없죠. 적어도 그중에서 제일 나은 사람과 만나길 바랄 뿐.

사람을 사랑하는 것이 최고의 선?

3화는 유키코의 친구이자 할아버지 간호에 헌신적인 사야코라는 여성의 맞선 이야기입니다. 3화에 와서 갑자기 '쿵' 하고 묵직한 공을 맞은 기분이었습니다.

처음에는 아가와 사와코의 『맞선 방랑기』² 같은 이야기를 그리고 싶었습니다. 맞선을 수없이 보지만 결국 잘 안됐다. 그래도 뭐 어때. 그런 식으로 가려고 했는데 결과적으로 전혀 다른 방향으로 완성됐습니다.

이 역시 평소 생각하던 게 표출된 건가요?

그렇죠. 저보다 나이 많은 친구와 이야기한 적이 있는데 그 친구가 '세금 따박따박 내, 쓰레기 버리는 날도 잘 지켜, 엄

결혼을 할 수 없었어.

근데 나 그 사람이랑 결혼하지 않았어.

결혼한다면 이런 사람이 좋겠다고 생각했던 사람이 눈앞에 나타난 것 같았어.

네 번을 만나며 싫다고 느껴진 점은 하나도 없었어. 마음이 예쁜 사람이었어.

『사랑해야 하는 딸들』

청 똑 부러지게 살고 있다고 생각하는데 연애를 하지 않는다는 이유만으로 왜 이렇게 세상으로부터 비난받는 기분이 들어야 하는 거지?'라고 말한 적이 있습니다. 아니 진짜, 왜 그러는 거냐고요? 특히 여성 작가로서 만화를 그리다보면 연애물을 그리지 못하는 게 창작자로서 낙오자같이 보이는 분위기가 당시에는 있었습니다. 예를 들어 그리고 있는 것이 비엘이어도 '좋은 연애물을 그리는 사람은 역시 좋은 연애를 하고 있을 거란 생각이 들어요'라는 말을 순수한 칭찬이랍시고 들었습니다. 저한테 한 건 아니었지만 '누군가를 사랑한 적 없는 사람은 불쌍하다'라는 식의 말을 들을 때도 있었고요. 하지만 저는 사람을 사랑하는 것이 최고의 선이라는 생각에 회의적입니다. 왜냐면 사랑하는 사람을 잃고 감정을 이기지 못해서 상대방을 죽이거나 싸우고, 나아가서는 전쟁 같은 것도 사랑 때문에 일어나는 게 아닐까 생각하거든요.

그런 생각을 이번 기회에 표현하고 싶으셨던 건가요?

　그럴 의도는 없었습니다. 구체적으로 그리고 싶은 내용도 없었고, 무엇을 그려야 할지 멍하게 고민하던 때였기 때문에 평소에 생각하던 것이 자연스럽게 드러난 것 같아요. 늘 하던 생각이기에 당연히 제 기분과 생각에도 딱 맞아서 콘티도 술술 완성할 수 있었고요. 결과적으로는 제가 평소에 생각하지도 않은 내용을 그리는 것보다 제가 생각하고 있던 것을 그려야 이야기로서의 힘도 크다는 것을 나중에서야 느꼈습니다. 『맞선 방랑기』같이 그리려고 했던 의도는 결국 실패했지만, 평소 생각하던 걸 그려서 만족했습니다.

"사랑한다는 건 사람을 차별하는 것"이라고 느낀 사야코는 수녀의 길을 선택합니다. 어릴 때 할아버지가 "사람을 차별하면 안 돼"라고 했던 말이 그녀를 속박했다고 생각하시나요?

　그렇진 않다고 생각해요. 할아버지는 사야코의 언니에게도 같은 말을 자주 했지만 언니는 전혀 영향을 받지 않았습니다. 아마 사야코에게는 할아버지의 말에 반응하는 안테나가 있던 게 아닐까요? 어릴 때 할아버지에게 그런 말을 듣지 않았더라도 언젠가 그런 생각을 갖게 되었을 것 같아요.

완전 똑같지는 않아도 비슷한 선택을 했을지도 모른다?

맞습니다. 저는 사야코의 선택이 사회적인 자살이라고 생각합니다. 하루하루가 힘들고 괴롭다면 내 쪽에서 세상을 버리는 선택지도 있다는 걸 보여주는 거죠. 사야코는 이 세상에 절망했지만, 계속 살아가는 것을 선택했기 때문에 출가한 것입니다. 출가란 살아 있으면서도 죽은 것이니까요. 그런 시스템도 있으니 이용해보면 어떨까 하며 그렸습니다.

최근 몇 년 사이 타인에게 연애 감정이나 성적 욕구를 느끼지 못하는 섹슈얼리티에 대한 이해도가 어느 정도 높아지기는 했지만 이 작품이 발표된 당시만 해도 그런 인식이 많지 않았던 것 같아요.

결혼하지 않는 사람, 연애하지 않는 사람도 늘고 반드시 짝을 만나야 한다는 압박도 이전보다 꽤 줄었다고 생각합니다. 출가의 길을 선택하지 않아도 괜찮은 세상이 되었어요. 경제적으로만 보면 혼자서 살아가는 게 힘들 수도 있지만 정신적으로는 편하지 않을까 싶습니다. 연애물이 아닌 만화도 엄청 많이 늘어났죠. 좀더 보편적이면서, 목적 없이 먹고살려고 회사에 다니는 여성의 이야기도 지금은 많이 있는 것 같아요.

이전에 비하면 독신 여성이 친구와 셰어하우스 생활을 하거나 독신생활을 즐기는 모습이 자주 등장하게 되었습니다.

어릴 때 영국이 무대인 드라마나 영화를 보고 항상 '영국에는 저런 올드미스들이 있어서 좋겠다'고 생각했습니다. 유럽 중에서도 영국을 무대로 한 작품에서만 가끔 등장했는데, 대부분 그런 사람들은 나이를 먹어도 즐겁고 행복해 보였어요, 하하. 물론 돈이 없으면 생활을 유지할 수 없고 현실에는 다양한 편견이 있었을 테지만요. 그렇지만 나이를 먹고 결혼하지 않아도 즐겁게 살 수 있다는 것을 보여주는 작품이 일본에도 많아지길 바랐기 때문에 결혼하지 않는 삶이 소재로 다뤄지는 것에 감사한 마음을 갖고 있습니다.

이걸 과연 엔터테인먼트 만화라고 할 수 있을까?

4화에서는 유키코가 일상생활 중에 남편에 대해 어떤 모순을 느낍니다. 그 일을 계기로 유키코와 두 친구의 학창 시절 추억 이야기가 시작되고, 두 친구 사이에 일어난 사건이 간헐적으로 그려집니다. 지금까지 들었던 이야기가 곳곳에 흩뿌려진 것 같은 인상이 특히 강한 화였습니다.

『사랑해야 하는 딸들』에서는 정말로 제가 평소에 생각하던 것들이 표출되었어요. 저는 그리고 싶은 걸 그린 거라 괜찮지만 이걸 과연 엔터테인먼트 만화라고 할 수 있을까. 그러면서도 불안하긴 했습니다. 독자 입장에서 이 작품을 보고 뭔가 느낀 바가 있다면 그건 이야기로서의 재미보다 '아, 맞아' '나도 똑같이 생각한 적 있어' 같은 공감일 것 같았습니다. 애초에 그렇게 느끼는 독자들의 수가 한 작품이 상품으로서 성립될 만큼 있을지에 대한 불안은 어느 이야기를 그릴 때든 늘 존재했습니다. 4화도 제가 중학생 시절에 뭐든 터놓고 말할 수 있던 친구와 실제로 이야기한 내용을 바탕으로 그린 것입니다. 평생 일하고 싶어했지만 그러지 못한 친구도 있었고, 유키코가 보낸 엽서도 실제로 비슷한 서신을 친구로부터 받은 적이 있습니다. 그때 너무 행복해서 수명이 3년은 길어진 것 같았어요. 그만큼 기쁜 엽서였습니다. 그걸 이야기로 그렸지만 그런 것에 공감해줄 사람이 얼마나 있을지는 모르는 일이고, 어린 시절 평생 일을 하며 살고 싶다고 생각했지만 사람들에겐 말 못 했던 이야기를 냅다 만화로 파바박 그려버렸다 싶은 것도 있어서 4화는 특히 불안했습니다. 그때 담당자가 '이 만화를 읽으면 내일도 힘내서 회사에 가야겠다는 생각이 들어요'라는 말을 해주셨어요. 남자분이셨고 그전까지 말과 행동에서 저와 어떤 공통분모도 느끼지 못했는데 말이죠, 하하. 그런 사람에게도 의미가 전달된다면 제가 생각하는 것보다 조금은 더 보편성 있는 이야기일 수도 있겠다 싶었습니다.

있는 그대로를 그리고 싶었다

최종 화에서는 유키코의 할머니, 그리고 유키코의 '모녀' 이야기가 다시 등장합니다.

최종 화는 처음에 완성했던 콘티에서 절반 정도를 수정했는데, 오히려 담당자가 단호하게 반대하는 피드백을 주셔서 기뻤습니다. 그전까지는 잡지와 성향이 다른 이야기도 별문제 없이 통과됐기 때문에 '혹시 담당자가 제대로 안 읽는 게 아닐까?'라는 생각이 들 정도로 새로운 담당자를 완전히 믿지 못하는 상태였었거든요. 그랬는데 저도 제대로 마무리하지 못하고 갈팡질팡하는 기분으로 제출한 콘티에 대해서 곧바로 '본인은 어떻게 생각하세요?'라고 물어봐주신 거예요. 테마를 하나로 좁히는 게 좋을 것 같다고 하셔서 엄마와 딸, 할머니를 하나의 축으로 다시 세우는 것을 제안한 후 수정했습니다. 데뷔 이래 절반 가까이 수정할 정도로 콘티에 반대표를 받은 것은 처음 있는 일이었고, 심지어 저조차 위험하다고 생각한 부분을 정확하게 지적해주셔서 지금까지 제대로 읽어주셨다는 것에 새삼 안도했습니다. 대대적으로 수정해달라고 요청하는 게 귀찮아서 그냥 통과시키는 사람도 있을 수 있는데 OK를 주지 않아서 오히려 신뢰가 강해졌다고나 할까요. 감사했습니다. 그래서 다시 한번 심기일전하여 엄마와 딸 그리고 할머니를 중심으로 이야기를 완성했습니다.

이 화에서는 "엄마라는 존재를 요약하자면 한 명의 불완전한 여자를 의미한다"라는 유키코의 독백이 나오는데 이건 작품 전체를 관통하는 테마로 생각하신 건가요? 아니면 그리는 과정에서 내용

이 그런 방향으로 굳어진 걸까요?

잡지에 실을 때는 사실 다른 콘티와 대사였는데 단행본으로 묶기 전에 수정했습니다. 아마 맘에 들지 않았던 거겠죠. 좀더 확 와닿는 말로 바꾸고 싶었던 것 같습니다. 예를 들어 이 독백이나 『오오쿠』의 에몬노스케의 "살아간다는 것은 그저 자손을 남기는 것만이 아니다"라는 대사 등, 자주 언급되는 대사들은 고민에 고민을 거듭해서 어렵게 생각해낸 말이 아닙니다. 그냥 생각지도 못하게 갑자기 떠오른 것에 가까워요. 그리고 단언하는 어조로 하는 말이라면 하나라도 예외가 있어서는 안 된다고 생각하는데, 이 독백의 말만큼은 딱 잘라 단언할 수 있다는 마음이었던 것 같습니다. 완전한 사람은 세계 어디에도 없으니까, 이 '엄마'에 대한 정의에는 단 한 명의 예외도 있지 않다고 생각한 거죠.

엄마와 딸의 관계성 외에 이 에피소드에서 등장하는 외모에 대한 이야기도 보편성이 있는, 특히 여성들의 공감을 불러일으키는 이야기입니다. 작중 인물처럼 부모나 주변 사람들이 아무 생각 없이 한 말에 속박된 적 있는 사람들이 많을 거라 생각했습니다.

피부가 까무잡잡하다, 다리가 굵다, 여드름이 심하다 등등 부모 입장에서는 대수롭지 않은 '감상'일 수도 있죠. 자신과 닮은 부분이라 더 쉽게 말할 수도 있고요. 가치관의 차이라면 반박할 수 있겠지만 그런 평가에는 반론의 여지도 없습니다.

그래서 나중에
내 아이가 태어나면
그 아이의 외모에 대해
함부로 말해서
상처 주거나 하는 일은
절대 하지 않을 거라고
맹세했단다.

『사랑해야 하는 딸들』

저희 어머니는 할머니에게 외모 이야기를 하도 들으며 자라서 당신의 자식에게는 절대 그러지 않겠다고 다짐하셨다는데, 실제로 저는 부모님께 외모에 대한 말을 들은 적이 없습니다. 하지만 주변을 보면 다리가 그렇게 굵지도 않은데 부모님의 지적이 신경쓰여서 항상 다리를 가리는 아이, 피부가 검다고 신경쓰는 아이, 부모에게 자매와 비교를 당해서 자신감을 갖지 못하는 아이도 있었기 때문에 부모가 외모에 대해 이야기할 때의 영향력은 충분히 알고 있었습니다. 저희 부모님은 저에게 그러지 않았는데 오히려 할머니가 상처될 만한 말을 하는 편이었어요. 다만 할머니가 하는 말은 이상하게 그냥한 귀로 듣고 흘릴 수 있었어요. 만약 같은 말을 어머니한테들었다면 어땠을까, 그런 생각을 하면 항상 흥미롭더라고요.

제 주변엔 부모님께 '얼굴은 안 되니까 기술을 배워라'라는 말을

들은 친구도 있었어요.

요즘 같으면 절대 할 수 없는 말을 옛날 부모님들은 꽤 아무렇지 않게 하곤 했던 것 같아요. 부모 입장에서 그냥 겸손 차리느라 하는 말이든, 미래를 걱정해서 하는 말이든, 아무 배려 없는 말을 해도 자식들은 뭐라 대꾸도 못 하고 곧이곧대로 받아들이잖아요. 특히 외모에 대한 부모의 말은 어떤 의미로는 저주입니다.

이 작품은 할머니나 완고한 성격의 어머니에 대해 옳고 그름을 판단하지 않습니다. 그건 이 이야기뿐만 아니라 3화에서 사야코가 내린 선택과 4화에서 유키코와 친구들이 선택한 길에 대해서도 마찬가지로, 독자들에게 그저 보여주기만 할 뿐입니다.

작품을 그릴 때 판단하지 않는 걸 좋아해요. 픽션이지만 다큐멘터리 같은 느낌이요. 저는 다큐멘터리처럼 상황을 뚝 떼서 제시할 뿐입니다. '부모 자식 관계란 참 좋죠'라거나 '이런 말 하는 부모 참 나쁘죠'라는 말을 하고 싶은 게 아니라 그저 그곳에 있는, 있는 그대로의 현장을 그리고 싶었습니다. 유키코의 할머니든 어머니든 과거에 이런 일이 있었다는 사실만을 그렸는데, 그건 저의 실제 경험이기도 합니다. 저의 할머니나 위 세대 어른들과 이야기를 하다가 제가 몰랐던 어떤 사정이 살짝 엿보일 때 '아, 그렇구나' 싶긴 했지만 그 이상의 감상은 들지 않았어요. 그런 식으로 사정이 드러나는 게 바람직하다고는 생각하지 않지만 어떤 일이든 인과는 있는 법이니까 그것을 있는 그대로, 이야기로 표현하고 싶었습니다. 제가 겪은 '아, 그렇구나'의 경험을 그리고 싶었달까요.

사건의 옳고 그름이나 어떠한 의견을 표명하고 싶었던 건 아니라는 거죠?

그렇습니다. 사건의 내부 구조를 보여주고 싶은 마음일지도 모르겠습니다. 그동안 몰랐던 구조를 이해하는 것만으로도 위로받는 사람 역시 있다고 생각해서요. 『사랑해야 하는 딸들』은 캐릭터의 매력으로 끌고 가는 이야기도 아니고, 결과적으로 인간관계의 구조만 보여주다가 끝나는 이야기가 되어버렸던 터라 재미 면에서는 부족한 게 아닐까 하는 불안은 결국 마지막까지 지울 수 없었지만요.

먹고사는 만화가와 먹고살지 못하는 만화가

『제라르와 쟈크』나 『서양골동양과자점』처럼 하나의 이야기를 다 그려냈다는 느낌이 있었나요?

없었어요. 독자들에게 아무런 서비스도 제공하지 못한 것 같았어요. 일부러 재미 요소를 넣지 않은 거라면 그 정도는 각오했겠지만 그런 것도 아니었고, 결과적으로 이렇게 된 것뿐이라 괜히 더 불안하고 자신감이 떨어졌습니다. 그전까지 제 작품을 좋아해주신 분들이 원하는 구종이 아니란 것 정도는 알고 있었고, 게재한 잡지의 구독자들이 기대할 만한 성향의 이야기도 아니었고, 그래서 내가 과연 어딜 향해 공을 던졌으며 그 공이 어디에 떨어질지 알 수 없어서 정말이지…… 물론 힘이 날 때도 있었습니다. 이런 만화도 그릴 수 있다는 것을 알게 된 타사 편집자가 연락을 주거나, 일과 관계없이 만난 몇몇 여성 편집자들로부터 좋은 평가를 듣기도 했습니다. 그런 말을 들을 수 있었던 것만으로도 보람을 느꼈어요. 그래도 판매에 대한 불안은 여전히 남아 있었는데, 단행본 출간 후 《다 빈치》에서 다뤄주신 게 계기가 됐는지는 몰라도 중쇄가 결정되고 나서야 겨우 안심했습니다. 상업적으로 반응이 좋아서라기보다 출판사나 담당자에게 폐를 끼치지 않아서 안도한 게 솔직히 더 컸습니다. 저는 잘 팔리는 만화가와 잘 팔리지 않는 만화가 사이엔 큰 차이가 없지만, 먹고사는 만화가와 그렇지 못한 만화가에는 큰 차이가 있다고 생각해요. 밥벌이를 못 한다는 건 다음 작업으로도 이어지지 않는다는 걸 의미하기 때문에 저에겐 큰 문제거든요. 결과적으로 출간 후 20년 가까이 지난 지금도 독자분들이 좋아해주시는 작품이어서, 새삼 그리길 잘했구나 싶어요.

『더 이상 말하지 마』

내 나름의 비엘을 알게 되다

단행본 출간 순서로 보면 『사랑해야 하는 딸들』후에 발매된 것이 『더 이상 말하지 마』인데, 발표 연도도 게재 잡지도 제각각 다른 작품들이 수록되어 있어요.

2003년부터 오타출판의 《망가 에로틱스 에프》[3]에 『사랑이 없어도 먹고 살 수 있습니다』의 연재를 시작했는데 그 인연으로 여기저기 흩어져 있던 단편에 새로운 작품을 더해서 묶어보자는 제안을 받았습니다.

그린 시기가 서로 다른 작품들을 볼 때는 어떤 점이 가장 먼저 눈에 띄나요?

잘 안 봐서 모르겠네요, 하하.

가필 수정은 하지 않으셨던 건가요?

네. 전혀 안 고쳤어요. 아무것도 보지 않고 바로 담당자에게 '여기요!' 하고 원고를 넘겼습니다. 각각 어떤 이야기였는지는 물론 기억하고 있어서 새로 추가할 작품을 구상하는 데 상관도 없었습니다.

표제작은 고등학교 동창이자 현재는 각각 의사와 작사가가 된 두 사람의 악연을 그린 작품인데, 비엘 잡지에 게재되었습니다.

이 이야기를 그릴 때는 제 나름대로 비엘이란 걸 좀 파악한 것 같아서 엄청 기뻤습니다. 그래서 시리즈화가 되어도 좋겠다고 생각했는데 이런저런 사정으로 흐지부지되었습니다. 그래서 이건 그냥 이대로 수록했어요, 하하.

너무 귀여운 이야기였습니다.

귀엽고, 해피엔드고, 후속편을 어떻게 그리더라도 해피엔드 말고는 그 어떤 결말도 상상이 안 되는 이야기이기도 해서 그리면서 정말 즐거웠습니다. 제 만화치고는 우여곡절도 꽤 있고, 인연의 엇갈림도 있어서 뭔가 비엘스럽더라고요? 하하. 그리는 동안 즐거웠던 기억밖에 없어서 새로 추가할 작품을 이 작품의 후속편으로 할까도 고민했지만, 한 편의 이야기로서 깔끔하게 마무리지었고 사이에 들어갈 단편들이 읽고 난 후 그리 산뜻한 느낌을 주는 이야기들은 아니라서 경솔하게 후속 이야기를 넣진 말자고 생각을 고쳤습니다. 결과적으로 전체를 아우르는 느낌을 주는 단편이 필요하다 느껴서 「피아니스트」를 그리게 된 것 같아요.

『더 이상 말하지 마』

젊기에 가능한 노골적 표현

불치병 때문에 집에서 나갈 수 없는 소년과 일류 인형사인 형의 이야기 「나의 영원한 연인」은 결말에 반전 요소가 있었습니다. 이건 반전을 먼저 생각하고 이야기를 구상하신 건가요?

네, 철저히 그랬습니다. 단편이기 때문에 처음부터 끝까지 어떤 느낌의 이야기인지를 회의 단계에서 전부 설명했습니다. 이런 결말은 단편이라 가능한 것도 있습니다. 어느 정도 이야기를 길게 끌다가 '이걸로 끝은 아니겠지' 싶은 지점을 노리는 거죠. 단편이 아니었다면 그릴 수 없는 이야기였습니다.

이 작품은 SF로도 묶이는데 발표된 당시(2002년)는 이미 비엘에서 SF 작품이 좀 줄어든 상황이었죠.

초기 비엘 같은 경우에는 예전 소녀만화에서 파생된 종류의 만화까지 전부 포함하고 있었습니다. 초창기에는 SF물도 나름 있었지만 비엘 장르가 점점 확립되어가면서 판매량에 따라 작품 수에 변화가 생겼다고 생각하는데, SF는 기본적으로 대중적 재미를 추구하는 어느 장르에서나 엄청 잘 팔리는 장르가 아니기 때문에 자연스럽게 작품 수가 줄어들었습니다. 「나의 영원한 연인」은 SF 소재를 다루기는 하지만 캐릭터의 외모나 세계관의 풍속적인 면은 제가 좋아하는 시대극에 가까워서 SF의 색깔은 별로 강하지 않다고 생각해요. 가와하라 유미코[4] 선생님의 『나만의 천사 관용소녀』[5]처럼 기술이 엄청나게 발전한 세계를 무대로 하지만 의상이나 배경 등에서는 그런 부분이 드러나지 않는 걸 좋아합니다. 이건 아무리 그 시절이라 해도 그렇지, 참 용케도 잡지에 실렸구나 싶습니다, 하하.

거리에서 돌연 사람들이 사라진 세계와, 그곳에서 한 청년과 과거의 상처를 가진 소년이 만나는 「동화의 나라」도 인상적이었습니다. 이건 발표 시기(1998년)로 보면 「정말 다정해」와 가까웠던 것 같네요.

두 작품을 읽고 난 후 비슷한 감상을 느끼는 게 그래서일지도 모르겠네요. 그 이후에 그린 「어느 오월」 같은 경우는 젊을 때 이런 만화 하나는 꼭 그려보자는 분명한 의지가 있었는데, 「동화의 나라」는 그런 생각조차 없이 담당자나 저나 이런 이야기가 한 편 정도는 잡지에 실려도 괜찮지 않나 하는 가벼운 마음으로 그린 것 같습니다. 지금 와서 보면 젊은 날의 치기로 봐달라는 느낌이 가득하네요, 어휴.

충격적인 결말로 이어지는 전개를 보고 나중에 『오오쿠』에서 그리셨던 것처럼 부조리를 드라마 속으로 끌어들이기 위해 SF적인 장치가 필요했던 건가 짐작했습니다.

분명 그랬을 거예요. 아직 어렸고 미숙해서 그런 부분을 노골적으로 그렸던 거 같습니다. 참을성 없이 핵심부를 빨리 드러내버렸다고 할까요? 장편을 그리면서 인내심을 배운 것 같습니다. 그런 핵심은 이야기를 다 읽은 뒤 음미하는 과정에서 보이기도 하는 터라, 오히려 이야기 안에서 대놓고 말해버리면 재미없다는 걸 깨닫게 되었어요. 그리는 사람이 간단하게 언어로 말해버리면 이야기의 의미가 사라지니까요.

작가 중에는 독자의 마음을 심란하게 하는 포인트를 의식하고 그리는 분도 있는데 그 부분에 대해서는 스스로 어떻다고 생각하시나요?

제 작품이 그 정도의 힘이 있다곤 생각하지는 않아요. 저는 독자의 마음을 어떻게 만들고 싶다기보다 독자로서 제가 읽고 싶은 것을 그리는 편에 가깝습니다. 제가 의식하는 독자가 있다면 그건 항상 저 자신인 것 같아요. 그때그때 떠오르는 걸 그린다고 하는 게 가장 적절하고, 한번 그린 이야기를 두 번 그리진 못하기 때문에 떠올랐을 때 바로 그려두는 거죠. 수많은 비엘 작품 가운데 하나이니 잡지에서는 별로 눈에 띄지 않았을 것 같아요. 「나의 영원한 연인」이나 「동화의 나라」는 시간이 좀 지났더라면 단행본에 수록하는 것도 망설였을지 모를 만큼 젊은 시절의 치기가 가득한데요. 제가 스스로 그런 부분을 깨닫기 전에 오타출판이 정리해서 출간해준 거죠, 하하.

잔혹한 에너지가 남아 있는 동안에

행운과 거리가 먼 인생을 살아온 작은 식당의 여자 사장과 그녀와 재혼한 늙은 남자 교수의 이야기 「어느 오월」은 수록작 중에서 유일하게 비엘 잡지가 아니라 소녀만화 잡지 《코믹 아이즈》[6]에 게재되었습니다.

이야기 자체는 이미 머릿속에 있었고, 젊은 때가 아니면 못 그릴 것 같았습니다. 나이를 먹으면 그리고 싶은 마음이 안 들 것 같았거든요. 그래서 편집자에게 이런 이야기를 그리고 싶다고 말씀드렸더니 흔쾌히 허락해주셔서 그릴 수 있었습

『더 이상 말하지 마』

니다. 지금 다시 생각해보면 그때 그려둬서 다행이에요. 이제 더이상 그런 식으로 그리지 못할 것 같거든요.

그런 식이라면요?

당시에는 어느 등장인물의 편도 들고 싶지 않았습니다. 방관자의 입장에서 그리고 싶었어요. 나이를 먹으니 어느 쪽이든 응원해주고 싶단 마음이 자꾸 드는데, 작가인 제가 조금 더 까칠해지지 않으면 방관자의 시선에서 그릴 수 없는 것 같아요. 제 안에 어딘가 잔혹한 에너지가 남아 있는 동안 그려 두고 싶다는 생각이 있었습니다. 잘못한 사람 하나 없는데 누구도 행복하지 않은, 제가 좋아하는 유형의 이야기이긴 하지만요.

이것 또한 『사랑해야 하는 딸들』에서 말씀하신 것처럼 일종의 다큐멘터리 느낌이 있다고 생각합니다. 등장인물의 말과 행동에 시시비비를 따지지 않고 있는 그대로를 그린다는 점에서요.

그렇습니다. 결론이 나지 않는 이야기이며, 그런 의미에서 다 읽은 뒤에 어딘가 찝찝한 여운이 남는 이야기라고 생각합니다. 범법 행위를 저지른 것도 아니고 누가 결정적으로 나쁜 건 아닌데, 조금씩은 추하고 마음대로 안 풀리는 일이 세상에 정말 많잖아요. 제가 그런 걸 읽고 싶어서 그리고 싶은 마음도 생기는 것 같아요.

재능과 구원

젊은 시절에 해외 피아노 콩쿠르에서 입상하고 일본에서 명성을 얻지만 지금은 한물간 게이 피아니스트를 그린 「피아니스트」는 어딘가 우스꽝스러운 부분이 있는 이야기입니다.

하하, 게이 아저씨가 혼자서 빙빙 도는 이야기죠. 누군가와 커플이 되는 것도 아니고 아저씨가 혼자서 망상하며 착각만

하다 끝나는 것이, 비엘스럽지도 않은데 오타출판의 분위기에는 왠지 맞을 것 같았습니다. 알고 보니 모든 것이 착각이었다, 하지만 그런 자신의 착각에 웃음이 나서 좀더 살아보려고 하는 이야기입니다. 원하는 건 얻지 못하지만 생각지도 못한 선물 같은 것이 엉뚱한 곳에서 굴러들어오죠. 비엘 잡지면 회의 단계에서도 제안하기 힘든 이야기인데 단행본용 만화로서나마 그릴 수 있어서 다행이었습니다.

재능에 대해서도 그리셨죠.

만화가 자체가 자신의 능력과 끊임없이 마주해야 하는 직업이라, 만화가 중에 재능에 대해 생각해보지 않은 사람은 한 명도 없을 거라 생각합니다.

「피아니스트」의 주인공은 재능이 아예 없는 건 아니지만 그가 원하는 재능이 없을 뿐이었죠. 그것을 자신의 연습과 노력 부족이라고 믿고 있습니다.

'사실은 죽을힘을 다해 노력했습니다'라는 식의 반전이 있는 이야기라고 할까요? 그런 이야기도 그리고 싶었습니다. 이것도 장르를 구분하기가 어렵고, 주인공은 낡디낡은 아저씨인데다가 단편이었는데 그릴 기회가 주어져서 다행입니다.

주인공은 자신의 힘으로 제대로 돈을 벌고 있지만 그것이 그가 체

그렇지만 나는
TV 광고에 나오거나
엉터리 팝 가수에게
곡을 만들어줄 때도
하루하루의 연습시간은
조금도 줄이지 않았다.
아니, 정말 단 1초도
줄이지 않았다.

20살 애송이가
해외 콩쿠르에서
갑자기 입상했다.
여기저기서 비행기 태워주니
뭐라도 된 것 같고 그랬지.

「피아니스트」

감할 수 있는 행복으로는 연결되지 않는 것 같습니다.

변주곡 같기도 한데 『서양골동양과자점』과 통하는 부분이 있다고 생각합니다. 둘 다 자신이 가장 하고 싶었던 일을 하지 못하거나, 되고 싶었던 것이 되지 못한 사람들의 이야기니까요. 에이지는 망막 박리라는 분명한 원인이 있지만 오노는 의욕은 없는데 재능은 있는, 어딘가 판타지스러운 인간입니다. 「피아니스트」는 좀더 차가운 현실을 그린 이야기로, 재능에 대해 더 깊이 고민하게 됐어요. 하지만 결론은 역시 이런 인생도 그렇게 나쁘지만은 않다는 거죠. 뜻밖의 구원을 그린 이야기를 좋아하기도 해서, 노력이 보상받는 게 아니라 엉뚱한 행운에 의해 구원받는 이야기를 그리게 되었습니다. 제 취향이 반영됐다는 겁니다. 그래서 이 작품도 그리는 동안 즐거웠습니다.

연작만의 쾌감

또 기회가 된다면 단편을 그리고 싶으신가요?

만화는 어느 정도 분량이 없으면 대화의 소재가 되기 어렵습니다. 그런 의미에서 단편은 저만의 이야기라고 생각합니다. 독자로서도 단편은 좋아하고, 앞으로도 기회가 된다면 그리고 싶긴 합니다. 다만 연작 단편 같은 형식으로 그려서 하나의 작품으로 묶는 것이 제가 하고 싶은 방법에 가장 부합한 것 같아요. 축적된 단편을 통독했을 때 어떤 흐름이 느껴지는 작품이나, 『사랑해야 하는 딸들』처럼 각 에피소드를 독립된 작품으로 읽을 수 있으면서도 한 권 안에서 캐릭터들이 조금씩 스핀오프처럼 다뤄지는 작품처럼요. 모두 동일한 세계를 배경으로 하는데 마지막에 하나의 이야기로 결합되는 흐름이 있을 때 읽는 쾌감이 있고, 그것을 긴 텀으로 그리면 『오오쿠』 같은 이야기가 됩니다.

『플라워 오브 라이프』도 연작 단편 같은 형식이죠.

맞아요. 이야기로 만들기 쉽기 때문일까요. 『플라워 오브 라이프』는 형식으로 보면 미국 드라마에 가깝다고 할 수 있는데, 다수의 메인 캐릭터가 있고 연재 과정에서 대여섯 개의 이야기가 조금씩 전개되는 식입니다. 그런 스타일도 좋아합니다. 다만 동일한 세계 안에서 이야기들을 연결하는 크로스오버를 제 작품에서 시도하는 것에는 흥미가 없어요. 각각의 이야기를 같은 세계로 연결한다는 게 어딘가 자유롭지 못한 기분이 들거든요.

『플라워 오브 라이프』

사소한 기억에 의존한 고교물

30살이 넘은 캐릭터에 끌린다는 말씀을 듣고 나니 고등학교를 무대로 10대 아이들이 등장하는 『플라워 오브 라이프』는 꽤나 이색적으로 느껴집니다.

희귀한 고교물이죠, 하하. 『서양골동양과자점』이 끝난 후 담당자에게 문득 《윙즈》의 독자 연령층을 물어보니 10대 중반이라고 하셔서 엄청 충격받은 적이 있습니다. 제가 읽던 시절의 《윙즈》와 비슷할 거라고 생각했거든요. 어린 독자들을 대상으로 30살 넘는 아저씨들이 나오는 이야기를 그렇게 오랫동안 그려왔던 건가… 반성했습니다. 담당자도 차기작은 등장인물 연령을 좀 낮추는 게 어떻겠냐고 제안하셨는데, 그 전까지 제가 그리고 싶은 대로 그리게 해주신 은혜도 있어서 다음엔 고교물을 그리겠다고 약속드렸죠. 그때만 해도 아직 조금이나마 고등학생 시절의 기억이 남아 있었기 때문에 어떻게든 그릴 수 있을 것 같았어요. 지금은 무리지만요.

기억이 조금이라도 남아 있는 동안에 학창 시절 이야기를 그려두

고 싶은 마음이셨나요?

　의외로 열심히 공부하는 모습도 그려보고 싶었어요. 연애물에선 문화제 같은 교내 이벤트나 여름방학, 크리스마스, 새해 첫 참배, 밸런타인데이만 그려도 어느새 이야기가 끝나버리죠, 하하. 그런 거 말고도 동아리 활동이나 매일 듣는 수업처럼 학교생활에는 다양한 요소가 있지 않나요? 그 기억이 아직 조금이라도 선명하게 남아 있는 동안 그리고 싶었습니다.

주인공 하루타로는 골수 이식으로 백혈병을 치료하기 위해 1년 1개월 늦게 고등학교에 입학합니다. 백혈병이라는 설정에는 뭔가 계기가 있었나요?

　옛날 소녀만화에는 백혈병이 단골 소재였는데 최근에는 잘 안 나오기도 하고, 뻔한 설정에도 유행이 있다는 이야기를 어시스턴트와 한 적이 있어서요. 옛날에는 어째서 단골 소재였는가 하면, 그 시절엔 백혈병이 불치병이었거든요. 어시스턴트와 이야기하던 당시에는 더이상 불치병이 아니었고, 조금 더 찾아보니 골수 이식을 하지 않고 약물만으로 완치되는 사람도 있었습니다. 의료 기술의 진보를 알고 나니 그리고 싶어졌죠. 이제 알았으니 자, 그려보자 하는 마음이 들었다고나 할까, 하하.

처음부터 누나를 비롯해 하루타로의 가족이 등장합니다. 가족 에

피소드는 역시 자연스럽게 그리게 된 건가요?

깊이 고민하고 그린 건 아니었습니다. 이야기를 구상할 때 마침 TV에서 병아리 감별사에 대한 방송이 나오고 있었고, 은둔형 외톨이도 생각보다 가까운 곳에 있었기 때문에 자연스럽게 보고 들은 것을 바탕으로 그리게 되었습니다. 이야기의 결말은 어차피 정해져 있었고 하루타로 누나의 입에서 병에 대한 정보가 새어 나오는 것은 확정 사안이었는데, 그 정보가 새어 나오는 흐름과 관련해서 하루타로와 누나의 관계성을 고민해야 했습니다.

누나가 왜 침묵했고, 왜 말했는가에 관해서군요.

남매 사이가 나쁜 건 아니지만 누나 입장에서도 서운한 게 전혀 없는 건 아닐 거라고 생각했습니다. 만화에선 딱히 묘사하진 않았는데, 남동생의 병이 판명됐을 때 누나는 이미 서운하다고 솔직하게 말할 수 있을 만큼 어린애의 입장이 아니었다는 게 맘 아픈 부분이었어요. 하루타로가 투병하던 중엔 누나도 일이 힘들었지만 불만을 말할 수 있는 상황이 아니었을 거예요. 가족 사이도 좋았고 그전까진 누나도 부모의 관심과 케어를 받았을 텐데 하루타로의 병으로 인해 온 가족이 갑자기 고단해집니다. 그후 누나가 힘들다며 일을 그만두려고 할 때, 하루타로의 병간호라는 명목도 있고 누나에게 부담이 가던 것도 있어서 다른 가족들은 그 상황을 받아들이고 맙니다.

누나가 결혼하기 전까지 누나만큼은 내가 책임질게.

나 고등학교 졸업하면 취직할 생각이야.

내가 아픈 동안에 내 간호랑 가족 일을 전부 책임져준 건 누나잖아.

천천히 해, 누나.

『플라워 오브 라이프』

그래서 누나는 그대로 집에 틀어박히게 되는데, 그런 사정을 그리지 않는 것까지 처음부터 염두에 두고 있어야 했던 거죠.

하루타로의 가족뿐만 아니라 같은 반 친구인 쇼타의 가족, 취미로 만화를 그리는 타케다와 그 어머니 등, 반 친구들과 그 부모에 관한 장면들 역시 자주 등장합니다.

　다양한 가족의 모습을 그려보고 싶었어요. 13화에서 반 친구들이 크리스마스 파티를 준비하는 장면에서 가족들이 등장하는데, 미숙한 청소년들과 가족의 관계성을 그릴 수 있어서 재미있었습니다.

'이런 사람, 꼭 있지' 싶은 캐릭터들

이 작품에는 하루타로와 깊이 관련된 쇼타 외에도 타케다나 고고한 오타쿠 마지마를 비롯해 개성 강한 조연들이 대거 등장합니다. 캐릭터들은 순조롭게 완성됐나요?

그런 편이었어요. '이런 사람, 있었지' 하는 식으로 완성된 캐릭터가 많습니다. 마지마 같은 친구도 실제로 제 주변에 있었고요. 그래서 학창 시절의 신변잡기까지는 아니지만 캐릭터나 에피소드를 깊이 고심해서 창작했다기보다는 이런 사람 꼭 있었지, 이런 일 꼭 있었지 하고 떠올리며 그것들을 각색해서 그렸습니다.

개인적으로는 걱정 많은 지휘관 타입의 츠지를 응원했습니다.

그 아이는 주변 어른들보다 더 어른 같죠, 하하. 주변 사람들을 제대로 살필 줄 아는 성격이니까 상황을 통솔할 수도 있는 거예요.

좀 덜렁대는 사카이와 똑 부러지고 독서를 좋아하는 야마네도 좋았습니다. 사카이에게 포커스를 맞춘 11화는 자기 일처럼 여기며 안타깝게 생각한 독자들도 많았을 거 같고요.

야마네의 이야기를 그리기로 마음먹었을 때, 야마네를 엄청 좋아하는 아이의 시선에서 본 야마네를 그리고 싶었습니

『플라워 오브 라이프』

다. 그리고 사카이의 단점은 거의 고등학생 시절 제 모습이랑
다를 게 없어서 그리기 쉬웠습니다, 하하! 저도 사카이처럼
물건을 더럽게 쓰는 타입이라 깨끗이 쓰려고 다짐해봤자 잘
안 되더라고요. 지우개도 쓸 부분을 정해서 그 부분만 쓰려고
해봤자 어느새 다른 부분까지 둥글게 마모되고 더러워져 있
고는 했답니다.

**반 친구들은 어떤 캐릭터든 존재감이 있으면서도 귀여운 구석도
있는 것 같습니다.**

캐릭터가 꽤 많아져서 다 그릴 수 있을지 불안했는데 어떻게든 그리긴 했네요. 그보다 책상이나 학교 비품 등 등장인물과 관계없는 요소들을 그리는 게 귀찮았습니다. 그래서 처음부터 사복 학교가 아닌 교복 학교를 그리기로 정했죠, 하하.

창작자만의 일과 성장

처음부터 결말은 정해져 있었다고 하셨는데 전체적인 구성과 에피소드 배분 등도 사전에 정해져 있었나요?

네. 제목의 의미가 밝혀지는 장면도 어디에 넣을지 이미 정해진 상태였고 한 권에 대충 한 학기 분량을 그릴 예정이었는데, 지금까지의 경험상 예정보다 항상 분량이 많아졌기 때문에 4권 정도가 될 것으로 처음부터 가늠하고 있었습니다. 결과적으로 『서양골동양과자점』 때처럼 특정 대목에서 전개가 지지부진해지는 걸 반성할 일도 없었어요. 학교생활이란 게 의외로 스케줄이 정해져 있는데다가 연애 이야기가 없었던 터라 많은 페이지를 소모하지 않고 학교생활을 그릴 수 있었습니다.

어쨌든 하루타로의 담임인 시게루 선생의 연애가 나오긴 하죠. 같은 학교 수학 교사와의 불륜. 그리고 마지마와의 사건.

불륜도 나쁘지만 마지마와의 일은 지금 같으면 범죄죠.

『솔페주』도 마찬가지지만 절대 안 될 일. 정말 죄송합니다. 연상의 여성과 관계를 갖는 게 큰 횡재처럼 여겨질 수도 있지만 남자아이들이라고 해서 그런 일을 당하고 아무렇지 않은 건 아니니까요. 마지마도 마음의 상처를 입고 인간 불신에 빠졌습니다.

문화제 뒤풀이 때도 '주스'로 건배하는 장면이 나오는데요? 하하.
　그것도 안 돼요. 다만 실제로 있었던 일을 역사로 새겨둔다는 기분으로 그린 겁니다. 실제로 그런 분위기였으니까요.

정말 해서는 안 되는 일이지만, 교사도 '너무 마시진 마라' 하는 정도로 눈감아주기도 했죠.
　그래도 이젠 절대 안 돼요. 면목없습니다.

하루타로는 쇼타가 있는 만화연구부에 들어갑니다. 쇼타가 스토리를, 하루타로가 작화를 담당하기로 하고 같이 힘을 합쳐 창작을 시작합니다. 그 과정에서 창작의 즐거움과 고통 등을 경험하게 되는데 둘의 학교생활에 '만화 창작'을 끌어들인 이유가 있었나요?
　평범한 동아리 활동을 그리다가 좀더 깊은 지점까지 그리고 싶어진 게 아닐까 싶어요. 둘이 프로를 지망하게 되는 것도 딱히 깊이 생각한 건 아니었고, 도중에 프로를 지망하는 것도 나쁘지 않을 것 같았습니다.

계속 혼자 취미로만 그리던 타케다는 창작에 대해 둘과는 다른 견해를 갖고 있죠.

그것도 갑자기 그리고 싶어져서 그린 부분입니다. 하루타로와 쇼타가 작품을 두고 충돌할 때, 타케다가 무언가를 창작하는 인간이라면 직업적으로 양보할 수 없는 부분이 있기 때문에 본인은 혼자 그린다고 하는 독백이 등장하는데요. 저 역시 누군가와 힘을 합치거나 동아리를 꾸리지 않고 계속 혼자서 그린 것은 타케다와 비슷한 생각을 갖고 있어서 그랬답니다. 또 "천재가 되고 싶은 게 아니라 만화가가 되고 싶은 거야!"라고 하는 쇼타의 대사 역시 제가 항상 생각하는 바가 반영된 거고요.

하루타로와 쇼타가 만화를 가지고 잡지의 편집부를 방문했을 때 카리스마 편집자 타카야마가 등장합니다. 그 만남을 계기로 하루타로와 쇼타의 만화가에 대한 꿈이 구체화되죠.

하하, 개인적으로 그런 편집자가 절 담당하는 건 사양하고 싶은데요. 만화가와 편집자에도 궁합이란 게 있어서 저는 그런 편집자와 안 맞을 것 같지만 반대로 그런 편집자를 만나서 다행이었다며, 덕분에 성장할 수 있어서 고맙다고 말하는 만화가들도 알고 있어요. 어디까지나 정말 궁합의 문제라고 할 수 있겠어요.

나는 천재가 되고 싶은 게 아니야. 만화가가 되고 싶은 거라고!

남은 9년 동안에도 만화가가 되는 사람은 얼마든지 있을 거고 우리가 그들이 되면 되는 거야.

10년에 한 번 나올까 말까 한 천재가 아니어도 괜찮잖아!

『플라워 오브 라이프』

이야기 전체를 다시 한번 돌아보면 일상적인 학교생활 에피소드 외에 하루타로와 쇼타가 만화를 그리는 장면이 비중 있게 나옵니다. 편집자와의 만남 이후로 그것이 더 빈번하게 등장한다는 인상이고요. 이야기 후반에 걸쳐 창작과 관련된 에피소드를 늘린 의도는 무엇이었나요?

한 권당 한 학기를 그리기로 예정했는데 분량이 늘어나서 결국 전4권이 된 것도 그 비중이 커져서 그런 것 같아요. 편집자와 만나면서 둘이 프로 만화가를 목표로 하게 된 것은, 우선 하루타로와 쇼타가 함께 계속해보려고 하는 모습을 그리고 싶었고요. 또 하루타로라면 성격상 자신이 만화가가 되어서 집에 있는 누나를 부양해야겠다고 생각할 것 같았어요. 그리고 이건 결과적으로 깨달은 사실인데, 변화를 그리고픈 마음이 가장 크지 않았을까 싶습니다. 1학년 때는 눈에 띄지도 않고, 상대와 다른 의견을 말하는 것도 싫어서 주저했던 쇼타가 "천재가 되고 싶은 게 아니야"라고 자신의 의견을 말할 수 있게 되죠. 그런 부분에서 쇼타의 성장을 느낄 수 있습니다. 역시 인간은 일과 관련된 상황에서 성장하는 모습이 더욱 분명히 드러나는 것 같아서 그런 모습을 그리고 싶었습니다.

쇼타는 물론이고 병의 재발 가능성이 남아 있는 현재 상황을 받아들이는 하루타로, 실연의 상처를 안고 살아가는 마지마 등 아이들 모두 나름대로 분명히 성장한 것 같습니다. 문제를 명확하게 해결한 건 아니지만 '흑'과 '백'이 아닌 선택지도 있다는 걸 새롭게 깨닫고 앞으로 나아가는 모습에서 성장과 청춘을 느꼈습니다.

그렇군요. 제가 그런 것을 성장이라고 생각하고 있는지도 모르죠. 아이들에게는 발전 가능성이 있다는 것을 그리고 싶었는지도 모르고요. 아이들은 오직 성장만 한다는 것을 보여주면서 어른들의 못난 점과 대비시키고 싶었습니다. 시게나 불륜 상대인 코야나기 선생이나, 거기 등장하는 어른들은 모두 글러먹은 인간들이잖아요.

교활한 면이 있죠.

맞아, 교활해요. 하지만 코야나기 선생도 그 덕에 세상을 평범하게 살아갈 수 있고, 수학 선생으로서는 나무랄 데 없는 인간입니다. 그런 사람은 어디에나 있는 법이잖아요? 뭐라 비난할 말도 없고 그저 '이런 인간이 있습니다'라고 보여줄 뿐입니다. 하루타로의 부모도 아이들을 제대로 보려고 하지 않는 점에서 사실은 나쁜 사람들이죠. 어머니는 지켜보는 것이 괴로워서 일을 핑계 삼아 떠났고, 과잉보호하는 아버지는 하루타로와 친구가 어떤 관계인지도 잘 모르면서 아들의 친구니까 괜찮다며 말하지 않아도 될 것까지 전부 말해버립니다. 즉, 어른이라고 꼭 제대로 된 인간이 아니라는 것을 그리고 싶었습니다. 그저 나이를 먹은 인간일 뿐, 어른이라고 모두 훌륭한 인간이 아니라는 것. 그리고 아이들은 어른들이 생각하는 것보다 훨씬 다양한 생각을 할 때가 있다는 것도 그리고 싶었습니다. 경험이 부족할 뿐이지 아이들도 생각한다는 것을요.

문제는 쉽게 해결되지 않는다

예전에 인터뷰에서 사람들이 『플라워 오브 라이프』를 엄청 행복한 시절을 그린 것으로 여기길래 깜짝 놀랐다고 말씀하셨습니다.

'이렇게 힘든데 무슨?!'이라며 놀랐죠. 다만 어른이 되면 '그런 일로 고민했구나' 혹은 '이런 일도 있었지' 하고 평온하게 회상할 수 있게 된다는 건 이해합니다. 저도 만화로는 얼마든지 그릴 수 있습니다. 하지만 당사자가 되어 돌이켜봤을 때 학창 시절은 너무너무 힘들었습니다. 괴로운 기억이 더 많아요. 시간이 지나면 별거 아닌 일이라고 말해줘도 그때는 뭘 모르는 소리 한다고 생각하잖아요, 하하. 지금 힘들어 죽겠다는 건데.

학교만이 세상의 전부가 아니라고 해도 학생 때는 학교가 세상의 중심이니까요.

그렇죠. 어른으로서 그런 말을 해주고 싶다면 아이에게 학교 밖의 세상을 실제로 보여주거나, 그런 환경을 만들어주는 역할을 해야 하지 않나요? 학교만이 세상의 전부가 아니라는 것을 열심히 보여주지 않으면 아이에겐 집과 학교만이 전부가 되고 마니까요. 작은 일처럼 보여도 본인들에게는 큰 문제인 일이 얼마든지 있을 겁니다. 누군가와 부딪혔는데 상대방이 사과를 하지 않았다, 아침 인사를 건넸는데 무시당했다. 상대방은 악의 없이 한 행동이지만 하루종일 신경쓰이기도 하죠. 이 만화를 읽고 등장인물이 사소한 일에 지나치게 예민하게 반응한다고 생각하는 사람도 있을 수 있지만 실제 학창 시절엔 그 정도로 예민했습니다. 유원지 장면처럼 셋이서 다닐 때 2대 1로 나누어지면 어떻게 해야 할까 같은 것도요.

작품 안에는 그런 사소한 고민을 비롯해 연애와 미래, 다이어트나 인간관계 등 다양한 고민거리가 등장하는데 어느 것도 완벽하게 해결되는 문제가 아니라는 점에서 역시 다큐멘터리 같단 느낌을 받았습니다.

별로 의도한 건 아니에요. 그치만 술술 해결될 리가 없죠,

하하. 그래서 각각의 고민은 해당 에피소드에서 끝내고 그 이상으로 더 그릴 생각은 없었습니다.

실제 경험을 바탕으로 한 문화제 에피소드

어디까지 실제 경험이 반영된 것인지 궁금해지는 것이 문화제 에피소드였습니다. 연극으로 분위기가 고조되는 건 실제 고등학생 시절의 문화제가 그랬나요?

하하, 네. 3학년은 거의 전 학급이 연극에 참여했습니다. 카페나 귀신의 집도 맘먹으면 할 수는 있었지만, 대대로 선배들이 연극하는 모습을 봐서 그런지 3학년이 되면 자연스럽게 거의 모든 학급이 연극을 하고 싶어했습니다. 연극부가 없던 것도 영향이 컸을 것 같은데, 남자들도 연극을 하면 남들 앞에서 뭔가를 하는 부끄러움 같은 게 사라지잖아요? 풀 메이크업을 하고 활약하는 남자 선배들의 모습을 보고 후배 남학생들도 그럼 나도 할 수 있겠다 싶었겠죠.

그럼 주로 어떤 작품을 공연하셨나요?

버블 호황기였던 당시에 오페라가 유행해서 저희 반은 『아이다』를 했습니다. 여학생이 많은 문과 학급에서는 『유리가면』 속 극중극인 「두 사람의 왕녀」를, 남학생이 많은 반은 『삼국지』의 「여포전」 같은 걸 한다든가. 제가 다닌 고등학교는

『플라워 오브 라이프』

유구하게 문화제와 체육대회에 3학년 학생들의 열의가 엄청 났습니다.

작중에 그리신 것처럼 3학년과 1학년이 서로 견제하는 일도 있었 나요?

아니요, 그건 픽션입니다. 실제로는 3학년만 연극을 했기 때문에 그런 일은 없었습니다.

픽션 얘기가 나왔으니 하는 말이지만, 하루타로 반에서 올린 연극 의 원작인 타케다의 만화 「봄의 잔설」과 타케다의 다른 작품들도 읽어보고 싶다고 생각한 독자들이 많을 것 같습니다. 사카이와 야 마네가 나누는 대화 중에 등장하는 사만다 헤일리의 소설도 흥미 로워 보이고요. 사카이가 영어 수업에서 번역한 사만다 헤일리의 「여행의 끝」이라는 소설도 읽어보고 싶었습니다.

가공의 작가입니다만 「여행의 끝」은 분명 엄청 대단한 소설일 거라고 상상하며 그렸어요, 하하. 그런 작업도 즐거웠습니다. 저의 학창 시절은 힘든 기억뿐이지만 이 이야기를 그리는 동안은 즐거웠습니다. 어차피 결말도 정해져 있고, 제 안에서 '이 작품은 이런 이야기입니다'라는 각오가 딱 서 있던 영향도 있었을 겁니다. 괜한 근심이 없었다고 해야 할까요? 이런 결말로 이야기가 끝나지 않을 거라 생각하는 독자도 분명 있을 것 같았지만, '그렇게 생각하셨으나 이런 결말이랍니다'라고 단언할 각오가 되어 있었습니다.

의도치 않은 구원

하루타로가 마지마 앞에서 통곡하는 장면도 처음부터 정해져 있었나요?

이야기를 그 지점까지 연결하고 싶은 마음은 있었습니다. 처음부터 마지마를 그런 식으로 그 자리에 있게 할 의도는 아니었지만요.

마지마가 어쩌다 그곳에 있게 되었는지, 그에 대한 에피소드가 처음에는 없었다는 건가요?

마지마와 시계를 짝지어준 후, 제 안의 윤리 위원회가 일을 시작하면서 그대로 잘되게 두어서는 안 되겠다 싶었습니다.

졸업 후에는 어찌될지 몰라도 학생 신분일 동안은 안 된다고요. 그래서 헤어지게 한 후, 마지마였다면 어떻게 할까 생각해보니 마지마 같은 아이는 자존심에 큰 상처를 입고 복수를 꿈꿀 것 같았습니다. 그래서 하루타로를 그 자리에 있게 하면 좋겠다고 생각했나봐요. 서로가 서로를 위로하려는 의도는 전혀 없었지만 결과적으로는 둘 다 위로받는 모습을 그리고 싶었거든요.

자신의 문제만으로도 벅찬 하루타로가 의도치 않게 마지마의 행동에 제동을 걸어준 거군요.

아이들이 무슨 일을 저지르려고 할 때는 '그 정도'로 쉽게 잠잠해지기도 하고, 반대로 발진 버튼이 눌리기도 해요. 체면이 조금 구겨진 정도라 해도 마지마가 유혈 사태를 일으킬 가능성은 충분했습니다. 딱히 마지마를 위해서는 아니었지만, 하루타로는 그냥 본인이 힘들어서 죽을 만큼 울음을 토해냈는데 결과적으로 마지마가 진정이 된 거죠, 하하하. 그리고 그 둘의 접점이 점점 사라지고 있었던 터라 마지막에 접점을 하나 만들고 싶은 것도 있었습니다. 모처럼 만났으니까요.

하루타로는 주인공치고는 독백이 적은 편인 것 같습니다.

아아, 듣고 보니 그렇네요. 후반부에 조금 있는 정도인데 하루타로는 하고 싶은 말을 마음속에 품어두는 성격이 아니니까요, 후후. 기본적으로 전부 입 밖으로 내뱉는 아이입니다.『서양골동양과자점』에서 에이지 같은 캐릭터가 그리기 쉽다는 걸 깨닫고 하루타로에 적용한 부분이 있기 때문에 하루타로는 기본적으로는 속에 있는 말을 다 하는 편입니다. 그런 의미에서 하루타로는 어른이 되면서 하고 싶은 말을 속에 담아둘 수 있게 된 것 같습니다. 후반부에 독백이 늘어난 건 그래서겠죠. 그리고 이건 이래저래 생각하다보니 알게 된 건데…

네?

저, 크리스마스를 좋아하는 것 같아요. 하하하. 연인 간의 이벤트로서 좋아한다기보다 크리스마스 파티를 엄청 좋아하는 거 같습니다.『서양골동양과자점』에서도 크리스마스에 벌어지는 우당탕탕 에피소드를 그렸고,『어제 뭐 먹었어?』는 원래도 두 사람의 이야기라서 저도 모르게 깜빡하거나 크리스마스 시즌이어도 다른 이야기를 그리거나 하는데『플라워 오브 라이프』의 크리스마스 파티 이야기는 제가 그렸지만 좋아하는 장면입니다. 파티의 준비 단계에서 진땀을 빼는 부분 같은 거요.

크리스마스 파티 에피소드에서는 같은 반 친구이자 말실수를 잘하는 아이자와 쇼타와 함께 집으로 돌아가는 지하철 안에서

『플라워 오브 라이프』

2학기의 끝 무렵이 가장 좋다는 이야기를 합니다.

　그건 제가 실제로 했던 생각입니다. 3학기가 되면 곧바로 반이 바뀐다는 생각에 마음이 무거워지고, 2학기 후반 정도면 반에도 충분히 적응했을 시기여서 즐거웠죠. 그런 감정은 비교적 잘 기억하고 있는데, 2학기가 좋다고 생각했다거나 하는 사소한 디테일은 점점 잊어버리기 때문에 그 당시가 아니었으면 그릴 수 없는 장면이었을 거예요. 어른이 돼서도 인간관계 문제로 자잘하게 신경쓸 일은 당연히 있지만 어느 정도 체념하게 되다보니, 역시 어릴 때의 일은 기억에 남아 있는 동안에 그려야 하는 것 같아요. 그런 의미에서 『플라워 오브 라이프』도 그때 그릴 수 있어서 다행이었어요.

『사랑이 없어도 먹고 살 수 있습니다』

음식점의 허가를 받지 못하다

『사랑이 없어도 먹고 살 수 있습니다』의 첫 수록작은 8페이지의 짧은 이야기인데, 이건 애초에 짧은 이야기로서 기획한 연재였나요?

그렇습니다. 마침 『서양골동양과자점』의 결말에 대한 반응 때문에 여러모로 충격을 받던 시기였는데 오타출판의 편집자가 연락을 주셨습니다. 『서양골동양과자점』의 결말이 마음에 들어서 연락하셨다고 하는데 어찌나 기쁘던지…… 『사랑해야 하는 딸들』과 『플라워 오브 라이프』의 연재를 하던 도중이었기 때문에 짧은 스토리면 괜찮을 것 같다고 승낙했습니다. 하지만 저의 능력은 두 작품까지라는 것을 알게 되었죠. 길이만 짧으면 세 작품까지도 돌릴 수 있을 거라 생각했던 것이 큰 오산이었습니다. 길든 짧든 한 작품은 한 작품이니까요. 페이지 수의 문제가 아니었습니다. 그래서 그 이후로는 어떤 일이 있어도 연재작은 최대 두 작품까지로 한정하고 있습니다. 그 이상은 안 해요.

음식을 소재로 하는 것도 바로 정해졌나요?

네. 제가 좋아하는 소재이기도 해서 그리기 쉬울 것 같았어요. 하지만 전혀 쉽지 않았고, 곧바로 깊고 깊은 반성을 했습니다. 실재하는 가게를 그리는 것도 처음부터 정해져 있었는데 그 부분도 어려웠어요. 맛집과 그곳의 대표 메뉴 가이드 같은 것도 겸하고 있었기 때문에 실제로 한번은 그 가게에 먹으러 가서 허가를 받고, 자료 사진 촬영과 취재를 위해 다시 한번 먹으러 가는 방식으로 진행해야 했는데요. 애초에 허가를 받기가 쉽지 않았습니다. 여러 가지로 시행착오를 겪던 중에 오너 셰프가 운영하는 가게는 허가받기 쉽다는 걸 알게 됐지만, 기껏 허가를 받고 나서도 저도 모르게 먹는 데 열중하다가 음식 사진 찍는 걸 깜빡하는 경우도 몇 번이나 있었어요. 예상보다 시간이 꽤 많이 걸리는 작업이라는 걸 깨닫고 완전 큰일났다고 생각했죠, 어휴.

음식을 소재로 정했을 때 선택지에 '집밥'도 있었나요?

없었습니다. 얕은 생각이었지만 외식을 소재로 하는 게 그리기 더 편하고, 평범한 집밥 이야기는 재미없을 거 같았거든요. 그 당시의 시대적인 분위기도 영향을 미쳤습니다. 버블은 붕괴됐지만 10년 정도 지난 시기였고 리먼 쇼크(2008년 글로벌 금융위기)가 일어나기 전이라 경기가 그렇게 나쁘지 않았습니다. 그래서 알뜰 요리 같은 걸 그려서는 좋은 반응을 기대하기 어려운 분위기였어요.

가게를 선택할 때 기준 같은 게 있었나요?

저나 담당자의 단골 가게, 혹은 여러 번 다녀온 사람이 알려준 맛집 등 정말 맛있다는 게 인증된 가게 몇 군데를 집었습니다.

가게 선정이나 취재 시에 특히 힘들었던 부분이 있었다면요?

처음에는 호텔 레스토랑이나 규모가 꽤 있는 가게에도 눈독을 들이고 있었는데 입구에서부터 거절. 지금이면 매체가 만화여도 허락해줄 곳이 꽤 있을 것 같지만 당시에는 요리 잡지나 《Hanako》 같은 유명 잡지가 아니면 문전박대당하기 일쑤였습니다. 답이 상명 하달식으로 오가는 오너 셰프의 가게나 예전부터 제가 자주 다니던 동네의 가게가 많이 실린 것도 그런 이유 때문이랍니다. 게다가 지금만큼 음식 사진을 찍는 게 당연하지 않은 시대였던지라 허가를 받아도 사진을 찍는 건 조금 꺼리는 분위기였습니다. 맛집 가이드북이라는 평가를 받을 때도 있지만 그런 것치고는 지역이 한정적이라, 제가 느끼기론 '우리 고향 탐방' 같은 느낌에 가깝달까요, 하하.

결과적으로 오히려 그런 가게들이 이야기와 연결 짓기 쉬웠다든가 하는 이점도 있었나요?

아, 글쎄요…… 거대 자본이 들어간 식당이나 전국적인 체인점은 등장하지 않아 작품의 분위기에 영향을 분명 주긴 줬을 것 같습니다. 그런 가게를 등장시키는 게 편하거나 꼭 필요한 상황은 따로 있다고 생각해서요.

회차를 거듭할수록 요리 그림이 점점 더 디테일해지던데 그건…

만화 그대로입니다, 하하. 처음엔 저도 모르게 음식을 다 먹어버려서 사진이 없거나 사진을 잘 찍지 못했는데, 그런 부분도 점점 개선되면서 디테일한 요리 그림을 그릴 수 있게 되었습니다.

『어제 뭐 먹었어?』로 이어지는 분량의 감각

8페이지라는 분량에 대해서는 어떻게 생각하시나요? 그전까지 상업지에서는 별로 그린 적 없는 분량이었을 텐데요.

그전까지는 분량을 거의 의식하지 않고 작업했기 때문에 원고지 8매에 이야기가 얼마나 들어가는지 감이 없었습니다. 그래서 이 만화를 그리면서 많이 배울 수 있었어요. 음식을 그리고 에피소드 하나 정도를 넣을 수 있다는 걸 알게 되었는데, 그렇게 하면 8페이지 안에 이야기가 꽤 들어갈 것 같더라고요. 음식에 4페이지, 에피소드에 4페이지를 할당하는 느낌이었네요. 이것이 『어제 뭐 먹었어?』로 이어졌어요. 『어제 뭐 먹었어?』는 16페이지인데 그 정도 분량이면 더 다양한 걸 그릴 수 있을 것 같아서 처음 작업을 시작할 때 분량에 대한 불안함은 없었습니다. 분량 감각에 융통성도 생기면서 제가 그리고 싶은 에피소드가 대략 어느 정도 매수를 필요로 할지 구체적인 계산이 서게 되었어요. 몇 페이지가 되든 기본적으로 4개나 8개의 에피소드를 넣는 게 좋다는 걸 알게 된 영향도 컸죠.

나름대로의 척도를 얻게 된 거군요.

그렇습니다. 그전까지는 마감까지 여유가 있으니까 별생각 없이 작업을 했는데 이건 8매, 이건 4매 이런 식으로 에피소드에 맞는 페이지 수를 선택하고 그런 에피소드들을 의식적으로 조합해서 정해진 페이지에 맞게 그릴 수 있게 되었어요. 이야기와 페이지 수의 상관관계에 주의하게 된 것도 실전에 활용할 수 있는 공부였습니다.

나쁘게 그릴 수 있다는 자유로움

작품에는 'Y나가 F미'라는 만화가가 등장합니다. 이런 메타픽션적인 캐릭터를 내세운 이유는 무엇인가요?

완전히 가공의 캐릭터를 그리면 아무래도 그걸 설명하기 위한 분량이 늘어나다보니 그런 상황을 피하고 싶었습니다. 메타픽션 캐릭터는 페이지를 할애하여 설명하지 않아도 독자들이 어느 정도는 추측할 수 있을 거라고 생각했어요.

작가 본인이 모델이 되어 자아를 투영했다고 이해한 독자들도 많을 거라고 생각하는데 그런 반응은 예상하셨나요?

듣고 보니 그러실 것 같단 생각이 드네요. 연재가 시작된 후 처음 만난 사람들에게 꽤 자주 '에세이랑 느낌이 전혀 다르세요'라는 말을 들었는데요. 개인적으로『사랑이 없어도 먹고 살 수 있습니다』는 에세이의 의도도 없었고 주인공도 저를 생각하고 그린 건 아니었지만, 그런 말을 들으니 역시 그렇게 받아들일 수도 있겠구나 싶긴 했습니다. 저한테는 픽션이라 해도 제 일상 속 일을 그렸기 때문에 에세이적인 요소가 아예 없을 순 없다고 생각합니다.『어제 뭐 먹었어?』같은 경우는 저의 일상이 너무 생생하게 반영되어서 거의 에세이라고 말해도 될 정도입니다, 하하. 정도로만 따지면 가장 논픽션에 가까운 건『1교시는 활기찬 민법』인데, 그런 작품과 거의 완전한 픽션을 그릴 때의 태도 차이가 분명한 편은 아녜요. 뭐, 저는 에세이를 그리겠단 의도로『사랑이 없어도 먹고 살 수 있습니다』를 그리진 않았지만 만화가가 만화가를 주인공으로, 이니셜 이름을 써서 그렸다면 어쩔 수 없이 에세이 느낌이 강해지겠죠.

그렇군요.

저를 모델로 한 건 아니지만 저라고 생각할 만한 캐릭터라서 얼마든지 맘놓고 나쁘게 그릴 수 있었습니다. 마음이 편했

『사랑이 없어도 먹고 살 수 있습니다』

거든요, 하하. 매력적으로 보일 필요도 없으니 사람들이 싫어할 만한 짓을 시킬 수도 있고요. 9화에서 맞선 상대의 기분을 상하게 만드는 장면이 있는데, 실제로는 그와 반대로 술자리에서 불쾌한 경험을 한 지인의 이야기를 알고 있었습니다. 하지만 주인공이 기분 상하는 이야기를 그리면 상대방을 객관적으로 그리기가 어렵거든요. 오히려 내가 나쁜 짓을 하는 쪽이면 이야기를 좀더 과감하게 그릴 수 있고, 차여도 당연한 거고요. 그래서 그리는 재미는 있었습니다.

팔다 남은 크리스마스 케이크

Y나가 외에도 다양한 인물이 이니셜 이름으로 등장하는데 이름의 유래는 모두 실재하는 인물들인가요?

실재하지 않는 사람도 있습니다. 그리고 그런 이름을 가진 사람이 현실에 있더라도 Y나가라는 캐릭터가 그렇듯 실제 인물이 백 퍼센트 반영된 것도 아니고요. 이름과 성격을 무작 위로 섞어서 이니셜 이름과 실제 인물이 일치하는 경우도 있고, 실제와 다른 이름을 가진 캐릭터가 된 경우도 있어요. 에피소드를 포함해 어디까지나 픽션이니까요. 등장인물과 요리 에피소드도 꼭 연결고리가 있는 건 아니에요. 4화의 초밥 먹으러 가는 이야기에 등장하는 A후지가 '나 거기 간 적 없는데'라고 말하길래 나중에 식사 대접을 했습니다. 미안해서요. 5화의 O타는 모 소설가인데 실제로 같이 기타지마초에 간 적은 없습니다. 평소에 정말 많이 드시는 분이라 요리가 푸짐하게 나오는 기타지마초에 함께 간 걸로 그리게 된 것뿐이에요. 픽션이긴 해도 등장하는 인물들에게는 사전에 '이니셜이지만 이름을 걸고 이런 느낌으로 그리려고 하는데 괜찮나요?' 하고 허락을 받았습니다. S하라에게도요, 하하. 모두 승낙해준 덕에 그릴 수 있었습니다.

가게와 요리를 먼저 생각하고 그뒤에 등장인물의 에피소드를 생각하는 흐름으로 이야기를 만드셨나요?

그렇습니다. 인물 에피소드는 1화에서 그렇게 큰 비중을 차지하지 않아서요. 이름을 빌린 등장인물들의 캐릭터가 확실해지면 '자, 이제 이 사람의 이야기를 그려볼까' 하는 느낌으로 그렸습니다.

빵이나 고기 등 음식에서 등장인물의 성격도 보이는 것 같았습니다.

나눠 먹을지 말지에 따라서도 성격이 나오죠. 일반적으로 여성들은 적게 먹는 편이니까 오히려 조금씩, 다양하게 먹고 싶어하는 것 같습니다.

2화에서 Y나가가 "35살이 되면 S하라와 결혼할 수 있어"라고 절박하게 외치는 장면이 있습니다. 2003년이던 당시의 미혼 여성에 대한 거센 비난을 아는가 모르는가에 따라 감회가 조금 달라지지 않을까 싶은데요.

실제로 제가 S하라와 그런 약속을 했습니다. 저는 23살 즈음부터 결혼하고 싶었습니다. 당시엔 25살을 넘긴 여성을 팔다 남은 크리스마스 케이크라고 했는데, 그래서 20대 때 어떻게든 하지 않으면 인생이 끝난다는 식의 저주 섞인 말을 여기저기서 들어야 했어요. 그렇게 30대를 맞이했습니다. 주위에 일을 하고 있는 사람들은 거의 독신이었는데 그 사람들은 부모나 가족이 보내는 절망과 체념 가득한 시선을 견디고 있었습니다. 다들 즐겁게 살고 있지만 어딘가 자학적인 구석이 있었어요. S하라와 진심으로 결혼하고 싶은 건 아니었지만 35살이 되어도 둘 다 미혼이면 그때 결혼하자고 했죠. 그런 보험 같은 약속이 기분상 필요했던 것 같습니다.

어쩌다 23살 즈음부터 결혼을 생각하신 건가요?

제가 외동이라는 영향이 큰 것 같아요. 20살 때부터 부모

『사랑이 없어도 먹고 살 수 있습니다』

님이 나이들거나 언젠가 그분들을 보살펴야 할 순간이 왔을 때 혼자 모든 걸 고민하는 건 말이 안 된다 생각했고, 이기적인 생각일지 몰라도 그때 가면 일은 어쩌지 하는 생각이 들었습니다. 제 커리어가 끊길지도 모른다고 생각해서요… 주변의 선배 작가들로부터 미혼인데다가 어차피 집에서 일한다는 이유로 형제자매나 친인척들이 대놓고 돌봄을 떠맡기려고 하니 우선 부모로부터 물리적인 거리를 두라는 말을 들은 적도 있었습니다. 돌봄을 떠맡게 되면 일하기 힘들어질 수 있는 가능성이 턱밑까지 다가온 상황이었습니다. 요양 시설에 맡긴다고 해도 어느 시설이 좋은지 상담할 수 있는 형제자매도 없고, 그렇다고 해서 결혼할 사람이 제 부모님 케어를 도와줬으면 하는 마음이 있는 것도 아니었어요. 그저 가족으로서 상담할 수 있는 사람이 필요했습니다. 35살의 약속은 그런 문제에 대해서도 진지하게 대화한 후에 결정한 거였습니다.

결국 S하라는 간사이 지역으로 가버렸고 약속은 흐지부지됐지만요, 하하.

모든 캐릭터에 인간으로서 존경하는 마음을 담아

엔터테인먼트 소재로 게이를 등장시키는 것에 대해 게이인 A후지에게 사과하는 장면도 이 작품의 드라마 파트 중에서 가슴에 남는 에피소드였습니다. 이런 부분에 대해서 A후지와 이야기한 적이 있나요?

있죠. 저는 만화를 그릴 때 게이든 이성애자 남성이든 여성이든 노인이든 아이든, 좌우간 등장하는 캐릭터에 관해서는 모두 저와 같은 인간으로 그려야 한다는 생각을 항상 갖고 있었어요. 설령 제가 이해할 수 없는 캐릭터일지라도 무슨 외계인 같은 정체 모를 존재가 아니라, 인간으로서 존경하는 마음을 잊지 않고 그리고 싶었기 때문에 나름대로 그런 신념을 지켜왔는데『서양골동양과자점』땐 오노만 너무 과하게 그린 기분이 들어요. 웃기려고 만든 캐릭터는 물론 아니었지만, 뭔가 캐릭터가 과해져서 큰일났다 싶을 때 마침 A후지와 이야기할 기회가 있었습니다. A후지는 소녀만화와 비엘 모두 즐겨 읽는 게이로 제 작품도 읽고 있었는데, '펜이 제멋대로 움직이는 바람에 오노가 이런 캐릭터가 돼서 미안해'라고 말하니 웃으면서 '그런 일에 하나하나 화내면 게이는 살아갈 수

그런 일에
하나하나 화를 내면
게이는
살아갈 수 없어.

여태껏 별로
신경쓴 적 없어.
신경을 썼다면
지금까지 말할 기회는
얼마든지
있었겠지.

『사랑이 없어도 먹고 살 수 있습니다』

가 없어'라고 하더라고요. 그 말을 들으니 '아아…' 싶었죠. 반대로 말하면 심한 말을 듣는 게 일상이라는 얘기니까요. 정말 뒤통수를 한 대 맞은 기분이더라고요. 그때의 기분을 말로 설명하고 싶지는 않아서 만화로 표현했습니다.

A후지의 말을 들은 Y나가의 표정에서 그 당시의 심정을 엿볼 수 있었습니다.

이것도 결론이 정해져 있는 종류의 문제는 아니니까요. 게이뿐만 아니라 여성들도 사회 안에서 여러 가지 일을 애써 참고 무시하며 둔감해짐으로써 견디듯 살아온 부분이 있습니다. 물론 헤테로 남성들 중에도 힘든 사람들은 있죠. 각자의 입장이 다르기 때문에 모두가 같다고 할 수 없고, 건방지게 제가 공감한다고 말할 생각은 없습니다. 다만 말로 표현할 수 없는 것은 분명해요.

『사랑이 없어도 먹고 살 수 있습니다』는 그전까지 요시나가 작품을 경험한 적 없는 사람들에게게도 닿았다는 점에서 독자의 폭을 넓힌 작품이라는 인상이 제법 있는데 어떻게 생각하시는지요?

저도 그렇게 생각합니다. 생각지도 못하게 중쇄가 결정되고 이후 해외에서 출판되기도 했습니다. 해외 독자들이 만화에 나온 초밥집을 찾아가서 사장님께 사인을 요청하는 바람에 사장님이 가게 이름을 써드렸다고 하더라고요. 만화책이 나오고 몇 년이나 지난 후였는데 그런 일이 있었다니 참 감사해요. 만화책을 읽고 소개된 가게에 몇 번이나 찾아가는 분이 생기기도 하고, 그걸 또 가게 측에서 기분좋게 말해주면 제가 작게나마 도움이 된 듯한 기쁨을 느낍니다. 이 작품 역시 제가 이런 류의 만화도 그릴 수 있다는 걸 안 다른 출판사에서 제안을 보내오는 계기가 되어준 작품이고요. 하나의 일이 끝날 때마다 그 작품에 감사하다는 생각을 새삼스럽게 하게 됩니다.

음식에 대한 남다른 열정도 널리 알려진 계기가 되지 않았나요?

여기서도 저의 열정은 변함없이 드러나니까요. 이 작품 덕분에 그 부분에 대해선 굳이 설명하지 않아도 모두들 알아주실 것 같네요, 하하.

요시무네와 히사미치 같은 관계를 그릴 수 있었던 것도
성별 역전 『오오쿠』를 그려서 좋았던 점이었어요.
사전에 의도한 건 아니었지만
내가 이런 것을 그리고 싶었던 거구나 하고 깨달았거든요.
엄청나게 야심만만한 여성이
조직의 우두머리가 되고 싶어하는 이야기요.

제
6
장

여
성
과
일

『오오쿠』

『오오쿠』

일하는 여성이 일반적인 사회

에도 시대의 역사를 배경으로, 남자만 걸리는 치사율 높은 역병에 의해 여성과 남성의 사회적 역할이 역전된 사회를 그린『오오쿠』. 16년 반에 걸쳐 연재되었고, 전19권이라는 대장편만화로 막을 내렸습니다. 처음부터 긴 연재가 될 것을 예상하셨나요?

머릿속에 대략적인 이야기는 완성되어 있었지만 1화를 그릴 때만 해도 5권 정도로 끝날 거라고 생각했습니다, 하하. 10권을 넘어갔을 때 20권까지는 가지 않을 것 같다고 짐작은 했죠.

언제쯤부터 이야기가 머릿속에 있었던 건가요?

기본적인 틀은 학생 때 잡혔습니다. 여왕이 통치하는 나라 이야기를 완전 판타지 형식으로 대략 떠올려봤는데, 판타지는 나라 이름부터 인물 이름, 복장, 문화 등 뭐든 새로 만들어 내야 한다는 걸 깨닫고 그 순간 좌절했습니다. 하하하. 원래는 여성이 일하는 게 일반적으로 여겨지는 사회를 그리고 싶었는데 당시에는 판타지 설정이 아니면 그리기 어려울 것 같았습니다. 왕, 대신, 부하 모두를 여성으로 설정하고 그로부터 생겨나는 관계성을 보고 싶었어요.

그 아이디어가 어떻게 에도 시대로 이어진 건가요?

그때 대강 떠올린 것을 계속 머릿속 어딘가에 저장해두고 있었는데 2003년에 후지TV에서 〈오오쿠〉[1]라는 드라마가 방영되는 것을 봤습니다. 간노 미호와 아사노 유코가 출연한 작품인데요. 그전에 같은 후지TV 계열인 간사이TV에서 오오쿠를 무대로 한 동명의 드라마를 몇 번인가 제작한 적이 있었고, 저는 1983년판 〈오오쿠〉[2]를 봤었어요. 그 1983년판에서는 1년에 걸쳐 막부 말기까지를 그렸는데 역시나 막부 말기는 조금 급박하게 전개되는 느낌이었습니다. 2003년판은 막부 말기가 무척 자세하게 나오는데, 1983년판에서 다 보여주지 못한 아츠히메 시대를 보완하고자 했던 것이 2003년판 아닐까? 하하, 그렇게 제멋대로 해석하기도 했죠. 매회 엄청 재미있게 보고 있었는데 문득 어릴 때 상상해본 이야기를 에도 시대에 얹으면 어떠려나 하는 생각이 들었어요. 1983년판 〈오오쿠〉처럼 무대는 같고 시대에 따라 등장인물만 달라지는 식으로 하면 학창 시절에 떠올린 이야기를 실제로 그릴 수 있겠는데? 하고요. 역병에 관한 설정도 그때 대략적으로 정했습니다. 의대 출신의 지인에게 남자만 죽는 질병이 있을 수 있는지 물었더니 성별에 따라 발병에 우위가 있는 질병이 있다더라고요. 바이러스를 원인으로 한다면 여성도 감염은 되지만 증상이 가벼워서 발병을 알아채기 어렵고, 반대로 남성은 바이러스가 번식하기 쉬워서 결과적으로 젊은 남성만 죽는다. 그런 식으로 이론 설정이 가능하다고 했어요. 이야기 안에 써먹을 수 있겠다 싶었습니다. 에도 시대를 배경으로 하면 쇄국 정책을 펼치던 시절이었으니까 역병으로 남자들이 줄어드는 사실을 외국에 들키지 않을 수도 있고, 바이러스가 원인이라면 백신으로 퇴치할 수도 있고요. 18세기 말, 에도 말기보다 조금 앞선 시기에 에드워드 제너가 종두법을 개발한 걸 알고 있었던 터라 에도 말기에 치료법이 개발되면 성비의 불균형이 외부에 드러날 수 있을 것 같았어요. 그래서 흑선이 내항하기 몇십 년 전에 극복한다는 내용으로 생각했습니다. 그리고 종두법은 소에서 유래되었는데 저는 고민하다가 곰으로 정했고요.

다양한 요소가 잘 어우러졌군요.

액체에 부유하던 것들이 촉매로 인해 결정으로 변하는 느낌이었습니다. 에도 시대의 오오쿠를 무대로 삼겠다고 마음을 먹고 나니, 온갖 인간 군상을 그릴 수 있어서 오오쿠가 이렇게 생겨났고, 이런 사람들의 이야기가 있었고, 질병이 이런 식으로 극복되었으며, 결국에 오오쿠가 이렇게 사라졌다는 이야기의 흐름을 다른 사람에게 설명할 수 있을 정도로 구체화하기까지 오래 걸리지 않았습니다. 그때는 그런 흐름이 완성되었다는 사실이 참을 수 없이 기뻐서 다른 사람들에게 구상을 말하고 다녔어요. 우연히 만난 《주간 소년 매거진》의 편집자에게도 이야기했더니 '저희 잡지에선 좀…'이라며 미안하다는 듯이 말씀하셔서 '죄송해요. 《매거진》에서 그리고 싶다는 뜻은 아니었어요.'라고 사과했죠, 하하. 근데 사실 처음에는 제가 직접 그리려고 한 게 아니라 이렇게 구상한 이야기를 다른 사람에게 대신 그려달라고 부탁할 생각이었어요. 황당무계한 이야기란 건 알고 있었기 때문에 이런 건 하쿠센샤와는 어울리지 않을까 싶어서 『사랑해야 하는 딸들』의 담당자에게 자세하게 이야기하며 '예를 들어 ○○작가님께 대신 그려달라고 부탁할 수 있지 않을까요'라고 제안했는데 '아니요, 직접 그리시죠'라고 하더라고요. 제가 그리면 머리는 사카야키로 해야 하는데 괜찮겠냐고 물었더니 담당자가 '이렇게 현실성 떨어지는 설정의 만화는 저희 회사에서 요시나가 씨가 해야 합니다' 그렇게 답하셨어요. '『해 뜨는 곳의 천자』를 낸 우리 회사에서 하시죠'라고 말씀하시는데 뭔 소린지 완전 이해했습니다, 하하. 그래서 하쿠센샤의 잡지 《멜로디》에서 그리게 되었어요.

왜곡된 세계가 아니면 연애를 그릴 수 없다

19권 스페셜 에디션에 수록된 과자 연구가 후쿠다 리카[3] 씨와의 대담에서도 "이세계異世界 설정이지만 그곳에서 일어나는 일은 굉장히 소녀만화스럽습니다. 그런 의미에서 『오오쿠』는 하쿠센샤에 어울리는 만화죠"라고 말씀하셨습니다. 이 "하쿠센샤에 어울리는 만화"의 이미지에 대해 다시 한번 말씀해주실 수 있나요?

하나는 이야기에 판타지나 SF 설정을 넣는 게 허용되는 것입니다. 그리고 또하나는 남자와 여자뿐만 아니라 인간의 성애와 우애, 다양한 관계를 그릴 수 있다는 점이죠. 또한 '가족'에 대한 사랑이나 고민이 자주 등장한다는 이미지가 있습니다. 예를 들어 『해 뜨는 곳의 천자』도 우마야도노 왕자가 진정으로 원한 것은 에미시의 사랑이라기보다 어머니의 애정이죠. 어머니의 사랑이 채워주지 못한 마음의 빈 공간을 채워줄 것이라고 생각한 상대가 에미시였을 뿐입니다. 또한 『하미다싯코』[4]나 『후르츠 바스켓』[5]에서도 부모의 애정이 결핍된 사람들이 등장합니다. 그런 작품 외에도 『여기는 그린우드』[6]나 『에이리언 스트리트』 등 한 지붕 아래 같이 생활하는 '유사 가족'이 그려진 작품도 많습니다. 가족에 대한 고민은 소녀만화에도 자주 등장하는 소재인데 하쿠센샤 만화는 공통적으로 유사 가족이 등장해요. 또, 고민하는 주체가 이성 간의 애정을 통해 구원받지 못하는 점이 '하쿠센샤스럽다'고 할 수 있죠. 그리고 그런 이야기가 현실의 일본 사회가 아닌 곳에서 전개됩니다.『새벽의 연화』[7]는 남자와 여자의 연애 이야기임과 동시에 왕조의 혈족 이야기이기도 하고,『나츠메 우인장』[8]의 등장인물들도 일종의 유사 가족이에요. 하쿠센샤 말고 제가 좋아하는『PALM』에도 그런 요소가 있기 때문에 제 취향인가 싶기도 한데, 연장선처럼 이어지는 그런 요소들을 '하쿠센샤스럽다'고 느낍니다. 그래서 담당자의 설득도 있긴 했지만, 막상 제가 직접『오오쿠』를 그린다 하니 하쿠센샤의 잡지《멜로디》에서 그리는 게 좋겠다고 생각하기도 했습니다.

청년지에 그릴 가능성에 대해서도 생각하셨나요?

아니요. 남녀의 연애를 담을 그릇으로 고안한 이야기였고, 이번에야말로 남녀 연애물을 그릴 수 있을 거 같았기 때문에 처음부터 소녀만화 잡지를 염두에 두고 있었습니다. 언젠가 이 장치가 그냥 단순한 그릇이 되겠다는 강한 예감이 들긴 했어요. 그치만 그건 굳이 말하지 않고 담당자에게 이번에는 소녀만화 느낌이 나는 작품을 그릴 생각이라고 말해버렸습니다, 하하. 그런 의미에서『오오쿠』는 연재지의 독자들에게 자신감을 갖고 선보일 수 있는 작품이었습니다. 그전까지는 내 작품을 누가 읽어줄까 하는 불안감이 있었는데 그때마다 프로인 담당자가 괜찮다며 등을 밀어줬거든요. 그 덕에 상업적인 합격점은 받을 수 있을 것 같아서 어떻게든 그려왔는데,

『오오쿠』는 작품과 가장 어울리는 잡지에서 그리게 되었으니 그리기 전부터 연재될 잡지의 독자들이 좋게 봐줄 것 같단 예감이 있었습니다. 처음 있는 일이었네요.

남녀의 연애물을 그리고 싶다는 생각이 원래 있으셨나요?

그런 생각은 전부터 계속 갖고 있었습니다. 하지만 쭉 그리지 못했었죠. 그릴 수 있을 것 같았던 『오오쿠』에서조차 이렇게까지 세상을 왜곡하지 않으면 그리지 못한다는 사실을 깨닫고 저의 어두운 내면을 발견하게 되지만요, 하하하! 저는 확실히 현대물로는 남녀의 연애를 그리지 못한다는 걸 절실히 느꼈습니다. 그런 의미에서도 『오오쿠』는 가장 적합한 무대였고, 그리고 싶은 이야기를 그리기 위해서라도 성별을 역전시킬 필요가 있다고 생각했습니다. 예를 들면 환속을 강요당하는 승려가 억지로 여성을 취하는 전개도 승려가 남성이기 때문에 성립할 수 있었죠.

혈족과 생생함

오만노카타, 즉 마데노코지 아리코토 말씀이시죠.

그 에피소드는 실화를 바탕으로 하고 있습니다. 예전에 NHK에서 방송한 〈신新실크로드〉를 본 적이 있는데, 불교 경전을 번역하는 승려이자 중국 불교의 기초를 확립한 것으로 알려진 구마 라주에 대한 이야기였습니다. 구마 라주는 기지라는 나라의 왕자였는데 어릴 때 출가한 후 엄격한 계율 속에서 경전 연구에 힘쓰며 대승 불교의 권위자로서 명성을 얻습니다. 승려를 중용하던 젠신 왕이 그 소식을 듣고 기지에 원정군을 보내 국성을 함락시킵니다. 붙잡힌 구마 라주는 원정군 지휘자의 장난으로 기지의 여왕과 침실에 갇히는데, 부인으로 삼으라는 협박을 당해 어쩔 수 없이 관계를 갖게 됩니다. 그후로도 파란만장한 인생을 살면서 구마 라주는 수많은 불경을 번역하여 불교의 포교에 큰 기여를 하지만, 위대한 업적보다 파계를 강요받은 과거가 더 주목받는다고 느껴져요. 승려가 그런 일을 겪다니. 이 얼마나 슬픈 일인가? 너무 마음에 들더라고요, 후후. 그래서 이에미츠와의 사랑은 차치하고 아리코토에 대해선 우선 그 이야기를 그리고 싶었습니다. 그런 상황은 현대 사회에서는 일어날 수 없는 일인데다가 사람의 목숨을 가볍게 여기는 시대라면 살기 위해서라는 조건으로 사랑을 나눠야만 하는 극한적인 상황을 만들 수 있을 것 같았어요. 무슨 따오기도 아니고, 케이지 안에 갇혀 짝짓기를 할 수밖에 없는 상황 말이죠. 상대가 약점을 노리고 케이지에 넣은 걸 알면서도 그렇게 하지 않으면 살아남을 수 없으니까 어쩔 수 없이 해야만 하는 상황을 만들어놓으니, 비로소 연애를 그릴 수 있었습니다.

그 케이지에 딱 맞는 배경이 오오쿠라는 장소였던 거군요.

그렇습니다. 오오쿠는 딱 번식을 위한 장소였습니다. 교미를 통한 번식이 어려울 경우 상대를 다른 사람으로 교체하는 시스템이 있었습니다. 역사적으로도 이에미츠는 가장 사랑했던 측실 오만노카타와 아이가 생기지 않아서 다른 측실과 아이를 갖게 되는데, 그것이 유모인 카스가노 츠보네의 계략이었다는 설이 있습니다. 오만노카타는 공가의 혈통이었기 때문에 무가 혈통의 아이를 후사로 만들고 싶어서 몰래 약을 탄 게 아닌가 싶어요. 진실 여부는 둘째치고 당시에는 충분히 있을 수 있는 일이었을 거예요. 역사 속 일화라고 생각하면 시대가 그런 시대였구나 하고 그냥 넘어갈 수 있는데 성별을 역전하니 이야기가 너무도 생생해지면서 얼마나 잔혹한 일이 일어난 것인지 저도 실제로 그리며 다시 한번 실감했습니다. 작중에서 아리코토는 다른 측실들에게도 친절한 사람으로 그려지는데 나름의 고충이 없었던 건 아닙니다. 그 이야기가 드라마[9]로 만들어졌을 때 아리코토를 연기한 배우 사카이 마사토와 대화한 적이 있었습니다. 아리코토가 "그렇지만 저도 남자입니다!"라고 외치며 당신의 몸을 나만의 것으로 만들 수 없다면 참을 수 없다고 말하는 장면이 있는데요. 이것은 아리코토가 남자라서, 지배 욕구가 강해서 하는 행동이 아니라고 사카이 배우가 말해준 기억이 있습니다. 에도 시대는 '인간'이라는 단어가 없어서 '남자'라고 말했는데, 성별로서

그럼 여자를 품고 환속하시죠?

기다리라고!!

기…

기다려!

『오오쿠』

의 남자가 아닌 '인간'의 의미로, 피가 흐르는 하나의 살아 있는 인간이라고 울부짖은 거라고 하더라고요.

아리코토의 인생은 도구처럼 이용되었죠.

그렇습니다. 그래서 계속 참다가 그런 말이 터진 거죠. 『오오쿠』를 그리기 시작한 후에 생각보다 금방 혈통으로 이어지는 정치의 부조리를 느꼈습니다. 피로 연결된다는 것은 남자든 여자든 인권이 사라진다는 뜻으로, 그것은 쇼군도 예외가 아니었습니다. 남자니까 많은 여성과 섹스할 수 있어서 좋을 거라고 생각하는 건 뭘 모르는 소리예요. 사랑하는 여성과 함께하고 싶지만 그게 허락되지 않은 사람도 있었을 테니까요. 정쟁을 피하기 위해 한 사람만 총애하는 걸 경계해야 하고, 그런 것까지 생각하다보면 종국에 남는 건 고독입니다. 성별을 바꾸니 그런 면이 더 생생하게 와닿았습니다.

처음으로 의식하게 된 '미끼'

이야기를 8대 쇼군 요시무네 시대인 「미즈노편」부터 시작한 이유는 뭐였나요?

후후, 역시 아리코토 이야기부터 보여주면 읽는 사람이 고통스러울 것 같아서요. 우선 휴먼드라마로 1화를 시작해야겠다고 생각했습니다. 외부자라고 할 수 있는 미즈노가 오오쿠에 오게 되면서 '오오쿠란 이런 세계라는 것'을 독자들에게 설명하고 싶기도 했고, 그와 함께 외부에서 온 쇼군 요시무네가 '뭐 이런 곳이 다 있지'하며 오오쿠를 부정하는 장면부터 시작하고 싶었습니다. '성별 역전 오오쿠'를 내세웠지만 그런 설정이 독자들에게 자연스럽게 와닿기는 어려울 거라 생각했거든요. 그 작품의 등장인물조차도 남자들로만 구성된 오오쿠라는 장소를 이상하게 여기는 모습이, 읽는 입장에서도 자연스러울 거라 생각했어요. 그런 독자의 관점과 가까운 인물이 둘 정도 나온 후에 결국 해피엔드로 끝나는 이야기라서 시대를 거슬러 올라가기 위한 출발선으로도 적절하다고 생각했습니다. 그리고 요시무네 하면 배우 마쓰다이라 겐의 얼굴을 떠올리는 사람들이 많을 텐데 그런 점에서 인지도가 높은 쇼군이라는 것도 좋았습니다. 그래서 8대 쇼군부터 시작해서 시대를 왔다갔다하는 흐름은 처음부터 정해져 있었습니다.

성별 역전이라는 사회 구조는 이해해도 『오오쿠』라는 이야기를 그린 의도까지는 독자들이 이해하기 어려울 거라 생각했단 건가요?

어느 정도는요. 입구를 만들어놓기는 했지만 미즈노의 이야기만 읽고 그 이상의 이야기는 더 궁금해하지 않은 채 '이런 세계의 이야기구나' 하고 읽다 마는 사람도 있을 수 있죠. 그건 그것대로 상관없어요. 어폐가 있을지도 모르지만 『오오쿠』는 마지막까지 읽지 않으면 전체 상이 보이지 않는 만화라고 해야 할까요. 골격을 알 수 없는 이야기라고 생각해서 독자들이 처음부터 그걸 알아주길 바라는 것은 포기하고 있었습니다. 이런 만화에 시작부터 이해를 바라는 건 말이 안 된다고 생각하면서 말이에요, 하하. 그래서 '성별 역전 오오쿠'라는 홍보 문구를 사용해도 괜찮고 독자들이 거기서 어떤 스캔들을 연상하든, 역차별처럼 느끼든 어쩔 수 없는 거라고 담당자에게 말했습니다. 권수가 쌓이며 이야기의 전체 상이 보이게 되면, 그런 이야기를 그리고 싶었던 게 아니었단 점이 독자분들께 전해질 것이라고 생각했습니다. 그때까지 연재를 계속할 수 있을지 불안하긴 했지만 그걸 신경쓴다 해도 다른 방법은 없잖아요? 『오오쿠』라는 타이틀도 그냥 『오오쿠』라고만 하면 평범한 오오쿠를 무대로 한 만화로 여겨질 것 같았지만 그렇다고 해서 '두근두근! 남자 소굴' 같은 문구를 넣을 수도 없는 노릇이었고요, 하하하. 설명 조의 부제를 다는 것도 어울리지 않아서 성별 역전 같은 부연은 띠지에 넣기로 하고, 타이틀은 그냥 『오오쿠』로 가게 되었습니다. '구조는 이렇고, 이런 걸 그리려고 했습니다' 하는 설명을 독자들이 읽기도 전에 제가 먼저 말할 수 없으니요. 그래서 타이틀은 그냥 이대로 가자 싶었어요.

이 『오오쿠』라는 이야기가 처음부터 끝까지 머릿속에 들어 있었는데도 용케 5권으로 끝날 거라고 계산하셨군요?

저한테 몇 번이나 줄거리를 들은 어시스턴트는 처음부터 그렇게 짧게 끝날 리 없다고 생각했다더라고요, 하하. 2권 정도로 끝날 거라고 생각한 『서양골동양과자점』이 실제로는 2배 가까이 늘어났기 때문에 주변 사람들은 애시당초 적어도 10권은 될 거라고 예상했다 합니다.

실제로 1화를 그려보고 이건 5권으로 끝낼 수 없겠구나 생각하신 거고요.

바로 5권으로 안 끝나겠다는 걸 깨달았습니다. 처음 1화는

30에서 40페이지 정도로 미즈노 이야기를 끝내고 곧바로 아리코토의 이야기로 넘어가고 싶었는데, 분량을 70페이지로 늘려도 미즈노의 이야기가 끝나지 않았습니다. 시대극이 생각보다 페이지를 많이 잡아먹는다는 것을 그제야 깨달았었어요.

1화는 다른 화에 비해 컷 수가 많은 느낌이었는데 짧게 끝내려고 하셨던 거군요. 처음부터 단행본 1권 분량으로 미즈노 이야기를 그릴 예정은 아니었던 건가요?

아닙니다. 그래서 1권의 구성이 서툴렀다고 스스로 반성하고 있습니다. 미즈노 이야기가 길어졌다고는 하지만 사실 1권 마지막 부분에 아리코토의 이야기를 살짝 끼워넣고 싶었어요. 그렇게 하면 앞으로의 전개가 과거로 거슬러 올라간다는 것을 독자분들이 어렴풋하게 짐작할 수 있잖아요. 그걸 그리지 못해서 좀 낙담했었어요. 최대한 독자들을 다음 이야기로 끌어들일 수 있는 장면을 넣었어야 했는데, 담당자님께도 예정한 부분까지 그리지 못해서 죄송하다고 사과했고요. 완결된 지금까지도 그 부분은 아쉽습니다. 그전까지는 단편 연작에 가까운 형태로 연재했기 때문에 거기서 끝나도 우선 마무리는 되는 느낌이었는데, 『오오쿠』에서 처음으로 독자들을 다음 권으로 끌어들이기 위한 '미끼'를 강하게 의식하게 되었습니다. 독자들이 다음 이야기를 읽어주지 않으면 마지막까지 그릴 수 없을 거라 생각해서요.

그 결말에 도달하지 못하면 이야기의 막을 내릴 수 없기 때문이죠.
　저도 아직까지 『오오쿠』를 통해 무엇을 그리고 싶었는지 한마디로 표현하기 어렵지만, 독자분들은 마지막까지 읽고 '아아!' 하고 감탄하며 뭔가 느끼는 것이 있을 거라고 생각했어요. 그래서 그걸 위해서라도 끝까지 읽어주시길 바랐습니다. 그러기 위해서는 한 권이 끝날 때마다 강한 미끼가 필요할 뿐만 아니라 독자분들의 가슴이 각각의 에피소드를 읽고 두근거려야 했습니다. 그러다보니 등장인물의 감정의 폭을 크게 표현하기 위해 자연스럽게 컷이 커지거나 페이지 수가 늘어나게 되었어요. 1화에서 이미 느끼고 있었지만 역시 예상보다 길어지겠구나 싶었습니다. 10권에 다다랐을 때는 조금 절망스러웠고요. 결말까지 몇 년이 더 걸릴까 싶어서요. 이렇게 오랫동안 그린 적이 없었기 때문에 목표가 너무나도 멀게 느껴지고, 영영 끝나지 않을 것 같아서 슬프고 괴로웠습니다. 눈에 보이는 결승선을 향해 달리는 즐거움 같은 게 없었어요. 달리고 달려도 끝이 보이지 않아서 도중에 지쳐 나가떨어질 것 같았습니다. 하지만 결승 테이프를 끊고 싶은 마음은 당연히 있었고 잡지가 사라지진 않을까, 연재를 계속할 수 있을까 같은 문제는 저의 힘으로 어떻게 할 수 없는 일이니 제 노력으로 할 수 있는 범위 안에서 최선을 다한다는 의미로 어쨌든 건강하게만 지내자고 생각했습니다.

또다른 다짐 같은 건 없었나요?

저의 능력을 초과하면 반드시 펑크가 날 것 같아서 세 작품을 동시에 연재하는 짓은 절대 하지 않겠다고 다짐했습니다. 『오오쿠』를 그리는 게 얼마나 힘든지는 생생히 느끼고 있었기 때문에 또다른 작품을 병행한다면 정말로 제가 그리고 싶은 것만 그리려고 했습니다. 그리고 현대물로 그려야겠다고도요. 시대물에 너무 주력해서 현대물의 대사나 복장 등을 그릴 수 없게 되면 그것도 큰일이니까요. 그런 다짐이 『어제 뭐 먹었어?』의 연재로 이어졌습니다.

아름다운 사람은 아름답게 말한다

미즈노의 이야기로 막을 올린 후 페이지 계산 외에 예상을 벗어난 건 없었나요?

시대극을 좋아해서 새로울 게 없다고 생각했는데 말투나 어휘가 어려웠습니다. 공가의 말투 같은 건 그런 말투가 나오는 작품을 보고 참고했습니다. 아무래도 가능한 한 시대감이 느껴지는 대사를 쓰고 싶었어요. 작품에서 방언이 가끔 나오는데 그것도 교토 방언은 교토 출신 사람에게, 나가사키 방언은 나가사키 출신 사람에게 감수를 받았고요. 후반의 사쓰마

지역 방언은 말투가 너무 세면 독자들이 무슨 말을 하는지 이해하기 어려울 것 같아서 의미가 전달되는 수준으로 조정하기도 했습니다.

『오오쿠』에만 해당하는 이야긴 아니지만, 긴 대사도 리듬감 있게 읽힙니다. 그런 부분도 의식하며 말을 고르신 건가 싶었습니다.

실제로 소리 내어 읽어보는 것까진 하지 않지만 말로 내뱉었을 때 리듬감이 좋도록 속으로는 반드시 읽어봅니다. 대사가 짧다고 그것이 그대로 가독성으로 이어지는 건 아니라고 생각해서요. 정보량을 의식해서 대사는 가능한 한 짧은 행수 안에 끝내려고 유의하지만, 리듬이 나쁠 때는 일부러 접속사를 붙이고 있습니다. 말로 했을 때 리듬감이 편안한가는 중요하니까요. 픽션의 가장 큰 거짓말이라고 생각하는 부분인데, 아름다운 사람이 아름답게 말하는 것처럼 들리도록 대사를 쓰려고 의식하고 있습니다. 아리코토의 대사는 특히요. 그리고 시대물이니까 뭔가 비유적인 표현이나 조금 어려운 말들을 일부러 시도하다보니 대사가 조금 길어지곤 했습니다. 하지만 어려운 말이 있다고 해서 젊은 독자들이 기피하는 일은 절대 없을 거라 생각했고 그 부분은 자신 있었습니다. 젊을 때는 오히려 어려운 말이 재미있게 느껴지기도 하잖아요. 『은하영웅전설』에서도 시대적 분위기가 묻어나는 독특한 말투가 재미있었거든요.

'경들'이란 말처럼요?

하하, 맞아요. 저는 그런 부분도 재미있게 읽었기 때문에 말투로 인해 독자들이 거부할 일은 없을 거라고 믿었습니다.

기모노나 일본식 방 등 시대물 특유의 작화에는 금방 적응했나요?

복장 같은 경우는 처음엔 그리기가 힘들었지만 적응하고 나니 형태는 모두 같고 문양만 바꾸면 돼서 어떤 의미로는 서양식 복장보다 편했습니다. 사람들이 모여 있는 떼샷을 그릴 때도 의상 라인은 같으니까요. 신분에 따라 소매 기장 차이가 있는 정도고 구조만 알면 쉽게 그릴 수 있었습니다. 어시스턴트들과 함께 기모노 스튜디오에 가서 세세한 부분까지 사진을 찍어 왔는데 그걸 참고하며 그렸어요. 방 같은 것도 일본식 방은 기본적으로 구조가 똑같고 크기의 차이만 있는 정도입니다. 평소 사용하는 도구류도 로코코풍과 달리 심플하고, 애초에 가구가 별로 없어서 편했네요. 힘든 점을 굳이 꼽자면 당시는 좌식생활을 해서 인물의 움직임이 없었다는 점입니다. 무가에게 서서 말하는 건 있을 수 없는 일이라 아무리 급한 상황에서도 우선은 앉아서 말을 시작해야 해요. 그래서 인물에게 어떤 움직임을 주고 싶어도 세워둘 수가 없었어요. 게다가 몸은 냅두고 얼굴 방향만 바꿔서 이야기하는 것도 기모노를 흐트러지게 할 뿐만 아니라 굉장히 무례한 행동이기 때문에 반드시 몸 전체의 방향을 틀어 말해야 해요. 그런 경우는 움직임의 다양성에 제약이 생기죠. 그건 고생도 고생이지만 옛날 사람들은 계속 이렇게 앉아서 생활했구나 하는 발견이 있어서 즐겁기도 했어요. 그리고 자료집의 글만 보고 이해하기 어려운 건 드라마나 다큐멘터리의 영상 등도 참고했습니다.

좋아하는 1983년판 〈오오쿠〉를 다시 보기도 하셨나요?

네. 재방송 녹화 영상도 갖고 있었는데 케이블 채널에서 방송하는 것을 보거나, 드라마와 영화를 만드는 가네코 후미노리[10] 감독에게 자료용 DVD를 받아서 시각 자료가 적은 주방 같은 공간을 그릴 때 참고할 수 있었습니다. 그렇게 생각하니 글만 읽어서는 도저히 알 수 없는 회화와 관련된 문제가 꽤 있어서 그런 부분에서는 조금 고생했던 것 같기도요.

야마카와출판과 이케나미 쇼타로의 도움

1권은 구성 면에서 반성할 점이 있었다고 하셨는데, 그래도 『오오쿠』라는 긴 이야기의 서장으로 그린 보람이 있었나요?

별로 없었어요. 예정보다 페이지 수가 늘어나서 손도 어떻게 못 쓰고 괴로운 심정뿐이었어요. 1권에서 그리고 싶었던 이야기는 일단 그렸지만 좀더 짧고 콤팩트하게 그릴 수 없었던 걸까, 역시나 반성이 앞섰습니다. 그전까지 목표로 하던 부표까지 헤엄쳐 도달은 했지만, 자신의 역량 부족과 예상 못한 횡파 등으로 시간은 흘러가버렸고 체력도 소모되었고. 그렇게 숨이 턱끝까지 차서 피로감이 최고치에 달한 느낌이었습니다. 그래도 서서히 페이지 계산에도 적응돼서 2권은 예상했던 대목에서 무사히 끝낼 수 있었습니다. 그래서 이에미츠편은 아리코토 에피소드를 포함해 예정대로 그릴 수 있었어요. 츠나요시편을 시작할 때는, 츠나요시가 개를 엄청나게 애호했다는 것 말고는 아는 게 별로 없었기 때문에 아리코토의 파계 에피소드에 비하면 의욕이 좀 낮은 상태였습니다, 하하.

각각의 쇼군 이야기를 시작하기에 앞서 매번 전체적인 이야기의 흐름을 다시 한번 정리하셨나요?

전체적인 것보단 그 쇼군의 이야기를 어떻게 풀어갈지 애매모호한 부분을 보다 확실하게 하는 작업을 합니다. 요시무네 전대 쇼군 같은 경우는 요시무네로 이어지는 이음매 같은 역할이라 확실한 부분과 두루뭉술한 부분의 차이가 꽤 있었거든요. 실제로 그리다보면 그 사람의 비애를 캐릭터를 통해 알게 될 때도 있어서 다양한 발견과 재미가 있었습니다. 츠나요시도 예정대로 그렸다기보단 그리다보니 그렇게 된 느낌이었습니다. 알면 알수록 좋지 않은 면도 있었지만 슬픈 사람이었어요. 그러고 보니 츠나요시와 에몬노스케가 서로에게 마음을 여는 후반부는 담당자가 예쁘게 그려달라고 몇 번이

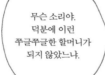

『오오쿠』

나 부탁했어요. 츠나요시편 후반부는 등장인물의 평균 연령
이 60세 정도로, 연인으로 이어지는 두 사람도 나이가 젊지
않거든요. 아마 그렇게 말은 하지 않았어도 러브신은 생략해
달라는 의미였을 텐데 '예쁘게 그릴게요'라고 해놓고 그냥 그
려버렸어요, 하하.

**역사적으로 보면 츠나요시는 동물 애호령을 내린 것으로 유명한
인물입니다. 캐릭터의 일생을 그리는 데 그런 역사적 사실이 애로
사항이 되기도 하나요?**

아니요, 오히려 도움이 됩니다. 역사적 사실이 그 캐릭터를
그릴 때 가이드가 되어줘요. 실제 사실에 입각해 캐릭터의 심
정을 유추해볼 수 있다고 할까요. 왜 그런 행동을 했는지 짐
작할 수 있어요. 그리고 캐릭터가 처한 상황이나 감정 등에

모순이 없도록 하죠. 그러기 위해서도 우선 사전에 어떤 일을 했던 인물인가는 다시 공부하는 느낌으로 조사했습니다.

그래서인지 동물 애호령, 쇄국 정책 같은 정치와 관련된 것뿐만 아니라 농기구의 개발과 가바야키(장어 꼬치구이) 같은 요소가 이 야기 곳곳에 녹아 있는 부분도 흥미로웠습니다.

하하, 야마카와출판사의 교과서와 자료집 덕분입니다. 특히 연재 초반에 아주 신세를 졌어요. 연재를 시작할 때 고등학생 수준의 역사 지식만 있어도 누구나 읽을 수 있는 만화를 그리고 싶었는데, 그 고등학생 수준이 어느 정도인가 불안해서 교과서와 연표를 보면서 에도 시대에 어떤 일이 있었는지 다시 한번 쭈욱 훑어봤습니다. 그러면서 어떤 사건을 취하고 어떤 사건을 버릴지 생각했죠. 예를 들면 역사적으로는 큰 사건이지만 시마바라의 난(에도 시대 초기에 일어난 기독교인들의 대규모 봉기)은 생략했고, 사건의 규모보다 이야기에 어떻게 녹여낼지를 우선적으로 고민했습니다. 그런 의미에서 농기구 이야기는 딱 적절했다고 생각합니다. 에도라는 도시의 폭발적 인구 증가는 식량 생산의 증가가 뒷받침되지 않으면 성립하기 어려워서 농기구의 개발이 필요했는데, 그것이 이에미츠 시대였다는 것을 알고 딱이다 싶었죠. 가바야키는 이케나미 쇼타로 선생님의 영향을 받았습니다. 작품에 반복적으로 나오거든요, 하하. 소설 『검객상매』는 타누마 오키츠구의 시대가 무대인데 그 시절은 장어가 하급 생선으로 여겨져서 아직 고가의 식재료가 아니었습니다. 그런데 마츠다이라 사다노부 시대가 무대인 소설 『오니헤이한카초』의 시절에는 가바야키가 등장합니다. 히라가 겐나이가 가바야키를 팔기 위해 '복날'을 고안했다는 이야기는 알고 있었던 터라 그것도 꼭 넣어야겠다고 생각했어요.

그 시대까지 가야 드디어 음식이 등장하더라고요.

하하, 후쿠다 리카 씨도 같은 말씀을 하셨어요. 이에미츠편의 아리코토 이야기는 긴장감 때문에 누가 음식을 먹는 장면을 제대로 그릴 수 있는 상황이 아니었습니다. 후에 에몬노스케가 게걸스럽게 만주를 먹는 장면이 나오는데 그것은 에몬노스케가 가진 삶에 대한 천박한 태도 같은 걸 표현하고 싶었던 거고, 같은 시대지만 아리코토의 먹는 장면은 전혀 그리지 않았어요. 역시 이에미츠, 아리코토의 시대는 아직까지 모두가 감정적으로 센고쿠 시대에 머물러 있었습니다. 츠나요시의 시대까지는 목숨이 걸린 팽팽한 줄다리기가 이어져서 역시나 뭘 먹을 분위기가 아니었습니다. 요시무네의 시대가 되어서야 겨우 요리사 이야기를 그릴 수 있을 정도로 서사에도 여유가 생긴 것 같습니다.

과자도 등장하게 되죠.

『오오쿠』

하하, 원래도 음식 그리는 걸 좋아하는데 그릴 수 있는 상황이 되니까 아주 틈만 나면 그리고 싶어가지고 원. 그렇지만 역사적으로도 이에사다는 과자를 좋아해서 카스텔라를 만들기도 하고, 고구마 조정이라고 불릴 정도로 고구마를 좋아해서 군고구마도 만들었다고 합니다. 그리고 역시 에도 시대 말기로 갈수록 사람 간의 신뢰가 생긴 것도 큰 영향이 있었고요. 카즈노미야가 이에모치에게 선물받은 카스텔라를 먹는 장면도 그렇죠. 독이 들었을지도 모른다고 의심하는 긴장 관계가 사라졌다는 뜻이니까요.

여성의 빌둥스로만

그렇게 생각하면 역시 모든 이야기의 시작이기도 했던 이에미츠와 아리코토의 이야기는 특수한 상황이었던 거구나 싶습니다.

　어느 시대든 그 시대를 그릴 때만의 재미는 있습니다만 아리코토와 이에미츠의 이야기는 다 그린 후엔 큰 깨달음이 있었습니다. 『오오쿠』가 TV 드라마화되었을 때 아리코토를 연기한 사카이 마사토 배우에게 지적받은 적이 있어요. '이에미츠는 이렇게 성장하는데 아리코토는 전혀 성장하지 않아서 저는 그가 히로인이라고 생각했어요'라고요. 의상을 입고 메이크업을 받고 아리코토가 되면 주변 사람들에게 멋지다는 이야긴 듣지만 그 이상의 반응은 거의 없었는데, 이에미츠를 연기한 다베 미카코를 향한 반응은 하루하루 달라져갔다고 합니다. 원작에서의 이에미츠도 처음에는 성격이 나빴지만 아리코토와 만나며 점점 착해졌다는 식의 단순한 이야기가 아니라, 정치가로서 끝을 알 수 없는 그릇의 크기 같은 것이 점점 보이기 시작해요. 사실은 아리코토를 계속 측실로 곁에 두고 싶었으나 그의 자존심을 지켜주기 위해 아리코토의 요구를 들어주는 식으로, 그를 오오쿠의 총책임으로 삼아 측실 자리에서 벗어나게 해줍니다. 이것이 다베 배우가 연기한 이에미츠의 성장이구나. 그렇게 새삼 깨달았습니다. 위정자가 된 여성은 인간적으로 크게 성장하고, 측실의 자리에 묶인 남성은 아무리 인간적으로 훌륭해도 같은 자리에 계속 머물러 있게 되는 거죠. 성별이 역전되면 그런 일이 생긴다는 것을 저도 확인할 수 있었습니다. 계속해서 오오쿠를 무대로 오오쿠에 사는 남자들의 이야기를 그리고 싶었는데, 쇼군의 성장과 떼려야 뗄 수 없는 이야기라는 걸 알고 나서는 인식을 바꿔서 남성의 이야기인 동시에 여성의 이야기임을 생각하게 되었습니다.

성별 역전은 단순히 역할만 바뀌는 게 아니라는 거죠?

할 수 있는 게 많아지면 인간은 성장한다는 걸 다시 한번 실감했습니다. 물론 실패의 기회도 늘어나지만 처음부터 기회 자체가 많이 주어진다는 건 사실이니까요. 츠나요시는 그런 기회를 박탈당한 인물이죠. 쇼군이라는 정점의 자리에 섰지만 후손이 죽으면서 정계에서 멀어지게 되고, 사실 하고 싶은 일이 있었지만 해내지 못합니다. 그런 스트레스가 있던 중에 후대에 대한 압박이 들어오고요. 거기엔 막부가 관료화된 영향이 있었습니다. 이에미츠는 꽤나 독재적인 정치를 한 쇼군이었는데, 서서히 관료화가 진행되면서 관리들이 점점 힘을 갖게 돼요. 그렇게 쇼군은 그냥 허울뿐인 존재가 되어가지만 그건 센고쿠 시대로부터의 탈각을 의미했고 츠나요시가 지향한 지점이기도 했습니다. 그 시기의 정치적 흐름이 여자가 완전히 권력을 장악하는 결과로 이어졌기 때문에 츠나요시편의 이야기로 잘 그려낼 수 있었죠.

그것도 역사적 사실이 잘 이끌어준 결과겠네요.

　배경 조사를 하고 다시 공부하면서 알게 된 사실들이 많아서 그런 발견도 재미있었습니다. 예를 들면 츠나요시와 요시무네는 각각 5대와 8대 쇼군으로 시대적으로 떨어져 있는 것처럼 느껴지지만 사실 요시무네가 어릴 때 두 사람은 만난 적이 있습니다. 실제로는 가까운 시대였던 거죠. 요시무네는 역사적으로 추녀를 좋아했다고 알려져 있는데 그걸 반영해서 얼굴을 따지지 않는 캐릭터로 설정했고, 그것을 츠나요시를 작게나마 위로하는 요소로 만들 수 있었습니다. 요시무네는 성비가 완전히 역전되었을 때 태어났기 때문에 남자에 대한 배려가 전혀 없어요. 마츠다이라 사다노부가 요시무네의 손자였다는 것도 다시 찾아보고 알았고, 그러면 당연히 쇼군이 되고 싶었겠다 생각했죠. 제 미비한 역사 지식 때문에 사다노부를 처음부터 로쥬(쇼군에 직속된 정무 총괄책)로만 인식하고 있었는데, 여차하면 쇼군이 됐을 수도 있었던 사람이라는 것을 알게 되는 등 새롭게 배운 부분이 많이 있었습니다. 저의 그런 발견을 가능한 한 있는 그대로 전달하고 싶은 마음도 있었어요. 독자들도 저처럼 새롭게 알고 깜짝 놀라는 부분이 있을 거라고 생각해서요.

새롭게 알게 된 놀라운 발견 중에 또 기억에 남는 게 있나요?

요시무네와 타누마 오키츠구 사이에 접점이 있었던 사실이었습니다. 10대 쇼군 때의 로쥬와 아는 사이였다는 건 생각도 못 했습니다, 하하. 같은 기주 번이고, 오키츠구가 최하급 무사에서 출세할 수 있었던 것은 요시무네의 고향 사람이었기 때문입니다. 요시무네는 역사적으로도, 『오오쿠』에서도 중요한 결단을 여러 번 내리는 사람이라 누구에게든 중요한 존재였다고 생각합니다.

순수 창작만화로는 그릴 수 없는 것

그리는 게 기대됐던 등장인물이 있나요?

간노 미호가 연기한 아츠히메를 계기로 제 안에서 오오쿠에 대한 열정이 다시 불붙었기 때문에 아츠히메를 그리는 게 기대됐습니다. 연재 도중에 대하드라마 『아츠히메』[11]가 방송되는 걸 보고 역시 아츠히메의 시대는 흥미롭다고 다시 한번 확인했어요. 그리고 이에시게 같은 캐릭터는 원래도 좋아하는데 그리고 나니 역시나 매력적이더군요. 저의 오리지널 창작 스토리였다면 등장시키기 조금 껄끄러운 캐릭터인데 이 기회에 그릴 수 있어서 좋았습니다. 예전에 본 〈8대 쇼군 요시무네〉[12]라는 드라마에서는 나카무라 바이쟈쿠가 이에시게를 연기했는데, 요시무네를 향해 열등감을 폭발시키는 니시

『오오쿠』

다 도시유키의 연기가 인상적이었습니다. 만화 『오오쿠』에
서도 이에시게는 어머니인 요시무네에 대한 콤플렉스를 결
국 극복하지 못하고 생을 마감하는데, 이에시게 같은 사람을
조명해서 그리는 것도 여간해서는 잘 없는 기회죠. 순수한 창
작 스토리 만화로 그리려면 좀더 여러 가지 설정을 쌓아서 그
려야 하고, 성격도 그냥 적당히 아름답게 그리는 걸로 타협
했을 것 같아요. 담당자 쪽에서 그러자고 했을지도 모르고요.
이에시게를 아름답고 영리한 사람으로 조형하지 않고 그릴
수 있던 것도 다행이었습니다. 타누마 오키츠구만이 이에시
게를 "어리석은 사람이 아니다"라고 말했지만, 그런 아주 희
미한 응원의 빛 속에서도 죽기 직전까지 "요시무네가 안아주

면 좋겠어"라고 바라는 장면은 비통한 동시에 그릴 수 있어서 정말 다행이었다고 생각합니다.

츠나요시라는 캐릭터는 그리다보니 그렇게 되었다고 말씀하셨는데, 그리는 과정에서 고통과 비애를 알게 되셨다고요?

동물 애호가였다는 것 말고는 아는 게 없어서 엄청 어리석은 인물이라는 이미지가 있었습니다. 하지만 역사적인 평가로 보면 오랜 치세 중 전반은 양호했는데 자식을 잃은 뒤부터 이상해졌다고 해요. 그런 부분을 감안하여 캐릭터를 고안했습니다. 그리고 이에미츠의 딸인 것도 의식했어요. 물론 다른 인격이지만, 부모인 이에미츠나 교쿠에이의 기질을 갖고 있을 거라고 생각했습니다. 그래서 초반에는 가신을 몰아세우거나 못된 짓을 하는 모습을 그리며 악당을 그릴 때의 재미도 느낄 수 있었습니다. 하지만 딸을 잃은 후의 모습을 그릴수록 역시 힘든 인생이었겠구나 싶더라고요.

그 괴로움이 상상 이상의 수준이었나요?

그렇습니다. 처음에 츠나요시편은 측실 간의 반목이나 케이쇼인과 에몬노스케 사이의 사소한 알력 싸움처럼, 일종의 오오쿠스러운 이야기가 메인이 될 거라고 생각했습니다. 하지만 그런 일 말고도 너무나 괴로운 일들이 벌어지고 있었다는 것을 알게 되었어요. 츠나요시 시대에 후손이 없다는 것은 치명적인 일이죠. 그전까지 츠나요시는 그다지 콤플렉스가 없었습니다. 쇼군으로서도 그럭저럭 괜찮았고, 후손도 있었고요. 하고 싶은 대로 하며 평온하다고 생각하고 있던 때에 후손을 잃고 너무나 큰 콤플렉스를 얻게 되었습니다. 게다가 그후로도 아이를 가지지 못했고요. 이건 실제 역사 속 츠나요시도 분명 힘들었을 것 같았어요. 그전까지 나름대로 괜찮은 정치를 하고 있었는데 대를 이을 자손이 사라지자 가신들로부터 곧 6대 쇼군이 되는 이에노부에게 쇼군을 물려주라는 암묵적인 압박이 시작됩니다. 그리고 실제 츠나요시는 어머니가, 『오오쿠』에서의 츠나요시는 아버지가 그 녀석에게만큼은 절대 쇼군 자리를 넘겨주지 말라는 압박을 마찬가지로 가해오면서 이러지도 저러지도 못하는 상황에 갇히고 말아요. 그 정도면 정신이 나가서 정치야 어찌돼도 상관없다는 상태가 될 만도 하다는 생각이 들었어요. 아이를 잃고 슬퍼하고 있는 와중에 또다시 아이를 만들어야 하는 상황에 몰리다니. 말도 안 되게 잔인한 이야기죠.

그전까지의 공적과 노력은커녕 인간으로서도 평가받지 못하고, 오직 후손의 계승 여부로 가치를 증명하란 요구를 받는 것은 분명 가슴 아픈 일이긴 하네요.

인생에 대한 깊은 고민이 생길 것 같지 않나요? 군주가 타락하는 순간은 바로 이런 순간일지도 모릅니다. 다만 당시 사회에서, 게다가 혈족으로 대를 이어가던 쇼군이라는 구조 안에서 후손을 남길 수 없는 건 명백한 흠이긴 했습니다. 에몬노스케가 "…산다는 건, 여자와 남자라는 건! 그저 여자의 배속에 씨를 뿌리고 후손을 남기고 집안의 혈통을 잇는 것만이 아니다!"라고 하는 장면이 있는데요. 인터뷰에서 그 대사에 대한 언급이 많았어요. 하지만 오랫동안 고민해서 쓴 대사는 아닙니다. 이 대목에서 뭔가 결정적인 한마디를 해야 할 것 같단 생각에 급하게 넣은 대사였답니다, 하하. 하지만 에몬노스케가 츠나요시에게 해줄 수 있는 말은 그것밖에 없었다고 해야 할까요. 사는 건 번식을 위해서가 아니라고 말해주지 않으면 츠나요시가 저주에서 해방될 수가 없잖아요. 역사적 사실과 마찬가지로 츠나요시는 케이쇼인이 살아 있는 동안 양자를 맞이함으로써 아버지에게 반항하고 해방을 맞을 수 있었다고 생각해요.

다만 거기서 '잘됐다'로 끝나지 않는 점이 『오오쿠』라는 이야기가 가진 의의 중 하나라고 생각했습니다.

그건 역시 원인과 결과는 돌고 도는 법이니까요. 양자를 들이기 전까지 츠나요시에게도 작은 위로의 순간들이 여러 번 있었습니다. 예를 들면 어린 요시무네와 만났을 때 "아름다운 남자가 더이상 전혀 궁금하지 않아"라고 말하는 모습을 보고 조금 위로를 받았지 않았을까 싶습니다. 영지가 없던 요시무네에게 영지를 준 것은 츠나요시였습니다. 그렇지만 이야기 상 츠나요시는 젊은 시절에 못된 짓을 많이 하죠. 악행의 대가는 마지막에 갚으라는 듯이 에몬노스케는 잠자리를 함께 한 다음날 죽고, 츠나요시는 자신을 사랑하던 야나기사와 요시야스에게 살해당합니다. 문득 어떤 깨달음을 얻어 '이 정도면 좋은 인생이었지' 하고 만족할 만한 인생은 츠나요시에게 주어질 수 없는 것 같습니다.

요시야스는 츠나요시를 구하고자 하지만 결국 구하지 못하는 인물이군요.

구할 수 있는 입장도 아니었고, 츠나요시의 마음을 얻을 수 있는 것도 아니었습니다. 요시야스는 자신의 노력을 츠나요시에게 평가받고 싶은 욕심은 없었지만, 진짜로 원하는 것도 얻을 수도 없었기 때문에 츠나요시를 제 손으로 죽이고 말죠. 요시야스도, 츠나요시의 정실이었던 노부히라도 츠나요시를 흠모했으나 사랑을 받지는 못했습니다. 마지막에 요시야스가 "주변 사람들이 당신의 사랑에 얼마나 굶주려 있는지…! 모두가 얼마나 당신을 독차지하고 싶어하는지…!"라고 츠나요시에게 말하지만, 그것이 츠나요시 본인이 정말 바랐던 건지는 알 수 없습니다. 보통 가장 원하는 건 얻지 못하더라도 곁에서 자신을 지켜봐주는 사람을 금세 발견하고 그 사람에게 마음을 여는 전개가 많은데, 그런 이의 존재를 끝까지 알아채지 못하는 이야기도 시대물에 어울리고 좋지 않을까 싶었어요. 과연 제 오리지널 스토리의 작품에서 그런 이야기를 그릴 수 있었을까? 그렇게 생각하면 아마 그리지 않았을 것 같아요.

핏줄을 초월한 가족으로

역대 쇼군과 조금 다른 입장에 있던 인물로 11대 쇼군 이에나리의 어머니이자 실질적인 권력을 쥐고 있던 하루사다가 있습니다. 인격적으로 훌륭한 인물부터 그렇지 않은 인물까지 꽤나 공정한 시선에서 그려낸 『오오쿠』 안에서는 드물게 '악역'의 냄새가 나는 인물이었다고 생각하는데요.

하루사다는 제가 너무 좋아하는 이케나미 쇼타로 선생님의 소설 『검객상매』에서 가장 악역으로 그려지는 인물입니다. 주인공의 아들이 타누마 오키츠구의 첩의 딸과 결혼하는데, 그래서인지 타누마 오키츠구는 엄청 선한 사람으로 그려지는 한편, 하루사다는 음모가이자 최종 보스급으로 나옵니다. 아마 그 이미지가 각인된 게 아닐까 싶어요, 하하. 그렇지만 아들인 이에나리의 시대는 천하태평한 시대였고 하루사다가 나쁜 짓을 꾸민 것도 아니었습니다. 그래서 이 사람은 단순히 도쿠가와 가문의 권력 투쟁에서 최고가 되려는 인물이었구나 싶었는데… 마침 그때 아마가사키 사건(2012년에 일

『오오쿠』

어난 일본의 연쇄 살인 사건)과 그 주모자가 동기로 삼았다던 기타큐슈 감금 살인 사건에 대해 알고, 사이코패스 범죄자의 사고방식에 흥미가 생겨 여러 가지로 조사를 하게 되었습니다. 사이코패스는 타인에 대한 공감 능력이 낮으며, 그 때문에 기쁨을 느끼는 경우도 거의 없다는 사실을 알게 됐죠. 실제로 사이코패스 성향이 있는 사람이 웬만해서는 기쁨을 느끼지 않는데 상대방이 자신의 의도대로 움직여주었을 때 작은 쾌감을 느낀다고 하는 것을 듣고 하루사다를 떠올렸어요, 하하.

그뒤로 사이코패스를 염두에 두고 하루사다를 그렸습니다.

오오쿠라는 역사의 계기를 만든 카스가노 츠보네에 대해서는 어떻게 파악하고 있었나요?

'이 나라의 평화를 위한다'라는 행동 원리에 따라 움직이는 인물로, 아무리 잔혹한 일도 분명한 목적과 신념에 따라 수행할 수 있는 완고한 사람. 그렇게 여겼어요. 주위 사람들이 결국 카스가노 츠보네를 따르던 것은 아들을 편애하지 않고 사심없이 행동하는 것이 분명하게 보였기 때문이 아니었을까 싶습니다. 그래서 아리코토를 꺾을 수 있었던 겁니다. '왜 이런 잔인한 일을'이라는 원망을 들어도 카스가노 츠보네는 '이 나라의 평화를 위해서입니다'라고 맞받아치는 인물이죠. 그런 말을 들으면 승려의 몸이었던 아리코토는 더이상 대응할 수가 없습니다. 그런 의미에서 이에미츠편의 초반부는 등장인물들의 해야 할 일이 분명했기 때문에 그리기 아주 쉬웠습니다.

카스가노 츠보네가 친아들인 이나바 마사카츠와 서로를 '엄마'와 '아들'로 부를 수 없게 되는 장면이 인상적인데 이것도 시대물이라 허용되는 상황이라고 생각했습니다. 현대와는 또다른 '가족'의 형태를 그리고자 하는 의도도 있었나요?

그리기 전에는 특별히 신경쓰지 않았는데 막상 그리고 보니 가족보다는 '혈족' 이야기가 된 것 같았습니다. 따뜻한 연

『오오쿠』

으로 이어졌다기보다 업이라고 해야 할지, 저주에 가까운 무언가로 속박된 관계입니다. 중요한 건 『오오쿠』는 도쿠가와 가문의 이야기임에도 별로 가족의 느낌이 없다는 거죠, 하하. 분해해서 보면 소소하게 가족드라마는 있다고 생각하지만, 큰 틀만 보면 잔혹한 이야기라고 생각합니다.

피로 연결된 일족의 이야기라 해도, 패밀리 히스토리의 느낌 역시 아닌 것 같고요.

결국 오오쿠 자체가 하나의 팀이 되긴 하죠. 팀 오오쿠의 멤버들이 힘을 합쳐 깔끔하게 성을 비워주니까요, 하하!

작중에서 오오쿠를 '집'이라고 말하는 사람도 있었죠.

가족이 아닌 사람들이 그렇게 표현했죠. 가족이라는 개념이 없는 사람들인 걸 알면서도 일부러 그런 표현을 하도록 그렸습니다. 게다가 결국 팀 오오쿠에 도쿠가와 사람은 한 명도 남지 않게 되지요.

이것 역시 '유사 가족'이 섞여 함께 살았던 거군요.

맞습니다, 섞여 살았죠.

스스로 선택해가는 사람들

도쿠가와 가문이 새로운 정권에 성을 넘겨주는 대목에서 사이고 다카모리가 "여자는 정치할 줄을 몰라!!"라고 말합니다. 남자에게는 남자의, 여자에게는 여자의 역할이 있다고 하며 "여자 때문에 만들어진 부끄러운 역사"라고까지 말하는데요. 현대적 상식에 비춰봤을 때 사이고 다카모리의 말이 남존여비를 의미하는 건가 하면 그것과는 조금 다른 것 같습니다.

사이고는 도쿠가와 막부가 조금씩 균열이 생기다가 결국 붕괴될 것이며, 이대로는 외세와 겨룰 수 없다는 걸 알고 있었습니다. 그 책임을 누구에게 묻느냐 하는 문제였을 거라 생각해요. 사이고는 말은 그렇게 했지만 낡은 사고방식을 가진 인물은 아니었고, 당시에는 미국이나 유럽도 그랬습니다. 전 세계가 여자는 할 수 있는 게 없다는 생각을 하고 있었죠. 그런 의미에서 사이고는 오히려 글로벌한 사고방식이 탑재된 인물이라고도 할 수 있어요. 여자가 통치자의 자리에 있으면 야마타이국같이 주술로 정치를 하는 원시적인 나라라고 여겨질 수도 있었습니다. 그래서는 근대 국가와 어깨를 나란히 할 수 없을 거라고 생각했기에 정치의 장에서 여자를 몰아내야 한다는 논리를 갖고 있었던 겁니다.

그 자리에서 사이고 다카모리의 말에 당당하게 맞서며 에도의 마을에 상처 하나 내지 말라고 단호하게 말하는 카즈노미야의 모습이 씩씩했습니다.

상처 하나 나는 게 싫어서 싸우지 않고 성을 내어주는 결론은 정해져 있었는데, 그 대사를 누가 할 것인가는 정해지지 않은 상태였습니다. 카츠 카이슈가 하는 건 너무 뻔하니까 그럼 텐쇼인으로 할까 생각했습니다. 사이고와는 얼굴을 아는 사이였죠. 하지만 담당자와 논의한 끝에 이건 카즈노미야의 대사라고 여기게 되었습니다. 카즈노미야가 말하는 게 더 설득력이 있을 것 같았어요. 딱히 이성적인 대결도 아니었고 이에모치의 험담을 듣고 화를 낸 것뿐이라고 말할 수도 있겠지

『오오쿠』

만 제대로 응수하는 면이 좋았네요.

여성이 말함으로써 의미가 더 강하게 전달되죠. 게다가 '쇼군이 지켜온 것에 용케도 버럭하네!' 하는 생각이 먼저 들면서도 이에 모치가 지켜온 것을 계속 지키기 위한 견제도 볼만했습니다.

그렇죠. 제대로 '버럭'하죠, 하하. 하지만 그것이 카즈노미야답다고 해야 할까요. 자신의 한결같은 정체성을 잃지 않으면서 성장하는 인물인데 그것이 카즈노미야의 빌둥스로만, 성장소설인 것 같기도 해요. 나중에 꽃놀이 장면에서 여성의 복장을 한 카즈노미야가 "나는 언제고 나일 것입니다"라고 말하는 장면이 좋다고 어시스턴트가 말한 적이 있는데, 그런 말을 듣고 보니 카즈노미야와 이에미츠의 차이를 깨달았습니다. 이에미츠는 남장을 하는 것이 괴롭고 자신의 모든 것을 부정당한다고 느끼며 살아가지만, 카즈노미야는 남장을 하든 여성의 옷을 입든 자신은 언제나 자신이라고 생각할 수 있는 사람이구나 느꼈죠.

이에미츠는 이에사다와 겹치는 부분도 있다고 생각합니다.

분명 그런 부분이 있죠. 카즈노미야도 그렇지만 모두 가정환경이 여러모로 특수한데 이에미츠는 상당히 비뚤어진 편이고 그에 비하면 이에사다는 처음부터 남 탓을 하지 않는 썩 훌륭한 인물입니다. 타네아츠와 만나기 전부터 아베 마사히로와의 만남을 통해 "나에게는 진정한 의미의 아버지와 어머니는 더이상 없다. 하지만 어떤가. 대신 나에게는 진정한 가신이 있다…!!"라고 생각하며 다시 일어설 수 있었습니다. 이에미츠의 시대는 아직 에도 초기라 폐색감이 짙은 시기였기 때문에 분위기를 환기하고자 하는 마음은 있었습니다. 이에모치도 남장을 하지만 이에미츠 때만큼의 비장함은 없어요. 스스로 결단한 일이니 신경쓰지 않는 듯한 모습을 의도해서 그렸어요. 역시 스스로 선택할 수 있는가 없는가는 중요하다고 생각합니다. 그렇게 할 자유가 있는가 없는가. 머리를 자르든, 남장을 하든, 자신이 선택한 것이라면 슬퍼할 이유가 없지요.

그런 부분은 사카모토 료마나 도쿠가와 이에모치가 카츠 카이슈에게 한 말을 합쳐서 생각하면 보이는 것 같습니다.

료마는 신정권에 도쿠가와를 합류시켜도 괜찮다는 입장이었는데 그건 사이고와 의견이 크게 다른 부분이었습니다. 게다가 남자와 여자에 대한 생각 차이도 얽혀 있었는데 료마는 숙녀인 누나나 아내인 오료처럼 꽤 강한 여성들을 잘 알고 있었을 테니까 이해도 가긴 가요, 하하.

그러고 보니 료마의 얼굴을 등장시키지 않은 이유는 뭔가요?

얼굴을 등장시키는 건 그 사람을 캐릭터로서 드러내겠다는 의미인데 료마를 그렇게 등장시키기에는 페이지 수가 늘어날 것이 뻔했습니다. 그려야 하는 에피소드가 너무 많아서 료마는 어디까지나 카츠 카이슈의 제자 중 한 명으로만 그리고 나머지는 독자 여러분들의 역사 지식에 맡겼습니다. 누군지 다 아시죠? 가문家紋도 그려두었습니다. 그런 느낌으로요, 하하!

료마뿐만 아니라 에도 시대 말기는 그려야 할 게 많으니까요.

파고들다보면 미나모토 다로[13] 선생님의 『풍운아들』[14]처럼 아무리 그려도 끝날 기미가 보이지 않을 테니 어느 정도까지만 그리자고 마음먹은 상태였습니다. 다행히 정쟁에서 진 쪽의 쓰라린 이야기인데다 패자들은 에도에서 거의 벗어나지 않았습니다. 에도에 있는 사람들이 감지할 수 있는 상황이나 분위기가 한정적이었기 때문에 철저히 그것만 그릴 수 있어서 그건 다행이었어요. 제가 보던 드라마 〈오오쿠〉에서도 모두 그랬습니다. 정신 차리고 보니 이미 패배한 거죠. 쇼군이 나가서 돌아오지 않는다고 생각했는데 알고 보니 죽은 거였다. 그런 고립감이 이야기로 그리기에 딱 좋았습니다.

유수문이 흘러 도달한 곳

오오쿠를 떠나기 전에 대청소를 하는 모습은 그곳에 살던 사람들의 긍지가 느껴져서 고양되는 장면이었습니다.

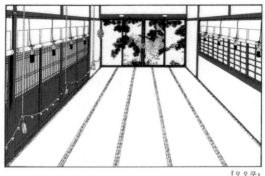

『오오쿠』

제가 봤던 드라마의 영향을 받아서 마지막에 모여서 잔치를 하고 대청소를 하는 장면을 그렸어요. 그 장면은 바꿀 여지가 거의 없을 정도로 확정되어 있었습니다. 그런데 역사학자인 이소다 미치후미[15]선생님께서 사실은 야반도주를 하는 게 맞다고 하셔서 좀 놀랐어요, 하하. 마지막 꽃놀이도 개인적으로는 학원물에 등장하는 문화제의 클라이맥스 같은 의미로 모두 예쁘게 차려입고 어울리는 장면을 연출하고자 했습니다.

차려입는 얘기를 하니 생각났는데 아리코토가 좋아하던 유수문(물결무늬)도 이야기를 구성하는 요소 중 하나였죠.

처음에는 그냥 무늬가 멋있어서 살짝 등장시킬 생각이었는데 그후에도 유수문이 곳곳에 등장하게 되죠. 그 부분은 의식하고 그린 건 아닌데 이것도 후쿠다 리카 씨에게 '의상이 중요한 소도구로 기능하는 것 같다'라는 말을 듣고 그제서야 이해했습니다. 저한텐 의도적으로 기모노나 문양으로 무언가를 연결시킬 생각은 없었습니다. 유수문 이야기에서 조금 벗어나는데, 아리코토뿐만 아니라 에몬노스케도 기모노에 대한 취향이 확고한 편입니다. 만화에서 이 둘의 얼굴이 닮았다고 언급한 적이 한번도 없는데, 둘 다 기모노에 대한 취향이 확고하다는 점에서 교쿠에이가 멋대로 아리코토를 떠올린 겁니다. 그것이 실사드라마에서 사카이 배우가 아리코토와 에몬노스케를 둘 다 연기한 바람에 둘의 얼굴이 닮은 걸로 사람들이 인식하게 되었어요, 하하. 그게 저에게도 꽤 인상적이었습니다. 제가 좋아하는 83년판 〈오오쿠〉에서 처음에 등장하는 2대 쇼군 도쿠가와 히데타다의 정실이었던 오에요노카타와 후반에 걸쳐 등장하는 타키야마를 모두 구리하라 고마키 배우가 연기했는데요. 그것도 재미있다고 생각해서 마지막에 한번 더 아리코토의 재림이라고 할 만한 인물을 등장시키기로 했습니다. 그걸 타키야마로 할지, 텐쇼인으로 할지는 미정이었지만요.

아하, 그래서 두 명에게 유수문을?

둘 모두에게 역할을 부여한 면은 있죠. 기모노는 타키야마, 실체는 텐쇼인.

마지막 권에서 유수문이 그려진 흰색과 검은색 기모노가 나란히 있는 모습이 아름다웠습니다.

거의 막바지까지 그린 상태였는데 마지막으로 아름다운 것을 하나 보여준다면 바로 이것이 아닐까 하는 생각으로 그렸습니다. 그리고 나니 문양이 강의 물결처럼 보여서 역사와 시간의 흐름을 나타내는 것같이 보이기도 했고 마지막 장면이 바다라 이 문양으로 하길 잘했다고 다시 한번 느꼈습니다.

최종 화, 묘한 후련함

마지막 장면을 바다 위 배에서 끝내는 건 처음부터 정해져 있었던 건가요?

막부 말기편이 시작되었을 때 농담으로 타키야마와 텐쇼인 둘이서 결국 미국으로 망명하는 거 아냐? 그런 이야기를 하긴 했습니다, 하하. 하지만 그뒤로 아무리 생각해도 그 결론밖에 나오지 않아서 조금 난감한 심정이었어요. 그것 때문에 이것저것 고민하던 차에 이소다 선생님이 진행하는 NHK 〈영웅들의 선택〉이라는 방송에서 타키야마가 주거나 받은 품목을 열기한 증답품 일기가 발견되었다는 이야기가 나왔는데, 타키야마가 얼마나 강력한 권력을 갖고 있었는가에 대한 내용도 있었습니다. 그걸 보기 전까지는 권력이 있다고 해도 한계가 있겠거니 싶었는데 예상 외로 권력이 상당한 수준이었다는 것을 알게 되어서 미국에 가는 것도 불가능한 건 아니 겠단 생각을 하게 됐어요. 그때 도쿠가와 가문이 신정부에 에 도성을 넘겨준 후부터 타네아츠의 대사까지는 거의 정해졌 습니다. 이때만 해도 츠다 우메코의 등장은 미정이었는데, 언 제부터였는지 '당시에 외국에 간 아이가 있었는데… 아, 츠다 우메코다!'라는 생각이 들어서 이것저것 조사해보고, 실사화 를 계기로 인연을 맺게 된 일본 근세사 학자이자 시대고증학 회의 오이시 마나부[16] 선생님께 츠다 우메코도 소속되어 있 던 이와쿠라 사절단이 탄 배에 일반 승객도 탑승할 수 있었는 지 여쭤봤습니다. 다른 사람들도 타고 있었다는 답을 듣자 그 럼 타키야마 일행도 탈 수 있었겠구나, 하고 아이디어와 조사 내용이 연결되는 느낌이었어요. 그리고 메이지 시대를 무대 로 한 옛날 소녀만화를 본 저에게는 미국에 가면 그저 해피엔 드뿐이라는 이미지가 있었습니다, 하하. 실제로 미국이라고 해서 꽃길만 걸을 리 없는데 이제 자유를 손에 넣었으니 행복 해질 일만 남았다는 느낌이었죠. 제 안에 그런 이미지가 있던 것도 조금 영향을 준 것 같아요.

배에 탄 '팀 오오쿠'도 장사 이야기를 하는 등 앞으로의 미래에 대 해 말하며 생기가 넘치는 느낌이 들었는걸요, 하하.

　최종 화는 좀더 슬프거나 멸망을 향해 가는 듯한 황량함이 어울리지 않을까 생각한 적도 있지만 굳이 말하면 후련하게,

새로운 인생을 향해 출항하는 듯한 느낌으로 그려서 그렇게 그린 저조차도 신기했습니다.

그리고 나카노의 성장 속도에도 놀랐습니다.

　나카노도 이소다 선생님의 방송을 계기로 그리게 된 인물입니다. 〈영웅들의 선택〉 안에 재연드라마가 있었는데, 구사카리 다미요 배우가 타키야마를 연기했습니다. 드라마에서 타키야마를 부르며 달려오는 여자아이가 등장하는데 그것이 나카노였습니다. 나카노 역시 실제 인물로, 나카노가 결혼한 후에 타키야마 부부의 양녀로서 타키야마의 이름을 계승했을지 모른다는 이야기가 있었습니다. 타키야마를 그릴 때 뭔가 부족한 느낌이 들었기 때문에 곁에서 시중 드는 인물을 좀 늘려야겠다고 생각했고 그것이 나카노입니다, 하하.

각각의 주종 관계

타키야마가 또다른 아리코토였다고 한다면, 타키야마에게 있어 나카노는 교쿠에이 같은 존재가 아니었을까 싶기도 했습니다. 타키야마에게 뭔가 부족하다고 느낀 것은 주종이나 오른팔 같은 존재였나요?

　그렇습니다. 종자에 해당하는 존재가 옆에 있으면 주인에 해당되는 인물이 보다 입체적으로 보이거든요. 상위자에게 마음을 터놓을 수 있는 존재가 있는가 없는가는 그 인생에 엄청나게 큰 영향을 미치는 터라 등장인물에게 그러한 존재가 있었는지는 의식하며 그렸던 것 같아요. 교쿠에이 같은 경우 나중에 케이쇼인이 되는 것을 알고 있었기 때문에 중간에 등장시킬 필요가 있어서 그린 거지만요. 요시무네 시대까지 그리고 나니 오른팔 같은 사람이 없으면 쇼군 혼자서 아무것도 할 수 없다는 것을 알게 됐어요. 쇼군은 로쥬와 세트입니다. 요시무네 이후로는 쇼군보다 로쥬가 더 유명한 시대가 계속 이어졌는데 역설적으로 도쿠가와 요시노부가 활약하기 어려웠던 건 그런 오른팔이 없었기 때문일지도 모른다고 생각해요. 미토 가문에도 훌륭한 사람들은 있었지만 모두 죽어 사라지죠. 아츠히메의 시대에도 아베 마사히로가 죽자 이에사다가 정치를 하기 힘들어져서 역시 로쥬가 중요하구나 싶었습니다. 로쥬는 지금으로 말하면 총리대신이고, 가장 실권을 갖고 있는 직책이라 정치를 좌우할 충분한 영향력이 있었을 겁니다. 그런 면에서 요시노부는 본인이 직접 정치를 하고 싶었을 거라고 생각했습니다. 쇼군이 독재적으로 정치하는 시스템을 되살리고 싶었지만 그것이 이루어지지 않았죠. 역시 오른팔이 없어서 그랬던 걸까 싶었네요.

이에사다에게는 아베 마사히로가 딱 오른팔 같은 존재인데 유대감과는 별개로, 다른 주종 관계에 비하면 비즈니스 파트너적인 분

위기도 있습니다.

직장에서 만난 느낌이라 그런 것 같습니다. 이에사다는 특별히 역사적으로 인상적인 활약을 보여준 인물은 아니지만 마사히로를 좋아했을 것 같아요. 마사히로는 12대 때부터 중용되었기 때문에 12대 도쿠가와 이에요시에게도 총애를 받았을 겁니다. 이에사다는 어떤 의미로 처음부터 완성형이었던 거죠. 아랫사람을 잘 만나서 남편도 잘 만날 수 있었어요. 정식 남편과 서로 사랑하는 관계를 이룬 사람은 실제로 없거든요, 하하. 남편과 잘 지내는 이에사다를 그렸으니 역사적으로도 금슬이 좋은 것으로 유명했던 이에모치와 카즈노미야는 같은 이야기를 반복하는 게 재미없을 것 같아서 둘 다 여성으로 그린 것도 있습니다. 원래도 여성 간의 관계로 그릴 생각이었지만요.

확실히 종자나 오른팔의 유무에 따라 등장인물의 윤곽이 뚜렷해지는 것 같습니다.

그렇습니다. 결국 그리지 않았지만 히라가 겐나이의 종도 등장시켰다면 좋았을 것 같다고 다 그린 뒤에 생각했습니다. 죽을 때까지 겐나이를 모시던 종이 있었거든요. 겐나이의 무덤 옆에 그 종의 무덤도 있고. 겐나이처럼 무사가 아닌 사람에게도 그런 존재는 있었습니다. 겐나이는 게이고 미혼이었기 때문에 혹시 그 사람이 연인이었을지도 모른다고 생각하

언제든 목숨까지
바칠 각오로
지금까지
살아왔습니다……

『오오쿠』

면 뭔가가 상상이 되잖아요? 그래서 더더욱 종이 있었냐 없었냐 하는, 종과 관련된 것들은 항상 염두에 두자고 생각하게 되었습니다.

또 한 쌍, 요시무네와 카노 히사미치에 대해서도 들려주세요. 그 둘은 이에사다와 마사히로보다도 더 주종 관계에 있는 느낌이 든 다고 해야 할까요. 도리에 의해 움직이고 연결된 듯한 인상입니다.

요시무네와 히사미치는 주종 관계면서 일종의 공범 관계이기도 했습니다. 만년이 된 히사미치가 요시무네에게 과거에 저지른 암살을 고백하는 장면이 있는데 사실 요시무네는 훨씬 전부터 어렴풋이 알고 있었을 거예요. 하지만 히사미치를 질책하지 않고 모르는 척했던 겁니다. 히사미치의 고백은 독자들에게 히사미치가 사실은 이러한 사람이라고 밝히기 위한 장면이었어요. 그리고 요시무네는 자신을 위해서 저지른 일에 대해 미안했다고 눈물짓습니다, 후후. 요시무네와 히사미치는 완전 비엘스러운 관계입니다. 서로에게 목숨을 맡기는 점에서 브로맨스가 느껴지기도 하고요. 거기에다 기회만 있으면 쇼군이 되고 싶었던 요시무네의 야망이 엮이면서, 그것 또한 좋은 브로맨스다 싶었습니다. 요시무네와 히사미치 같은 관계를 그릴 수 있었던 것도 성별 역전 『오오쿠』를 그려서 좋았던 점이었어요. 사전에 의도한 건 아니었지만 내가 이런 것을 그리고 싶었던 거구나 하고 깨달았거든요.

이런 것을 그리고 싶으셨다고요?

엄청나게 야심만만한 여성이 조직의 우두머리가 되고 싶어하는 이야기요. 『오오쿠』를 그리기 시작할 때만 해도 현대물에선 그런 걸 자연스럽게 그릴 수 있는 분위기가 아니었습니다. 요시무네처럼 분위기 파악 못 하는 인물은 여성 집단 내에서 소외되거나 뒤처지기 십상이라 성공하려야 할 수가 없거든요, 하하. 시대와 두 사람이 놓인 상황이 요시무네와 히사미치의 관계를 보다 그리기 쉽게 만든 것 같습니다.

적면포창 예방이라는 행복한 결말

『오오쿠』라면 남성과 여성의 연애가 포함된 소녀만화를 그릴 수 있을 것 같았다고 말씀하셨는데요. 전체를 통틀어 보면 연애 요소도 있는가 하면 정치, 의료적 소재도 포함되어 있습니다. 오오쿠라는 무대 안에서 연결되어 있어서 어색함은 없지만 실제론 매우 다채로운 느낌입니다.

연애 이야기를 그려보고 싶기는 했지만 역시 그것만으로에도 말기까지 이야기를 끌어가기엔 무리가 있었습니다. 그래서 변주를 주면서 끝까지 그리자고 마음먹었죠. 여담 같은 이야기도 조금 넣고 싶었는데 결과적으로 가바야키 이야기 정도밖에 넣지 못했습니다, 하하. 전체적으로 보면 꽤 중대한 에피소드들이 계속해서 이어집니다.

여러 권에 걸쳐 등장하는 적면포창 방역 관련 에피소드는 다양한 사건 사고의 실상과 해결을 그린 다큐멘터리 〈프로젝트 X〉 같은 분위기도 느껴지게 합니다.

그 부분은 각각의 등장인물들이 어떻게 할지에 대해 세세하게 고민하기보다 딱 적면포창 예방 접종 계획이라는 큰 틀을 먼저 잡고 생각했기 때문일지도요. 최선의 방법을 최후에 창안하기 위해 이런 계획은 한 번쯤 좌절이 필요하다고 생각했어요. 그래서 타누마 오키츠구의 자금 출자를 계기로 갑자기 연구가 진행되었다가 오키츠구의 실각과 함께 좌절, 11대 이에나리 때 계획이 다시 부활하는 흐름은 처음부터 정해져 있었습니다. 그뒤로 어떤 난관이 있을지를 세세하게 정했고 아오누마의 죽음도 정해져 있었고요. 계획의 부활을 위해서는 살아남아 계승할 사람이 필요했기 때문에 고유히츠였던 쿠로키 료준이 등장한 겁니다.

네덜란드의 의술인 난방의학을 하는 아오누마를 혼혈로 설정한 이유가 있었나요?

큰 이유가 있었던 건 아니지만 제가 여성 의사였던 구스모토 이네를 좋아하는 것이 하나의 이유이긴 했습니다. 이네는 독일인 지볼트와 나가사키에 있는 마루야마 유곽의 유녀 사이에서 태어났는데 시바 료타로의 소설 『화신』[17]에 등장하는 그가 너무나 반짝반짝 빛나 보였습니다. 이방인들도 섞여 드나드는 장소에는 반드시 유곽 같은 장소가 있는 법이라 이네 같은 혼혈 아이가 꼭 있었을 것이라고 생각하고 등장시키기로 결정했습니다. 아마 있었을 거야, 그리자. 그 정도의 마음이었어요, 하하. 외국의 피가 섞였다고 해서 금발에 파란 눈이 될 가능성은 낮지만 오오쿠에 있었으면 하는 만화적인 염원도 반영되어서 금발에 파란 눈의 인물이 되었죠. 그렇게 하는 것이 이색분자로서 괴롭힘을 당하기 좋은 설정이기도 했습니다.

히라가 겐나이는 처음부터 여성으로 그릴 생각이었나요?

네. 나가사키에 거짓 신분으로 드나들어야 해서 남자처럼 보이는 여자로 설정했습니다. 작중에서 겐나이 무리가 등장할 때는 여자가 난학을 배우는 것이 금지되어 있었기 때문에 남장은 그런 상황 속에서 난학을 배울 수 있는 꼼수 같은 설정이기도 했고요. 그리고 아오누마가 적면포창에 걸렸을 때 겐나이는 자신이 감염되지 않을 걸 알고 곁에서 간호를 하죠. 나중에 '뭐야, 여자라서 감염 걱정이 없었던 건가'라고 독자가 생각할 수 있도록 겐나이의 정체에 대해 약간의 힌트를 주기 위한 의도도 포함되어 있었습니다.

겐나이는 활발하고 미워할 수 없는 캐릭터죠.

겐나이는 모두가 하기 꺼리는 말도 눈치 보지 않고 마구 말하는 전형적인 캐릭터고 전에도 그린 적이 있었죠. 『서양골동양과자점』의 에이지처럼 웬만하면 별로 그리고 싶지 않은 캐릭터인데 일단 등장시키면 이야기가 굴러가기 때문에 그 고마움도 알고 있고, 그리기도 편합니다. 에이지 이후에는 『어제 뭐 먹었어?』에서 비슷하게 분위기 파악 못 하는 타부치 군을 그렸는데 그때도 또 비슷한 캐릭터를 그렸다고 생각했습니다. 겐나이는 세번째다보니 엄청 친숙했어요. 이런 인물이 다음에 어떤 행동과 말을 할지 잘 알고 있었고 그리는데 힘든 점은 전혀 없었습니다. 하지만 가능하면 그리고 싶지 않습니다. 왜 그러냐면, 동족 혐오에 가깝다고 할까요. 제 안에 비슷한 구석이 있어서 그런 것 같은데 막상 주위에서는 별로 안 닮았다고 해요. 아직도 의문입니다. 하나 추측이 가는 이유가 있다고 한다면 저희 부모님과 닮았습니다, 하하. 자주 봐온 덕에 말과 행동을 파악하기가 쉽죠. 주변에서 그를 미워하지 못하는 이유를 잘 알고 있었지만, 그래도 담당자에게 겐나이가 인기가 많다는 얘기를 듣고 '헐'이라고 생각했습니다.

그 '헐'의 이유는?

겐나이는 자신의 연인에 대한 태도가 최악이잖아요? 그리는 동안 연인인 가부키 배우를 진심으로 동정했습니다. 경제적으로 많은 도움을 주지만 거의 아무런 감사도 받지 못하고, 돈을 갚으라고 하니까 그때는 또 척 갚고. 진짜 짜증나겠더라고요. 이런 행동을 남자 캐릭터가 했다면 짜증난다고 하는 사람이 분명 있었을 거예요. 다만 겐나이는 제멋대로여도 기본적으로는 세상을 위해 살겠다는 생각이 있는 사람입니다. 역시 최종적인 욕망이 '나'에 근거하지 않은 사람은 강하구나 싶었죠. 제 안에서 겐나이는 카스카노 츠보네와 비슷한 느낌입니다. 세상을 위해, 대의를 위해 다른 사람에게 얼마든지 못된 짓을 할 수 있는 인물. 그리고 그것이 못된 짓이라는 것은 겐나이 본인도 알고 있습니다. 그래서 겐나이는 자신의 말과 행동 때문에 언젠가 대가를 치를 각오로 살아가고 있었다

는 것이 저의 해석입니다.

후에 자신을 죽음에 이르게 한 폭행 사건의 내막을 알고 나서도 겐나이는 가부키 배우를 원망하지 않았습니다.

히라가 겐나이에 관한 자료는 별로 남아 있지 않은데요. 그 죽음에 대해 환각을 보고 지인을 베어 죽여 감옥에서 옥사했다는 것이 유력한 설입니다만 진짜인지는 알 수 없다고 합니다. 타누마 오키츠구에 의해 성에서 비호를 받았다는 설도 있는데 이건 아마 에도 사람들이 겐나이를 너무 사랑해서 생긴 생존설일 거라고 생각했습니다. 요시츠네가 칭기즈칸이라는 설 정도는 아니지만 아마 겐나이가 살아 있길 바랐던 게 아닐까요? 엄청 별난 사람이었을 텐데 에도 사람들 눈에는 그만큼 사랑스러운 사람이었나봅니다. 환각을 봤다고 하는 유력한 설에서 묘사되는 겐나이의 모습이 꼭 매독 증상을 떠올리게 해서 마지막은 매독에 걸려 사망하는 결말로 해야겠다고 생각했습니다. 겐나이가 레즈비언이기도 하고, 매독에 감염되는 과정을 그리다보니 그런 전개가 되었네요. 결국 겐나이도 아오누마도 뜻을 다 이루지 못하고 죽어서 독자 중에는 안타깝게 생각하는 사람이 있을지 모르겠어요. 하지만 적면포창 예방 프로젝트 중 하나로 이 에피소드를 그렸기 때문에 프로젝트가 결국 성공한다는 점에서는 해피엔드입니다. 쿠로키가 주인공이라고 생각하면 충분히 해피엔드죠. 겐나이 에피소드도 독자들이 읽고 노력하는 인생이 바보 같다거나 시간 낭비라고 여기지 않을 것이라 믿으며 그렸습니다.

패자여서 다행이었다

결과적으로 적면포창은 11대 이에나리의 시대에 예방책이 확립됩니다. 처음부터 흑선이 내항하기 수십 년 전에는 해결할 생각이었다고 말씀하셨습니다만 시기적인 부분 외에도 이에나리의 시대를 배경으로 한 이유가 있었나요?

하루사다에 대해 말할 때도 언급했지만 이에나리의 시대는 에도 시대를 통틀어서 가장 평화로운 시기였습니다. 초밥과 장어가 있고, 여자들은 화려한 시마다마게 머리를 하고, 문화적으로 번성했던 시기였죠. 많은 사람들이 '에도 시대'라는 말을 듣고 떠올리는 이미지는 거의 그 시절에 만들어진 것입니다. 역사적으로 큰 사건이 일어나지 않고 안정적인 시대였기 때문에 픽션의 무대로서는 자유롭게 연기를 펼칠 수 있는 지대였죠, 하하. 제 맘대로 그릴 수 있었다는 시대적인 이유도 있지만 아무것도 하지 않은 무능한 쇼군이라고 평가받는 이에나리가 실은 보이지 않는 곳에서 적면포창의 예방에 힘썼다는 이야기를 그리고 싶었습니다.

적면포창 문제가 해결되는 게 딱 작품의 중반쯤입니다. 이건 계산된 배치인가요?

전혀요. 흑선이 내항하기 20년에서 30년 전까지 해결되지 않으면 성비가 복구되기 어렵기 때문에 19세기 초반에는 예방책이 보급되어야 한다는 생각은 있었지만, 그것이 이야기 구성상 어떤 시점에 등장할 것인가는 예상하지 못했습니다.

적면포창 해결이 얼마나 진척되는가에 따라 이야기의 분량을 짐작할 수 있는 부분도 있었나요?

그건 있었습니다. 8권쯤에야 드디어 적면포창 해결에 본격적으로 나서게 되었는데 이 속도면 10권으로 끝내는 건 어렵겠다고 판단했어요. 12권에서 적면포창 문제가 해결되었을 때 이 정도면 20권까지는 안 갈 거라 생각했고요. 13권부터에도 시대 말기가 시작되는 걸 생각하면 역시 말기가 좀 긴

편이긴 하죠. 전체 분량에서 3분의 1이 말기편이니까요.

처음부터 말기는 그 정도 분량이 될 거라고 예상하셨나요?

하하, 말기는 복잡하니까 빨리 끝내고 싶었어요. 근데 아무리 봐도 그렇게 될 것 같지 않아서 말기를 그리기 전에 우선 공부를 다시 했습니다. 전문가로부터 이야기를 들을 기회도 만들 수 있었고, 그냥 역사 공부를 한 거죠. 역사적 지식이 고등학교 시절에 멈춰 있던 저로서는 어째서 천황을 받들고 외세를 배격하자는 존황양이 사상을 제창하던 사람들이 개국쪽으로 움직여서 메이지 시대가 도래했는지 이해가 안 됐습니다. 처음에는 도쿠가와 막부가 개국을 주장했는데, 도쿠가와가 정쟁에서 이긴 거면 모를까 말이에요. 그렇지도 않은데 존황양이는 어디로 사라진 걸까. 교과서를 다시 읽어도 이해가 안 가서 이건 솔직하게 물어보자는 생각으로 이소다 선생님께 이유를 여쭤봤습니다.

이유가 뭐였나요?

이소다 선생님이 말씀하시기로는 당시에 조슈와 사쓰마번 모두 영국과의 전쟁을 경험했다고 합니다. 시모노세키 전쟁이나 사쓰에이 전쟁에서 크게 패하고 외국의 힘을 깨닫게 되었죠. 그렇지만 자신들이 개국파라는 건 절대 밖으로 티내지 않고, 천황에게는 '막부는 소극적이지만 우리는 외세를 배격하고 오직 천황을 받든다'라는 태도를 취한 겁니다. 그래 놓고 보이지 않는 곳에서는 개국에 대한 움직임이 일어난 거예요. 교과서에서도 그렇게 가르쳐주면 좋을 텐데, 하하.

그렇군요. 양이파야말로 '외적'의 힘을 온몸으로 느낀 사람들이었던 거였네요.

　당연한 이야기지만 일구이언을 하는 사람이 있으니까 속셈도 복잡하게 얽히는 법이죠. 그러니 정세를 파악하기가 쉽지 않을 수밖에요. 도쿠가와 안에서도 천황이 이끄는 조정을 지지하는 사람도 있었기 때문에 의견이 단순하게 둘로 나뉘어져 있었다고 볼 수 없습니다. 그때까지 오랫동안 얽히고설킨 문제를 풀고자 하면 정말 『풍운아들』처럼 세키가하라 전투부터 설명해야 해요.

흑백을 가르듯 이분법적인 대립이 아니었다는 말씀이시죠.

　그렇습니다. 다만 혁명이 일어난 건 아니었기 때문에 도쿠가와 가문을 한 사람도 남기지 않고 몰살시키는 갈등으로 번지지는 않았고, 그저 도쿠가와가 성을 비우는 방식으로 종결될 수 있었습니다. 전쟁에서 대패하는 결말이었다면 『오오쿠』처럼 깔끔하게 마무리되지 않았겠죠.

말기부터 성을 넘겨주기 전까지 너무나 다양한 일들이 일어나서

그 사건들을 따라가는 것만으로 벅찰 것 같습니다.

게다가 사건을 나열하기만 해서는 이야기가 성립되지 않잖아요? 그래도 『오오쿠』가 패자의 이야기여서 정말 다행이었어요. 무대가 고정되어 있다는 점도요. 이야기의 무대인 오오쿠가 장소를 이동하지 않는 점이 큰 도움이 됐죠. 등장인물에 따라 장소가 바뀌면 너무 힘들거든요. 오오쿠라는 장소를 고정 좌표로 설정하고 그 안에서 관측하는 일만 그리면 된다는 점은 다행이었습니다.

역사적 사실이라는 구원과 선배라는 지원군

예를 들면 『서양골동양과자점』은 앤티크라는 고정된 장소에서 이야기가 가지를 치며 뻗어나가지만 기본적으로는 넷의 이야기였죠. 『오오쿠』는 오오쿠라는 고정된 장소는 있지만 그 안에서 등장인물들이 달라지고요. 이 차이가 주는 영향이 있었나요?

글쎄요. 그리는 입장에선 큰 차이를 느끼지 못했습니다. 차이가 있다고 한다면 『오오쿠』의 경우 모처럼 캐릭터가 성장해봤자 결국 죽거나 다음 이야기에 등장하지 않기 때문에 그다음 캐릭터를 계속해서 보여줘야 했어서, 그 부분이 조금 불안했습니다. 독자는 물론이고 그리는 저도 새로운 캐릭터에 매력을 느끼지 못하면 괴로우니까요. 분량이 있는 연재에서 계속 똑같은 등장인물을 그리다보면 점점 그 캐릭터가 좋아

사랑하는 남자가
정실이 되어
무사히 아이를 낳으면
도쿠가와 3대 쇼군 이래
처음으로 정실 사이에서
후손을 낳는 것이
되니까.

그렇게 생각하면
여러 여자
쇼군 가운데
나의 생애는 의외로
행복한 축에
속하는지도
모르지.

…아니.

분명 어떤 쇼군이든
한 명 한 명
최선을 다해 살고
슬픔, 고통과 함께
기쁨도 맛봤을 터.

그렇게
생각하는 건
오만이다.

나처럼
말이야…

『오오쿠』

져 캐릭터의 해상도가 높아집니다. 그러면 그리기도 점점 수월해지는데 『오오쿠』는 무대는 그대로지만 일정 간격으로 등장인물이 리셋되는 느낌이라 매회 긴장감이 있었습니다. 그래서 더더욱 역사의 도움을 받았죠. 어떤 사람이었다는 기록은 남아 있었고 되도록 거기에 맞춰 그렸기 때문에 그리기 편한 캐릭터만 반복해서 그리는 것은 피할 수 있었습니다.

엄연한 역사적 사실이 존재하기에 그리기 까다로운 캐릭터도 강제적으로나마 그릴 수밖에 없었던 거군요.

그렇습니다. 그래서 도전하는 듯한 긴장감이 있었어도 그리면서 재미있었어요. 그리고 리셋이라고 했지만 새로운 캐릭터라고 해도 그전까지 그린 부분에서 이어지는 면도 있습니다. 완전히 리셋돼서 제로 상태가 되는 게 아니라, 일정 부분이 겹치면서 세대 교체를 반복하는 느낌이었습니다. 그건 역시나 오오쿠라는 무대였기에 그릴 수 있는 것이었어요.

『오오쿠』는 도쿠가와라는 혈족의 이야기인 동시에 오오쿠라는 시스템의 계승에 대한 이야기이기도 해서 그런 걸까요?

맞아요. 피의 계승에 따라 쇼군이 바뀌는 한편, 오오쿠라는 조직에 들어온 외부 사람들이 있어서 여러 가지 사건이 발생했던 거죠. 그래서 병원이나 회사 같은 조직을 그린 작품과 일맥상통하는 재미도 있지 않았나 싶어요. 그리고 '성별 역전 오오쿠'라는 특수한 작품을 그리게 되었을 때 최초 시도라는 점에 대한 불안이나 고독감은 없었습니다. '고정 관측 방식'은 드라마 〈오오쿠〉를 포함해 다양한 드라마에서 시도한 바가 있었고, 성별 역전 역시 시바타 마사히로 선생님의 『러브 싱크로이드』[18]라든가 하기오 모토 선생님의 『마지널』[19] 등, 이미 앞서 시도하신 분들이 있다는 걸 알고 있었어요. 그래서 사실 역사의 도움뿐만 아니라 여러 선배 작가들의 도움도 받았다고 생각합니다. 저에게는 도전이긴 했지만 이미 길이 나 있다는 걸 난 알고 시작한 것이니 큰 걱정은 없었어요.

선배들이 먼저 걸어간 달 표면의 발자국이 보였다는 거군요.

하하, 네. 그래서 혼자만의 도전인 것 같아서 불안할 일도 없을 거라 생각했고, 상상 이상으로 긴 이야기가 되긴 했지만 끝까지 그려낼 수 있었습니다.

당연하게도 다양한 게이 커플이 있었고,

제가 그리는 것이 게이 커플의 스탠더드인 것처럼 느껴지게 그리면

실례라는 생각이 들었어요.

그래서 그냥 제가 생각하던 비엘 커플의 모습 그대로 그리려고 했죠.

다양한 이성 커플이 존재하듯 게이 커플도 각양각색이니까,

나는 그중 하나를 그리자고.

제 7 장

함께 나이를 먹어가며

『어제 뭐 먹었어?』

『어제 뭐 먹었어?』

머지않아 환갑

변호사인 카케이 시로와 그의 연인이자 미용사인 야부키 켄지의 일상과 식생활, 그리고 주변 인물들을 그린 『어제 뭐 먹었어?』는 작가님의 연재 사상 가장 긴 작품일 것 같은데요. 이 작품은 몇 권 정도로 완결할 예정이었나요?

5, 6권요, 하하하. 그 정도에서 끝낼 계획이었기 때문에 작품 안에서 시간이 흐르는 속도가 현실과 비슷해도 괜찮을 거라 생각했는데 이렇게 오랫동안 그릴 수 있어서 독자분들께는 진심으로 감사한 마음뿐입니다. 정말 감사합니다.

등장인물도 순조롭게 나이를 먹고 있고, 시로는 곧 환갑을 앞두고 있습니다.

하하, 연재중인 《모닝》의 페이지 구석에 '57세 생일입니다'라고 적혀 있는 걸 보고 저도 '헐!' 하고 놀랐습니다. 비엘로서는 새로운 단계로 접어든 기분입니다. 이대로 계속 그려나가야죠. 예전부터 나이든 캐릭터가 등장하는 작품을 그리고 싶었는데 『어제 뭐 먹었어?』를 통해 그리고 싶은 건 거의 다 그릴 수 있을 것 같아서 그건 만족스럽습니다. 지금은 이 작품을 언제까지 그릴 수 있을지가 기대되는 상황이고요. 그렇지만 《모닝》에서 끝이라고 하면 끝내야 하고 그런 말이 없는 동안에만 계속 그릴 수 있는 상황이라 언제든 접을 준비는 하고 있습니다. 그러면서도 지금까지 오랜 시간 그리고 있는데, 저로서도 처음인 연재 방식입니다.

결말이 처음 예정과 많이 달라졌나요?

아무래도 지금까지 그릴 거라고 예상하지 못했기 때문에 처음에 생각해둔 것은 거의 붕괴되었습니다, 하하.

아마 연재를 시작하기 전까지는 등장 예정이 없었던 캐릭터들도 꽤 있지 않을까 싶습니다.

질베르, 즉 와타루와 코히나타 등이 그렇습니다. 그전부터 담당자와 회의를 하며 오래 그렸다는 이야기를 했는데, 시로와 켄지만으로는 이야기를 계속 만들어가기가 힘들 것 같아서 '비엘은 보통 연재가 길어지면 두 커플을 등장시키는 게 정석인데, 그렇게 해볼까요?'라고 저도 모르게 말을 뱉어버렸죠, 하하. 테츠와 요시 커플처럼 어떤 에피소드에만 나오는 게 아니라 주인공들과 좀더 관계성이 있는 느낌으로, 보다 젊은 사람들을 등장시켜보자고 했죠. 일단 등장시키면 이야기는 생겨나거든요. 질베르가 에이지의 계보를 잇는 캐릭터라서 살짝 짓궂지만 불편한 말도 아무렇지 않게 할 수 있는 인물인 덕에 역시 이런 캐릭터가 있으면 이야기가 굴러가는구나 하고 그때도 느꼈습니다.

시로와 켄지는 너무나 상식적인 사람들이니까요.

그러니까요. 특별히 별난 사람들이 아니라서 질베르 같은 강렬한 캐릭터를 등장시키고 싶은 의도도 있었습니다. 질베르와 코히나타가 등장한 덕분에 결과적으로 시로와 켄지의 관계에도 전환점이 찾아왔기 때문에 그 둘을 등장시키길 잘한 것 같습니다.

나이를 먹는다는 건 드라마틱한 일

전환기라는 것은 구체적으로 언제를 말씀하시는 거죠?

6권의 물만두 에피소드(#41)입니다. 코히나타와 약속한 술자리에 못 가게 된 켄지가 시로에게 코히나타와 단둘이 있지 말라고 말하잖아요? 본인도 같은 상황에서 바람피운 적이 있다는 사실을 고백하면서 이런 말 하면 차일 것 같다고 우는 켄지에게 시로가 "미워하지 않아!!"라고 큰 소리로 외치는데, 그때 '어라?' 싶었죠. 이 사람들, 생각보다 긴 인연이 될 수도 있겠다고요. 그런 장면을 의도하고 그린 게 아닌데 시로가 의외로 켄지에 대한 애정이 깊다는 것을 깨달았어요. 이런 상황이 오면 어떻게 될까, 그리기 전에 세부적인 설정을 정해놓지 않아서 시로가 귀찮아하진 않을까, 말싸움을 하게 되진 않을까 상상을 했어요. 그런데 콘티를 그려보니 시로가 저렇게 단호하게 미워하지 않을 거라고 말하는 거 있죠? 술자리를 미루게 된 배경에는 시로 본인 역시 비슷한 상황에서 바람을 피운 적이 있으니 켄지의 기분을 알 것 같아서 그런 것도 있지만, 기본적으로 시로가 켄지를 많이 아낀다는 것을 그때 알게 되었습니다.

확실히 1권의 시로였다면 켄지에게 버럭 화를 냈을 것 같네요.

맞아요. 화를 냈을지도 모르고 바람을 피웠을지도 모르죠. 하지만 6권까지 그리고 시로에게 그런 감정이 있다는 걸 알게 되었기 때문에 슬슬 켄지를 시로의 부모님께 소개해야 하지 않을까 하는 생각이 제 안에 싹트게 되었습니다. 그래서 7권에서 켄지와 시로의 부모님이 만나게 되는데, 그렇게 만난다고 해서 사이가 금방 좋아질 거 같진 않았어요. 8권에서 '역시 실패했습니다'라는 느낌으로 그릴 계획은 세우고 있었습니다. 조금 판타지스럽지만 켄지와 시로의 어머니가 친해지는 전개도 상상해봤는데 암만 생각해도 그러지는 않을 것 같더라고요. 사실 어색하지만 매년 정월에 집으로 찾아오는 켄지를 무리해서 받아주는 걸까 싶었는데 그럴 것 같지도 않았어요. 그런 부분까지 포함해서 켄지와 시로 부모의 만남을

『어제 뭐 먹었어?』

구상하고 있었던 터라 아무래도 작품이 금방 끝나진 않겠다고 어렴풋이 짐작하고 있었어요, 하하.

1권의 시로를 생각해보면 켄지를 부모님께 소개하는 날이 올 줄 몰랐는데, 감개무량했습니다.

동성의 연인을 부모님께 소개하는 것은 비엘에서 보기 힘든 장면인데 설마 그걸 제가 그리는 날이 올 줄은 몰랐어요! 이건 그전까지 7권 분량의 히스토리를 쌓아왔기 때문에 그릴 수 있었던 거고 50페이지 안에 그리라고 했으면 할 수 없었을 거예요. 역시 오랜 시간 꾸준하게 교제해왔고 앞으로도 계속 함께하고 싶은 상대가 있다면 부모님께 소개하고 싶은 생각이 드는 것도 당연할 것 같았어요. 7권에서 켄지를 부모님

집으로 데리고 가는 대목이 시로에게는 감정의 경계를 넘는 기점이라고 할까요. 그때부터 켄지가 자신에게 소중한 사람이라는 것을 자각하기 시작한 게 아닐까 생각합니다. 실제로 그쯤부터 시로가 켄지에게 다정해지기도 하고요, 후후. 6권에서 함께 장을 보러 가는 장면이 있는데 그때만 해도 시로는 별생각이 없었어요. 그냥 같이 가도 괜찮겠지, 그랬던 거죠. 그후 시로는 켄지와 쭈욱 함께하기로 마음먹은 이상은 일일이 부끄러워할 필요도 없고, 게이로 보이고 싶지 않다는 말을 할 때가 아니라는 걸 알게 됩니다. 오직 켄지에게 잘해줘야겠다는 마음뿐. 켄지의 우선 순위가 자신보다 높아졌으니까요.

시로가 나이를 먹었다는 것도 큰 영향을 미치지 않았나 싶었어요.

그렇습니다. 이 만화는 시간의 흐름이란 것을 그 어떤 극적인 사건보다 중요하게 그릴 생각이었고, 실제로 '아무튼 시간이 지나니 괜찮아졌다'와 같은 상황이 많습니다, 하하. 연재가 진행될수록 시로 부모님의 태도도 변화해가는데, 이것도 어떤 극적인 사건이 일어나서 그런 건 아니에요. 아마 처음 켄지와 만났을 때는 시로의 부모도 둘의 사이가 이렇게까지 오래갈 줄은 몰랐을 거예요. 그런데 둘의 만남이 예상보다 오래가기도 하고, 당신들이 임종 준비를 해보니 노년에 접어드는 아들의 곁에 있어주는 사람이 얼마나 소중한 존재인지 조금씩 느끼는 바가 있었지 않나 싶습니다.

『어제 뭐 먹었어?』

5, 6권 정도로 완결할 계획이었을 때는 좀더 시로와 켄지가 중심이 되는 이야기를 생각하고 있었나요?

그렇지도 않았어요. 예를 들면 시로의 요리 친구이기도 한 카요코만 등장하는 에피소드 같은 걸 섞어서 군상극 느낌의 작품이어도 나름 괜찮을 듯 싶었어요. 성인 게이 커플의 동거 생활에서 그릴 수 있는 소재가 그렇게 많지 않을 것 같았거든요. 그런데 연재가 길어질수록 의외로 시로와 켄지의 이야기만으로도 그릴 소재가 많아서 사람이 나이를 먹는다는 게 이렇게 드라마틱한 일이었나 깜짝 놀랐습니다. 시로는 자신의 인생이 풍파 없이 무난하게 흘러가기를 절대적으로 바라겠지만 오래 살다보면 아무 일도 일어나지 않기를 바라도 꼭 뭔가 일어나는 법이구나 싶어서요, 하하. 하지만 그게 인생이겠죠. 아무리 평온하게 살고 싶어도 병에 걸리거나 사고를 당하기도 하니까. 풍파 한 번 겪지 않고 인생을 살아가는 것은 어려운 일입니다. 시로와 켄지가 저보다 나이가 많긴 하지만 저나 주변 사람들의 신변잡기 같은 이야기도 많이 그렸습니다.

'시간의 경과'라고 하니 생각나는데, 시로의 본가 옆집 아이가 오랜만에 등장했을 때 엄청 자라 있었죠.

이상하게 그런 걸 그리면 좀 서글퍼지더라고요. 하지만 우리 인생에서도 비슷한 일이 일어나곤 해요. 이웃집 아이가 못 본 새 쑥쑥 자라 있거나 하잖아요. 그리고 시로의 부모님이 요양 시설에 들어가는 이야기를 그렸기 때문에 '귀여워하던 옆집 아이는 잘 사나?' 하고 궁금해할 독자들도 있겠다고 상상하며 그 장면을 넣었습니다.

그리고 싶은 걸 전부 집어넣다

『어제 뭐 먹었어?』의 원형 같은 것은 언제부터 머릿속에 있었나요?

실제로 연재에 들어가기 2, 3년 정도 전이었던 것 같습니다. 『플라워 오브 라이프』 연재 도중에 그리고 싶다는 생각이 들었어요. 『플라워 오브 라이프』는 어린 고등학생 이야기였고, 『오오쿠』 연재도 시작한 상황이긴 했는데 그건 인물의 일대기 같은 느낌이잖아요. 둘 다 제 취향을 우선시하여 그린 작품이 아니었어서 제가 좋아하는 것만 담은 이야기를 그리고 싶었습니다. 그때는 이미 몇 년 동안이나 비엘에서 손을 뗀 상태였는데, 그전에 그린 비엘도 제 나름대로 다소 조심스럽게 그린 부분이 있었어요. 그런 속박에서 벗어나 '이젠 누가 뭐래도 마흔 넘은 아저씨 이야기를 그릴 거다!'라고 외치고 싶은 심정이었답니다, 하하! 요리도 그리고 싶었고, 변호사 이야기도 하고 싶었고. 어쨌든 하고 싶은 건 전부 집어넣겠다고 마음먹었습니다.

변호사 이야기도 그리고 싶으셨군요.

그렇습니다. 그전부터 취재도 하고 있었는데 하면 할수록 저는 드라마틱한 법정물은 그릴 수 없다는 사실만 뼈저리게 느끼게 됐어요. 취재를 할 때도 저는 변호사의 업무 중에서 별 대수롭지 않은 이야기가 재미있었고, 그러다보니 변호사물보다 일상물 안에 변호사물의 요소를 녹여내는 방식이 낫겠다 싶었습니다.

그래서 게이 커플 중 한 사람을 변호사로 한 거였네요.

네. 그리고 남자들의 이야기여서 비엘을 그리고 싶었던 건 맞지만 사회파 비엘 같은 것을 그릴 생각은 없었고, 역시 일상이 그리고 싶었습니다. 게이가 자신이 게이라는 사실에 대해 생각하는 시간은 하루 24시간 중 아마 10분의 1도 안 될 것 같았어요. 헤테로인 사람이 연애에 대해 생각하는 시간과 마찬가지로 게이라 해서 24시간 내내 그 생각만 하는 건 아닐 거라고요. 그래서 가족도 있고, 일도 있고, 집에 돌아오면 동성의 애인도 있는 정도의 느낌으로 그리고 싶었습니다. 러브신에는 아무런 기대 없고, 오늘 밥은 뭘 먹을지 고민스러울 때 참고할 수 있는 만화가 되길 바랐습니다.

상상 밖의 첫 청년지 연재

청년만화 잡지인 《모닝》에서 연재를 시작하게 된 것에 놀란 독자들도 많을 것 같습니다.

처음에는 비엘 잡지의 편집자에게 이런 이야기를 그리고 싶다고 구체적으로 프레젠테이션을 했는데 답변이 전혀 긍정적이지 않았습니다. 독자는 돌봄이나 가정 문제로 힘든 상황에서 기분 전환을 위해 비엘을 읽는 경우가 많기 때문에 주인공을 그런 문제들과 연결 짓는 것은 좀 그렇다…라는 말을 듣고 그냥 수긍하기로 했습니다. 적어도 나이가 30대면 좋겠다는 말도 들었는데 저는 40대가 좋았어요. 그쪽은 '정 그렇게 그리고 싶다면 그려도 되긴 한데…'라는 느낌이라 완전히 뒤로 물러섰죠. 어느 잡지라면 그릴 수 있을까 생각하다가 아는 편집자에게 이런 이야기를 그리고 싶다고 말했고, 《멜로디》의 담당자가 바로 좋다고 해주셨어요. 하지만 『오오쿠』를 연재하는 중인데다가 『오오쿠』와 함께 게재하는 것도 내키지 않았어요. 그때 고단샤 잡지 《모닝》의 편집자를 만나게 되었습니다. 처음에는 테니스 클럽에서 우승을 노리는 테니스 초심자 아저씨를 그리고 싶다고 말했습니다. 『테니스의 아재님』이라면서 신이 났었죠, 하하. 그러자 그 편집자가 엄청 의욕적으로 나서며 무려 출판사의 전속 촬영기사님에게 부탁해서 데이비스 컵 사진을 찍어다주셨습니다. 그게 몇번째 만났을 때였더라? 그 사진을 보여주셨는데 보자마자 식은땀이 쫙 나더라고요. 그래서 '죄송합니다! 사실 지금 그리고 싶은 건 전혀 다른 이야기예요!'라고 자백했습니다. 사진을 찍어다주신 촬영기사님도 그 자리에 계셨지만 더이상 거짓말을 하면 안 될 것 같아서 '이렇게까지 애써주실 거라고 생각도 못했습니다. 죄송합니다'라고 사과드리니 정말 그리고 싶은 건 어떤 이야기인지 다시 물어봐주셨어요. 1권 분량은 이미 이야기가 완성되어 있어서 어렵사리 말씀드리니 《모닝》에서 그려보지 않겠냐고 제안하셨습니다. 《모닝》에서 이런 기획이 통과될 리 없다고 생각했는데, 촬영기사님도 어찌나 좋은 분인지 '저도 읽어보고 싶은데요'라고 말해주셨어요. 참고로 그분이 찍어주신 사진은 언젠가 사용할지도 모르니 소중하게 보관하고 있어요, 후후. '기획 통과되면 그리실 거죠?' '아뇨, 통과될 리 없을 거 같은데요?'라는 대화가 몇 번이고 오간 다음날, 그 편집자한테 전화가 왔습니다. '통과됐습니다'라고요. 놀라울 따름이었습니다.

아직 『플라워 오브 라이프』를 연재하던 때였나요?

그렇습니다. 그래서 1년 이상은 기다리셔야 할 것 같다고 말씀드렸는데 그래도 기다리겠다고 하셔서 건실한 잡지사의 남다른 아량을 느낄 수 있었어요. 연재를 시작하기 전까지 시간이 남으니까 그동안 취재를 해보는 게 어떻겠냐고 하셔서 게이 커플을 취재하게 되었습니다. 취재를 통해 다양한 이야기를 들을 수 있었는데, 이야기라고는 해도 뭔가 특별한 건 아니고 '요리는 주로 누가 하나요?' 같은 평범한 질문을 했습니다. '거의 제가 해요. 이 사람도 가끔 만들긴 하는데 자주 쓰지도 않는 로즈메리 같은 걸 사와서 참… 그뒤로 로즈메리를 어떻게 할지 전혀 모르겠어요'라며 웃으시는 것을 보고 당연하지만 파트너에게 갖는 불만은 이성 커플과 전혀 다를 바 없다는 걸 깨달았습니다. 그렇게 많은 커플의 이야기를 들은 것은 아니지만 당연하게도 다양한 게이 커플이 있었고, 제가 그리는 것이 게이 커플의 스탠더드인 것처럼 느껴지게 그리면 실례라는 생각이 들었어요. 그래서 그냥 제가 생각하던 비엘 커플의 모습 그대로 그리려고 했죠. 다양한 이성 커플이 존재하듯 게이 커플도 각양각색이니까, 나는 그중 하나를 그리자고. 결국 내가 그리고 싶은 거 그리자는 생각으로 시작된 듯해요, 하하.

연재를 보류한 게 압박이 되진 않았나요?

아뇨. 그럴 수 있는 연재지가 정해져 있다는 것과 계속 그리고 싶었던 이야기를 드디어 그릴 수 있게 되었다고 생각하니 오히려 마음이 편해졌어요.

부모 자식 관계는 좀더 질척질척 그리고 대충대충

시로와 켄지의 이야기가 메인이긴 하지만 시로와 부모의 관계성처럼 연재 초반부터 가족적 요소도 확실하게 들어 있죠.

예를 들어 비엘에서는 게이의 부모는 굉장히 이해심이 많거나, 전혀 이해심 없이 아주 적대적이거나 둘 중 하나로 그려지는 경우가 많았는데요. 부모 자식 관계는 좀더 질척질척하고 허술한 부분이 있다고 생각했어요. 아들에게 게이라는 이야기를 듣고 이해하는 척을 하려고 해도 사실 마음 한구석에서는 그래도 여자와 사귈 수 있는 거 아닐까 하는 미련이 남을 수도 있고요. 부모의 솔직한 심정이라는 게 딱 자를 수 없는 것 아니겠어요? 시로의 부모는 인생의 중반까진 순풍에 돛 단 기분이었을 것 같아요. 아버지는 미인과 결혼해서 자신과 닮지 않은 잘생긴 아들을 낳고, 게다가 그 아들이 지망하던 대학의 법학과에 들어가고. 자랑스러운 아들을 두고 만사가 평안한 듯했지만 인생이 어느 날 급추락하게 됩니다. 정신차려보니 줄어든 적금 잔고는 아내가 신흥 종교에 돈을 쏟아

붓고 있던 탓이었다니 기절초풍할 노릇이죠. 아내를 신흥 종교에서 빼내려고 안간힘을 쓰던 중에 아들에게서 하늘이 무너지는 이야기를 들었고, 아마 아들의 결혼은 포기해달라는 말도 들었을 거예요. 매일 성실하게 회사만 다니면 되는 인생이었는데 갑자기 웬 날벼락을 맞고 이게 무슨 일인가 어안이 벙벙한 채로 시간이 흘러서 정년퇴직. 그러자 아들은 동성 연인을 집에 대동. 알고는 있었어도 쇼크는 쇼크였을 거라고 생각합니다. 시로에게는 시로 나름대로의 의도가 있었고, 자신은 행복하게 살고 있으니까 괜찮다는 것을 보여줄 생각이었겠지만 부모에게는 마치 최후통첩처럼 '결혼은 절대 안 할 거니까 이만 포기해줘'라는 메시지로 다가오지 않았을까요.

시로는 문제를 일으키는 아이가 아니었을 테니까 그동안 상상하던 노후와는 크게 달라졌겠네요.

손자가 있는 노후가 그렇게 어려운 미래가 될 거라고는 생각 못 했겠죠. 시로는 방에 미타니 마미 같은 여자 연예인 포스터를 붙여놨고, 그래서 더더욱 게이라고는 상상조차 못 했을 것입니다. 처음에는 쇼크가 컸지만 그것도 점차 나아지려나 싶었는데 어느 집 자녀가 결혼했다는 이야기를 들으면 또 헛헛함 같은 것이 몰려오고. 자녀에게는 자녀의 인생이 있다고 생각하면서도 자신들이 막연히 그리던 미래는 올 일이 없겠구나 하는 절망감이 스멀스멀 덮쳐오지 않았을까요? 그래서 포기하며 살아가던 중에 손자가 생기면 생기는 대로 자식들이 돈을 요구한다거나, 게이는 아닌데 독립하지 않는 나이든 독신 자녀가 있다는 등 고민스럽다는 이야기들을 주변에서 듣게 되면서, 본인들은 적어도 아들 때문에 특별히 속썩는 일도 없고 걔가 우리 연금을 노리는 것도 아니니 이대로도 괜찮지 않나 생각하는 국면에 접어든 것 같습니다, 하하.

시로는 되도록 풍파 없는 인생을 살고 싶어하지만, 부모 입장에서 보면 풍파가 끊이지 않는 드라마틱한 인생이었을 것 같아요.

연재 초반만 해도 시로에게 부모란 성가신 일만 일으키는 존재였지만 점점 부모의 뜻을 이해하게 되면서 시로도 조금씩 생각이 달라졌을 거 같아요.

아버지가 병에 걸린 것이 시로의 심경을 크게 변화시킨 원인이었으려나요?

그럴 거예요. 부모가 기대한 인생은 살 수 없지만, 그들과 계속 잘 지내야겠다. 그렇게 생각하게 되지 않았을까요? 부모님을 자주 뵈러 가야겠다고 마음먹었을 수도 있고요. 부모 자식 관계도 그렇지만 세상일이라는 게 역시 흑과 백으로 딱 잘라 나눌 수 없는 경우가 많잖아요. 한쪽만 잘못했다고 할 수 없는 상황의 모순 같은 것도 있고. 그렇지만 답이 나오지 않아도 적당히 넘어갈 때도 있는 법이고. 그게 특별히 이상한

『어제 뭐 먹었어?』

일은 아니죠.

무관계 그리고 무책임이라는 구원

연재가 길어지면서 시로와 시로 부모의 이야기뿐만 아니라 시로 가 켄지의 가족과 만나거나 켄지가 카요코와 만나는 이야기도 나 옵니다.

처음엔 켄지의 부모를 등장시킬 마음이 전혀 없었습니다. 그런데 시로의 부모가 느끼는 바가 있었듯 켄지의 부모도 비숙할 것 같다는 생각이 들었어요. 아들이 오랫동안 같이 살고 있는 상대와 슬슬 인사를 나누고 싶어하지 않을까 하고요. 만나게 되면 식사 자리가 연례 행사가 될 거 같았는데 그 장면을 꼭 그림으로 나타내지 않더라도, 매년 다 같이 모여 밥을 먹는다는 사실은 대화 등을 통해 짐작할 수 있게 하고 싶어서 신경써야 할 부분이 늘어났어요, 하하. 카요코 같은 경우는 켄지와 한 번도 본 적 없다는 사실을 저나 담당자나 완전히 까먹고 있었습니다. 카요코와 대화할 때 자연스럽게 이름이 언급돼서 이미 서로 아는 사이처럼 느끼고 있었는데 사실 얼굴 한 번 본 적 없다는 걸 깨닫고 이제는 진짜 만나야 할 때라고 생각해서 단행본 16권에서 만남을 성사시켰습니다.

시로 입장에선 카요코와 켄지가 직접적으로 아는 사이가 아니기에 켄지 이야기를 편하게 할 수 있는 구석도 있었죠. 그래서 시로가 둘을 서로에게 소개하지 않은 것도 그렇게 이상하게 느껴지지 않았습니다.

시로가 켄지에게는 부끄러워서 하지 못하는 말도 터놓고 할 수 있는 상대로 카요코를 등장시킨 건 맞지만, 시로와 카요코가 알고 지낸 지 벌써 10년이 넘었으니 슬슬 만나지 않으면 오히려 이상할 것 같았습니다. 카요코 부부에게는 켄지와 만나는 것 자체가 큰 이벤트가 될 것 같기도 했고요. 시로에게 이야기는 들었지만 혹시 상상 속의 연인 아냐? 하고 생각했던 켄지가 진짜 있었고, 만날 수도 있다니. 손자만 보며 별일 없이 살아가는 노부부에게는 일대 이벤트가 아닐 수 없죠. 드디어 켄지와 만난다! 오예에! 하하하.

카요코는 연재 2화부터 빠르게 등장한 편인데 처음부터 지인 중에 가정주부 캐릭터를 그릴 계획이 있었나요?

주인공이 좋아하는 요리만 나오면 재미없을 것 같아서 오랫동안 살림을 해온 사람의 지혜를 빌리고 싶었달까요. 가정이 있는 사람의 요리도 보여주고 싶었습니다. 그리고 시로와 켄지의 이야기만 그리면 폐쇄적이고 협소해지기 때문에 처음부터 꼭 친구를 만들어줄 생각이었습니다. 게이에 대한 식견도 없을 뿐만 아니라 조금 무신경하고, 주인공과 적당히 거리가 있는 사람을요. 말한 것처럼 카요코에게 시로는 친구지만 가족은 아니니 거리낌 없이 지낼 수 있고, 그런 관계의 친구가 주인공 곁에 있으면 좋겠다 싶었습니다. 관련없는 타인이라 책임지지 않아도 되는 관계에 있기 때문에 마음 편하게 사귈 수 있는 사람이 있다면 주인공의 마음이 한결 편해질 것 같았어요. 그전까지 평생 게이인 것을 숨기기만 해온 주인공에겐 역시 답답함이 있을 테고, 연인에 대한 불만을 털어놓을 상대가 필요할 거라 생각했어요. 시로는 게이로 보이는 게 싫어서 게이 친구도 잘 만들지 않는 사람이라 마음이 더 힘들 수도 있으니 친구를 최소한 한 명은 만들 생각이었습니다.

『어제 뭐 먹었어?』

카요코네 가족은 말씀하신 대로 게이에 대한 식견도 없고 무신경하기까지 해서, 시로가 게이라는 이유만으로 '큰일이다! 우리 아빠를 노리고 있어!'라고 생각한 거군요.

카요코 가족이 하는 말은 당시 게이에 대해 잘 모르는 사람들이 할 법한 무신경한 말들이죠. 시로도 욱하긴 하지만 하도 들어서 적당히 익숙해진 말들이었기 때문에 그냥 참고 넘어갑니다. 하지만 사이가 가까워질수록 카요코 가족은 그런 말과 생각을 하지 않게 되고, 결국 게이에 대해서 잘 몰라서 뱉었던 말이었다는 게 드러나죠. 시로는 그저 시로라는 인간일 뿐이라는 것을 이해하게 되자 그가 게이란 사실을 아무렇지 않게 여기게 되는, 그런 변화도 그리고 싶었습니다. 무신경한 말을 듣고 카요코 가족과 더이상 만나지 말아야겠다고 생각할 정도로 시로가 어린아이도 아니고, 어울려 지내면서 모두 대등해지는 변화를 겪습니다. 그런 점에서 나이가 좀 있는 사람을 등장시키고 싶었던 것도 있어요. 나이가 어린 사람은 무신경한 말을 들었을 때 마음의 상처를 받고 관계를 뚝 끊어내기 쉽거든요.

이제 시로에게 카요코는 장 보기 동료이자 요리 선생님, 없어서는 안 될 존재가 되었습니다.

카요코가 어떤 요리를 만들지 고민하는 것도 즐거웠어요.

요리가 아닌 식단

『어제 뭐 먹었어?』는 메인 요리뿐만 아니라 반찬까지 포함한 한 끼가 그려지는 것도 특징인데 각 회마다 식단을 생각하는 게 힘들지는 않았나요?

전 원래도 식단 짜는 걸 힘들어하는 편은 아니에요. 실제 생활에서도 거의 일주일치 식단을 미리 생각하는데 퍼즐을 맞추는 느낌으로 이리저리 조합을 궁리하고, 잘 맞지 않으면 하루종일 고민하기도 합니다. 일하다가 중간에 '당근' 같은 걸 인터넷에 검색하기도 하고요. 예전에 저희 아버지께 들은 이야기인데, 아버지가 다니시던 테니스 클럽의 아주머니에게 가장 하기 싫은 집안일을 묻자 1위가 식단 짜는 거였다고 해요. 꼭 만들어야 하는 거면 만들기는 하지만 오늘 뭘 만들지 생각하는 게 너무너무 싫어서 스트레스라고 하셨대요. 아무리 제겐 힘든 일이 아니라고 해도 매일매일 식단을 생각하는 데 상당한 시간을 빼앗긴다는 건 저도 느끼고 있어요. 그래서 식단 짜기를 좋아하지 않았다면 정말 스트레스였을 거예요. 『어제 뭐 먹었어?』에 식단을 싣는 건 거기에 시간을 빼앗기는 만큼 일에 환원하고 싶어서 그래요, 하하.

레시피를 보면 어떻게든 따라서 만들 수 있는 수준이라 식단을 볼 수 있는 게 도움이 많이 됐습니다. 참고할 수 있었거든요.

감사합니다. 식단을 그대로 갖다 쓰지 않더라도 조합법만 참고해주셔도 기쁠 것 같아요. 반찬은 어디까지나 반찬이고 메인 요리가 아니니 기본적으로는 냉장고에 있는 재료, 혹은 새로 사더라도 저렴한 재료를 이용해서 메인 요리로 채우지 못한 영양소를 섭취할 수 있도록 합니다. 이런 부분까지 고려를 해야 하니까 사실 요리가 익숙한 사람들에게도 식단 짜는 건 고민스러운 일이에요. 그렇지만 반찬까지 함께 소개하지 않으면 식단을 싣는 의미가 별로 없다고 생각했어요.

반찬 정보가 풍부해서 정말 좋았어요.

처음 그리기 시작했을 때는 언젠가 메인 요리나 반찬 소재가 떨어지지 않을까 걱정했는데 의외로 한계가 없던데요? 뭔가가 유행하곤 하더라고요. 참치를 이용한 무한 양배추나 무한 피망 요리가 유행하나 싶으면 다시마 조림이라는 스타가 혜성처럼 등장하고요, 하하. 10년 전쯤에는 소금 누룩 조미료나 소금 레몬이 등장했고, 남플라라는 태국 조미료가 주목받기도 하고, 평소 먹는 일상적인 요리에 사소한 아이디어를 더한 요리가 유행하기도 하고. 그런 유행의 변화를 보는 것도 재미있습니다. 담당자에게 소재 떨어지면 그만 그려야겠다고 이야기했는데 소재가 떨어지지 않아서 계속 그리고 있네요.

요리는 만들지 않아도 괜찮아

작품에 등장하는 요리나 시로가 요리를 만드는 장면이 이야기와 직접적으로 연관되지 않는 점이 오히려 읽기 편하다고 느꼈는데 의식적으로 이야기와 분리한 건가요?

그렇습니다. 『서양골동양과자점』도 비슷한데 『서양골동양과자점』이 케이크가 등장하는 이야기이긴 해도 케이크가 사람을 위로하는 이야기는 아닙니다. 타치바나가 말했듯이 케이크는 기쁜 일이 있을 때 곁들이는 훌륭한 조연 같은 음식입니다. 그렇지만 슬픈 일을 겪은 사람이 케이크를 먹고 행복해질 리는 없다고 생각하며 그렸기 때문에 논리적으로는 『서양골동양과자점』과 같은 이유로 요리와 이야기를 분리했습니다. 요리를 만든다고 해서 시로의 마음에 극적인 변화가 일어나는 것도 아니고, 요리가 모든 문제를 해결해주는 것도 아니죠. 하지만 요리와 이야기를 분리한 덕에 오랫동안 그릴 수 있었던 것 같기도 합니다.

시로가 능숙하게 요리하는 모습을 보고 있으면 마치 문제가 해결된 것 같은 작은 카타르시스를 느낍니다. 이것 때문에 마음이 편해지는 게 아닐까 생각하기도 했어요.

아마 실제로 요리에 그런 테라피 작용이 있는 것 같아요. 일이 막힐 때일수록 손이 많이 가는 요리를 만들고 싶어진다는 이야기를 자주 듣는데, 인생에서 무엇 하나 제대로 이루지 못한 기분이 들 때 요리를 만들면 뭔가 해냈다는 성취감을 느낄 수 있는 게 크지 않을까 싶어요. 인생이 잘 안 풀리거나 고민이 있을 때 자신의 통제 하에 뭔가를 완성했다는 그런 성취감요. 요리에는 그런 면이 있다고 생각해요.

시로의 변호사 사무소 직원인 시노의 결혼 상대가, 시노가 만들어준 음식을 보고 "가족이 생긴 기분이야…"라고 말하는 장면이 있습니다. 요리가 그런 상징성을 띨 때도 있죠.

그 장면에 대해 말하자면, 요리를 할 줄 알아도 혼자서는 만들어 먹지 않을 음식이 있잖아요. 시노의 결혼 상대인 슈헤이는 요리사니까 시노가 만든 요리를 직접 만들고자 하면 얼마든지 만들 수 있습니다. 하지만 누군가와 함께 먹기 위해 만드는 요리가 분명 따로 있다고 생각해요. 시로의 사무소의 오센세가 먹는 1인 고기만두도 나름의 먹는 즐거움과 맛이 있을 테고요. 『어제 뭐 먹었어?』는 기본적으로 요리를 만드는 만화이기는 하지만 만들지 않아도 상관없다는 생각으로 그렸습니다. 외식을 해도 괜찮죠. 요리야말로 외주가 가장 쉬운 집안일이라고 생각해서 꼭 해야 한다고 정한 건 아니에요. 시로는 건강과 절약이라는 큰 목표가 있기 때문에 하고 있지만요, 하하.

시로는 체형 관리에 확고한 의지가 있으니까요.

시로가 그런 것일 뿐 건강하지 않은 식사를 하든 계속 외식을 하든 괜찮다고 늘 생각해요. 오센세가 그것을 몸소 보여주고 있죠. 절대 요리하지 않겠다고 마음먹고 아예 장어만 먹는데 그것도 괜찮습니다. 아이가 둘 있는 직원 야마다가 만드는 계란이나 토마토와 부추를 넣은 돼지고기 장국 같은 것도 좋고요. 요리 연구가인 도이 요시하루 님이 '국 하나, 반찬 하나면 된다'라고 말씀했는데, 저도 그렇게 생각하는 편이에요. 『오오쿠』를 그릴 때 알게 되었는데 일식의 기본이 국 하나, 반찬 세 개라더라고요. 그런데 그건 원래 에도 시대 상인들이 돈 아까운 줄 모르고 반찬을 많이 먹는 게 괘씸해서 국민들의

『어제 뭐 먹었어?』

사치를 경계해야 한다며 요시무네가 반찬 수를 제한한 게 시작이었다고 해요. 건강한 식습관을 위해 시작된 게 아니었죠. 어쨌든 뭐, 꼭 국 하나 반찬 하나가 필수라는 건 아니고 그런 부분은 성장 환경에 따라 달라질 수 있겠지요. 다양한 형태가 있다고 생각해주셨으면 합니다.

실제로 손이 많이 가는 요리부터 그렇지 않은 요리까지 여러 사람들의 다양한 요리와 식생활이 그려지죠.

하하, 별일도 없이 말이죠. 기복이 확실하게 있는 이야기였다면 그리기 힘들었을 요리 에피소드도 넣을 수 있어서 좋아요. 예를 들어 켄지가 인스턴트 라면을 만드는 에피소드는 32페이지 분량이었다면 그릴 수 없지만 16페이지 안에는 그릴 수 있으니까요.

음식 이야기가 작가님께 그리기 쉬운 소재에 속하는 편인가요?

글쎄요… 그리는 건 분명 즐거워요. 음식을 좋아하지 않는 사람은 있어도 먹지 않는 사람은 없으니까 어떤 의미에선 누구에게나 익숙한 장르이긴 하죠. 메이저한 장르인 만큼 이야기를 전달하기 쉽다고 생각하는 면은 있고, 그래서 안심하게 되는 게 큽니다. 음식에 대한 제 이상한 집착은 저도 잘 알고 있고요, 후후. 이건 이제 병적이구나 싶은데 사실 제가 세끼 식사보다도 좋아하는 게 만화입니다. 스스로 얼마나 만화를 좋아하는지도 잘 알고 있고, 절절하게 느끼고 있습니다.

계절이 절약을 거부하다

취향 쌍두마차의 컬래버레이션이네요.

그래서 그리는 게 쉬울 거라고 생각했는데 실제로 그려보니 이렇게 힘들 거라고는 상상도 못 했습니다.

어떤 게 힘드셨어요?

사진요, 하하. 그리고 잡지에 게재될 시점의 계절과 맞는 식단을 그려야 하는데 제가 작업 속도가 빠른 편이다보니 만화에 그릴 식재료가 제철 재료가 아니라서 그 부분이 계속 힘들었습니다. 밤을 넣어 지은 밥 이야기는 게재 시점으로부터 약 반년 전에 그렸는데, 반년 전이면 가게에서 거의 밤을 팔지 않을 때였거든요. 전혀 찾을 수가 없어서 애가 탔어요. 아마 저처럼 제철이 아닌 식재료를 사용해서 촬영했을 〈어제의 요리〉나 요리 방송의 고충을 이해하게 됐죠. 그리고 제철이 아니면 식재료가 비쌉니다…

시로는 그렇게 절약을 가슴에 새기며 사는데요.

주인공은 싼 걸 찾아다니는 설정인데 실제로 저는 비싸게 사야 하니까 예상 외의 지출 때문에 배가 아파요, 하하하.

조리나 요리 그 자체를 그릴 때 특히 의식하는 것이 있나요?

조리 장면은 모든 음식이 따듯한 상태로 완성될 수 있도록 순서를 의식하고 있습니다. 그리고 조리 중간에 설거지를 하는 것도 신경써서 그리려고 해요. 설거지를 하지 않고 계속 조리하다보면 금방 주방이 지저분해지니까요. 그래서 보울이나 넓적한 접시 같은 건 사용 후 바로 설거지를 하는 등 매번 그릴 수는 없지만 그런 순서까지 그리고 싶은 생각은 있습니다. 요리 자체는 제가 실제로 만들어보고 찍어둔 사진을 참고해서 어시스턴트가 그려주는데, 그림을 너무 디테일하게 그릴 필요는 없다고 초반에 이야기했던 것 같아요. 세세하게 묘사하지 않고 조금씩 생략하며 그리는 정도가 좋다고요. 그렇게 하는 게 더 맛있어 보이거든요. 밥알을 하나하나 정성스럽게 그리는 것보다 선 몇 개는 생략하고 두루뭉술하게 그리는 게 더 맛있어 보이지 않나요? 도라에몽이 손에 들고 먹는 음식도 그냥 동그라미에 엑스자만 그린 건데 먹음직스러운 만두로 보이잖아요. 그리고 중간부터 읽는 독자들도 요리를 따라 할 수 있도록 분량 또한 제대로 신경쓰려고 했어요. 처음에는 그렇게까지 신경쓰지 않았는데 1권이 나온 후에 딸기잼을 만들었다는 엽서를 받았어요. 만화를 보고 음식을 따라 만드는 독자가 있다는 걸 깨닫고 레시피도 의식하게 되었습니다. 그리고 역시 식단. 하하. 게재된 호의 잡지가 나오는 계절의 식재료를 염두에 둔 채 요리를 고민하는 편이고, 평소에 요리는 안 해도 베이킹은 하는 분들도 있어서 단행본 한 권에 한 화 정도는 디저트를 넣으려고 하고 있어요.

먹는 장면에서는 의식해서 그리는 부분이 있나요?

그건 딱히 없어요. 맛있게 먹기만 하면 되는 정도.

'엇' '우와'라고 생각할 수 있는 직업물

『어제 뭐 먹었어?』는 요리에도 물론 눈이 가지만 직업만화로서도 각 직업의 비하인드 스토리를 엿볼 수 있는 점이 재미있습니다.

처음부터 직업물 요소도 넣을 생각이긴 했어요. 하지만 사소한 에피소드도 취재가 필요한데 그에 대한 각오가 부족했습니다, 하하. 제가 청년지를 통해 만난 직업만화에는 그동안 잘 몰랐던 직업의 리얼리티를 새롭게 알려준다는 이미지가 있어서 『어제 뭐 먹었어?』를 청년지에서 그리게 되었을 때 그런 부분을 조금 의식했습니다. 읽고 나면 '엇' 하고 몰랐던 걸 새로 알게 되는 기분이 들 만한 정보를 넣고 싶어서 취재할 때 그런 것을 중점적으로 물어보곤 했습니다. 직업에 관한 것뿐만 아니라 저는 제가 '우와' 하고 놀란 것을 만화로 그리고 싶어져요. '최근 젊은 사람들은 서양화를 별로 안 본대' '정말?' 이런 놀라움을 시로에게도 맛보게 하고 싶었달까요, 하하.

취재는 주로 변호사와 미용사를 대상으로 하셨나요?

네, 미용사 일에 대해서는 단골 미용실의 점장님을 취재했어요. 점장님은 커트 방법 같은 미용 기술에 대해 물어볼 거라고 기대했는데 제가 처음부터 고객과의 관계나 고용한 스태프와 계속 일을 할지 말지 같은, 업계 전반적인 이야기를 물어봐서 의외라고 생각하는 것 같았습니다. 카바레 클럽으로 옮겨버리는 사람도 적지 않다는 썰 같은 걸 듣고 작중에 녹여낼 수 있었습니다.

변호사 일은 직접 취재를 해보니 업무 그 자체보다 변호사가 일을 하면서 겪는 대수롭지 않은 이야기에 재미를 느꼈다고 말씀하셨죠. 의뢰인이 2시간 정도 떠들다가 겨우 본론으로 들어가는 에피소드가 엄청 웃겼습니다.

하하, 거짓말하는 의뢰인 이야기 같은 걸 들으면 '이게 인간이구나'라고 생각하게 되죠. 변호사는 1년에 한두 번 정도 취재하고 있습니다. 그때마다 실제 사례를 바탕으로 한 이야기를 들을 수 있는데, 물론 그대로 그릴 수는 없으니 어떻게 재구성할지에 대해서도 지도받고 있습니다. 다만 그런 실제 사례보다, 업계에서 실력은 뛰어난데 외모는 별로 신경쓰지 않는 것으로 유명한 변호사도 배심원 재판을 할 때는 옷을 신경쓴다며, 모두가 조금씩 변호사 코스프레를 하고 있다는 이야기 같은 게 저는 더 재밌더라고요. 일을 일로서 대하긴 하지만 '어떤 남자가 어쨌다더라' 하는 드물고 희귀한 재판 사례에 호기심을 감추지 않는 재판관과 같이, 변호사가 담당한 사건이 아니라 그 사건과 관련된 주변 인물들 쪽에 눈이 갑니다. 이야기를 해주는 변호사 입장에서는 이런 것을 그려줬으면 하는 내용이 따로 있을지 모르지만 저는 전혀 다른 이야기를 그리고 있을 가능성이 농후하죠, 후후.

큰 변화와 작은 변화 모두 담은 '신변잡기'

법무국에 자필증서 유언을 보관하는 제도가 새롭게 생기면서 시로가 켄지에게 유산을 남기기 위해 유언을 작성하는 에피소드가 16권에 나옵니다. 현실 사회에서 일어나는 사건이 작품에 뚜렷하게 반영되었다고 느꼈습니다.

처음에는 유언을 공정증서 형식으로 남기는 방식을 생각

『어제 뭐 먹었어?』

했습니다. 시로가 켄지의 어머니와 만난 자리에서 켄지가 먼저 죽으면 어떻게 할 건지에 대한 이야기를 했는데, 흐름상 시로도 자신이 죽은 상황을 가정해서 생각할 것 같았어요. 부모님이 돌아가시고 자신마저 죽으면 재산은 국고에 가는 걸로 되어 있지만, 그럴 바에야 켄지에게 주고 싶지 않을까 싶더라고요. 그래서 취재하는 변호사에게 상담을 했더니 공정증서를 만들려면 시로와 같은 업계에 있는 사람들이 연관될 가능성이 크기 때문에 시로가 게이라는 사실이 밝혀지게 될 것이라 알려주었어요. 시로가 연인에게 재산을 물려주고 싶은 사정을 설명해야 하는 걸 싫어할 수도 있을 것 같다고 하더라고요. 그럴 수 있겠다 싶어서 고민하고 있었는데, 어느날 갑자기 그 변호사가 '법무국에서 자필증서 유언을 보관해주는 제도가 생겼어요!'라고 하는 거 있죠? 하하. 법무국에서 보관해주면 아무한테도 알리지 않고 사후에 자동적으로 유언이 전달되는데다 수수료도 싸기 때문에 시로에게도 이 방식이 더 좋을 거라 생각했습니다. 어쨌든 획기적인 제도가 널리 알려지면 법무국도 좋아할 테니 꼭 추천한다고 했어요. 그때 양아들이 되면 상속세가 낮아진다는 것도 알게 되었고요.

시로에게 그런 이야기를 들은 켄지는 아무리 가족이 될 수 있다고 해도 부모 자식 관계가 되는 건 싫다며 울상을 짓는데, 다른 선택을 한 『달과 샌들』의 이다와 하시즈메가 생각나면서 사회의 변화가 여실히 와닿았습니다.

　『달과 샌들』 시절에는 가족이 되는 선택지가 그것밖에 없었으니 그들은 시로와 켄지처럼 싸울 여지조차 없었죠. 당시 사회의 상황에서는 동성 결혼이 허용되는 미래가 올 것이라고 예상조차 할 수 없었습니다. 하지만 지금은 논의의 장에 오르게 되면서 법적 구속력은 없지만 지자체에 따라 파트너십 제도가 생기기도 하고, 동성 결혼이 인정받는 사회가 되지는 않았어도 조금씩이라도 앞으로 나아가고 있다고 생각합니다. 실제로 제도가 생기면 사회적으로 큰 이슈가 될 텐데, 시로에겐 켄지가 '꺄! 결혼식 올리고 싶어!'라고 말할 게 뻔하다는 사실이 더 큰 이슈겠죠, 하하.

시로와 켄지를 통해 그려지는 직업 이야기에도 그 당시의 사회적

어쨌든 나의 경우 부모님이 돌아가시면 딱히 친척도 없잖아. 재산을 물려줄 상대가 너밖에 없으니까 유언서를 작성해두겠다는 이야기야.

아. 그렇지.

??? 검인이라니 그게 뭐더라? 그렇게 이것저것 갑자기 말해주면 뭔 소리인지 잘 모르겠다구…

……

『어제 뭐 먹었어?』

상황이 짙게 반영되어 있는데, 이것 역시 현실과 동시에 진행중인 작품이기에 가능하다고 생각했습니다.

그런 부분도 '신변잡기'죠. 시로가 집주인에게 게이이자 동성의 연인과 동거하고 있다는 사실을 깜빡하고 말해버리는 에피소드도 사실 그렇습니다. 도쿄 시부야구에 파트너십 제도가 도입되면서 그전까지 게이에 대해 아무 생각 없던 집주인이 문득 자신의 아파트에서 남자와 동거하는 변호사 선생을 떠올리게 되잖아요. 저도 실제로 그리고 나서 다양한 것이 세상과 연결되어 있다는 것을 새삼 느꼈습니다. 그 밖에 카요코가 딸 부부와의 관계 때문에 고민하는 이야기도 있었죠. 몇 년 전까지는 시부모와의 관계를 고민하는 며느리 이야기만 주로 등장했지만, 이제는 자식의 배우자에게 미움받고 싶지 않은 부모도 있을 테고 이전보다 그런 사람들이 더 많아졌을 것 같았어요. 좋은 의도로 한 행동이 역효과를 일으킬지도 모른다는 불안감에 휩싸일 때도 있겠고요. 전 원래도 나이 먹은 사람들의 고민을 생각하는 게 엄청 즐거워요. 대중적인 작품에서는 나이 먹은 사람을 마치 세상 만사에 달관한 사람처럼 그리기 일쑤인데 착한 사람도 착한 사람 나름의 고민이 반드시 있을 거예요. 아무리 나이를 먹어도 인간관계의 갈등에는 끝이 없다고 생각하고요. 하지만 그게 작은 위로가 될 때도 있습니다. 저도 아직까지 인간관계로 고민할 때가 있고, 솔직히 이 나이에도 부끄러움을 느낄 때가 있는데 어머니가 '괜찮아. 칠십 먹어도 똑같아'라고 하시는 말을 듣고 '진짜?!' 싶으면서도 안심했어요. 나만 그런 게 아니구나, 하고.

다음에 어떤 이야기를 그릴지 결정할 때 기준이 있나요?

단행본에 수록되었을 때의 구성을 바탕으로 하는 경우가 많습니다. 우선 식단을 생각하는데, 이야기와 밀접하게 연관되는 건 아니라 식단은 완전히 따로 분리해서 담당자와 논의하고 있습니다. 단행본 한 권에 8화 분량의 이야기가 수록되기 때문에 누구의 이야기를 넣을지 생각하다보면 대략적으로 보인다고 할까요? 예를 들면 시로의 직장 이야기, 켄지의 직장 이야기, 시로의 부모님 이야기, 카요코가 나오는 이야기, 질베르가 그렇게 많이 등장하지 않았으니까 그런 이야기… 등등 생각하면 그것만으로 벌써 5화 분량이 나옵니다. 그리고 나머지는 밸런스를 보면서 채우는 식이고요. 각 파트 역시 고정 관찰자의 시점으로 조금씩 변화가 있는 부분을 보고하는 것처럼 그리고 있습니다. 카요코의 손자는 몇 살이 되었습니다! 하는 식이요. 하하.

러브신이 없어도 러브는 그릴 수 있다

시로와 켄지의 이야기에 초점을 맞춰볼게요. 오랜 연재 기간 동안 연인 간의 육체적 접촉이나 애정 행위 장면이 거의 없는데 이건 의도적인 건가요?

비엘 잡지에서 연재했어도 그런 건 안 그렸을 거예요. 러브와 식사는 서로를 침식하는 관계여서 어느 하나를 그리면 다른 하나는 줄이고 싶어져요. 특히 섹스와 음식은 궁합이 나쁘다고 생각했는데, 식사 쪽에 비중을 두고 그리고 싶었기 때문에 육체적 접점이 있는 러브신은 그리지 않겠다고 다짐했습니다. 둘이 애정 행각을 하는 정도는 괜찮을지 모르지만요. 섹스와 관련된 이야기를 그린다면 동인지를 통해서 마음껏 그리고 싶었고, 그건 연재를 시작하기 전부터 담당자에게도 말해두었습니다. 언젠가 동인지는 그리겠다고요. 결혼해서 어느 정도 세월이 흐른 부부의 거리감 정도로 그리고 싶었습니다.

그후 얼마 뒤 질베르는 맨션의 엄청 가까이에 있는 카페에서 발견되었습니다.

『어제 뭐 먹었어?』

연애적인 감정 묘사가 자제된 만큼 시로가 "싫어할 리 없잖아!!" 라고 외치는 장면에서 사랑을 더 강하게 느낄 수 있는 것일지도 모르죠.

확실히 그런 장면을 그리고 나니 굳이 러브신을 그리지 않아도 러브는 그릴 수 있구나 싶었습니다. '사랑해'라고 말하지 않아도 "싫어할 리 없잖아"라는 말에서 충분히 널 좋아한다는 게 느껴지죠. 시로가 '이거 켄지가 좋아하는 거니까'라고 하는 장면을 그릴 때도 어시스턴트들의 반응이 뜨거웠어요. 제 입장에서 그런 건 엄청나게 특별한 일이라기보단 식단을 고민할 때 흔히 있는 일이라고 생각했는데 그런 반응이더라고요. 어마어마한 러브신이 아니어도 '이거 켄지가 좋아하니까' 같은 말의 반복으로도 충분히 러브신이 연출될 수 있다

그렇지만 켄지가 복숭아를 좋아해서 제 용돈으로 사다줄까 생각해서요.

아, 뭐 수박에 비하면 별로…

큰일 이네~!! 그런 건 확실하게 안 말하면 않으로 친하게 지낼 수 없다고!!

엇?! 뭐?! 카케이 씨 역시 복숭아 별로 좋아하지 않는데 사준 거였구나!!

이야기 들어보면 남자친구는 질투쟁이인 거 같고 카케이 씨 쪽이 쿨하면서 남자친구한테 좀 차가운 편인가 생각했는데

네?

……

카케이 씨 커플 말이야.

『어제 뭐 먹었어?』

는 걸 새삼 느꼈습니다. 시로의 말과 행동이 애정 표현을 의식해서 나온 게 아니라는 점도 좋긴 하지만요. 그 둘도 그동안 함께한 시간이 쌓인 덕에 꽁냥거리는 행동이 늘었다고 생각해요, 하하.

훌륭한 분들이 연기해주다

『어제 뭐 먹었어?』는 실사드라마화, 영화화[1]되었습니다. 실사판에서 니시지마 히데토시가 연기한 시로와 우치노 세이요가 연기한 켄지가 만화에서 느낄 수 있는 사랑스러움, 그리고 연재 중반부터 풍기는 꿍냥거리는 분위기를 그대로 재현하여 원작 팬들에게도 엄청난 호평을 받았어요.

단행본 7, 8권까지의 내용을 한번에 담아낸 만큼 러브 크레셴도의 진폭이 크죠.

특히 오프닝 장면의 시로와 켄지 모습을 보고 광대가 올라가는 시청자들이 많았을 것 같습니다.

오프닝에는 우치노 배우가 직접 촬영한 영상이 사용되었는데 너무 멋지다고 했더니 나카에 가즈히토[2] 감독이 본인 아이디어라고 하셔서 천재인가 싶었습니다. 촬영할 때는 스태프를 들이지 않고 니시지마와 우치노 배우 둘이서 찍었다고 합니다. 오프닝뿐만 아니라 본편도 아다치 나오코[3] 각본가와 프로듀서, 감독 등이 육체적 접촉은 없는 방향성을 갖고 제작해주셨는데 그게 오히려 반전 효과를 일으켰다고 할까요. 확실히 육체적 접촉은 없지만 '그런 거 없어도 괜찮아. 우리는 서로 사랑하고 있고, 그게 뭐 어때서'라고 말하는 듯한 배우들의 연기에 그저 압도되었습니다. 사랑의 고백을 하는 것도, 서로 껴안거나 키스를 하는 것도 아니지만 엄청난 애정이 느껴졌습니다. 살아 있는 사람이 연기할 때의 위대함을 실감했어요. 드라마에서 켄지가 시로의 옷깃을 조금 고쳐주거나 켄지가 서툴게 맨 넥타이를 시로가 만져주는 장면이 있는데, 그것은 대본에도 나오지 않는 행간을 배우들이 채운 것이었습니다. 역할을 완벽히 자신의 것으로 소화시킨 배우들의 훌륭한 연기력에 그저 감탄만 했어요. 인물에 대한 접근 방법이 역시 만화가와는 다르더라고요.

어떤 부분에서 그런 차이를 느끼셨나요?

만화는 전체를 부감해서 그리기 때문에 전반적인 밸런스를 보면서 등장인물을 그리는 경우가 많아요. 반면 배우에게는 자신의 역할이 중심이니까요. 배우들은 자기 배역을 위해 전력을 쏟는다. 그 부분이 큰 차이라고 생각합니다.

배우와 캐릭터에 대해 이야기하기도 하나요?

미팅 때나 촬영 현장에 갔을 때 중간중간 대화한 적은 있습니다. 이야기를 하다가 우치노 배우가 켄지를 어떻게 연기하면 좋을지 물어보길래 '귀엽게, 하지만 간당간당한 선에서 멋있게 연기해주세요'라고 답했습니다. 저는 개인적으로 켄지가 좋은 사람이지만 시로와 관련된 일에 대해서는 조금 우울하고 갑갑한 면이 있다고 생각하며 그렸거든요. 우치노 배우가 연기한 시로는 그저 귀여워서 정말 대단하다고 생각했습니다. 게다가 니시지마 배우가 '켄지는 귀엽네요'라고 조금의 의심도 없는 진지한 얼굴로 그런 말을 해서… 정말이지 굉장한 분들이 연기해주셨다고 느꼈습니다.

캐릭터의 해상도

실사화 때문에 캐릭터와의 거리감에 변화가 생기지는 않았나요?

실사판을 충분히 즐기긴 했지만 캐릭터와의 거리감에 특별한 변화는 없었습니다. 만화가에 따라 캐릭터를 작가 자신의 분신이라고 말하는 사람도 있는 등, 서로 다르다고 생각하는데 저 같은 경우는 아무리 오랫동안 그려도 캐릭터가 제 분신이라는 생각은 들지 않더라고요. 다만 오래 그리다보면 캐릭터의 해상도가 높아지는 재미는 있습니다. 그래서 실사화가 계기라기보다는 지금까지 오랜 시간 그려온 영향이 캐릭터와의 거리감이 아닌 해상도에 반영되는 것 같습니다.

캐릭터의 행동 규범 같은 것이 보다 선명해진다는 말씀일까요?

네. 데이터가 축적되니까 이런 상황에서는 이렇게 행동할 거고 이런 반응을 보일 것 같다 등을 더 쉽게 예측할 수 있게 돼요. 그것이 캐릭터에 대한 애착으로 이어지고요. 이해가 깊어지면서 더 사랑스럽게 느껴지는데, 거리감이 줄어들었냐 하면 그렇지는 않은 것 같아요. 해상도가 올라갈수록 캐릭터의 인간성이 분명하게 보이는 만큼 더욱 타인으로 느껴지는지도 모르겠어요.

캐릭터가 한 살씩 나이를 먹어가는 전개 속도도 해상도 향상에 한

못할지 모르겠네요.

그렇습니다. 『오오쿠』 이야기 때 조금 언급했는데, 등장인물이 점차 나이를 먹어가는 이야기는 게재지에 『시마 과장』 시리즈[4]라는 엄청난 선배가 먼저 있었고, 제가 첫 시도는 아닙니다. 『아빠는 요리사』[5]도 아이들이 점점 나이를 먹으며 성장해가는 이야기니까 제가 선구자는 아니죠. 등장인물이 이 정도 나이를 먹고 나니 새삼 《모닝》에서 그리게 되어 다행이라는 생각이 듭니다. 시로와 켄지와 비슷한 나이대의 독자들이 많다는 안도감도 있고요. 젊은 사람들 눈에는 60살이 이미 노인처럼 보일 수도 있는데, 실제로 그 연령대의 사람들을 보면 젊지는 않지만 그렇게 노인도 아니잖아요? 시로와 켄지는 본인들이 젊게 산다고 믿고 있을 거라 딱히 나이든 사람처럼 그리지 않으려고 의식하고 있어요, 하하. 나이는 갑자기 한번에 먹는 게 아니니까 젊은 독자들도 계속 읽다보면 이야기를 따라갈 수 있을 거예요.

캐릭터의 해상도가 높아졌을 때의 가장 큰 장점은 뭐라고 생각하나요?

이야기를 떠올리는 게 편해집니다. 하나의 주제가 있으면 거기서부터 뻗어져 나오는 길이 잘 보인다고 해야 할까요. 등장인물의 언동과 반응 같은 게 이야기로 술술 풀립니다. 예를 들어 시로가 생일날 켄지에게 커플 도시락통을 받는 에피소드가 있는데, 그것도 '시로가 생일 선물을 받는다면?'과 같은 아이디어에서 시작했어요. 도시락통은 커플 아이템으로 맞춰도 누군가에게 들킬 리 없기 때문에 시로는 그저 기뻐할 거라 생각했습니다. 근데 켄지는 예전에 커플 아이템을 샀다가 시로에게 혼난 적이 있어서 내심 불안해하며 선물하죠, 하하. 그런 이야기들이 좌르륵 떠오릅니다. 시로가 소장이 되는 이야기도 비슷한 느낌으로, '켄지가 일하는 미용실의 원래 점장이 갑자기 이혼 이야기를 들으면 어떻게 할 것 같아?'라는 화제에서 촉발된 이야기였습니다. 마침 그때 기술 좋은 미용사가 아시아에 진출했다는 이야기를 들었던 터라 켄지네 미용실의 점장도 해외에 보내기로 정했고, 그뒤로 조금씩 켄지를 점장으로 올린 거죠. 그러고 나서 시로가 자기 반성 끝에 소장을 맡겠다는 결심을 하는데 이런 모든 흐름이 자율 주행처럼 완성됐습니다. 걔라면 이렇게 생각하고 이렇게 결심하겠구나 하고 이해하니 이야기가 자연스럽게 완성되어 있어서, 제가 이야기를 만들어낸다는 감각이 옅어진 기분이었어요. 심어놓은 씨앗이 알아서 잘 자라주니 지금의 저는 그저 그 열매를 수확할 뿐입니다, 하하.

자율 주행 같은 감각을 경험한 것이 처음이었나요?

　캐릭터의 해상도가 높아지며 이야기가 알아서 완성되어가는 느낌은 물론 경험한 적 있었지만 『서양골동양과자점』도

『어제 뭐 먹었어?』

그렇고 『플라워 오브 라이프』도 그렇고, 이야기의 끝이 이미 정해진 상황에서의 일이었어요. 『어제 뭐 먹었어?』에 비하면 짧아서 좀 재미있어지려고 하니 금방 끝나버린 느낌이었습니다. 『오오쿠』 같은 경우는 조금 특수했고요. 캐릭터의 해상도가 높아졌다 싶으면 다음 파트가 보이는 식이었으니까 조금 허무했습니다. 『어제 뭐 먹었어?』처럼 동일한 주인공으로 이렇게 오랫동안 그려본 적도 없고, 앞으로도 없을 거라고 생각해요. 지금도 여전히 즐겁게 그리고 있어서 연재가 끝나면 처음으로 아쉬움을 느낄 것 같아요.

지금까지의 작품들은 완결했을 때 성취감이 더 강했나요?

그런 편이에요. 이야기를 다 그려냈다는 충족감이 있었어요. 『어제 뭐 먹었어?』를 통해 처음으로 다 그리지 않아도 괜찮은 이야기를 그리고 있다고 생각합니다.

시로·켄지와 독자 사이의 신기한 거리감

연재를 처음 시작할 때만 해도 이야기를 완결할 계획이 있었을 것 같은데 그때는 어떤 식으로 이야기를 마무리지을 생각이었나요?

딱히 특별한 일이 일어나는 건 아니고, 시로가 어머니께 주위에 커밍아웃할 생각은 없다고 고백하면서 끝낼 생각이었습니다. 직장 사람들이 물어보면 거짓말은 하지 않겠지만 헤테로가 굳이 주변 사람들에게 이성을 좋아한다고 공언하지 않는 것처럼, 자신도 그럴 생각이라고 말하는 거죠. 아마 몇 번이나 커밍아웃을 권유한 어머니로서는 이해하지 못할 말이라고 생각하는데, 그렇게 끝낼 생각이었습니다. 하지만 이제 더이상 커밍아웃 여부는 중요한 문제가 아니라서 지금은 어떻게 마무리지어도 상관없다고 생각해요, 하하. 시로나 켄지 둘 중 하나가 죽는 순간까지 그려야 한다면 그전에 제가 먼저 죽을 것 같아서 거기까지 그릴 생각은 없지만, 아무튼 살아 있다면 어떤 일이든 생기지 않을까요? 그러니까 앞으로도 그릴 것은 얼마든지 있고, 끝이라고 하면 끝낼 겁니다. 그건 쭉 변함없을 거예요.

지금까지 해온 것처럼 시간을 건너뛰지 않고 그리겠다는 말씀이시군요.

시간을 건너뛰는 게 편한 에피소드도 있긴 해요, 하하. 현실과 똑같이 시간이 흐르는 작품인 만큼 시간 순서대로 에피소드가 진행되기 때문에 의외로 생각할 부분도 많고, 동시에 재미있는 부분도 많습니다. 예를 들어 요양 시설에 들어간다고 하면 어떻게 시설을 찾고 어떻게 접수해야 하는지 등등에 대해 시로가 고민하게 만들어야 하겠죠. 그런 부분을 생략하고 그리는 방법도 있겠지만 하나씩 직시하며 그릴 생각입니다. 그래서인지 요즘 같은 시대에 드물게 감상을 적은 편지나 엽서를 받고 있어요. '당면 봉지는 이렇게 뜯는 게 편해요'와 같은 정보를 제공해주시는 독자도 있답니다, 하하. 감사하게도 긴 시간 동안 읽어주시는 독자분들이 많은데, 오랫동안 읽기만 하다가 처음으로 편지를 써본다는 분도 계시고요. 아마 문득 시로와 켄지에게 편지를 쓰고 싶어지는 때가 있으신가 봐요. 어떤 편지를 읽으나 다양한 연령대의 독자들이 시로와 켄지를 마치 자신의 지인처럼 생각하고 있다는 게 전해집니다. 당면 봉지 개봉법 같은 사소한 정보도 아마 작가인 제가 아니라 시로에게 알려주고 싶었던 거라고 생각해요.

그런 반응은 시로와 켄지가 독자들과 떼려야 뗄 수 없는 신기한 거리감으로 이어져 있고, 함께 나이를 먹는 관계라 나올 수 있는

게 아닐까 싶어요.

작품을 그릴 때마다 항상 새롭게 발견하는 부분이 있어서 재미있습니다. 그렇게 느낄 수 있는 작품을 그리고 있는 게 감사하고요.

시로와 켄지, 그리고 주변 사람들의 앞으로의 이야기도 기대됩니다.

저도 즐겁게 그리고 있으니까 계속해서 재미있게 읽어주시면 기쁘겠습니다.

그렇게도 할 수 있다, 그렇게도 생각할 수 있다,
그렇게도 받아들일 수도 있다.
어떤 방식이든 사람이 가진 가능성의 폭을
조금이라도 넓혀주는 사건이
이야기 안에 그려질 때 근사하다고 느껴요.

제8장

앞으로도 만화와 함께

지금까지
-
앞으로도

지금까지

심쿵은 현실보다 먼저

이번 기회에 다양한 이야기를 들을 수 있었습니다. 작품에 관한 이야기 등, 말씀하시는 내용이 지금까지 여러 매체의 인터뷰에서 밝힌 것과 거의 다르지 않다는 인상이었습니다.

제 안에서 계속 반추해온 것들을 말로 하는 경우가 많아서 큰 차이가 없는 게 아닐까 싶어요. 저 자체도 그렇게 변하지 않았을 거고요.

작가님은 변하지 않았지만 외부적인 환경이 변했다고 느끼는 부분은 없나요?

전보다 만화 그리기가 썩 편해졌어요. 연애물이 아닌 작품이나, 연인도 친구도 아닌 명명할 수 없는 관계성을 상업 잡지에서도 그릴 수 있게 된 것 같아요. 부인이 도망가서 홀로 남은 남자와, 그 부인과 함께 도망간 남자가 친해지는 이야기 같은 것? 하하. 그런 관계에 있는 두 사람의 이야기라든지, 연애로 발전하지 않는 셰어 하우스 주민들의 이야기 같은 것도 잡지에 따라서 그릴 수 있는 곳이 있을 거라고 생각해요. 그리고 나이를 먹어도 만화를 읽는 사람들이 늘고 있어서 앞으로는 저와 비슷한 세대를 대상으로 한 만화도 그릴 수 있을 것 같아요. 『어제 뭐 먹었어?』가 그런 만화인데, 스스로 나이를 먹으면서 느끼는 감회를 그대로 표출해 그렸을 때 읽어주는 누군가가 있다는 건 감사한 일이죠. 만화는 젊은 사람들만 보는 것이라는 고정 관념이 사라진 영향도 있어서, 애써 젊은 독자들을 의식하며 그리지 않아도 된다는 것만으로도 마음이 편해집니다.

만화가 그리기 편해졌다는 건 작가님이 그리고 싶은 소재를 독자들이 더 편하게 접할 수 있는 환경이 되었다고 느낀다. 그런 말씀인가요?

그렇습니다. 예를 들면 연애물이 아닌 것도 그릴 수 있는 매체가 늘어났다고 생각해요.

『오오쿠』에 대해 이야기할 때도 언급했지만 특수한 설정 안에선 이성 간의 연애물도 그릴 수 있을 것 같았다고 말씀하셨어요. 연애 감정 그리는 걸 기피하시는 건 아니죠?

동성이든 이성이든 사람이 사람을 사랑하는 감정 자체는 좋아해요. 그것은 꼭 연애뿐만 아니라 부모 자식 관계 같은 가족의 애정에 대해서도 마찬가지입니다. 『어제 뭐 먹었어?』의 시노와 슈헤이 같은 부부를 그리는 것도 좋아하고요. 예전부터 연애에만 초점을 맞춰 그리는 것이 별로 내키지 않았는데, 이성 간의 연애라서 못 그리겠다거나 그리기 싫다는 게 아니란 것을 알게 되었습니다. 제가 연애를 그리면 전체적으로 온도가 낮아지는 느낌이 듭니다만 저에게는 그 정도가 적당한 것 같습니다. 연애라는 소재를 중심으로 40페이지 정도를 그리라고 하면 힘들겠지만 그 안에 부부나 친구도 있다면 아마 앞으로도 형식을 바꿔가며 그릴 수 있지 않을까요?

'심쿵'이 싫은 건 아니라는 말씀이시군요.

　'쿵'은 쾌감이니까요, 하하. 이야기에서 느낄 수 있는 쾌감이 그것만 있는 건 아니지만 그 '쿵'이란 걸 제가 그릴 수 있는 형태로는 계속 그리고 싶어요. 그런 걸 읽는 건 원래부터 좋아했고요. 『어제 뭐 먹었어?』를 통해 드디어 제가 그리고 싶은 '심쿵'을 그릴 수 있게 되었는데, 역시나 작품 안에서 관계가 어느 정도 쌓아져왔기 때문에 그렇게 된 것 같아요. 저 같은 경우 '심쿵'이 느껴지는 관계성을 그리기까지 시간이 필요하다는 것을 다시 한번 절실히 느꼈고요. 개인적으로 '심쿵'이라는 두근거림은 어떠한 대가도 바라지 않고 상대방의 행복을 빌 때, 정말로 사랑하는 감정이 솟아오르면서 발휘되는 거라고 생각하거든요. 그래서 그전까지 축적된 관계성이 없으면 이야기 안에 녹여내기가 쉽지 않은 것 같아요. 연애물의 고수라고 불리는 작가들은 한정된 짧은 페이지 안에서도 그릴 수 있을 겁니다. 저는 그렇게 못 하지만 어느 정도 긴 분량 안에서는 그릴 수 있다는 걸 알게 되었어요. 그리고 가슴이 '쿵'하는 것은 연애 상황에서만 느낄 수 있는 감정이 아니라고 생각해요. 픽션은 어느 정도 리얼리티도 중요한데 현실에 앞서는, 현실을 넘어선 아름다운 경치나 슬픈 정경이 보일 때 마음이 흔들리고 이야기가 멋진 작품이 되는 것 같습니다. 그렇게도 할 수 있다, 그렇게도 생각할 수 있다, 그렇게도 받아들일 수 있다. 어떤 방식이든 사람이 가진 가능성의 폭을 조금이라도 넓혀주는 사건이 이야기 안에 그려질 때 근사하다고 느껴요. 스포츠물을 예로 들면 어떤 능력이든 성장하는 이야기요, 후후. 그런 부분에 '심쿵'하는 거라고 생각해요.

배려의 사각지대는 있다

그런 것을 그릴 수 있는 매체가 많아진 배경은 무엇일까요?

엔터테인먼트 업계의 변화가 아닐까요. 적어도 이야기상으로는 어떤 장르에서든 연애물이 아닌 작품들도 많아졌거든요.

최근 창작물에 정치적 올바름, 즉 PC(Political Correctness)가 요구되기도 하는데 이러한 사회적 상황도 영향이 있다고 생각하시나요?

글쎄요. PC는 보다 많은 사람들을 독자로 포용하기 위한 방법 중 하나일 뿐이지 그 자체가 목적은 아니라서요. 그 부분을 해결했다고 해서 이야기가 재밌어지는 것도 아니고요. 그런 배려는 머릿속에 떠오른 재미있는 이야기를 보다 많은 사람들이 불편함 없이 읽을 수 있도록 하는 역할이죠. 다양한 독자들을 배려하면서 재미도 있는 이야기가 많아졌다고 생각해요. PC가 다른 걸 다 제칠 만큼 가장 중요한 요소는 아니지만, 그런 배려가 너무 없으면 계속 볼 마음이 사라지는 것도 사실이에요. 적어도 자신의 감정을 마비시키면서까지 고통스럽게 엔터테인먼트 작품을 읽는 분들이 줄어들기를 바라요.

『사랑해야 하는 딸들』의 독백에 대해 이야기할 때, 단언하는 어조로 하는 대사에는 단 하나의 예외도 허용하면 안 된다고 말씀하셨습니다. 그 외에도 작가님은 모든 작품에서 표현의 배려를 의식하신다고 느꼈는데 스스로 어떻게 생각하시나요?

그런 부분은 항상 신경쓰고 있습니다. 하지만 제 배려가 닿지 못하는 곳도 분명 있을 겁니다. 아무리 신경을 쓴다고 써도 결국 불완전한 인간의 머리로 생각하는 것이기 때문에 누군가는 분명 상처받을 것이라고 생각하며 그리고 있습니다. 평생 신경써도 부족한 점은 계속 많겠죠.

독자 덕분에 이곳에

SNS가 보편화된 후로 이를 통해 의견과 감정을 표현하는 사람이 독자와 창작자를 불문하고 많아졌습니다.

그래도 극히 일부라고 생각합니다. SNS를 적극적으로 이용하지 않는 사람도 많이 있어요.

그러고 보니 SNS를 하지 않으시죠?

저는 SNS와 거리가 먼 인간입니다. 잡지 페이지 하단에 들어갈 50자 정도의 코멘트를 의뢰받는 것도 싫어하는 인간에게 140자는 길어요. 게다가 다른 사람이 쓴 문장을 제대로 이해하는 데는 상당한 지성이 필요합니다. 서로 전혀 소통이 되지 않는 글을 본 적이 있는데 메시지를 전달하는 것과 독해하는 것이 얼마나 어려운 일인가. 그런 생각까지 들었어요.

그리고 싶은 이야기가 있을 때 사회적 변화를 의식하고 조정해보시기도 하나요?

아니요. 그게 가능했다면 좀더 유행과 시대에 맞는 작품을 그렸겠죠, 하하. 결국 항상 제가 그리고 싶은 걸 그려왔습니다. 지금까지 계속요. 요령이 없어서 그렇기도 했겠지만 결과적으로 다행이라는 생각이 들어요. 만화가라 다행이기도 하고요. 만화는 잡지가 됐든 단행본이 됐든 독자가 선택해 책을 펴야만 읽을 수 있잖아요. 드라마처럼 의도치 않게 접하게 될 일이 없단 말이죠. 드라마는 그냥 대충 보거나 우연히 TV에서 해주길래 보게 된 사람들도 얼마든지 의견을 말할 수 있지만 만화는 독자와의 거리가 좀더 밀접하다고 할까요. 능동적으로 읽고 싶은 사람들만 보기 때문에 창작자로서 마음의 부담이 좀 덜해요. 만약 제 작품이 어린아이들 사이에서 대박이 나서 어린 독자들이 많아졌다. 이렇다면 그에 따른 책임이 생기겠지만 그렇지도 않고요. 마음 맞는 사람만 읽는 사교 클럽에서 독자들과 친목 도모를 하는 기분입니다. 그런 의미에서 만화가인 제가 주도적으로 세상을 상대로 뭔가 해왔다기보다는 이 세상, 특히 독자들 덕분에 성장해서 여기까지 올 수 있었다고 생각하고 있습니다.

만화 독자로서 좀더 탐욕스럽게

어릴 때부터 데뷔한 후까지도 계속 만화 읽는 것을 좋아하셨죠.

지금도 엄청 좋아해요. 만화가 없다면 인생이 엄청 재미없었을 거예요, 후후. 만화가가 된 이후로 더 다양한 장르를 읽고 있습니다. 작업을 위해 필요한 공부라는 이유로 마음껏 사서 읽고 있어요. 제가 읽은 만화가 드라마로 만들어지면 드라마도 기본적으로 다 재미있게 보는 편이고, 드라마를 계기로 그때까지 읽은 적 없는 원작의 만화를 만나는 경우도 있고요.

만화가 다른 매체를 통해 새롭게 태어나는 것이 독자 입장으로선 좋은 상호 작용이라고 생각해요.

만화 취향은 변했나요?

읽는 범위가 전보다 넓어지긴 했습니다. 제가 제일 읽고 싶은 이야기는 이제 직접 그리면 되니까요, 후후. 만화면 뭐든 재미있게 읽습니다. 상업지에 실리는 작품이 얼마나 높은 퀄리티에, 작가가 심혈을 기울여 만든 작품인지 창작자의 고생을 이해하는 만큼 뭘 읽든 간에 감동과 재미를 느낍니다. 꿈같은 일이기도 한데, 좋아하는 작품의 작가를 만날 기회도 가끔 있어서 직접 감상을 전할 수 있는 것도 만화가가 되어 좋은 점 중 하나랍니다.

독자로서의 인생도 충분히 만끽하고 계시군요.

하하, 네. 어릴 적에는 주변에 만화 보는 어른을 찾을 수 없었기 때문에 어른이 되면 만화를 그만 봐야 한다고 생각했어요. 그래서 이 나이가 되도록 만화를 읽는 인생을 살고 있을 줄은 상상도 못 했습니다. 좋은 인생이죠. 제가 만화를 좋아해서 괜한 생각을 하는 걸 수도 있지만 만화를 좋아하는 분들은 꼭 만화를 직접 그려보셨으면 합니다. 그리는 게 서툴러도 괜찮습니다. 동그라미로 간단하게 그린 그림이어도 화내고 있는지 울고 있는지 감정만 알 수 있으면 돼요. 소설이든 영화든 다른 형식도 괜찮지만 만화라면 제가 어떤 기회로 그걸 읽게 될지도 모르잖아요. 그러면 저 정말 기쁠 것 같거든요, 하하.

그럼 만화를 그리고 있는 사람, 앞으로 만화를 그리고 싶어하는 사람에게 창작에 대한 조언을 하신다면요?

뭔가 할 수 있는 조언이 있다면 좋겠지만 저는 아무래도 제 창작법을 말로 표현하기가 어려워서… 만화 작법 입문 과정에서는 그림 그리는 법이나 컷 구성을 중심으로 지도하지 않을까 싶은데, 그건 종이 페이지를 넘기는 형태를 전제로 한 지도입니다. 전자책으로 읽는 독자도 많아졌고 세로 스크롤 만화도 늘어났기 때문에 새로운 창작법이 필요하다고 생각하고 있어요. 그것과 별개로 좀더 보편적인 만화 지도를 위해 어떻게 하면 재미있는 '이야기'를 만들 수 있을지 설명할 수 있는 작가들의 언어를 누군가 제발 정리해줬으면 좋겠어요. 완전 도둑놈 심보지만요, 하하. 10년에 한 명 나올까 말까 한 거장을 키우고자 하는 마음은 없지만, 어느 정도 독자 확보가 가능한 이야기를 만드는 데 필요한 보편적인 교육법이 있다면 업계 전반에도 이로울 거라고 생각합니다. 만화를 그리거나 그리고 싶어하는 사람 중에는 아무래도 그림 그리는 걸 좋아하는 사람들이 압도적으로 많습니다. 그렇기에 이야기 만드는 걸 힘들어하는 사람들에게 본인이 그리고 싶은 이야기에 가까워질 수 있도록 이끌어주는 가이드가 필요해요. 컷 나누는 법이나 화면 밸런스 같은 건 실제 사례를 통해서도 배울 수 있지만 이야기 만드는 법은 언어로 설명하는 것이 정말 어렵습니다. 만화를 시작하는 데 늦은 나이는 없습니다. 그러니까 한번 그려볼까 망설이는 분들을 위해 만화의 진입 장벽이 조금이라도 낮아졌으면 하는 마음입니다.

창작법은 정리해줄 만한 누군가에게 맡긴다고 치고, 창작하는 후배들에게 뭔가 한마디 전한다면요?

결국 저의 근본은 만화를 좋아하는 만화 독자라는 점에 있어서 한 작품이라도 더 많은 만화를 읽고 싶습니다. 많은 사람들이 만화가가 되길 바라요. 자신이 그리고 싶은 이야기가 시중의 잡지 어디에도 어울리지 않는 것 같아 보일지언정 포기하지 말고 그렸으면 좋겠어요. 그래서 하는 말은 아니지만, 저는 게재지에 내 만화가 어울리지 않는다는 기분이 들 때 누군간 제 만화를 보고 안심할 수도 있다고 생각하며 스스로 용기를 북돋기도 했습니다. 제 만화를 보고 '이런 만화도 잡지에 실릴 수 있구나' 하고 생각해주길 바라면서요. 탄광의 카나리아 같은 기분이지요, 하하. 먼저 탄광에 들어간 카나리아가 멀쩡하게 살아 있으니까 '여기서 이런 거 그릴 수 있어요' 하고 시그널을 보내는 기분이었다고 할까요? 『사랑해야 하는 딸들』이나 『어제 뭐 먹었어?』가 딱 그랬습니다. 연애물도 아니고, 주인공의 성장물도 아니고, 직업물이라고 할 수도 없는 이런 작품이 실릴 정도면 나도 이 잡지에서 그릴 수 있겠다. 누군가 그런 용기를 얻는다면 좋겠습니다. 뭔가 한마디를 하자면 그 정도가 되겠네요…

만화가 좀더 다양해지기를 원한다는 건가요?

만화 자체는 지금도 다양하다고 생각합니다. 각각의 작품보단 잡지에 다양성이 필요할 것 같아요. 잡지마다 고유의 색이 분명하면 판매에는 도움이 될 수 있지만 반대로 족쇄가 될 수도 있습니다. 저조차도 어떤 잡지와도 색이 맞지 않는 것 같아서 늘 고민하고 망설였으니까요. 그치만 사실 편집자 중에는 게재하는 만화의 폭을 넓히고 싶어하는 분들이 많아요. 하나의 잡지에 다양한 만화가 실려야 새로운 독자와의 만남으로 이어질 수도 있고, '나도 한번 그려볼까?'라고 생각하는 사람들도 늘어날 수 있으니까요. 그런 의미에서 다양한 작품을 실어주는 잡지가 많아지기를 바랍니다. 결국 재미있는 만화를 많이 읽고 싶다, 그 말이죠. 하하!

앞으로도

재능이란

『사랑이 없어도 먹고 살 수 있습니다』를 그릴 때 연재는 최대 두 작품만 하기로 마음먹었다고 하셨습니다. 현재 『어제 뭐 먹었어?』를 연재중이신데, 원칙적으로는 아직 한 작품 더 그릴 여지가 남아 있죠. 혹시 집필 예정이 있으신가요?

상한선이 두 작품일 뿐이고 한 작품도 괜찮은데요? 하하. 구상은 있습니다. 배우가 등장하는 연예계 작품을 그릴까 생각하고 있는데 아직 논의 단계입니다. 코로나19 때문에 취재가 어렵기도 했고, 연예계를 무대로 한 재미있는 작품이 지금 몇 개 정도 연재중이라서요. 연예계 장르에 좀더 물이 차오르길 기다릴지 고민중입니다.

지금까지 그랬던 것처럼 이미 이야기의 흐름도 대강 정해져 있겠죠?

대체로요. 앞으로는 현장에서 어떤 내용의 대화가 어떤 식으로 이루어지는지, 구체적인 촬영 준비와 같은 무대 뒤편의 이야기를 좀더 취재하고 싶습니다. 지금까지 제 작품이 영상으로 만들어지면서 몇 번인가 현장을 방문할 기회는 있었지만 떠올려보면 애매한 기억만 남아 있어요. 감독과 연출가가 어떤 식으로 디렉팅을 하는지, 매니저가 어떻게 담당 연예인의 노출을 조절하고 매니지먼트하는지도 궁금해요. 정식으로 취재를 신청하면 표면적인 이야기만 들을 것 같아서 어떻게 하면 비하인드 스토리를 이것저것 들을 수 있을까 고민하고 있어요.

연예계 작품을 그리자고 마음먹게 된 계기가 있었나요?

꼭 연예계 이야기가 아니어도 상관은 없는데 문득 재능이란 뭘까? 그런 생각이 들더라고요. TV에서 어떤 배우가 '배우란 아무리 연기를 잘해도 누군가가 얼굴이 마음에 안 든다고 하면 끝나는 직업이다'라고 말하는 걸 봤는데 굉장히 인상적이었어요. 아무리 훌륭한 연기 천재도 외모나 분위기, 최종적으로는 취향으로 판가름나는 세계라는 게 흥미로워요. 비단 연예계뿐만 아니라 인생도 그렇잖아요? 능력이 아예 관계없다고 할 수는 없지만 결과가 항상 능력과 비례하는 것이 아니지요. 회사에서도 유능한 순서로 출세하지 않고요. 연예계가 인생의 축소판이라는 느낌을 받은 것 같아요. 능력은 있지만 결국 꽃을 피워보지 못하는 사람도 있고, 문제를 일으켜도 몇 번이고 다시 일선으로 돌아오는 사람도 있습니다. 인성 하나만 인정받는 사람이 있는가 하면 연기가 서툴러도 유명해지는 사람도 있고요. 재미있을 것 같습니다. 누구와 만나느냐가 꽤 중요한 세계인 것 같아서, 배우 각각의 인생에도 드라마는 있으니 어떤 한 명에게 스포트라이트를 맞추는 형식이 아니라 전체의 모습을 그리고 싶습니다.

배우와 그 주변 인물들의 직업적인 이야기도 들어갈 것 같네요.

아, 아마 그럴 것 같습니다. 등장인물이 사회인인 이상 일과 동떨어질 수 없으니까요. 하지만 지금까지 해온 것처럼 일이야기로만 채울 생각은 없습니다. 일은 안 해도 된다면 최대한 안 하는 게 좋다고 생각하는 저의 본심이 드러나는 것 같네요, 하하. 일도 하고 어느 정도 사적인 시간도 있는 이야기가 될 것 같습니다.

만화가가 아니어도 만화를 계속 그리고 싶다

데뷔 당시부터 장수 만화가가 되기를 꿈꾸셨는데 벌써 30주년이 코앞으로 다가올 정도로 시간이 흘렀습니다. 지금 와서 과거를 돌이켜봤을 때 가장 먼저 떠오르는 것은 무엇인가요?

마감을 엄수하자.

만화가 인생에서 중요하게 여겨오신 부분이죠.

네. 그리고 밤샘 작업은 하지 말자. 우선 건강이 가장 중요하고, 제 한계를 넘지 않는 범위 안에서만 일을 하려고 합니다. 한계를 넘을 것 같은 상황에는 용기 내서 일을 거절합니다. 꼭 만화가가 아니어도 일을 지속하기 위해 필요한 중요한 원칙이죠. 다시 생각해도 저는 운이 좋았습니다. 지금까지 큰 병에 걸리거나 사고를 당하는 일 없이 꾸준히 그릴 수 있었으니까요.

오랫동안 만화를 그리고 싶다고 하셨는데, '오랫동안'이라는 게 어느 정도의 시간을 예상하신 건가요?

만화가라는 직업으로 일반 회사원의 정년만큼 일할 수 있을지 대입하면 쉽게 답을 내릴 순 없었지만 적어도 50세까지 하지 않으면 큰일이라 생각했어요. 먹고살아야 하니까요.

잘 팔리는 만화나 히트작에 대한 욕심은 없으셨나요?

잘 팔리고 안 팔리고는 운도 따라줘야 한다고 생각해서 판매 쪽은 별로 신경쓰지 않았습니다. 다만 먹고사는 데 지장이 생기는 건 싫었습니다. 반복해서 말하게 되는데 저는 잘 팔리는 만화가와 잘 팔리지 않는 만화가 사이에는 큰 차이가 없지만, 먹고사는 만화가와 그렇지 않은 만화가는 큰 차이가 있다고 생각합니다. 먹고살 수 없는 만화가는 생계를 위해서 만화 그리는 것 말고도 다른 일을 해야 하니까요. 그것만큼은 피하고 싶었습니다.

만화를 그리면서 생계를 유지할 수 있는가. 그게 중요하다는 말씀이시군요.

절대적으로 중요했습니다. 다만 제가 좀 고지식해서인지 잡지의 작풍에 어울리는 만화를 그리거나 타깃 독자층을 위해 서비스를 제공하거나, 그런 걸 잘 못했어요. 그리고 싶은 것만 그릴 수 있다는 걸 스스로도 알고 있었기 때문에 작업을 의뢰한 출판사를 위해 할 수 있는 것이라고는, 제가 그릴 수 있는 최상의 퀄리티로 완성할 수 있게 끊임없이 노력하는 것과 마감을 잘 지키는 것. 이것밖에 없었어요. 마감을 지키는 것은 작품의 퀄리티에도 영향을 미칩니다. 마감일까지 시간적으로 여유가 있으면 편집자가 지적한 부분을 충분히 반영해서 수정할 수 있고, 혹은 그 지적에 대해 뭔가 납득 가지 않는 부분이 있다면 냉정하게 이야기할 수도 있습니다. 시간이 촉박하면 어설픈 부분도 그냥 넘어가거나 이해되지 않는 지적을 그냥 받아들여야 할 수도 있죠. 인간은 편함을 추구하는 동물이라 마음에 여유가 없으면 결국은 편한 쪽을 선택하게 돼요. 그리고 내 이름을 걸고 세상에 나오는 작품이니 그 결과가 결국은 저 자신에게 돌아오겠죠. 문제를 피하고 여유를 만들기 위해 중요한 건 수면과 건강입니다. 그리고 만화로 생계를 유지하는 것이 항상 중요한 전제 조건이긴 했지만 동시에 언젠가 일이 끊겨도 어쩔 수 없다는 생각 역시 늘 갖고 있었습니다. 저에게 만화가는 꿈의 직업이었으니까요. 어릴 때는 만화가가 되는 것은 어려우니 다른 전문직이 되어야겠다고 생각할 정도로 만화가가 된다는 건 정말이지 꿈과 같은 일이었습니다. 지금도 계속 꿈만 같아요. 꿈속에 오랫동안 머무를 수 있는 것이 정말 감사하고, 그것만으로도 충분히 행운이라고 생각하기에 언제든 이 꿈이 끝난다 해도 후회는 없습니다. 언젠가 꿈에서 깨는 건 당연하다는 생각이 마음 한편에 늘 있거든요. 그래서 꿈이 이어지는 한 정말 감사하고 행운이라는 걸 잊지 않으려 합니다.

꿈에서 깨어 더이상 전업 만화가가 아니게 되더라도 만화를 계속 그릴 생각인가요?

건강 문제가 아니라면 계속 그리고 싶습니다. 애초에 취미로 만화를 계속 그릴 수 있는 직업을 찾았었으니 생계를 유지할 직업이 뭐라도 있다면 만화는 쭉 그릴 것 같습니다. 지금은 어쩌다보니 그 직업이 만화가인 상태고, 만화 그리기가 제 직업이 되었음에 역시 감사하며 만화가가 되어서 다행이라고 진심으로 생각합니다.

마지막으로 이런 자리에서 항상 하는 질문을 하며 인터뷰를 마무리짓고자 합니다. 앞으로의 목표는 무엇인가요?

목표라고 할 수 있을지는 모르겠지만 항상 염두에 두는 것은 역시 큰 병에 걸리지 말자는 것입니다. 이제 나이도 있어서 살다보면 어떤 병이든 걸릴 테지만 되도록 큰 병은 피하고 싶습니다. 만화를 계속 그릴 수 있는지에 큰 영향을 주는 문제라서, 이러나저러나 생각해봐도 역시 건강 제일로 귀결되는 것 같습니다.

앞으로의 작품도 기대하고 있겠습니다. 오랜 시간 고생 많으셨습니다.

책으로 쓸 만한 이야기를 했는지 전혀 모르겠지만, 만화에 대해 다양한 이야기를 나눌 수 있어서 즐거웠습니다. 감사합니다.

후기

처음에는 대담집을 의뢰받았습니다.

대담을 하게 되면 항상 게스트들의 재미있는 이야기나 새로운 견해 같은 흥미로운 이야기를 들을 수 있어서 '재미있겠다!' 하고 그냥 승낙해버렸습니다.

근데 회의를 거듭할수록 콘셉트가 제 인터뷰로 구성된 책으로 바뀌어갔고, 어쩌다보니 이렇게 얼레벌레 후기를 쓰고 있습니다.

처음 기획의 문을 열어주신 필름아트사의 이토 히로타케 씨, 집필자 야마모토 후미코 씨에게 진심으로 감사드립니다. 야마모토 씨, 기나긴 인터뷰를 교통 정리하며 각 장으로 나누시느라 정말 고생 많으셨습니다. 진심으로 감사합니다. 인터뷰라고는 하지만 이토 씨, 야마모토 씨, 그리고 편집자 이다 다카시 씨와 네 명이서 수다를 떠는 동안 정말 즐거웠습니다.

하지만 책으로 엮이면 주로 제 이야기만 기록될 것이라고 생각하니 상당히 가슴이 쓰립니다.

　제가 처음 만화를 그렸을 때와 비교하면 만화를 둘러싼 환경이 크게 달라지기도 했고, 만화가가 되고 싶은 사람들에게 도움이 될 만한 이야기는 별로 하지 못한 것 같습니다.

　다만 예나 지금이나 만화는 재미있습니다.

　벌써 몇십 년째 어떤 종류든 매일 만화를 읽고 있지만 단 한 번도 질린 적이 없습니다.

　이런 글자만 가득한 책을 내게 되어서 송구하지만 앞으로 한 명이라도 더 많은 사람들이 만화를 읽고, 만화를 그리는 미래가 오기를 진심으로 바라고 있습니다.

2022년 6월
요시나가 후미

미주

1장

1 『유리가면』: 미우치 스즈에의 만화. 연기의 재능을 가진 소녀 기타지마 마야가 라이벌 히메가와 아유미와 절차탁마하며 성장하는 이야기. 1975년부터 《하나토유메》(하쿠센샤)에서 연재. 그후 게재지를 《별책 하나토유메》(하쿠센샤)로 옮긴다. 잡지 휴간 및 작품 휴재중.

2 드라마 〈어제 뭐 먹었어?〉: 2019년 4월부터 6월까지 TV도쿄에서 방송. 니시지마 히데토시와 우치노 세이요가 주연, 아다치 나오코가 각본, 나카에 가즈히토, 노지리 가쓰미, 가타기리 겐지 등이 감독을 맡았다. 속편인 스페셜 드라마는 2020년 1월 1일에 방송되었다.

3 『사자에씨 비밀 이야기』: 만화 『사자에씨』의 저자인 하세가와 마치코가 만화를 곁들여 쓴 자전적 에세이. 1978년부터 아사히신문 일요판에 연재, 1979년 시마이샤에서 출간됐다.

4 하기오 모토: 만화가. 1969년 《나카요시》(고단샤)에 게재한 「루루와 미미」로 데뷔. 주요 작품으로 『포의 일족』 『잔혹한 신이 지배한다』 『왕비 마르고』 등이 있다.

5 빨간 책: 1977년부터 1978년에 걸쳐 쇼가쿠칸에서 출간된 『하기오 모토 작품집』(전 17권)이 커버를 빨간색으로 하여 붙은 별명. 이후 재편집하여 출간된 것은 커버가 하얀색을 중심으로 해 '하얀 책'이라 불린다.

6 『포의 일족』: 하기오 모토의 대표작 중 하나. 기나긴 세월을 사는 밤파넬라 가문의 소년 소녀들을 그렸다. 1972년 《별책 소녀 코믹(현 베쓰코미)》(쇼가쿠칸)에 게재한 후 비정기적으로 연재되어 1976년에 완결. 2016년에 40년 만의 신작이 『월간 플라워즈』(쇼가쿠칸)에 게재되어 화제가 되었다.

7 『리본의 기사』: 데즈카 오사무의 만화. 여자와 남자의 감정을 모두 가진 사파이어

(리본의 기사)가 갈등하는 모습을 그린 소녀만화. 1953년부터 《소녀 클럽》(대일본웅변회고단샤, 현 고단샤)에서 연재. 1958년에는 속편이 공개되었고, 1963년부터 《소녀 클럽》판을 리메이크한 버전이 《나카요시》에서 연재를 시작했다.

8 24년조: 1970년대 소녀만화에 기법과 작품의 혁신을 불러온, 쇼와 24년(1949년) 전후에 태어난 여성 만화가 일부를 가리키는 총칭. 아오이케 야스코, 오시마 유미코, 기하라 도시에, 다케미야 게이코(현 다케노미야 게이코), 하기오 모토, 야마기시 료코 등을 주로 칭한다.

9 『불새』: 데즈카 오사무의 만화. 시공간을 초월한 존재 불새를 중심으로 '생과 사'라는 테마를 장대한 스케일로 그려냈다. 1954년 《만화소년》(가쿠도샤)에서 연재를 시작한 후 게재지를 바꾸며 오랜 시간 동안 연재된 작자의 대표작이라 불리는 만화.

10 『아야코』: 데즈카 오사무의 만화. 패전한 일본을 배경으로 도호쿠 지방 대지주의 막내딸 아야코의 성장과 주변 인물들이 파멸해가는 모습을 그린 사회파 작품. 1972년 《빅 코믹》(쇼가쿠칸)에서 연재를 시작해 1973년에 완결됐다.

11 『베르사유의 장미』: 프랑스혁명을 향해 가던 시대의 베르사유를 무대로 남장여자인 오스칼과 왕비 마리 앙투아네트 등의 모습을 그린 역사 로맨스물. 1972년 《주간 마가렛(현 마가렛)》(슈에이샤)에서 연재를 시작해 1973년에 완결. 1974년에는 다카라즈카 가극단에서 뮤지컬화되어 극단의 대표작 중 하나로 자리잡았다.

12 『캔디캔디』: 미즈키 교코 원작, 이가라시 유미코의 만화. 고아 캔디의 성장을 그린 소녀만화. 1975년부터 《나카요시》에서 연재를 시작해 1979년에 완결.

13 『노라쿠로』: 다가와 스이호의 만화. 검은 유기견 노라쿠로가 군대에 들어가 활약하는 내용을 그렸다. 1931년부터 대일본웅변회고단샤의 《소년 구락부》에서 『노라쿠로 하사』라는 제목으로 연재를 시작, 11년 동안 인기를 얻었다.

14 『맨발의 겐』: 나카자와 게이지의 만화. 저자의 경험을 바탕으로 한 장편만화로, 히로시마 원자폭탄 투하를 계기로 아버지, 누이, 형제를 잃은 소년 겐의 모습을 그렸다. 1973년 《주간 소년 점프》(슈에이샤)에서 연재를 시작해 1974년에 완결. 단행본화가 연기되어 1975년에 초분샤에서 출간, 그후 게재지를 바꾸며 계속 연재하여 슈에이샤, 중앙공론신샤, 긴노호시샤 등에서 단행본이 나왔다.

15 『블랙 잭』: 데즈카 오사무의 만화. 무면허지만 천재적인 기술을 가진 외과의 블랙 잭을 주인공으로 한 메디컬드라마. 1973년 《주간 소년 챔피언》(아키타쇼텐)에서 연재를 시작해 1983년에 완결.

16 우메즈 가즈오: 만화가. 1955년 도모북샤에서 출간된 단행본 『숲의 형제』(미즈타니 다케코 공저)로 데뷔하여 같은 해 단독 데뷔작인 『별세계』(도모북샤)를 출간했다. 주요 작품으로 『표류교실』 『마코토짱』 『나는 신고』 『14세』 등이 있다.

17 다카시나 료코: 만화가. 1964년 와카키쇼보의 대여본 《유메》에 게재한 「리리」로 데뷔. 1967년 《별책 소녀 프렌드(현 별책 프렌드)》(고단샤)에 「저녁 구름은 알고 있다」를

발표하여 서서히 소녀만화 잡지로 활동 영역을 옮긴다. 주요 작품으로 『지옥에서 메스가 빛나다』 『피아노 소나타 살인 사건』 『매지션』 등이 있다.

18 『지옥에서 메스가 빛나다』: 다카시나 료코의 만화. 외모를 이유로 자살을 시도한 히로미와 그녀를 구한 천재 의사 이와오 도시아키를 그린 호러풍의 소녀만화. 1972년 《나카요시》에서 연재해 같은 해 완결.

19 기쿠카와 지카코: 만화가. 1972년 《주간 마가렛》에 게재한 「P.S. 아이 러브 유」로 데뷔. 주요 작품으로 『붉은 손톱자국』 『백의 눈이 보고 있었다』 『생명의 불이 보이다』 등이 있다.

20 『붉은 손톱자국』: 기쿠카와 지카코의 만화. 기묘한 유성이 떨어지는 것을 목격한 여고생 이쿠코의 주변에서 사람들이 차례차례로 불가사의한 죽음을 맞이한다. 1979년 《주간 마가렛》에서 연재를 시작해 1980년에 완결.

21 야마기시 료코: 만화가. 1989년 《리본 코믹》(슈에이샤)에 게재한 「레프트 앤드 라이트」로 데뷔. 주요 작품으로 『아라베스크』 『해 뜨는 곳의 천자』 『무희 테르프시코레』 등이 있다.

22 「야차어전」: 야마기시 료코의 만화. 깊은 산속 외딴집에 이사를 온 15세 소녀 주변에 일어나는 기이한 현상을 그린 호러만화. 1982년 《쁘띠 코믹》(쇼가쿠칸)에 게재, 자선 작품집에도 실렸다.

23 미우치 스즈에: 만화가. 1967년 《별책 마가렛》에 게재한 「산과 달과 아기 너구리」로 데뷔. 주요 작품으로 『유리가면』 『흑백합의 계보』 『아마테라스』 등이 있다.

24 『흑백합의 계보』: 미우치 스즈에의 만화. 어머니의 의문사를 파헤치다가 자신의 저주받은 혈통을 알게 된 소녀의 이야기. 1977년 《LaLa》(하쿠센샤)에서 연재를 시작, 같은 해 완결.

25 시바타 마사히로: 만화가. 1973년 《별책 마가렛》에 게재한 「흰 장미가 지는 바다」로 데뷔. 주요 작품으로 『붉은 송곳니』 시리즈, 『페더 터치 오퍼레이션』 『무녀전설 구라다루마』 등이 있다.

26 와다 신지: 만화가. 1971년 《별책 마가렛》에 게재한 「파파!」로 데뷔. 주요 작품으로 『스케반 형사』 『피그마리오』 『정령사 아스카』 시리즈 등이 있다.

27 『붉은 송곳니』: 시바타 마사히로의 만화. 고대 초인류의 피를 받아 초능력을 가진 고마쓰자키 란과 그녀를 노리는 비밀결사 타론과의 싸움을 그린 SF 판타지. 1975년부터 《별책 마가렛》에서 연재를 시작, 게재지를 바꾸며 그린 시리즈 작품.

28 『스케반 형사』: 와다 신지의 만화. 학생 형사로 임명된 스케반(불량 여학생) 아사미야 사키의 활약을 그렸다. 1975년 《하나토유메》에서 연재를 시작, 1982년 완결. 사이토 유키 등을 주연으로 여러 번 실사화되었다.

29 『파타리로!』: 마야 미네오의 만화. 천재지만 트러블 메이커인 소년왕 파타리로의 소동을 그린 개그만화. 1978년부터 《하나토유메》에서 연재를 시작, 게재지를 바꾸

며 현재는 하쿠센샤의 웹 코믹 사이트 《망가 Park》에서 연재중.(2022년 기준)

30 《쁘띠 플라워》: 1980년 쇼가쿠칸에서 계간지로 창간된 소녀만화 잡지. 그후 격월간 과 월간 등 발행 빈도를 바꾸며 나왔고 2002년에 휴간됐다. 주요 게재작으로 『바람 과 나무의 시』(다케미야 게이코) 『강보다도 길고 완만하게』(요시다 아키미) 『팬시 댄스』 (오카노 레이코) 『잔혹한 신이 지배한다』(하기오 모토) 등이 있다.

31 『캡틴 츠바사』: 다카하시 요이치의 만화. 주인공 오오조라 츠바사를 비롯한 소년 들이 축구에 전력으로 임하는 자세를 그렸다. 등장인물의 그후 활약을 그린 속편이 여러 권 출간됐다. 1981년 《주간 소년 점프》에서 연재 시작, 1988년 완결.

32 도쿠히로 마사야: 만화가. 「미녀는 고기 요리를 잘한다」로 제17회 아카쓰카상 가작 수상 후 1983년부터 《주간 소년 점프》에서 연재를 시작한 『셰이프 업 란』으로 데 뷔. 주요 작품으로 『정글의 왕자 타짱』 『쿄시로 2030』 등이 있다.

33 『셰이프 업 란』: 도쿠히로 마사야의 만화. 엄청난 완력을 가진 란코와 그녀의 집에 하숙하게 된 친척 소이치로를 중심으로 한 개그만화. 1983년 《주간 소년 점프》에서 연재 시작, 1985년 완결.

34 오시마 유미코: 만화가. 1968년 《주간 마가렛》에 게재한 「폴라의 눈물」로 데뷔. 주 요 작품으로 『솜의 별나라』 『바나나 브레드 푸딩』 『구구는 고양이다』 등이 있다.

35 『해 뜨는 곳의 천자』: 야마기시 료코의 만화. 초자연적인 힘을 가진 우마야도노 왕 자와 그에게 끌리면서도 두려움을 느끼는 에미시를 중심으로 한 대하 로맨스물. 1980년 《LaLa》에서 연재 시작, 1984년 완결.

36 나리타 미나코: 만화가. 1977년 《하나토유메》에 게재한 「잇세이에 어서 오세요」로 데뷔. 주요 작품으로 『에이리언 스트리트』 『CIPHER』 『꽃보다도 꽃처럼』 등이 있 다.

37 『에이리언 스트리트』: 나리타 미나코의 만화. 1980년대의 로스앤젤레스를 무대로 용모가 수려하고 두뇌가 명석한 대학생 샬과 그를 둘러싼 인물들을 그린 청춘 그라 피티. 1980년 《LaLa》에서 연재 시작, 1984년 완결.

38 『아라베스크』: 야마기시 료코의 만화. 소련의 발레 학교를 다니는 논나가 천재 솔레 스트 미로노프와 만나 성장하는 모습을 그렸다. 1971년 《리본》(슈에이샤)에서 연재 시작, 1973년 완결. 제2부는 1974년 《하나토유메》에서 연재해 1975년에 완결됐다.

39 『요정왕』: 야마기시 료코의 만화. 켈트 신화와 그리스 신화 등 다양한 신화와 민화 가 섞인, 홋카이도를 무대로 한 판타지만화. 1977년 《하나토유메》에서 연재 시작, 1978년 완결.

40 『데즈카 오사무 문화상 20주년 기념 MOOK 망가의 DNA-망가 신의 뜻을 잇는 자 들-』(아사히신문출판, 2016년) 게재.

41 『무희 테르프시코레』: 야마기시 료코의 만화. 어린 시절부터 발레를 배워 온 시노 하라 유키를 주인공으로, 냉엄한 현실 속에서 발레하는 소녀들을 그린다. 제1부는

2000년《다 빈치》(미디어팩토리, 현 KADOKAWA)에서 연재 시작, 2006년에 완결. 제 2부는 2007년부터 같은 잡지에서 연재를 시작해 2010년에 완결했다.

42 야마토 와키: 만화가. 1966년《주간 소녀 프렌드》(고단샤)에 게재한 「도둑 천사」로 데뷔. 주요 작품으로『하이카라씨가 간다』『요코하마 이야기』『겐지 이야기』등이 있다.

43 『하이카라씨가 간다』: 야마토 와키의 만화. 다이쇼 시대의 도쿄를 무대로 한 로맨틱 코미디. 1975년《주간 소녀 프렌드》에서 연재 시작, 1977년 완결.

44 가와하라 이즈미: 만화가. 1963년에《하나토유메》에 게재한 「기죽는 인수분해」로 데뷔. 주요 작품으로『고시엔의 하늘을 보고 웃어라!』『웃는 대천사』『브레멘II』등이 있다.

45 야마구치 미유키: 만화가. 1983년《하나토유메》에 게재한 「스캔들★자장가」로 데뷔. 주요 작품으로『V-K(비비드 키즈)☆컴퍼니』『피멘닌은 노래한다』『천공성룡~이노센트 드래곤~』등이 있다.

46 1983년《하나토유메》에 발표된 「스캔들★자장가」를 가리킨다. 가족이 운영하는 찻집에서 여장을 하고 일하게 된 고등학생 미나미 히로유키와 그를 여자라고 생각하는 손님 야마모토의 에피소드를 그린 러브 코미디.

47 『소녀 만화 입문』: 1976년에 쇼가쿠칸에서 출간.『쇼가쿠칸 입문 백과 시리즈』중 한 권.

48 다케미야 게이코: 만화가. 1968년《주간 마가렛》에 게재한 「사과의 죄」로 데뷔. 주요 작품으로『바람과 나무의 시』『지구로…』『날 달까지 데려가줘!』등이 있다.

49 기시 유코: 만화가. 1967년《마가렛》에 게재한 「겁쟁이 선생」으로 데뷔. 주요 작품으로『다마 사부로 사랑의 광소곡』『크리스천 안드레아』시리즈,『은의 지크』등이 있다.

50 〈대초원의 작은 집〉: 1975년부터 1982년까지 NHK에서 방송한 해외드라마. 미국의 소설가 로라 잉걸스 와일더의 아동문학『초원의 집』시리즈가 원작. 19세기 말 서부 개척 시대를 무대로 한 가족드라마.

51 〈긴다이치 코스케 시리즈〉: 탐정 긴다이치 코스케가 주인공인 요코미조 세이시의 추리소설 시리즈를 원작으로 한 영화. 이시자카 고지 주연, 이치카와 곤 감독.

52 〈에도가와 란포의 미녀 시리즈〉: 1977년부터 1994년에 걸쳐 TV아사히 〈토요 와이드 극장〉에 방송한 TV 드라마 시리즈. 에도가와 란포의 소설을 각색하여 영상화했다. 아마치 시게루가 25화 동안 탐정 아케치 고고로 역할을 연기하여 인기를 얻었다. 아마치의 사후에는 기타오지 긴야, 사이고 데루히코가 아케치 역을 맡았다.

53 〈필살사업인〉: 에도 시대의 하급 관리 나카무라 몬도가 주인공인 TV아사히에서 방영된 드라마 시리즈. 살인 청부를 받고 억울한 누명을 쓴 사람들의 원한을 푸는 무법자들을 그린다. 이케나미 쇼타로의 소설『청부인 후지에다 바이안』등을 원작으

로 한 TV 드라마 〈필살청부인〉에서 시작된 「필살」 시리즈로부터 파생됐다.

54 〈모모타로 사무라이〉: 야마테 기이치로의 시대소설을 원작으로 한 TV 드라마 시리즈. 쇼군가의 사람이지만 에도의 뒷골목에 사는 것을 선택한 모모타로가 서민들을 위해 검을 뽑는다. 영화로도 수차례 제작되었으며 다카하시 히데키가 주연을 맡고 닛폰TV에서 방송된 시리즈가 특히 인기가 많았다.

55 〈미토 고몬〉: 에도 시대의 미토 영주인 도쿠가와 미츠쿠니를 주인공으로 한 TV 드라마 시리즈. 다양한 방송국에서 제작되었는데, 마쓰시타 전기산업(현 파나소닉)이 제공하던 TBS드라마(내셔널극장)에서 방영된 시리즈가 가장 유명하다.

56 〈서유기〉: 중국의 고전문학 『서유기』를 주제로 한 TV 드라마 시리즈이자 닛폰TV 개국 25주년 기념 방송. 손오공을 사카이 마사아키, 삼장법사를 나쓰메 마사코가 연기했다. 1978년부터 1979년에 걸쳐 첫번째 시리즈가, 1979년부터 1980년에 걸쳐 두번째 시리즈가 닛폰TV에서 방송됐다.

57 〈온야도 가와세미〉: 히라이와 유미에의 연작 시대소설을 원작으로 한 TV 드라마. 젊은 여성 루이가 운영하는 여관 가와세미를 무대로 한 휴먼드라마다. 다양한 배우가 주연을 맡았는데 NHK에서 1980년부터 1983년까지 방영된, 마야 교코 주연의 전47화 시리즈가 특히 유명하다.

58 『핫 로드』: 쓰무기 다쿠의 만화. 가나가와현 쇼난 지역을 무대로 어머니와 둘이 사는 14세 소녀 가즈키와 폭주족 소년 하루야마가 서로에게 끌리는 모습을 그렸다. 1985년 《별책 마가렛》에서 연재를 시작해 1987년 완결.

59 요시노 사쿠미: 만화가. 1979년 《부~케》(슈에이샤)에 게재한 「우울보다 거짓말이 좋아!」로 데뷔. 주요 작품으로 『소년은 황야를 향해 달린다』 『애처로운 눈동자』 『Period』 등이 있다.

60 《부~케》: 1978년 슈에이샤가 창간한 월간 소녀만화 잡지. 2000년부터 휴간. 주요 게재작으로 『영원의 들판』(오사카 미에코) 『순정 크레이지 프루츠』(마쓰나에 아케미) 『소년은 황야를 향해 달린다』(요시노 사쿠미) 등이 있다.

61 게모노기 야세이: 만화가. 1983년 《윙즈》(신쇼칸)에 신 다마키라는 필명으로 게재한 「콩 반쪽」(『PALM』 시리즈의 하나)으로 데뷔. 2000년에 게모노기 야세이로 개명했다. 주요 작품으로 『PALM』 시리즈, 『THE WORLD』 시리즈 등이 있다.

62 『PALM』: 게모노기 야세이의 만화. 세 명의 주인공의 생애를 그린 연대기로 1983년부터 《윙즈》에서 연재 시작. 전10부 구성의 대장편 시리즈인 점을 작가가 공언했으며, 현재 최종장인 10부를 연재중.

63 히지리 유키: 만화가. 1971년 《별책 소녀 코믹》에 게재한 「우리 오빠」로 데뷔. 『초인 로크』 시리즈로 이름을 알리며 TV 애니메이션 『초전자머신 볼테스 V』와 『투장 다이모스』, 특수촬영 드라마 『닌자 캡터』 등의 캐릭터 디자인에도 참여했다.

64 1982년의 《윙즈》 창간호부터 1987년 5월호에까지 게재된 히지리 유키의 『팰콘50』

을 말한다. 초인적인 능력을 숨기고 학생생활을 하고 있는 스스무가 히어로 팰콘 50으로서 로봇과 싸우는 모습을 코믹하게 그렸다.

65 다가미 요시히사: 만화가. 1979년 《빅 코믹》에 게재한 「자시키와라시」로 데뷔. 주요 작품으로 『가루이자와 신드롬』 『이시의 기억』 『NERVOUS BREAKDOWN』 등이 있다.

66 구스노키 게이: 만화가. 1981년 《리본 오리지널》(슈에이샤)에 게재한 「뭔가가 그녀에게 붙었다?」로 데뷔. 주요 작품으로 『요마』 『야가미 군의 가정사정』 『귀절도』 등이 있다.

67 《팬로드》: 1980년 라포트에서 창간된 애니메이션 잡지. 창간 당시에는 격월간이었으나 1983년부터 월간화. 그후 휴간 및 복간, 명칭 변경을 반복했다. 주로 독자 투고로 지면이 구성되며, 애니메이션 외에 만화, 드라마, 게임 등 다양한 소재를 다뤘다.

68 『바오: 내방자』: 아라키 히로히코의 만화. 최강의 생물 병기 바오의 기생주인 이쿠로가 초능력을 가진 소녀 스미레를 위해 비밀 기관 드레스에 맞선다. 1984년 《주간 소년 점프》에서 연재 시작, 1985년 완결.

69 아라키 히로히코: 만화가. 1980년 《주간 소년 점프》에 게재한 「무장 포커」로 데뷔. 주요 작품으로 『마소년 비티』 『고저스★아이린』 『죠죠의 기묘한 모험』 시리즈 등이 있다.

70 쇼: 동인지 서클 CITY-A에서 활약한 동인 만화가. 그후 가와이 쇼코라는 필명으로 상업지에서도 활동을 시작한다.

71 『CARNIVAL』: 『캡틴 츠바사』의 인기 캐릭터 휴가 고지로를 주인공으로 한 쇼 작가의 동인만화.

72 아다치 데쓰: 만화가. 1988년 《주간 소년 매거진》(고단샤)에 게재한 「졸업 앨범」으로 데뷔. 주요 작품으로 『반짝반짝!』 『벚꽃의 노래』 『날씨 말해주는 누나お天気お姉さん』 등이 있다.

73 『벚꽃의 노래』: 아다치 데쓰의 만화. 우울한 고등학생 이치노세 도시히코의 일상은 학교의 마돈나 나카무라 마리와의 데이트, 친구들과의 영화 제작으로 인해 빛나기 시작하나 삼촌인 곤파루에 의해 그 빛이 사라지고 만다. 1990년 《주간 영 매거진》(고단샤)에서 연재 시작, 1991년 완결.

74 후루야 미노루: 만화가. 1992년 《주간 영 매거진 증간 흑돼지 루키호》(고단샤)에 게재한 『이나중 탁구부』로 데뷔. 주요 작품으로 『크레이지 군단』 『두더지』 『낮비』 등이 있다.

75 『이나중 탁구부』: 후루야 미노루의 만화이자 데뷔작. 개성 강한 이나중학교 탁구부의 다양한 모습을 그린 청춘 개그만화. 1992년 《주간 영 매거진 증간 흑돼지 루키호》에 발표된 후 1993년 《주간 영 매거진》에서 연재를 시작하여 1996년에 완결.

76 『반신』: 하기오 모토의 만화. 1984년 《쁘띠 플라워》에 게재한 단편. 허리 부근이 결

합된 쌍둥이 자매 유지와 유시의 이야기.

77 다나카 요시키: 소설가. 1977년 리노이에 유타카라는 필명으로 발표한 「푸른 초원에…」가 제3회 환영성 신인상 소설 부문에 선정되어 데뷔. 1982년 다나카 요시키라는 이름으로 『은하영웅전설』을 발표한다. 주요 작품으로 『아르슬란 전기』『창룡전』 등이 있다.

78 『은하영웅전설』: 다나카 요시키의 소설. 1982년부터 1987년까지 출간된 스페이스 오페라 시리즈. 그후 다수의 출판사에서 출간됐다. 1984년부터 외전도 발표.

79 『세인트 세이야』: 구루마다 마사미의 만화. 별자리와 그리스 신화를 모티프로 했으며 투구와 갑옷, 스토리가 화제를 부른 판타지 배틀만화. 1985년부터 《주간 소년 점프》에서 연재 시작, 1990년 완결. (최종 화만 슈에이샤의 《브이 점프》에 게재)

80 『아르슬란 전기』: 다나카 요시키의 소설. 젊은 왕자 아르슬란과 그 동료들의 활약을 그린 대하 판타지소설이다. 1986년 시리즈 첫 권 출간 후 중간에 공백기를 가지면서도 2017년 전16권으로 완결됐다.

81 『오니헤이한카초』: 이케나미 쇼타로의 소설. 에도 시대에 방화, 도적, 도박을 단속하던 관리 '화부도적개방'의 장관 하세가와 헤이조를 주인공으로 한 시대소설 시리즈. 저자의 병사로 미완.

82 야마다 다이치: 각본가 겸 소설가. 쇼치쿠에 입사하여 기노시타 게이스케의 조감독으로 활동한 후 프리랜서 각본가로 전향. 주요 작품으로 TV 드라마 〈남자들의 여로〉 〈물가의 앨범〉 〈고르지 않은 사과들〉 등이 있다.

83 〈일본의 옛 모습〉: 야마다 다이치 각본. 1948년 NHK에서 방송된 TV 드라마. 그리스에서 태어난 소설가이자 일본 연구가인 고이즈미 야쿠모(라프카디오 헌)의 생애를 그렸다. 주요 출연자로 조지 차키리스, 단 후미, 쓰가와 마사히코, 고바야시 가오루, 시모조 아톰 등이 있다.

84 〈물가의 앨범〉: 야마다 다이치 각본. 1977년 TBS에서 방송된 TV 드라마. 언뜻 행복해 보이는 중산층 가정의 붕괴와 재생을 그렸다. 야마다가 집필한 신문소설이 원작.

85 〈고르지 않은 사과들〉: 야마다 다이치 각본. 1983년 TBS에서 방송된 TV 드라마. 사회 문제로 거론되던 학력 차별을 배경으로 4류 대학에 다니는 학생들의 갈등을 그린 군상극. 그후 네번째 시리즈까지 제작되었다.

86 무코다 구니코: 각본가, 소설가, 수필가. 비서와 잡지 편집자를 거쳐 각본, 소설을 집필하게 되었다. 주요 작품으로 TV 드라마 〈시간입니다〉 〈데라우치 간타로 일가〉, 소설로는 『추억 트럼프』『아, 응』, 에세이로는 『아버지의 사과편지』『한밤의 장미』 등이 있다.

87 〈무코다 구니코 신춘 시리즈〉: 1981년 무코다 구니코가 비행기 사고로 사망한 후 그의 에세이를 원작으로 1985년부터 TBS 프로듀서 출신 연출가 구제 데루히코가 연

출을 담당. TBS에서 매년 초에 방송한 스페셜 드라마 시리즈.

88 〈아수라처럼〉: 무코다 구니코 각본. 1979년과 1980년에 NHK에서 방송된 TV 드라마. 아버지의 애인 문제에 대처하려고 하는 네 자매의 내면을 그렸다.

89 〈데라우치 간타로 일가〉: 무코다 구니코 각본. 1974년 TBS에서 방송된 TV 드라마. 전형적인 다혈질 가장을 중심으로 데라우치 간타로 일가와 이웃 사람들 사이의 관계를 그린 가족 코미디.

2장

1 고가 윤: 만화가. 1986년 《코믹 VAL》(고분샤)에 게재한 「메탈 하트」로 상업지 데뷔. 주요 작품으로 『아시안』 『겐지』 『LOVELESS』 등이 있다.

2 요시다 아키미: 만화가. 1977년 《별책 소녀 코믹》에 게재한 「조금은 신비한 하숙생」으로 데뷔. 주요 작품으로 『강보다도 길고 완만하게』 『바나나피시』 『바닷마을 diary』 등이 있다.

3 『바나나피시』: 요시다 아키미의 만화. 뉴욕의 스트리트 갱을 이끄는 애시가 형을 폐인으로 만든 '바나나피시'의 비밀을 파헤치며 마피아와 대립한다. 1985년 《별책 소녀 코믹》에서 연재 시작, 1994년 완결. 요시다 아키미 데뷔 40주년 기념 프로젝트의 일환으로 2018년에 후지TV에서 애니메이션이 방송됐다.

4 사사키 노리코: 만화가. 1980년 《하나토유메》에 게재한 「에이프런 콤플렉스」로 데뷔. 주요 작품으로 『동물의사 Dr.스쿠르』 『못말리는 간호사』 『채널고정!』 등이 있다.

5 『동물의사 Dr.스쿠르』: 사사키 노리코의 만화. H대학 수의학부에 입학한 함텔이 친구 니카이도와 함께 개성 강한 사람들, 동물들을 만나 교류하는 모습을 그렸다. 1987년 《하나토유메》에서 연재 시작, 1993년 완결.

6 고사카 도모코: 만화가. 1973년 《주간 소녀 코믹(현 Sho-Comi)》(쇼가쿠칸)에 게재한 「리 린드 린」으로 데뷔. 주요 작품으로 『실크로드』 시리즈, 『인디안 서머小春びより』 시리즈, 『T.E.로렌스』 등이 있다.

7 『T.E.로렌스』: 고사카 도모코의 만화. 아랍 제국의 독립에 힘쓰며 '아라비아의 로렌스'라고 불리는 토마스 에드워드 로렌스를 그렸다. 1984년 《윙즈》에서 연재 시작, 1988년 완결.

8 다무라 유미: 만화가. 1983년 《별책 소녀 코믹》에 게재한 「우리들의 절대시간」으로 데뷔. 주요 작품으로 『여전사가 간다!』 『BASARA』 『7SEEDS』 『미스터리라 하지 말지어다』 등이 있다.

9 『여전사가 간다!』: 다무라 유미의 만화. 재계의 후계자 경쟁에 휩싸인 소녀 오우지마 토모에의 투쟁과 사랑을 그린 액션만화다. 1987년 《별책 소녀 코믹》에서 연재 시작, 1990년 완결.

10 사카타 야스코: 만화가. 1975년 《하나토유메》에 게재한 「재혼광소곡」으로 데뷔. 주요 작품으로 『바질 씨의 우아한 생활』 『비긴 더 비긴』 『벨 디아볼리카』 등이 있다.

11 『바질 씨의 우아한 생활』: 사카타 야스코의 만화. 대영제국의 수도 런던을 무대로 귀족인 바질 워렌 경의 우아하고 이상한 일상을 그렸다. 1979년부터 1985년은 《LaLa》, 1985년부터 1986년은 《Wendy》, 1986년부터 1987년은 《Cindy》(모두 하쿠센샤)에 게재.

12 다카노 후미코: 만화가. 1979년 《June》(썬 출판)에 게재한 「절대안전 면도칼」로 데뷔. 주요 작품으로 『빨래가 마르지 않아도 괜찮아』 『막대가 하나』 『노란 책』 등이 있다.

13 『절대안전 면도칼』: 다카노 후미코의 만화. 1982년 하쿠센샤에서 출간됐으며 데뷔작을 포함한 작품집. 작품마다 화풍과 작풍이 다른 실험적인 내용으로, 오토모 가쓰히로나 미야니시 게이조 등과 함께 '뉴 웨이브'라고 평가받았다.

14 우치다 슌기쿠: 만화가, 소설가, 배우. 1984년 《소설추리》(후타바샤)에 게재한 「실러캔스 브레인」으로 데뷔. 주요 작품으로 만화 『미나미군의 연인』 『눈을 감고 안아줘』 『우리는 번식하고 있다』, 소설 『개같은 내 아버지』 『기오미』 등이 있다.

15 오카자키 교코: 만화가. 1983년 《만화 부릿코》(뱌쿠야쇼보)에 게재한 「힛버진 클럽」으로 데뷔. 주요 작품으로 『Pink』 『리버스 에지』 『헬터 스켈터』 등이 있다.

16 『Pink』: 오카자키 교코의 만화. 1989년 《NEW 펀치사우르스》(매거진하우스)에서 연재. 자택에서 조용히 악어를 기르는 여성 유미의 생활을 통해 돈과 사랑에 대해 묻는다.

17 쓰게 요시하루: 만화가. 1954년 《통쾌북》(호분샤)에 게재한 「범인은 누구인가!!」 「기상천외」로 데뷔. 주요 작품으로 『붉은 꽃』 『나사식』 『무능한 사람』 등이 있다.

18 『데빌맨』: 나가이 고의 만화. 악마의 몸과 인간의 마음을 갖춘 '데빌맨'이 된 고등학생 주인공의 인간을 지키기 위해 악마와 싸우는 모습을 그렸다. 1972년 《주간 소년 매거진》에서 연재 시작, 1973년 완결.

19 『겐지 이야기』: 야마토 와키의 만화. 무라사키 시키부의 『겐지모노가타리』를 만화화한 작품. 1979년 《mimi》(고단샤)에서 연재 시작. 불규칙적으로 연재하다가 후에 게재지를 《mimi Excellent》(고단샤)로 옮겨 1993년에 완결.

20 『강보다도 길고 완만하게』: 요시다 아키미의 만화. 미군 기지가 있는 마을을 무대로 한 남자 고등학생들의 청춘 군상극. 1982년 《쁘띠 플라워》에서 연재 시작, 1985년 완결.

21 『캘리포니아 이야기』: 요시다 아키미의 만화. 캘리포니아의 고등학교를 자퇴하고 뉴욕에 온 소년 히스를 그린 청춘 로맨스극. 1978년 《별책 소녀 코믹》에서 연재 시작, 1981년 완결.

22 이쓰키 나쓰미: 만화가. 1979년 《LaLa》에 게재한 「메구미짱에게 바치는 코미디」로

데뷔. 주요 작품으로 『마르첼로 이야기』 『카시카』 『팔운성』 등이 있다.

23 『마르첼로 이야기』: 이쓰키 나쓰미의 만화. 파리의 하이패션계를 무대로 여장을 하고 모델로 활약하는 마르첼로의 모습을 그렸다. 1981년 《LaLa》에서 연재 시작, 1985년 완결.

24 『팔운성』: 이쓰키 나쓰미의 만화. 도쿄에 사는 대학생 나나치 타케오가 여장을 하고 무녀로 춤추고 있던 소년 후즈치 쿠라키와 만나면서 시작되는 사이킥 서스펜스. 1992년 《LaLa》에서 연재 시작, 2002년 완결. 속편이 2018년부터 《멜로디》(하쿠센샤)에서 연재중.

25 우라사와 나오키: 만화가. 1983년 《고르고 13 별책》(쇼가쿠칸)에 게재한 『BETA!』로 데뷔. 주요 작품으로 『마스터 키튼』 『YAWARA!』 『20세기 소년』 『몬스터』 등이 있다.

26 『마스터 키튼』: 가쓰시카 호쿠세이, 나가사키 다카시, 우라사와 나오키 각본. 우라사와 나오키 작화. 영국의 육군 특수부대소속이었던 과거를 가진 보험조사원 히라가 키튼 다이치가 다양한 사건을 해결해간다. 1988년 《빅 코믹 오리지널》(쇼가쿠칸)에서 연재 시작, 1994년 완결.

27 마쓰모토 레이지: 만화가. 1954년 《만화 소년》(가쿠도샤)에 게재한 『꿀벌의 모험』으로 데뷔. 주요 작품으로 『우주전함 야마토』 『은하철도 999』 『우주해적 캡틴 하록』 등이 있다.

28 『은하철도 999』: 마쓰모토 레이지의 만화. 기계의 몸을 얻기 위해 안드로메다에 가고자 하는 소년과 그에게 은하철도 '999호'의 티켓을 건네는 수수께끼의 미녀 메텔과의 여행을 그렸다. 1977년 《주간 소년 킹》(소년화보사)에서 연재 시작, 1981년 완결.

29 가리야 데쓰: 만화 글작가. 주요 작품으로 『오토코구미』(이케가미 료이치 그림) 『바람의 전사 단』(시마모토 가즈히코 그림) 『맛의 달인』(하나사키 아키라 그림) 등이 있다.

30 『맛의 달인』: 가리야 데쓰 원작, 하나사키 아키라 그림. 1983년부터 《빅 코믹 주간 스피릿》(쇼가쿠칸)에서 연재를 시작한 미식만화. 실사화나 애니메이션화로 널리 알려지며 미식 문화 유행의 계기가 됐다.

31 빅 조: 만화가. 대여본 만화 활동을 거쳐 1968년 《주간 소년 킹》에 게재한 『사요나라 사쿠란보』로 데뷔. 주요 작품으로 『요리사 아지헤이』(규지로 원작) 『슈퍼 먹보』(규지로 원작, 원안) 『한 자루 식칼 만타로』 등이 있다.

32 『요리사 아지헤이』: 규지로 원작, 빅 조 그림. 요리사의 외아들 시오미 아지헤이가 부모의 반대를 무릅쓰고 요리의 길을 걸어간다. 1973년 《주간 소년 킹》에 연재 시작, 1977년 완결.

33 〈가정부는 보았다!〉: 이치하라 에쓰코가 주연을 맡았으며 1983년부터 2008년까지 TV아사히 드라마 편성 〈토요 와이드 극장〉에 방송된 인기 시리즈. '오자와 가정부 소개소' 소속 이시자키 아키코가 파견을 나간 상류 계급 가정에 파란을 일으킨다.

34 『파인애플 ARMY』: 구도 가즈야 원작, 우라사와 나오키 그림. 용병 출신이자 전투 지도자인 제드가 파견지에서 살아남는 방법을 강연한다. 1985년 《빅 코믹 오리지 널》에서 연재 시작, 1988년 완결.

35 사와이 겐: 만화가, 일러스트레이터. 1987년 《빅 코믹 주간 스피릿》에 게재한 「깨무는 습관이 있는 여자愛咬癖の女」로 데뷔. 주요 작품으로 『이오나』『서프사이드 하이스쿨』『오모테만케 우라만케』등이 있다.

36 『이오나』: 사와이 겐의 만화. 육아 휴직 교사의 대타로 온 섹시한 초등학교 교사 이오나가 소동을 일으키는 좌충우돌 코미디. 1990년 《빅 코믹 주간 스피릿》에서 연재 시작, 1993년 완결.

37 CLAMP: 이가라시 사쓰키, 오카와 아게하, 네코이 쓰바키, 모코나가 결성한 창작 집단. 1989년 《사우스》(신쇼칸)에 게재한 『성전-RG VEDA』로 상업지 데뷔. 주요 작품으로 『도쿄 바빌론』『카드캡터 사쿠라』『xxx HOLiC』등이 있다.

38 니시 게이코: 만화가. 1986년 《JUNE》에 게재한 「태양 아래 17살」로 데뷔. 주요 작품으로 『STAY』시리즈, 『3번가의 기적』『남자의 일생』등이 있다.

39 니시무라 시노부: 만화가. 1984년 《COMIC 극화촌숙》(스튜디오 십)에 게재한 「D-아웃」으로 데뷔. 주요 작품으로 『서드 걸』『함께 조난당하고 싶은 사람』『모래와 아이리스』등이 있다.

40 『서드 걸』: 니시무라 시노부의 만화. 고베를 배경으로 여자 중학생 요리코의 일상을 그렸다. 1984년부터 《COMIC 극화촌숙》에서 연재 시작. 게재지의 휴간으로 잡지를 바꿔가며 이어갔다.

41 〈디어 브라더〉: 1991년부터 1992년에 걸쳐 NHK-BS2에서 방송된 TV 애니메이션. 원작은 이케다 리요코의 동명 소녀만화. 명문 여고의 사교 클럽에 소속된 소녀들의 연애와 우정, 증오 등이 얽힌 복잡한 인간관계를 그렸다.

42 이케다 리요코: 만화가, 성악가. 1967년 《주간 소년 프렌드》에 게재한 「장미 저택의 소녀」로 데뷔. 주요 작품으로 『베르사유의 장미』『디어 브라더』『오르페우스의 창』등이 있다.

43 〈에이스를 노려라!〉: 1973년부터 1974년에 걸쳐 TV아사히에 방송된 애니메이션. 원작은 야마모토 스미카의 동명 소녀만화. 고등학생 오카 히로미가 테니스부의 호랑이 코치 무나카타 진의 엄격한 지도를 타고난 근성으로 이겨내고 성장하는 활약을 그렸다.

44 〈내일의 죠〉: 1970년부터 1971년에 걸쳐 후지TV에서 방송한 애니메이션. 다카모리 아사오가 원작, 지바 데쓰야가 작화를 담당한 동명 소년만화가 원작. 소년원에 들어간 복서 야부키 죠가 라이벌인 리키이시 토오루와 세계 챔피언인 호세 멘도사 등과 사투를 벌인다.

45 이노우에 다케히코: 만화가. 1988년 《주간 소년 점프》에 게재한 「카에데 퍼플」로

데뷔. 주요 작품으로 『슬램덩크』『배가본드』『리얼』 등이 있다.

46 『슬램덩크』: 이노우에 다케히코의 만화. 북산고등학교 농구부가 전국 제패를 목표로 강적과 싸운다. 1990년 《주간 소년 점프》에서 연재 시작, 1996년 완결.

47 《하나오토》: 1994년에 창간된 호분샤의 월간 비엘 잡지. 주요 게재작으로 『아니지만』 시리즈 (사쿠라 메이), 『통행금지입니다』 시리즈 (나쓰미즈 리쓰), 『당신을 위해서라면 어디까지라도』 (나카무라 아스미코) 등이 있다.

48 《MAGAZINE BE × BOY》: 1993년에 세이지 비브로스(이후 비브로스로 개명)가 창간한 비엘 잡지. 격월간이었다가 후에 월간화. 2006년에 비브로스의 도산으로 폐간되는데, 리브레출판(현 리브레)이 사업을 이어받아 복간했다. 주요 게재작으로 『키즈나』 (고다카 가즈마)『봄을 안고 있었다』 (닛타 유카)『심하게 굴지 말아줘』 (네코타 요네조우)『안기고 싶은 남자 1위에게 협박당하고 있습니다』 (사쿠라비 하시고) 등이 있다.

3장

1 『데스노트』: 오바 쓰구미 원작, 오바타 다케시 그림. 이름을 쓰기만 해도 그 사람을 죽일 수 있는 사신의 '데스노트'를 소재로 한 서스펜스물. 2003년 《주간 소년 점프》에서 연재 시작, 2006년 완결.

2 『b-boy』: 1991년부터 세이지 비브로스가 발행한 비엘 코믹 앤솔러지. 1997년 4월 이후 『b-Boy zips』로 개명.

3 사쿠라 사와: 만화가. 2009년 인터넷에 스스로 공개한 에도 우키요에사 만화를 『당세 우키요에루이코 쉽게 데이는 마음도 사랑』(퓨전 프로덕트)로 묶어 단행본을 내며 프로 데뷔. 주요 작품으로 『가부키 이사』『만마코토』(하타케나카 메구미 원작)『모모와 만지』 등이 있다.

4 『모모와 만지』: 사쿠라 사와의 만화. 에도 시대를 무대로, 좁은 다세대 주택에서 동거하는 소방관 출신 만지와 화류계를 은퇴한 모모키의 관계를 그린 비엘만화. 2015년부터 『호외 on BLUE』(쇼덴샤)에서 연재 시작, 같은 해 『on BLUE』(쇼덴샤)로 게재지를 바꿔 현재(2022년 6월)도 연재중이다.

5 『솜의 별나라』: 오시마 유미코의 만화. 의인화된 아기 고양이의 시점으로 그녀를 데려와 함께 살기 시작한 스와노 일가와 개성 넘치는 고양이들의 모습을 그렸다. 1978년 《LaLa》에서 연재 시작, 1987년 완결.

4장

1 〈임금님의 레스토랑〉: 1995년 후지TV에서 방영된 TV 드라마. 전설의 웨이터가 벼랑 끝에 몰린 프렌치 레스토랑을 일으키는 모습을 그린 시트콤. 미타니 고키가 각본을 담당했다.

2 모토히로 가쓰유키: 감독, 연출가. 주요 작품으로 〈춤추는 대수사선〉 시리즈, TV 드

라마 〈앤티크 ~서양골동양과자점~〉 〈채널고정!〉 등이 있다.

5장

1 『검객상매』: 이케나미 쇼타로의 소설. 1972년부터 1989년까지 《소설신조》(신초샤)에서 비정기적으로 연재된 시대소설. 에도 시대를 무대로 검의 달인인 아키야마 코헤와 그 아들 다이지로가 다양한 사건들을 해결한다.

2 『맞선 방랑기』: 2001년 고단샤에서 출간된 에세이로, 정식 타이틀은 『아가와 사와코의 맞선 방랑기』. 1995년 고단샤에서 나온 『맞선 만세…?!』를 가필하고 제목을 바꿨다. 30회 이상 맞선을 경험한 저자가 다양한 남성과의 만남과 그때의 감정을 기록했다.

3 《망가 에로틱스 에프》: 2001년에 오타출판이 창간한 월간 만화 잡지로 2002년부터 격월간화, 2014년에 휴간했다. 주요 게재작으로 『J의 모든 것』(나카무라 아스미코) 『푸른 꽃』(시무라 타카코) 『세키네씨의 사랑』(가와치 하루카) 『브래드 할리의 마차』(사무라 히로아키) 등.

4 가와하라 유미코: 1978년 《주간 소녀 코믹》에 게재한 『여기 봐 마리!!』로 데뷔. 주요 작품으로 『전략 밀크하우스』『페이퍼문 안녕』『나만의 천사 관용소녀』 등이 있다.

5 『나만의 천사 관용소녀』: 가와하라 유미코의 만화. 밀크와 설탕과자, 인간의 애정을 영양분으로 살아가는 아름다운 인형 '관용소녀'를 중심으로, 주변에서 일어나는 희로애락을 그린 1화 완결형 옴니버스 작품. 1992년 아사히 소노라마(현 아사히신문출판)이 출간한 《잠들 수 없는 밤의 기묘한 이야기》에 게재 시작. 잡지명을 바꾼 동일한 잡지 《네무키》에서 2000년까지 연재됐다.

6 《코믹 아이즈》: 1997년에 창간된 격월간 소녀만화 잡지. 홈샤가 발행, 슈에이샤가 발매했다. 2001년에 휴간. 주요 게재작으로 『고저스 캐럿-암흑의 미덕-』(히구리 유) 『에도칼 쉽혼 마을』(시토우 쿄코) 『퇴마사 피효로 일가』(히메키 가오리) 등.

6장

1 〈오오쿠〉: 2003년 후지TV에서 방송된 시대극. 간노 미호, 아사노 유코, 이케가와 지즈루 등이 출연했고 아사노 다에코 등이 각본, 하야시 도오루가 연출을 맡아 에도 말기의 오오쿠를 그렸다. 그후 시리즈 작품이 연속드라마, 스페셜 드라마로 방영됐다.

2 1983년판 〈오오쿠〉: 간사이TV와 도에이가 제작, 1983년부터 1984년까지 후지TV에서 방송된 시대극. 구리하라 고마키가 도쿠가와 히데타다의 정실 오에요와 오오쿠 최후의 총책임자 타키야마 두 가지 역을 맡아 연기했다.

3 후쿠다 리카: 과자 연구가. 만화에 조예가 깊고 요시나가 후미, 야마다 나이토와의

대담이『그 사람과 여기서만의 이야기 - 요시나가 후미 대담집』에 수록됐다. 만화를 포함해 영화와 애니메이션 속 등장인물의 관계성 등을 '음식'으로 해석한 에세이『건달은 맨날 식탁을 습격한다 - 푸드 이론과 스테레오 타입 푸드 50』등을 썼다.

4 『하미다싯코』: 미하라 준의 만화. 부모에게 사랑받지 못한 네 명의 아이들이 자신을 사랑해주는 사람을 찾아 여행을 떠난다. 1975년 《하나토유메》에서 연재 시작, 1981년 완결.

5 『후르츠 바스켓』: 다카야 나쓰키의 만화. 이성에게 안기면 십이지신의 동물로 변하는 '저주'에 걸린 소마 일가의 모습을 비롯해 그들과 엮이는 여고생 혼다 토오루와의 다양한 사건들을 그렸다. 1998년 《하나토유메》에서 연재 시작, 2006년에 완결.

6 『여기는 그린우드』: 나스 유키에의 만화. '연인의 소굴'이라고 불리는 명문 남자 고등학교의 기숙사(통칭 '그린우드')를 무대로 한 좌충우돌 학원 코미디. 1986년 《하나토유메》에서 연재 시작, 1991년 완결.

7 『새벽의 연화』: 구사나기 미즈호의 만화. 왕족의 싸움에 휘말린 공주 연화가 소꿉친구이자 전속 호위무사인 학과 함께 '사룡의 전사'를 찾는 여행을 떠나는 대하 판타지. 2009년부터 현재까지 《하나토유메》에서 연재중.

8 『나츠메 우인장』: 미도리카와 유키의 만화. 요괴의 모습을 볼 수 있는 비밀을 가진 고교생 나츠메 타카시가 요괴들과 마음을 열고 친해지는 과정을 그린 요괴담. 2003년 《LaLa DX》(하쿠센샤)에 단편이 게재된 후 2005년부터 격월 연재화. 2007년부터는 게재지를 《LaLa》로 바꿔 연재중.

9 만화『오오쿠』를 원작으로 2012년에 TBS에서 방송된 시대극. 마데노코지 아리코토를 사카이 마사토가, 도쿠가와 이에미츠를 다베 미카코가 연기했다. 2012년 속편에 해당하는 영화가 개봉, 사카이가 에몬노스케를 연기했다.

10 가네코 후미노리: 감독, 연출가. 〈키사라즈 캐츠아이〉 시리즈와 〈우리집 이야기〉 등 많은 작품에서 각본가 구도 간쿠로와 팀을 이뤘다. 기타 주요 작품으로 〈오오쿠〉 시리즈, 〈도망치는 건 부끄럽지만 도움이 된다〉 〈콰르텟〉 등이 있다.

11 〈아츠히메〉: 2008년 NHK에서 방송된 대하드라마. 주인공 아츠히메를 미야자키 아오이, 그 남편인 13대 쇼군 도쿠가와 이에사다를 사카이 마사토가 연기했다. 각본은 다부치 구미코.

12 〈8대 쇼군 요시무네〉: 1995년 NHK에서 방송된 대하드라마. 츠나요시가 통치하던 겐로쿠 시대부터 요시무네의 만년까지를 그렸다.

13 미나모토 다로: 만화가. 1967년 《별책 리본》(슈에이샤)에 게재한 「형님 건배」로 데뷔. 주요 작품으로 『호모호모7』『풍운아들』시리즈 등이 있다.

14 『풍운아들』: 미나모토 다로의 만화. 에도 시대를 살아간 위인들의 모습과 역사적 사건을 만화와 애니메이션, 시사 꼭지 등도 섞어 그린 대하 개그만화. 1979년부터 《월

간 소년 월드》(우시오출판)에서 연재 시작, 1980년 게재지를 《코믹 톰》(우시오출판)으로 바꾸고 1997년까지 연재. 2001년부터 《코믹 란》(리이드샤)에 속편 『풍운아들 에도 말기편』의 연재를 시작하지만 질병으로 인한 휴재중 별세하여 미완의 작품이 되었다.

15 이소다 미치후미: 역사학자. 주요 저서로 『무사의 가계부』 『사심 없는 일본인』 『시바 료타로를 통해서 배우는 일본사』 등.

16 오이시 마나부: 일본 근세사 학자. 『신센구미!』 『아츠히메』 『료마전』 등 대하드라마의 시대 고증을 맡았다. 2009년 시대고증학회를 설립.

17 『화신』: 시바 료타로의 소설. 15대 쇼군 도쿠가와 요시노부를 옹호하는 구 막부군과 사쓰마번과 조슈번을 중심으로 하는 신정부군 사이의 보신 전쟁에서 활약한 오무라 마스지로를 그렸다. 1969년부터 1971년까지 『아사히신문』 석간에 연재.

18 『러브 싱크로이드』: 시바타 마사히로의 만화. 여성밖에 없는 행성에서 남성형 안드로이드로 살아가게 된 평범한 남고생을 그린 SF 판타지. 1981년 《소년 제츠》(하쿠센샤)에서 연재 시작, 게재지를 바꾸며 그리다가 1986년에 완결.

19 『마지널』: 하기오 모토의 만화. 환경 오염으로 인류가 생식 능력을 잃은 세상을 무대로 유일한 여성이자 아들밖에 낳지 못하는 성모 '마더'를 중심으로 전개되는 SF 판타지. 1985년 《쁘띠 플라워》에서 연재 시작, 1967년 완결.

7장

1 〈극장판 「어제 뭐 먹었어?」〉라는 제목으로 2021년 11월에 개봉했다. 드라마에 이어 나카에 가즈히토가 감독, 아다치 나오코가 각본을 담당.

2 나카에 가즈히토: CM 디렉터 겸 감독. 주요 작품으로 영화 〈거짓말을 사랑하는 여자〉, 드라마 〈어제 뭐 먹었어?〉 〈오마메다 토와코와 세 명의 전 남편〉 등이 있다.

3 아다치 나오코: 각본가. 주요 작품으로 드라마 〈소중한 것은 모두 네가 가르쳐주었어〉 〈투명한 요람〉 〈어서 와 모네〉 등이 있다.

4 『시마 과장』 시리즈: 히로카네 겐시의 만화. 시리즈 첫번째인 『시마 과장』은 1983년부터 《모닝》(고단샤)에서 연재 시작, 이후 대형 전기업체에 근무하는 주인공 시마 코사쿠의 승진과 함께 직급명으로 타이틀이 바뀌며 후속이 이어졌다. 과장 승진 전을 그린 시리즈도 있다.

5 『아빠는 요리사』: 우에야마 도치의 만화. 수준급의 요리 실력을 가진 샐러리맨 아라이와 카즈미와 그 가족, 직장 동료들과의 교류를 그린 요리만화. 1985년부터 현재 연재중. 《모닝》 연재 작품 중에서도 굴지의 장수 연재작이다.

작품 해설

『달과 샌들』 전2권

* 호분샤의 하나오토 코믹스 만화(1권 1996년, 2권 2000년, 절판)
최초 수록 《하나오토》 연재 1994년 10월호~1996년 2월호, 동인지
1996년~1999년. 번외 부록만화 제2권에 수록.

요리에 재능이 있는 고등학생 고바야시는 세계사를 가르치는 신
입 교사 이다에게 호감을 느낀다. 고백을 결심한 어느 날 밤, 이다의
집을 방문한 고바야시는 그곳에서 이다의 연인으로 보이는 남자가
이다와 말싸움을 하던 중 키스하는 장면을 목격하고 만다.
고바야시의 가슴 아픈 사랑을 그린 표제작이 수록된 1권이 단행본 데뷔작이다. 고바야
시를 주인공으로 한 시리즈라기보단 이다와 그의 연인인 요리사 하시즈메를 중심으로
한 이야기, 고바야시와 '퉁퉁이' 나루미 토요를 중심으로 한 이야기, 퉁퉁이의 여동생의
심정을 그린 초단편 등 등장인물 각각의 미묘한 감정이 담긴 단편들로 구성되어 있다.
초기작임에도 불변의 작풍을 느낄 수 있다.

『정말 다정해』 단권(일곱 작품 수록)

* 세이지 비브로스(현 리브레)의 슈퍼 비보이 코믹스 만화(1997년, 전
자책으로만 발매중)
최초 수록 「정말 다정해」《MAGAZINE BE×BOY》 1996년 4월호,
「조금은 심술궂은 고백」《b-BOY》 23호(1995년), 「어제보다 항상 다
른 날」《b-BOY》 19호(1995년), 「판도라」《MAGAZINE BE×BOY》
1996년 12월호, 「시누아즈리」《BE·BOY GOLD》 1995년 summer
호, 『집사의 분수』《BE·BOY GOLD》 1996년 summer호. 「어느 귀족
들의 하루」 수록.

말싸움을 하다가 연인의 목을 조르고 그 자리에서 도망친 사토루. 그가 심야의 공원에서 마주친 건 비스킷이 든 용기를 안고 있던 청년 유우였다. 시작도 끝도 갑작스러웠던 둘의 며칠 동안을 그린 표제작 외에도 『집사의 분수』 시리즈의 전일담 「시누아즈리」, 시리즈의 첫번째 작품에 해당하는 「집사의 분수」 등이 수록된 단편집. (『집사의 분수』 시리즈 작품은 후일 하쿠센샤 문고판 『집사의 분수』에 수록)

서스펜스, 해외드라마, 시대극, 유럽풍 가상역사물 등 다채로운 색깔을 가진 작품들이 수록되었으며 '없는 것 빼고 다 있는' 분위기였던 당시 비엘계의 단면을 보여준다. 동시에 한 권의 작품집 안에 이렇게 다채로운 작품이 수록된 것은 흔하지 않은 일로, 작가의 역량이 느껴진다는 점에서 주목받았다.

『솔페주』 단권

* 하쿠센샤의 하쿠센샤 문고 만화(2004년)
* 호분샤의 하나오토 코믹스 만화(1998년)
최초 수록 《하나오토》 1996년 6월호~1997년 12월호.

초등학교에서 음악을 가르치고 있지만 교직생활에 큰 열의는 없는 '변변찮은 교사' 쿠가야마. 그런 그에게 제자였던 타나카가 중학생이 되어 성악을 배우고 싶다며 찾아온다. 복잡한 가정환경 속에서도 자신을 믿고 따라준 타나카 덕에 쿠가야마는 교사로서의 자각

이 깨어나지만 타나카가 무사히 음악 학교에 진학한 어느 날, 쿠가야마와 타나카는 선을 넘고 만다. 그건 그후 둘 사이에 오랫동안 이어진 단절의 시작이기도 했다.

쿠가야마와 타나카의 10년에 이르는 이야기를 적절하고 명확하게 요소를 짚어가면서 아우르는 구성력이 돋보이는 작품. 하쿠센샤 문고판에는 세이지 비브로스가 출간한 『정말 다정해』의 수록 단편 「정말 다정해」「판도라」「어제보다 항상 다른 날」「조금은 심술 궂은 고백」도 수록되어 있다.

『1교시는 활기찬 민법』 단권

* 하쿠센샤의 하쿠센샤 문고 만화(2012년)
* 비브로스(현 리브레)의 비보이 코믹스 만화(제1권 1998년, 제2권 2002년)
최초 수록 《MAGAZINE BE×BOY》 1996년 9월호~1997년 8월호, 동인지 1999년~2001년. 「그리고 그후…」는 구판 제1권, 「그는 아름다운 사람이었다」는 구판 제2권에 수록.

대학교 법학부에 다니는 타미야는 형사소송법을 배우고 싶어서 관련 세미나에 들어간다. 그곳은 대학교 부속 고등학교 출신자가 많은 곳으로 '원숭이도 학점을 딸 수 있다'고 알려진, 몹시 느슨한 분위기의 세미나였다.

타미야는 주변 세미나 학생들과 가치관이 달라서 힘들어하지만 동기이자 부속 고등학교에서 내부 진학한 토도에게만큼은 점점 마음을 열게 된다. 그러던 어느 날 토도에게 게이라는 사실을 들킨 타미야는 자신도 모르게 크게 화를 낸다.

요시나가 후미의 작품에는 스스로 게이라는 것을 자각하고 있는 등장인물이 많으나 타미야는 자신의 성적 지향을 인정하기까지 시간이 걸린다는 점에서 특이한 캐릭터라고 할 수 있다. 하지만 외려 관대한 토도와의 관계성이 빛난다. 같은 대학에 진학한 토도의 남동생과 세미나 지도 교수의 관계를 그린 작품도 수록.

『아이의 체온』단권 (『그는 화원에서 꿈을 꾼다』와 합본)

* 하쿠센샤의 하쿠센샤 문고판 만화(2010년)
* 신쇼칸의 윙즈 코믹스 만화(1998년)
최초 수록 《윙즈》 1997년 4월호~1998년 6월호. 「가끔 있는 하루」구판에 수록.

아내와 사별한 후, 남자 혼자서도 어떻게든 잘 키워냈다고 자부한 중학생 아들로부터 여자친구가 임신한 것 같다는 고백을 들은 아버지. 충격을 받지만 처음 만나는 아들의 여자친구와 병원까지 함께 간다. 표제작 외에도 장인어른과 대화를 나누며 요리하는 단편 「홈파티」, 학창 시절 후배들이 당한 불행한 사고와 그후의 이야기를 그린 「내가 본 풍경」 등 처음으로 비엘 잡지가 아닌 일반 잡지인 신쇼칸 《윙즈》에 연재된 다섯 편과 단행본으로 묶을 때 새롭게 그린 한 편으로 구성. 「홈파티」로부터 약 10년 후 연재를 시작한 『어제 뭐 먹었어?』와도 일맥상통하는 부분이 느껴진다.

『집사의 분수』단권

* 하쿠센샤의 하쿠센샤 문고 만화(2005년)
* 세이지 비브로스의 슈퍼 비보이 코믹스 만화 『정말 다정해』(1997년), 비브로스의 슈퍼 비보이 코믹스 만화 『사랑이란 밤에 깨닫는 것』(1999년)
최초 수록 《BE·BOY GOLD》 1995년 summer호, 1996년 summer호, 1998년 2월호, 1998년 12월호, 동인지 1996년~1997년. 「어느 귀족들의 하루」는 『정말 다정해』에, 「집사의 분수의 직후」 「영원히」는 『사랑이란 밤에 깨닫는 것』에 수록.

베르사유에서도 유명한 명문가 귀공자이자 순수한 도련님 스타일인 앙트완은 자신이 연모하는 집사 클로드에게 끈질기게 맞선을 권유받아 마음이 매우 불편하다. 하지만 선대의 낭비 때문에 몰락 직전의 위기에 처하자 결국 맞선을 볼 수밖에 없는 상황. 표제작을 비롯하여 프랑스혁명을 무대로 앙트완과 클로드를 그린 시리즈. 세이지 비브로스에서 출간한 『정말 다정해』, 비브로스에서 출간한 『사랑이란 밤에 깨닫는 것』에 수록된 시리즈 작품(관련작 「시누아즈리」와 단행본 수록 때 그린 초단편을 포함)을 작중 시간 순서에 따라 한 권으로 재편집한 단행본이다.

『그는 화원에서 꿈을 꾼다』 단권 (『아이의 체온』과 합본)

* 하쿠센샤의 하쿠센샤 문고 만화(2010년)
* 신쇼칸의 윙즈 코믹스 만화 『그는 화원에서 꿈을 꾼다』(1999년)
최초 수록 《윙즈》 1998년 9월호~1999년 4월호.

알 수 없는 시대, 서쪽 나라와 동쪽 나라에서 일어난 대전쟁으로부터 10년이 지난 어느 날. 서쪽 나라의 남작 집에 동쪽 나라에서 온 악사와 그가 우연히 거둔 전쟁고아 파르하트가 머물게 된다. 악사는 서쪽 나라의 말도 할 줄 모르고 무뚝뚝한 남자지만 남작의 딸에게는 다소 태도가 부드러워진다. 그리고 그들이 남작 집에 온 지 한 달이 지났을 때 남작, 남작의 딸, 악사, 파르하트의 얽히고설킨 과거가 드러난다. 그것은 남작에게 한 가지 이별을 가져다주는데… 남작의 집을 무대로 과거와 현재, 그리고 미래를 그린 네 편 구성의 연작 단편.

『제라르와 쟈크』 단권

* 하쿠센샤의 하쿠센샤 문고 만화(2004년)
* 비브로스의 슈퍼 비보이 코믹스 만화(제1권 2000년, 제2권 2001년)
최초 수록 《BE·BOY GOLD》 1998년 8월호~2001년 2월호. 「간주곡」 구판 제1권에 수록.

평민 신분이지만 포르노소설로 귀족 못지않게 돈을 버는 제라르와, 어린 시절부터 제라르를 모셔온 하인 쟈크. 백작 가문의 적자로 태어났지만 빚을 갚는다는 명목으로 친부모에게 버림받고 남창으로 팔려간 과거를 가진 쟈크의 '첫 손님'은 가게의 단골이었던 제라르였다.
　혁명 전후의 프랑스를 무대로 한 작품. 과거의 사건으로 귀족에 대해 복잡한 마음을 가지게 된 평민 포르노 소설가와 귀족 출신 소년의 관계라는 로맨스 요소뿐만 아니라, 소재로 삼기 어려운 프랑스혁명 후의 정세를 그리고 있어 역사비엘물로도 평가받는다. 사랑의 성취뿐 아니라 인생에 희망을 주며 끝나는 결말 또한 수작이다.

『서양골동양과자점』 전4권

* 하쿠센샤의 만화(전자책 제1권 2017년, 제2~4권 2018년. 종이책은 신쇼칸의 윙즈문고에서 전3권으로 발매)
* 신쇼칸의 윙즈 코믹스 만화(제1권 2000년, 제2~3권 2001년, 제4권 2002년)
최초 수록 《윙즈》 1999년 6월호~2002년 9월호, 《윙큐》 1호(2003년).
부록만화 구판 제1~3권 수록.

심야까지 영업하는 양과자점 앤티크. 사장이자 판매, 서빙 담당인
타치바나는 뛰어난 실적의 영업사원 출신으로 집안도 부유하다. 파
티셰인 오노는 유명한 가게에서 여러 눈부신 이력을 남겼지만 남자 종업원을 상대로
한 애정 스캔들 때문에 가게를 전전하게 된 '마성의 게이'다. 그런 오노의 제자로 어쩔
수 없이 복서를 은퇴한 에이지가 일하게 된다. 거기에 타치바나의 소꿉친구이자 감시
역인 치카게가 홀 도우미로 합류. 오직 남자만 모인 이색적인 양과자점은 매일 영업중
이다.

　TV 드라마, 애니메이션으로 제작되며 요시나가의 인지도를 크게 높인 계기가 된 작
품이다.

『사랑해야 하는 딸들』 단권

* 하쿠센샤의 제츠 코믹스 만화(현 영 애니멀 코믹스, 2003년)
최초 수록 《멜로디》 2002년 7월호~2003년 10월호.

시청에서 근무하는 유키코는 12살 때 아버지를 잃은 후 어머니와 둘
이서 생활하고 있다. 하지만 나이 쉰이 넘어 악성 종양을 발견한 어
머니가 '앞으로는 내 마음대로 살겠다'며 모르는 사이에 재혼. 게다
가 재혼 상대는 유키코보다 3살이나 어린 호스트 출신의 젊은 배우
였다. 유키코, 엄마, 엄마의 새 남편, 세 사람의 기묘한 동거가 시작
되면서 유키코의 부담이 늘어가지만 거기에는 어머니를 향한 복잡한 심정이 얽혀 있다.

　엄마와 딸, 다 퍼주는 것 말고는 사랑을 표현할 줄 모르는 여자아이, 누구도 좋아하지
못하는 여자, 사회와의 마찰 때문에 갈등하며 학창 시절 여자 친구들을 떠올리는 여성,
그리고 할머니와 엄마라는 또하나의 '모녀 관계'. 유키코를 중심으로 다섯 편의 단편에
서 다양한 여성의 삶의 모습을 그려낸다.

『더 이상 말하지 마』단권

* 오타출판의 F×COMICS 만화(2004년)

최초 수록 「더 이상 말하지 마」《BE·BOY GOLD》 2001년 6월호,
「나의 영원한 연인」《BE·BOY GOLD》 2002년 12월호, 「동화의 나
라」《MAGAZINE BE×BOY》 1998년 8월호, 「어느 오월」《코믹 아
이즈》 1998년 4월호. 「피아니스트」 수록.

대학병원에서 의사로 일하는 코헤이와 고등학교 동창이자 낡은 아
파트에서 사는 작사가 타다시. 게이인 타다시가 코헤이에게 장난식
으로 고백을 하지만 뭔가 진전은 없고 이상한 악연 상태만 이어지던 중, 갑자기 둘의 관
계에 어떤 변화가…?! 표제작 외에 단행본 미수록작, 재능 때문에 고뇌하는 남자를 주인
공으로 한 작품 등 총 다섯 편을 수록한 작품집.

1998년에 잡지에 게재된 작품부터 2004년 출간된 때에 수록된 작품까지 담겨 있으
며, 총 6년에 이르는 시간차가 있을 뿐만 아니라 비엘 외에도 장르 구분 없이 다양한 작
품이 수록되어 있다. 그 덕에 그림체, 작품의 분위기도 다양하고 마치 꽃다발과 같이 다
채로운 색채가 어우러진 한 권의 책이다. 그럼에도 이야기의 전개와 구성 면에서는 집
필 시기와 관계없이 안정적인 점이 눈에 띈다.

『플라워 오브 라이프』전3권

* 하쿠센샤의 하쿠센샤 문고 만화(제1~3권 2009년)
* 신쇼칸의 윙즈 코믹스 만화 『플라워 오브 라이프』(제1권 2004년, 제
2권 2005년, 제3권 2006년, 제4권 2007년)
최초 수록 《윙즈》 2003년 7월호~2007년 2월호. 부록만화는 구판
제1~3권과 드라마 CD 『플라워 오브 라이프』 (신쇼칸, 2006년) 책자
에 수록.

입학식으로부터 한 달이 지난 어느 날. 1학년 D반에 전학 온 신입생
하루타로는 백혈병 치료로 1년 전부터 휴학을 해 동급생보다 1살이 많다. 치료한 지 얼
마 지나지 않은 때라 체육 관련된 동아리는 피하고 만화연구부에 들어가려고 하는데,
거기에는 등교 첫날부터 살갑게 대해준 반 친구 쇼타와 일찍이 갈등이 있었던 마지마
가 있었다. 하루타로를 비롯한 반 학생들의 고등학교 1학년 생활을 그린 학원물.

하루타로가 중심에 있지만 다른 등장인물에도 초점을 맞춘 에피소드가 있어 군상극
의 색이 짙다. 결말이 이야기를 조망하는 카메라 앞을 가로지르는 듯하여 인상적이다.

『사랑이 없어도 먹고 살 수 있습니다』 단권

* 오타출판의 F×COMICS 만화(2005년)
최초 수록 《망가 에로틱스 에프》 20호(2003년)~32호(2005년). 제 14화, 15화 수록.

맛있는 음식을 맛있게 먹는 데 노력과 열정을 아끼지 않는 만화가 Y나가 F미가 친구, 지인과 맛있는 음식을 먹으러 다니는 단편 모음집. 등장인물은 모티프가 된 모델은 있지만 기본적으로 픽션. 하지만 등장하는 가게는 모두 실재하며 가게 정보도 게재되어 있기 때문에 맛집 가이드북으로서의 역할도 한다. (이후에 이전한 가게나 아쉽지만 폐점한 가게도 있다.)

한 화의 분량이 길지는 않으나 그 안에 식사 파트와 드라마 파트가 위화감 없이 병행하는 구성이 눈에 띈다. 처음부터 끝까지 가게 소개만 나오는 게 아니기에 맛집에 크게 흥미가 없는 독자도 읽을 수 있으나, 읽다보면 등장하는 음식이나 가게에 관심을 갖게 될 것이다. 요리와 드라마의 기가 막히는 조합은 이후 『어제 뭐 먹었어?』에서도 유감없이 발휘된다.

『오오쿠』 전19권

* 하쿠센샤의 영 애니멀 코믹스 만화(구 제츠 코믹스, 2005년~2021년)
최초 수록 《멜로디》 2004년 8월호~2021년 2월호.

젊은 남자들만 감염되고 치사율이 높은 원인 불명의 역병이 퍼지면서 남성 인구가 급격하게 감소해 이성 간의 사회적 역할이 역전된 에도 시대를 무대로 한 SF 시대극. 도쿠가와 이에미츠가 통치하는 시대를 시작으로, 남자로만 구성된 오오쿠의 탄생을 거쳐 막부 정치의 종언과 함께 막을 내린 오오쿠, 그리고 시대적 번뇌와 함께 살아간 사람들을 그렸다.

16년 하고도 반년에 걸친 장기 연재작. 제10회 일본문화청 미디어 예술제 만화 부문 우수상 외에 제13회 데즈카 오사무 문화상 만화대상, 제56회 쇼가쿠칸 만화상 소녀만화 부문 등 수상 이력 또한 다수. 젠더에 대한 이해도를 높이는 데 공헌한 작품에게 주어지는 제임스 팁트리 주니어상(현 아더와이즈상)을 수상하는 등 해외에서도 높이 평가받고 있다.

『어제 뭐 먹었어?』 19권(연재중)

* 고단샤의 모닝 KC 만화(2007년~)
최초 수록 《모닝》 2007년 12호~

도쿄의 방 두 개짜리 아파트에서 함께 사는 게이 커플, 변호사 카케이 시로와 미용사 야부키 켄지. 그 둘을 비롯한 주변 인물들의 일상과 식생활을 중심으로 한 이야기. 식사는 자취 요리가 메인으로, 요리 장면은 분량이나 조리 순서 등 핵심 포인트를 짚어주며 상세하게 그려져 있어 레시피북으로도 활용 가능하다.

　작중에서의 시간이 현실과 똑같이 흐른다. 연재가 처음 시작되었을 때 카케이는 43살, 켄지는 41살이었지만 연재가 이어짐에 따라 등장인물들도 나이를 먹어 카케이는 곧 환갑을 바라보고 있다. 나이뿐만 아니라 부모의 이야기나 자신들의 노후 등 주제에도 변화가 생기며 등장인물의 심정과 환경의 변화를 지켜보는 재미가 있는, 작가의 라이프 워크와도 같은 작품.

『달과 샌들』 ⓒよしながふみ | 芳文社

『정말 다정해』 ⓒよしながふみ | リブレ

『더 이상 말하지 마』『사랑이 없어도 먹고 살 수 있습니다』 ⓒよしながふみ | 太田出版

『어제 뭐 먹었어?』 ⓒよしながふみ | 講談社

그 외 전체 작품 ⓒよしながふみ | 白泉社

일이어도, 일이 아니어도 : 만화와 요시나가 후미
ⓒ2022 Fumi Yoshinaga

초판 인쇄 2024년 8월 26일 | 초판 발행 2024년 8월 30일

지은이 요시나가 후미
인터뷰어 야마모토 후미코
번역 김솜이

기획·책임편집 김해인
편집 김지애 이보은 김지아 조시은
디자인 이혜진
마케팅 정민호 서지화 한민아 이민경 안남영 왕지경 정경주 김수인 김혜원 김하연 김예진
브랜딩 함유지 함근아 박민재 김희숙 이송이 박다솔 조다현 정승민 배진성
제작 강신은 김동욱 이순호

펴낸곳 (주)문학동네
펴낸이 김소영
출판등록 1993년 10월 22일 제2003-000045호
주소 10881 경기도 파주시 회동길 210
전자우편 comics@munhak.com
대표전화 031-955-8888 | 팩스 031-955-8855
문의전화 031-955-3576(마케팅) | 031-955-2677(편집)
ISBN 979-11-416-0695-4 03830

카페 cafe.naver.com/mundongcomics
페이스북 facebook.com/mundongcomics | 트위터 @mundongcomics | 인스타그램 @mundongcomics
북클럽문학동네 bookclubmunhak.com

www.munhak.com
이 책의 판권은 지은이와 (주)문학동네에 있습니다.
이 책 내용의 전부 또는 일부를 재사용하려면 반드시 양쪽의 서면 동의를 받아야 합니다.
잘못된 책은 구입한 서점에서 교환해드립니다.
기타 교환 문의 031-955-2661 | 031-955-3580

이 책은 을유문화사가 제작한 을유1945 서체를 이용했습니다.